»LA GAJA SCIENZA«

VOLUME 1275

LA RAGAZZA IN FUGA

Romanzo di
C.L. TAYLOR

Traduzione di
MATTEO CAMPORESI

LONGANESI

Longanesi & C. © 2017 – Milano
Gruppo editoriale Mauri Spagnol

www.longanesi.it

ISBN 978-88-304-4877-3

Titolo originale
The Escape

LA RAGAZZA IN FUGA

A mio figlio, Seth Hall
« Love you forever »

PRIMA PARTE

1

C'è una donna che cammina proprio dietro di me, tenendo il mio stesso passo. Sento il suo profumo in fondo alla gola: un mix forte e inebriante di muschio e qualcosa di floreale. Forse gelsomino, oppure giglio. È così vicina che, se mi fermassi di colpo, verrebbe a sbattermi addosso. Perché non mi supera? Siamo in una strada tranquilla, dietro l'università, c'è spazio a sufficienza per parcheggiare cinque o sei macchine, ma il marciapiede è abbastanza largo perché due persone possano camminare fianco a fianco.

Accelero il passo. Elise sarà l'ultima bambina rimasta al nido, tutta sola, e si starà chiedendo dove sia finita. Ero pronta a uscire dal lavoro alle cinque in punto, ma una studentessa si è presentata nel mio ufficio ed è scoppiata a piangere. Non era riuscita a consegnare in tempo il compito e aveva il terrore di essere cacciata dal corso. Non potevo andarmene e lasciarla in quelle condizioni, dovevo parlare con lei e calmarla. Quando è uscita dal mio ufficio, le era tornato il sorriso, ma io avevo le ascelle sudate. Le 17.15. Non esco mai così tardi dal lavoro. Mai.

La mia macchina è solo a cento metri. In meno di un minuto sarò dentro, con la portiera chiusa, il motore avviato e la radio accesa. Sarò al sicuro. Andrà tutto bene.

Cinquanta metri.

La donna dietro di me ha il fiatone. Ha accelerato.

Venti metri.

Mi sembra quasi di sentirmi tirare il cappotto dietro la schiena, come se una mano cercasse di afferrarmi.

Dieci metri.

Sento il rumore dei tacchi alti dietro di me, mentre scendo dal marciapiede e mi avvicino alla portiera sul lato del conducente. Cerco le chiavi nella tasca del cappotto, ma trovo solo un fazzoletto appallottolato, un pacchettino di uva passa e alcune carte di caramelle. Frugo nell'altra tasca e trovo le chiavi. In quel momento, una mano mi afferra la spalla.

Con il cuore che batte forte, mi giro e alzo le braccia per difendermi.

«Accidenti!» Una donna bionda, più o meno della mia età, si scosta da me di colpo con gli occhi spalancati. Indossa un giubbotto imbottito, jeans attillati e scarpe con il tacco. «Volevo solo chiederle un'informazione.»

La paura mi abbandona, lasciandomi con il respiro affannoso. Vuole solo un'informazione.

Gli occhi della donna, pesantemente sottolineati dal kajal, non si staccano dal mio viso. «Sa dove posso prendere l'autobus per Brecknock Road?»

Sento un brivido di sorpresa. «Brecknock? Io vivo lì.»

«Davvero? Che coincidenza.»

Pensavo che fosse sulla quarantina come me, invece no. Nonostante la fronte liscia e le sopracciglia ben delineate, la sua età è tradita dalla pelle del collo, che è cadente e grinzosa: avrà almeno dieci anni di più.

Mi guarda la mano, appoggiata al finestrino della macchina. «Immagino che non ci stia andando ora, giusto?»

«Mi scusi?»

«A Brecknock Road. Mi darebbe un passaggio?»

Non so come reagire. Non la voglio nella mia macchina, non mentre mi sento così. Devo calmarmi, prima di arrivare al nido. Non voglio che Elise mi veda alterata.

Lo sguardo della bionda si sposta verso il marciapiede, mentre un ragazzo con un soprabito pesante ci supera fissando il telefono e senza fare caso a noi due.

«Mio figlio e mia figlia si comportano allo stesso modo. Sempre a guardare il telefono», dice in tono allegro. Il ragazzo scompare dietro l'angolo, lasciandoci di nuovo sole. La donna dev'essere del tutto inconsapevole di quanto la sua richiesta mi metta a disagio, oppure non gliene importa nulla.

«Io... ehm...» Infilo le chiavi nella serratura. «Mi spiace, non sto andando a casa. Devo passare a prendere mia figlia all'asilo nido e... »

« Elise, giusto? »

Il respiro mi si blocca in gola. « Come, scusi? »

« Un bel nome. Un po' all'antica, ma adesso va di moda così, no? Mia nuora voleva chiamare sua figlia Ethel. Per carità. Ethel. »

« Come fa a...? » Studio di nuovo il suo viso, ma nel mio cervello non si accende nessuna lampadina. Non ricordo di aver mai visto prima questa donna. « Mi scusi, ci conosciamo? »

Lei si mette a ridere, un gorgoglio basso e gutturale, e mi tende la mano. « Mi scusi, avrei dovuto presentarmi. Sono Paula, la madre di John. So che vive nella vostra strada. La vedo salire in macchina con sua figlia la mattina, quando io porto al parco mia nipote. Sa, a volte la tengo io. Vivo a Taunton, non vengo spesso a Bristol. » Lancia un'occhiata eloquente alla mia macchina. « Allora, posso avere un passaggio? Avrà capito che non sono un serial killer, no? »

Sono in preda all'indecisione. Non conosco nessun John, ma la strada in cui vivo è lunga. Rifiutarle un passaggio sarebbe scortese e non voglio crearmi dei nemici tra i vicini, per di più in un posto così piacevole, però di solito non faccio queste cose. Non è mia abitudine.

« La prego, devo tenere la bambina stasera, e John si starà chiedendo dove sia finita. »

Ho solo un attimo per decidere. Faccio prima a darle un passaggio che a dirle di no e rischiare di perdere altro tempo per discuterne. « Ok, ma la lascio al nido. Non è molto lontano da Brecknock Road. »

« Grazie, cara. Lo apprezzo molto. »

Aspetta che io sblocchi le portiere, gira intorno all'auto e si siede al posto del passeggero. Mi allaccio la cintura di sicurezza e infilo le chiavi nel quadro. Paula non mette la cintura, ma apre il vano portaoggetti e comincia a rovistare al suo interno, tirando fuori CD e documenti, poi si china e passa una mano sotto il suo sedile.

Io la fisso incredula mentre lei continua a rovistare, controllando anche lo spazio dietro il sedile. «Posso aiutarla?» chiedo.

Lei mi ignora e si allunga verso il sedile posteriore per tastare il seggiolino di Elise, poi solleva la cappelliera e sbircia nel portabagagli.

«Paula.» Mi slaccio la cintura di sicurezza. «Può smetterla, per favore?»

Si gira bruscamente a guardarmi, le labbra serrate e gli occhi a fessura. «Non darmi ordini, Jo.»

La trasformazione è sconvolgente, ogni traccia dei suoi modi allegri e gentili è scomparsa. Mi ha mentito. Non c'è nessun figlio di nome John che vive nella nostra strada. Non ha mai portato sua nipote a Perrett's Park. E io non le ho mai detto come mi chiamo.

«Scenda subito dalla mia macchina», dico, cercando di mantenere salda la voce.

Un sorriso appena accennato s'insinua tra le labbra della donna, mentre sguscia sul sedile posteriore e si rassetta il giubbotto. Poi cinge con un braccio il seggiolino di Elise. «Proprio carina, tua figlia», dice sottovoce, ma abbastanza forte da farsi sentire. «Non è vero, Jo?»

La cattiveria nei suoi occhi mi toglie il fiato.

«Scenda subito», ripeto.

In fondo alla strada è comparso un uomo. Se apro la portiera e mi metto a gridare, mi sentirà.

Paula si è accorta che lo sto guardando. «Calma, calma. Non c'è bisogno di essere scortesi. Ho perso una cosa, tutto qui. E credo che tuo marito sappia dov'è.»

Mi irrigidisco. «Max? Cosa c'entra Max?»

Paula si guarda di nuovo alle spalle – l'uomo intanto ha raggiunto l'auto dietro la mia – e poggia una mano sulla maniglia della portiera. «Lui sa di cosa si tratta. Digli solo di contattarmi. Ah, un'altra cosa.» Si fruga in tasca con la mano libera. «Dovresti fare attenzione alle cose di tua figlia», dice mentre posa sul seggiolino di Elise un piccolo guanto, morbido e colorato. «E anche a tua figlia», aggiunge scendendo dall'auto.

2

Max Blackmore sospira quando il suo cellulare inizia a vibrare sulla liscia scrivania di legno che lo separa dal suo capo. Lo prende e guarda lo schermo. Jo, di nuovo. È la terza volta che sua moglie lo chiama da quando è uscito per andare al lavoro, alle otto di mattina, e ha già dovuto tranquillizzarla dicendole che sì, secondo lui Elise può andare al nido anche se ha un po' di tosse, e che sì, passerà in farmacia per comprare altro Calpol prima di tornare a casa. Ha ignorato il cellulare privato nell'ultima mezz'ora, e adesso lei lo sta chiamando su quello del lavoro.

Fiona Spelling, la caporedattrice, si appoggia allo schienale della sedia e incrocia le braccia. Sta facendo «quella faccia», quella che indica che il suo ottimo umore sta per variare verso l'irritabile. «Devi rispondere?»

Max infila il cellulare nella tasca interna della giacca. «Può aspettare.»

«Sei sicuro? Lo sai che chiamerà anche me, se non riesce a trovarti.»

Max fa una smorfia. Non avrebbe mai dovuto dare a Jo il diretto di Fiona. L'aveva fatto per tranquillizzarla, perché potesse assicurarsi che stava bene anche se non poteva rispondere al cellulare, ma lei ha iniziato a chiamare così spesso che ormai ce l'ha fra i numeri di selezione rapida. *Selezione rapida*, in senso letterale, programmata nel suo vecchio, massiccio Nokia. Numero uno per chiamare lui, due per sua madre, tre per il nido, quattro per il suo capo e cinque per Fiona. Lui l'ha implorata di cancellare quel numero, ma Jo non ne ha voluto sapere.

«È colpa dell'agorafobia. Diventa ansiosa.»

«Ma non lavora all'università, come supporto tutor? Quanto può essere grave, se riesce a lavorare?»

Max fa un sorriso triste. Anche lui la pensava come Fiona, prima: se soffri di agorafobia, sei praticamente costretto in casa. E invece non è così semplice, come Jo gli ha spiegato innumerevoli volte. Lei non ha paura di uscire, ha paura delle situazioni in cui non può fuggire o chiedere aiuto. «È grave. *Molto* grave. Jo lavora part time, ma si rifiuta di portare Elise al parco o allo zoo. Ha smesso anche di fare la spesa, da quando ha avuto un attacco di panico perché pensava che qualcuno la stesse guardando in modo strano.»

«Caspita.» Fiona inarca un sopracciglio.

E ci sono molte altre cose che il suo capo non sa. Lui e Jo non fanno sesso da più di un anno. Hanno già avuto un periodo di astinenza, quando lei era così spaventata all'idea di restare incinta che non lo lasciava nemmeno avvicinare, ma poi avevano avuto Elise e lui si era illuso che sarebbe tornato tutto alla normalità. Le cose, invece, erano peggiorate.

«Comunque, ottimo lavoro, Max», riprende Fiona, indicando lo schermo del suo computer. «Ho letto la tua storia e mi piace. Mi piace molto. Come ci si sente?»

«In che senso?»

«A far condannare qualcuno grazie a una tua indagine. Gli hanno dato cinque anni, giusto?»

Per la prima volta da quando si è seduto, Max sorride. Gli sarebbe piaciuto vedere l'espressione di Ian White nel momento in cui la polizia è andata ad arrestarlo. Che gran bastardo. Aveva messo su un giro di prestiti a livello nazionale, chiedendo interessi altissimi a mamme single, pensionati e gente che viveva di sussidi, e quando qualcuno non riusciva a ripagare il debito, lui si presentava a casa sua e lo minacciava. Coercizione, uso di droghe e violenza erano all'ordine del giorno. Max aveva visto uno degli scagnozzi di Ian sbattere un anziano contro il muro, perché gli aveva detto che se avesse saldato il debito non avrebbe mangiato per una settimana. Non aveva potuto reagire, né fermarlo. Si era limitato a sperare che le immagini riprese dalla minuscola videocamera montata sui suoi occhiali fossero sufficienti a far condannare quei farabutti.

« Ma non eri preoccupato che la tua copertura saltasse? Nessuno sospettava di te a Cash Creditors? » chiede Fiona.

« Ci sono stati un paio di momenti delicati, ma sono riuscito a cavarmela con le parole. »

Il suo capo accenna un sorriso. « La cosa non mi sorprende. Quindi, d'ora in poi, dobbiamo iniziare a chiamarti Donal McIntyre? »

« Ma no. » Fa un gesto con la mano come per scacciare l'idea. « È acqua passata. Max Blackmore va benissimo, oppure potete chiamarmi 'sir' se preferite. »

Fiona smette di sorridere e inarca un sopracciglio. Max s'irrigidisce. Cazzo, non capisce mai quand'è il momento di fermarsi.

3

Non appena sento il ronzio elettrico con cui si apre la porta dell'asilo, mi precipito dentro, schivando vari appendiabiti, un piccolo bruco Maisazio in cartapesta e diversi membri del personale.

«Elise?» Una goccia di sudore mi scende lungo la schiena mentre cerco di aprire il gancio del cancello che delimita la stanza riservata ai bambini di due anni. Quando entro, dodici paia di occhietti mi guardano, incuriositi e allarmati. Nessuno di essi appartiene a mia figlia.

«Va tutto bene, Jo?» Sharon, una donna con la coda di cavallo tirata e un sorriso ancora più tirato, alza lo sguardo dal punto in cui si trova, di fronte ai bambini, con un libro illustrato in mano.

Un'altra ragazza del personale, una dolce diciottenne di nome Bethan, solleva la testa dal tavolo che sta pulendo. Sorride per salutarmi, ma i suoi occhi esprimono confusione.

«Jo?» chiede Sharon, mentre io controllo di nuovo i visi dei bambini, in caso me ne fosse sfuggito uno.

«Non vedo Elise. Dov'è?»

Senza aspettare che mi risponda, apro la porta che conduce al giardino. È vuoto, con il recinto della sabbia deserto e una varietà di utensili di plastica dai colori vivaci abbandonati a terra.

«Jo?» Sharon compare al mio fianco, con un'espressione irritata. «Che problema c'è? Sono sicura che Elise è...»

«Mami!»

Il grido, proveniente dall'altra parte della stanza, mi fa girare. Eccola lì, la mia piccolina, con i capelli biondo scuro ancora raccolti nelle codine che le ho fatto stamattina. Stringe la mano di Alice, l'operatrice che la segue. Mi piace, Alice, è simpatica e gentile e non cerca di darmi lezioni sulla puntualità se sono in ritardo di cinque minuti.

«Ho fatto la pipì», dice Elise con orgoglio, mentre attraverso di corsa la stanza. «In bagno», aggiunge, e intanto io la sollevo fra le braccia e premo il viso nel morbido calore del suo collo.

«È stata una sua idea», interviene Alice. «Ha detto che non vuole più portare il pannolino.»

«Mio Dio.» Stringo forte mia figlia e le accarezzo ripetutamente i capelli. «Oh, mio Dio.»

«Jo?» Il tono della voce di Alice è cambiato. «Va tutto bene? Sei pallidissima. È successo qualcosa al tuo patrigno?»

Vorrei dirle che ho attraversato Bristol guidando a velocità folle, certa che la donna che si era introdotta con l'inganno nella mia auto fosse riuscita in qualche modo a fare del male a mia figlia. Ho chiamato più volte Max, ma non ha risposto, e nemmeno Fiona, il suo capo. Ho provato a chiamare la polizia, ma non riuscivo nemmeno a respirare, figuriamoci a parlare, perciò ho riattaccato prima che iniziasse a squillare. Le mani mi tremavano così tanto che ho dovuto provare tre volte prima di mettere in moto. Vorrei dire tutte queste cose ad Alice, ma più di tutto voglio portare a casa Elise. Lì saremo entrambe al sicuro.

«Jo!» grida Alice, mentre esco di fretta dalla stanza, con le gambe di Elise avvinghiate alla vita e il faccino affondato nel mio collo. «Non hai firmato il foglio di uscita! E ti sei dimenticata il suo cappottino!»

Armeggio con il chiavistello. Ci sono altri genitori che aspettano di entrare e mi guardano da dietro il vetro, con sorrisi che sfociano nell'impazienza. Non riesco a muovere bene le dita da quanto sto tremando. Finalmente Sharon compare al mio fianco, mi porge la borsa e il cappottino di Elise e poi apre la porta girando abilmente il chiavistello. Borbotto qualche parola di scusa agli altri genitori, mentre loro si scostano per farmi uscire.

«Sembrava un po' nervosa», dice una donna sottovoce, ma abbastanza forte perché io la senta mentre esco in strada.

« Forse si è fatta un bicchierino di troppo a pranzo », commenta qualcuno, e un coro di risa mi accompagna fuori dal nido.

A casa, entro in soggiorno con il bicchiere di latte di Elise in mano, ma subito mi blocco. In strada una donna sta ridendo: una risata forte e gutturale che mi fa venire la pelle d'oca. Paula sa dove viviamo, mi ha vista portare Elise al parco, forse ci ha viste uscire di casa. Ho già controllato, due volte, che tutte le porte e finestre siano chiuse, ma mi precipito comunque verso la porta d'ingresso e giro la maniglia per essere sicura: sempre chiusa.

Torno di corsa in soggiorno, dove mia figlia è ancora seduta sul divano con gli occhi fissi sulla TV, una coperta sulle gambe e l'elefantino Effie, il suo preferito, stretto al petto.

« Latte », dice mentre io attraverso la stanza, scosto la tenda e sbircio fuori. Due donne, entrambe con i capelli scuri, passeggiano in strada. Quella a destra ride di nuovo, e la sua amica le dà un colpetto amichevole sul braccio. Non è Paula, ma questo non significa che siamo al sicuro.

« Ecco qua, tesoro. » Mi obbligo a sorridere mentre passo il bicchiere di latte a mia figlia.

Il suo sguardo non si sposta dallo schermo, è incantata a guardare Makka Pakka che sta disponendo delle pietre su una carriola. È tranquilla e felice... quanto vorrei sentirmi come lei.

« Mamma va a preparare i bagagli », le dico. « Così possiamo andare a trovare i nonni per qualche giorno. Torno subito, sono di sopra. »

Mi muovo veloce, corro da una stanza all'altra raccogliendo vestiti, pannolini, giocattoli, articoli per il bagno e medicinali; appena sento qualcosa di strano, mi immobilizzo e grido per chiedere a mia figlia se va tutto bene. Lancio tutto in un grande trolley e poi torno in camera di Elise. Mi fermo al centro della stanza con le mani sui fianchi e controllo gli scaffali per accertarmi di non aver dimenticato nulla. Non riesco a credere che Max ci abbia fatto questo, mi aveva *giurato* che non avrebbe mai messo in pericolo la nostra famiglia. Continuava a ripetermi che saremmo stati al sicuro, che nessuno se la sarebbe mai presa con noi a causa delle sue indagini, e io gli avevo creduto. Non so chi sia stato il più ingenuo dei due. Il nostro matrimonio è in crisi già da un po'. Ho cercato di tenere duro per Elise, ma non ce la faccio più, non posso passare la vita con un uomo per il quale la carriera viene prima della sicurezza della sua famiglia.

Torno in camera mia e chiudo la cerniera della valigia, poi la riapro. Ho preso tutto quello che mi serve per Elise? Non importa se dimentico qualcosa per me, ma se mi manca qualcosa di suo è un problema, perché non posso chiedere a mamma di allontanarsi da papà e fare acquisti per me. E se dovessi andarci io...

Mi aggrappo alla cassettiera e faccio un respiro profondo per calmarmi. Posso farcela, ho guidato fino a casa di mamma un sacco di volte e non è mai successo niente. Conosco la strada: M5, A41, sempre dritto verso nord, ci vorranno tre ore circa. Sono le sette di sera, adesso, e probabilmente Elise dormirà per tutto il viaggio.

«Tesoro!» Trascino la valigia giù dalle scale, la abbandono in corridoio e torno in soggiorno. «Mamma deve metterti un pannolino prima di uscire, in caso ti dovessi addormentare.»

Elise mi guarda e scuote la testa.

Le porgo un pannolino con un sorriso di incoraggiamento. «Dai, mettiamolo, così poi possiamo andare a trovare i nonni.»

«No.» Le trema un labbro. «No pannolino, mami.»

«Elise, per favore.» Mentre mi siedo sul divano, sento il rumore delle chiavi nella toppa.

Un attimo dopo, mio marito entra di corsa in casa, livido in volto e con gli occhi spalancati, guarda Elise e la solleva tra le braccia, stringendosela forte al petto e tenendole una mano sulla schiena. Si accorge che li sto guardando. «Perché non hai risposto al telefono?» dice a denti stretti. «Pensavo che Elise... io... non puoi lasciarmi un messaggio come quello e poi *non rispondere al telefono*! »

L'urlo di Max riempie la stanza ed Elise strilla per lo spavento.

« Scusa, scusa, piccola. » Le accarezza i capelli, con la mano a coppa dietro la testa. « Non volevo spaventarti. »

« Max », dico, cercando di tenere la voce più ferma possibile. « Possiamo parlarne in cucina, *lontano* da Elise? »

« Scusami », dice Max non appena siamo di là. « Non avrei dovuto gridare. Stavo solo... cazzo, Jo, mi hai spaventato a morte. » Si passa una mano sul viso, osservandomi attraverso le dita aperte.

« *Tu* eri spaventato? Dov'eri finito? Ti ho chiamato subito, appena è successo. »

« Ero in riunione con Fiona. »

« Stai scherzando? » Non riesco a crederci. « Hai idea di quello che... »

« Scusami, va bene. Raccontami cos'è successo esattamente. »

Mi ascolta, stringendo e aprendo i pugni sui fianchi mentre gli racconto di come Paula mi abbia seguita in strada, si sia infilata nella mia macchina e abbia minacciato Elise. Quando finisco, aspetto una sua reazione, ma non dice nulla. « Che c'è? » chiedo. « Perché mi guardi in quel modo? »

« Sono... » Si passa una mano tra i capelli. « Sono sconvolto, credo. Sto... sto cercando di capire il senso di quello che è successo. »

« Il senso di cosa? Una sconosciuta è entrata nella mia auto, ha iniziato a cercare qualcosa e poi ha minacciato Elise. Ti conosce, Max, che cosa c'è da capire? Dobbiamo chiamare la polizia. »

« La donna ha detto di chiamarsi Paula? »

« Sì. »

« E di cognome? »

« Non me l'ha detto. »

«Che aspetto aveva? Ho lavorato con una Paula, sei o sette anni fa. Si è presa un congedo di maternità e non è più tornata.»

«Era bionda, sulla cinquantina?»

«No, sulla ventina, mulatta. E non aveva nessun problema con me.»

«Non ti viene in mente nessun'altra Paula che potresti conoscere? Qualcuno su cui potresti aver fatto un'indagine o un articolo?»

«No, me ne ricorderei. E ho fatto solo un'indagine, lo sai.»

«Però hai intervistato un sacco di gente e scritto centinaia di articoli. Dovrà pur esserci una Paula che hai fatto arrabbiare, in questi anni. Forse dovremmo chiamare Fiona», aggiungo prima che possa obiettare. «Magari può cercare negli archivi o che so io, così avremmo qualche informazione in più da dare alla polizia.»

«No.» Max scuote la testa. «Jo, non mi va di chiamare Fiona. A parte che ormai sarà a casa, e poi...» Non finisce la frase.

«E poi cosa? Perché mi guardi ancora in quel modo?»

«Come?»

«Come se non mi credessi.»

«Non è vero.»

«Sì che è vero, mi stai guardando esattamente come quando ti ho raccontato del mio attacco di panico nel negozio di alimentari.»

«Oh, mio Dio.» Max si lascia andare contro il mobile della cucina. Il materiale scadente del pannello scricchiola sotto il suo peso. Non è solo la nostra casa a cadere a pezzi. «Dobbiamo parlarne di nuovo?»

«Sì, che dobbiamo. Ti ho detto che mi ero sentita minacciata dal modo in cui quella donna mi stava guardando e tu hai detto...»

«Che era solo preoccupata perché Elise stava facendo i capricci. Jo, era il suo negozio. Se avessi un negozio e ci fosse una bambina che urla come una pazza, anch'io mi metterei a fissare la madre!»

«Oggi è stato diverso! Paula mi ha minacciata, e ha minacciato Elise. Non riesco a credere che tu non mi stia prendendo sul serio. Guarda!» Infilo una mano nella tasca dei jeans e tiro fuori il guanto colorato di mia figlia. «Mi ha dato questo. Non avrebbe mai potuto averlo senza avvicinarsi a Elise. Le ho messo i guanti in tasca quando l'ho portata al nido, stamattina.»

Mio marito si passa una mano sulla nuca e mi guarda spazientito. «Hai controllato se l'altro guanto è nella tasca di Elise?»

Mi volto verso la porta di casa, dove ho gettato le cose di mia figlia appena siamo entrate.

«Quindi la risposta è no.» Max esce a grandi passi dalla cucina e va nell'ingresso, raccoglie il cappotto di Elise, infila le mani nelle piccole tasche e poi sposta l'attenzione sullo zainetto. Tira fuori tutti i vestiti di nostra figlia, uno a uno. Dopo aver svuotato lo zaino, si dedica all'appendiabiti di fianco alla porta: sciarpe, cappelli, cappotti, giacche, felpe e ombrelli cadono a terra mentre lui li controlla e li scarta.

«Deve averli presi tutti e due», dico alle sue spalle. «Max, dobbiamo chiamare la polizia.»

Ma lui è già ripartito, passandomi accanto in silenzio, diretto al mucchio di cappotti appesi alla ringhiera.

«Indossavi questo, oggi?» Solleva un cappotto grigio di Wallis.

«Sì, perché?»

Infila la mano in una tasca, poi nell'altra, quindi mi mostra il palmo. Insieme a un fazzoletto usato e a un pacchettino di uva passa, c'è un piccolo guanto colorato. «Guarda.» Mi prende l'altro guanto dalle mani e lo mette sul proprio palmo, formando una coppia. «Due guanti. Li avevi in tasca entrambi. Ti sei soffiata il naso, mentre tornavi alla macchina?»

Mi tocco istintivamente il naso. Ho le narici arrossate a

causa del forte raffreddore che mi è venuto da qualche giorno. «Può darsi, non mi ricordo.»

«Perfetto, allora ecco cos'è successo: uno dei guanti ti è caduto dalla tasca quando hai preso un fazzoletto, e questa Paula l'ha raccolto e te l'ha restituito. Sei stanca, Jo», aggiunge senza darmi il tempo di rispondere. «Stai dormendo poco e il lavoro ti stressa. Un'estranea è entrata nella tua macchina e hai avuto un attacco d'ansia, è del tutto comprensibile.»

L'irritazione mi ribolle dentro per il tono paternalistico e per la sua espressione da «povera donna ingenua». Devo sforzarmi per non alzare la voce. «Hai ragione, Max, sono *davvero* stanca. E stressata. Va bene, forse mi sono sbagliata sul guanto, ma non ho frainteso quello che ha detto Paula. Mi ha chiaramente minacciata.»

«D'accordo.» Mi mette una mano sul braccio. È un gesto stremato, proprio come il suo sguardo. «Ipotizziamo, tanto per dire, che adesso chiamiamo la polizia.»

«Ok.»

«Ora, immagina di essere un poliziotto. Una donna ti chiama per dirti che una sconosciuta le ha restituito una cosa che le era caduta dalla tasca e le ha detto di fare attenzione alle cose di sua figlia. Penseresti a un crimine?»

«Sì, se aggiungesse 'E anche a tua figlia' in tono minaccioso.»

«Minaccioso come lo sguardo della donna dell'alimentari?»

«È diverso, te l'ho già detto!»

«Ok, va bene.» Max attraversa la cucina, prende il telefono e me lo passa. «Avanti, chiama la polizia. Se hai bisogno di me, sono in soggiorno.»

Lo guardo allontanarsi lentamente, con le mani in tasca e le spalle piegate in avanti. Appena entra in soggiorno, Elise lancia un gridolino di gioia, e io inizio a rigirarmi il telefono in mano.

4

Debolezza. È questo che le leggo negli occhi. Debolezza, paura e indecisione. Se un'estranea mi avesse costretto a farla salire in macchina, l'avrei subito cacciata con la forza, anzi, non l'avrei fatta proprio entrare. Ma Jo è così debole, così vulnerabile. Se ne va in giro a testa bassa, senza alzare gli occhi dal marciapiede, torturando con le dita il tessuto logoro del suo cappotto. È un obiettivo ovvio. Come si fa ad avere rispetto per una persona così, che sussulta non appena qualcuno la guarda storto? Che non si fida del proprio istinto? Che si lascia manipolare facilmente, senza opporre resistenza...

5

Non ho chiamato la polizia. Ci ho pensato per tutta la sera, valutando i pro e i contro, mentre Max se ne stava comodo sul divano davanti a Netflix con un pacchetto di patatine e una bottiglia di birra. Facevo fatica persino a guardarlo. Ogni volta che lo sentivo sgranocchiare o masticare, la pelle mi prudeva di rabbia. Quando uscivamo la sera, appena sposati, lui si lanciava in mia difesa se qualcuno era scortese con me, anche senza volerlo. Se pioveva, Max camminava più vicino alla strada per proteggermi dagli schizzi delle macchine e, se la notte sentivo un rumore al piano di sotto, lui saltava giù dal letto con la mazza da baseball in mano. Pensavo che sarebbe andato dalla polizia nel momento stesso in cui gli avessi detto cos'era successo, invece mi ha guardata come se fossi una specie di paranoica. Come faccio a chiamare la polizia se nemmeno mio marito mi crede? Ho solo un nome e una descrizione, cosa possono fare, con così poco? E poi mi toccherebbe andare in centrale, e al momento non ci riuscirei.

Alle undici, quando finalmente Max è andato a letto, ho pensato di chiamare la mia migliore amica Helen, che vive a Cardiff con Ben, il suo bimbo, ma era troppo tardi. Ormai doveva essere andata a dormire da almeno un'ora, perciò le ho mandato un messaggio, per chiederle quando fosse un buon momento per fare due chiacchiere. Poi ho preso il mio portatile per cercare su Google offerte di lavoro e alloggi a Chester. È da un po' che sto pensando di andarmene da Bristol, e quello che è successo ieri è stato l'ultima goccia.

Ora rilasso le spalle e allento la presa sul volante mentre imbocco il vialetto dietro la casa dei miei genitori, nella periferia di Chester. Elise dorme sul sedile posteriore, con i capelli biondo scuro che le dondolano sul petto, le dita aperte e rilassate e l'elefantino Effie adagiato in grembo.

Mamma compare in giardino appena tiro il freno a mano e spengo il motore. Ha i capelli scuri, tinti e più lunghi di quanto ricordassi, arricciati sopra le orecchie, a sfiorarle le sopracciglia. Se li scosta dal viso mentre si avvicina all'auto e bussa sul finestrino. Mi sconvolge vederla tanto stanca.

« Jo? Cosa ci fai qui? » chiede mentre abbasso il finestrino. « L'avevo detto a Andy che mi sembrava di aver sentito accostare una macchina. »

Mamma vive in Inghilterra da oltre trent'anni, proprio come me, ma mentre il mio accento irlandese è scomparso nel giro di un anno dall'inizio della scuola, il suo è rimasto forte come il giorno in cui siamo arrivate.

« Hai ricevuto il mio messaggio? »

« Ho il telefono spento, lo sai che non mi piace sprecare la batteria. »

Non riesco a non sorridere. « Poteva essere urgente, mamma. »

« Ma non lo era, giusto? Avresti chiamato a casa, se fosse stato urgente. » Guarda sul sedile posteriore, dove Elise si rigira nel sonno. « La piccolina sta bene? »

Vorrei dirle quello che è successo ieri. Capirebbe perché ero così preoccupata per la sicurezza di Elise, e perché lo sono ancora, ma ha già abbastanza problemi a prendersi cura di papà, e non posso darle anche questo peso. Il solo fatto di essere qui e vedere il suo viso mi fa tornare a respirare.

« Sì, sta bene. » Le faccio cenno di allontanarsi dalla portiera per lasciarmi scendere. « Avevamo solo voglia di vedere te e papà. Come sta? »

Mamma mi lancia un lungo sguardo. « Non bene, tesoro. »

È l'inizio di febbraio, ma in casa di mamma fa così caldo che pochi minuti dopo essere entrate io ed Elise siamo già in maglietta.

«La tengo calda per papà», dice lei, mentre appendo sullo schienale di una sedia i vestiti che ci siamo tolte. «È molto sensibile al freddo, ultimamente.»

«Possiamo vederlo?»

«Aspetta, controllo come sta.»

Esce dal soggiorno, verso l'ingresso. Un anno fa, avrei sentito il rumore delle scale che scricchiolavano mentre saliva fino alla camera da letto, ma ormai è già da un po' che papà dorme in sala da pranzo. Tre anni fa, gli è stata diagnosticata la malattia del motoneurone. Per settimane, era stato particolarmente maldestro, facendo cadere il barattolo del caffè in cucina, rovesciandosi addosso il tè e inciampando sul tappeto del soggiorno. Mamma si era lamentata con me al telefono perché non riusciva a convincerlo a andare da un dottore. Quando aveva iniziato ad avere problemi a parlare, si era finalmente deciso a farsi visitare. La diagnosi era arrivata con una rapidità preoccupante e, nel giro di due mesi papà camminava con un bastone. Dopo due anni era su una sedia a rotelle e adesso ormai non si alza più dal letto.

«Cos'è questo?» chiede Elise, e io mi lancio verso di lei, intercettando la sua manina tesa prima che riesca ad afferrare una delle statuette di porcellana di mamma dal davanzale interno.

«È una ballerina», rispondo, spostandole la mano. «Non è bella?»

Lei annuisce con entusiasmo, tenendo lo sguardo fisso sulla statuetta. «Sì.»

Le faccio fare il giro del piccolo soggiorno dei miei genitori, indicando tutti gli altri soprammobili: il pettirosso di porcellana a grandezza naturale, il vaso di cristallo, il bambino che legge un libro seduto sotto un mulino a vento, i piatti con i disegni delle fate appesi al muro, una mucca marrone e bianca. Tutti gli oggetti di questa stanza sono stati comprati in Inghilterra: se si esclude l'accento di mamma, in questa casa non c'è più traccia delle nostre origini irlandesi. Ho smesso da anni di provare a parlare con lei dell'Irlanda, perché si chiude a riccio ogni volta che qualcuno le chiede da dove viene o perché se n'è andata. So solo che la sua migliore amica si chiamava Mary, perché al mio matrimonio mamma si è ubriacata e l'ha rivelato alla mia amica Helen, aggiungendo che l'avrebbe voluta come damigella d'onore al suo matrimonio, quasi quarant'anni prima, ma non era stato possibile, e che Mary le mancava e non la vedeva da oltre trent'anni. Quando Helen le aveva detto che non è mai troppo tardi per rimettersi in contatto con qualcuno a cui si vuole bene, mamma aveva risposto: « Sì che lo è, se questa persona ti odia ». Helen aveva provato a indagare più a fondo, però mamma era scomparsa in cerca di un altro bicchiere di champagne.

Anche se per un attimo ha parlato della sua migliore amica di un tempo, mamma non ha mai detto una sola parola su una persona: il mio padre naturale, scomparso tre settimane prima del mio ottavo compleanno.

Mamma mi aveva detto che era partito per lavoro, ma io non le ho mai creduto. Vedevo i suoi amici cambiare marciapiede quando lei li salutava con la mano, mi accorgevo che la gente abbassava la voce e che i vicini mi fissavano quando entravo nel negozio di alimentari per comprare il latte. Al parco, i bambini avevano iniziato a dirmi che mio padre era cattivo e che i loro genitori si erano raccomandati di non parlare più con me. Io non capivo, però ero triste perché mio padre non c'era più e sapevo che anche mia madre soffriva, e nessuno voleva dirmi quando le cose sarebbero tornate come prima.

Il giorno del mio compleanno mi ero emozionata quando, tornando a casa, avevo trovato mamma ad aspettarmi sulla porta con due valigie piene. Pensavo che saremmo andate a trovare papà, ovunque si trovasse, e che quella fosse una sorpresa per il mio compleanno. Ero ancora tutta eccitata quando, dieci minuti dopo, lo zio Carey si era presentato a bordo della sua auto malconcia per portarci alla stazione. Non volevo rovinarmi la sorpresa, ma non riuscivo a smettere di chiedere a mamma dove stessimo andando. Le sue labbra sottili si erano aperte solo per dire: « Lontano. Non chiedermi altro». Dodici ore dopo, eravamo in Inghilterra e io non avrei mai più rivisto mio padre.

Per due anni siamo rimaste sole, io e mamma, poi lei ha incontrato Andy. Non dev'essere stato facile, per lui, occuparsi della figlia di qualcun altro, per di più una ragazzina quasi adolescente, ma si è preso cura di tutto. Mi lasciava i miei spazi al momento opportuno, giocava con me quando glielo chiedevo e mi lasciava portare al guinzaglio il suo cocker spaniel, Jessie, quando andavamo a passeggio. Mi faceva indovinelli così brutti che ridevo e ha provato, senza riuscirci, a farmi appassionare alla fantascienza. Era gentile, divertente e buffo e mi è venuto naturale affezionarmi a lui. Quando mi ha chiesto se ero d'accordo che sposasse mia madre, io sono scoppiata in lacrime: se avesse sposato mamma, saremmo stati una famiglia, e lui sarebbe diventato mio padre. Non c'era nulla che desiderassi di più al mondo.

«Papà sta dormendo», dice mamma mentre torna in soggiorno e si siede su una poltrona. «Avrò bisogno di te per girarlo un po', se non è un problema. L'infermiere viene oggi pomeriggio, ma non voglio lasciarlo troppo in quella posizione, o gli verranno le piaghe da decubito.»

«Certo.»

«CBeebies», dice Elise, indicando la TV spenta in un angolo.

Mamma fa per alzarsi, ma le dico che me ne occupo io. Sistemo Elise sull'altro lato del divano con Effie e, mentre la sigla di *Mr Tumble* riempie la stanza, mi siedo vicino a mamma.

«Come sta?» chiedo, la voce bassa per non farmi sentire da Elise. «Come sta papà?»

Lei si rigira la fede sull'anulare della mano sinistra. «Non bene, Joanne. Il primario gli ha prescritto il riluzolo, ma così si stanca molto. Adesso respira con una mascherina, e hanno anche parlato di mettere un sondino per nutrirlo, ma lui non ne vuole sapere.»

Papà non riesce più a parlare da almeno un anno, ma sa farsi capire se non è d'accordo su qualcosa. Ho visto il suo sguardo e la smorfia che ha fatto quando il dottor Valentine ha garbatamente suggerito l'ipotesi di trasferirlo in un ospedale per malati terminali. Mamma era stata esplicita nel rispondere, la voce solitamente debole che suonava forte e chiara come se stesse parlando per entrambi: niente ospedali e niente cliniche, papà vuole morire a casa sua. La malattia gli ha portato via così tanto: la libertà, la voce, il corpo, persino la dignità, ma come e dove morire è l'ultima decisione su cui ha ancora il controllo.

«Oh, mamma.» Cerco di prenderle la mano, ma è troppo lontana e le mie dita sfiorano la morbida lana del suo cardigan. «Vorrei che vivessimo più vicine, vorrei poter fare di più. Detesto essere tanto lontana, mi fa sentire in colpa.»

«No.» Si raddrizza sulla sedia. «Non dire così. Tu hai la tua vita, Joanne: una casa, un lavoro, un marito e una bambina, devi dare la priorità a lei, non a noi.»

«Ma se ci trasferissimo più vicino? Non sopporto l'idea di lasciarti sola con questo peso. Lo so che c'è l'infermiere, ma...»

«C'è Elaine Fairchild che vive qui accanto, e poi ci sono i miei amici della chiesa. Si prendono cura di me, non ti preoccupare.»

Non c'è nessun familiare, però, nessun fratello, sorella o nipote. So che mamma è ancora in contatto con le sue sorelle Sinead e Celeste, e con suo fratello Carey, perché ho visto sulla mensola del caminetto le cartoline di auguri di Natale, ma è troppo orgogliosa per chiedere aiuto. È indipendente e determinata, non ha avuto altra scelta quando ha deciso di andarsene e lasciare amici e parenti per iniziare una nuova vita con me, da madre single, in Inghilterra, un Paese in cui non era mai stata prima.

«Dico davvero, mamma. Ho dato un'occhiata alle offerte di lavoro e ce n'è una qui all'università, un lavoro che potrei fare con una mano sola. Ci sono tanti buoni asili in zona e ho anche visto una bella villetta in affitto a Malpas. Saremmo a due passi.»

Mi guarda di sbieco. «E che ne pensa Max del tuo piano?»

Guardo Elise, intenta a succhiarsi il pollice mentre fissa rapita Grandad Tumble. «Non gliene ho ancora parlato.»

«Jo...» Mamma socchiude gli occhi. «C'è qualcosa che non mi stai dicendo?»

Vorrei raccontarle di tutti i miei problemi e di come un trasferimento sarebbe d'aiuto anche per me, non solo per lei e papà. Pensavo che la mia vita sarebbe stata migliore dopo la nascita di Elise, che non appena avessi sentito il suo corpo caldo tra le mie braccia, tutto il dolore e la sofferenza per la perdita di Henry al secondo trimestre di gravidanza sarebbero diminuiti. Pensavo che non avrei più sentito il respiro bloccarsi in gola e che il panico che mi montava in petto quando uscivo di casa si sarebbe placato, e mi illudevo che sarebbe svanito l'assoluto terrore che qualcosa di tremendo stesse per succedere, ma non è stato così, anzi le cose sono peggiorate. Avevamo perso Henry e io avevo paura di perdere anche Elise. Non riuscivo a dormire perché mi ero convinta che lei avrebbe smesso di respirare non appena avessi chiuso gli occhi, e non la perdevo mai di vista, nel timore che qualcuno me la portasse via. Per alcuni mesi ho impedito a Max di portarla a spasso in carrozzina, perché ero sicura che se l'avesse fatto non avrei mai più visto nessuno dei due. Ho avuto diversi attacchi di panico – uno dopo che Max era tornato al lavoro, quando ho cercato di partecipare a un gruppo locale per mamme e neonati nella sala della parrocchia, un altro in farmacia mentre compravo il Calpol per Elise – ma non ho mai smesso di sforzarmi di andare avanti, ho continuato ad allenarmi davanti alla TV con i miei esercizi di meditazione, perché non volevo farmi sopraffare. E poi, due mesi fa, mamma mi ha detto che il primario aveva dato a papà meno di tre mesi di vita, e tutto ha ricominciato a andare a rotoli.

Quando ho iniziato a pensare di trasferirmi nel Cheshire, non credevo davvero di poterci riuscire. Come avrei mai potuto andare in un'altra zona del Paese se non riuscivo neanche a andare al supermercato da sola? Era soltanto un'illusione, un sogno irrealizzabile. Ieri, però, quando Paula è entrata nella mia macchina e ha minacciato mia figlia, è scattato qualcosa. Non mi sono sciolta davanti a lei, non sono svenuta, non mi sono messa a piangere né mi sono raggomitolata in un angolo, ma le ho detto di andarsene e mi sono precipitata a prendere la mia bambina. La sicurezza e il benessere di Elise sono più importanti di qualsiasi altra cosa, per me. Lo so che la vita che le sto facendo fare adesso, rinchiusa in casa insieme a me, non va bene, e voglio cambiare le cose. Voglio che la sua vita sia un'avventura, non una prigione.

«Non sono felice, mamma», le dico. «Con Max... è da un po' che le cose non vanno bene, e stanno solo peggiorando. Voglio il divorzio.»

«Il divorzio. Ne sei proprio sicura? Forse la terapia di coppia potrebbe aiutarvi? O magari il vostro parroco?»

Mi si spezza il cuore a sentire i suoi consigli. Elise, beatamente ignara di quello che sta succedendo, vedrà il suo mondo cadere a pezzi nelle settimane e nei mesi a venire, e toccherà a me proteggerla nel miglior modo possibile. Posso solo sperare che Max accetti una separazione amichevole, ma dentro di me so che non lo farà. Anche se in passato ha minacciato di andarsene, non abbandonerebbe mai me ed Elise. È figlio unico, i suoi genitori sono morti e noi siamo tutto ciò che ha. Quando gli dirò che voglio trasferirmi a Chester con Elise, sarà distrutto.

6

Chester? *Chester?* Max si aggira da una stanza all'altra, con i pugni infilati sotto le ascelle. Jo sta programmando di trasferirsi a Chester e non ha nemmeno pensato di dirglielo? Ha acceso il portatile di lei mentre il suo stava facendo l'aggiornamento e ha visto le tre schede rimaste aperte su Firefox: una su un'offerta di lavoro per un ruolo di tutoring agli studenti all'università di Chester, una su un sito di case in affitto e una su una scuola elementare a Malpas. Qual è il vero motivo per cui è andata a Chester? Per sostenere un colloquio di lavoro o vedere una casa, prima di andare a trovare i suoi genitori? Era stato sul punto di chiamarla ieri, quando aveva visto le sue ricerche sul portatile, ma poi aveva cambiato idea. Era un discorso che andava affrontato di persona. Adesso sono quasi quarantotto ore che Max ribolle di rabbia in silenzio.

Guarda l'orologio mentre passa dalla stanza da letto alla cameretta di Elise: le 16.17. Jo gli ha mandato un messaggio poco fa, per avvisarlo che sarebbero arrivate a casa per le cinque.

Max si accovaccia per raccogliere alcuni mattoncini delle costruzioni e un orsetto di peluche abbandonati a terra e li mette in un secchiello di plastica rosa vicino al letto di sua figlia. Tira le tende, sistema il piumone di Elise e, non avendo niente da fare, si siede sul pavimento accanto al lettino. Passa una mano sul copripiumone colorato di Peppa Pig e poi prende un libro dagli scaffali nella nicchia: *Snug as a Bug*, il preferito di sua figlia. Max e Jo gliel'hanno letto centinaia di volte. Fa parte della preparazione per la nanna di Elise: denti, pigiama, latte, libro. È stupito che Jo non l'abbia portato con sé.

L'ansia gli contorce lo stomaco mentre vaga con lo sguardo sulla camera di sua figlia, osservando le nuvole bianche che fluttuano in cielo sulla carta da parati, l'immagine incorniciata di un pinguino aggrappato a dei palloncini, la tenda che Elise riempie di peluche, ma in cui entra di rado. È tutto così tranquillo senza la bimba che saltella per la stanza, cantando canzoncine incomprensibili con la voce acuta, è tutto così vuoto. Ed è così che sarebbe se Jo se la portasse via. Max chiude gli occhi per scacciare il pensiero, ma non sente più paura, solo rabbia. È lì a disperarsi al pensiero di perdere sua figlia, mentre suo padre se n'è fregato di lui e di suo fratello. Di certo Jeff Blackmore non se ne sarebbe andato in giro avvilito per la stanza, parlando sottovoce e singhiozzando sul piumone o sul libro preferito dei suoi figli, perché il più delle volte non sapeva nemmeno dove fossero, i suoi figli.

Max non si scompone quando la sua famiglia torna a casa, dopo le cinque. Accoglie Jo con un bacio sulla guancia, poi solleva Elise tra le braccia e la stringe forte prima di rimetterla giù. Lei corre subito in soggiorno e gli chiede di giocare insieme con le costruzioni. Poco dopo, Max si accorge che Jo non li ha seguiti: è ancora in piedi nell'ingresso, una mano sulla parte bassa della schiena e l'altra appoggiata al muro. Dice che le si è bloccata la schiena quando ha aiutato sua madre a girare Andy e che da quel momento ha un dolore terribile. Le tre ore di viaggio in macchina sono state insostenibili, spiega, e ora riesce appena a muoversi. Max la aiuta a entrare in soggiorno e, mentre lei si abbassa per stendersi di schiena sul pavimento, sostiene parte del suo peso, poi prende i bagagli dall'auto e li porta di sopra, in camera da letto. Le due ore successive volano: dà da mangiare a Elise, porta l'ibuprofene e un bicchiere d'acqua a Jo, poi prepara la piccola per la notte, mentre sua moglie abbaia ordini, ancora stesa sul tappeto del soggiorno. «Ricordati di lavarle i denti.» «Riattacca il Gro-Clock alla corrente.» «Hai preso il latte di Elise?» Ogni volta che lui sente la sua voce, l'irritazione aumenta.

Quando finalmente torna in soggiorno, con Elise al sicuro sotto le coperte, Jo è riuscita a mettersi in posizione seduta, con la schiena appoggiata al divano. Per cinque minuti rimangono seduti in silenzio, fissando l'immagine che dice *Buonanotte. Ci vediamo domani alle 6.00* sullo schermo della TV. La situazione di Jo, mezza invalida, lo innervosisce: sa che non è il momento adatto per parlare di quello che ha trovato sul portatile, ma non riesce a non pensarci. Non può assolutamente andare al lavoro domani senza aver risolto questa storia, perché il dubbio lo consumerebbe per tutto il giorno.

«Allora.» Fa un colpetto di tosse. «Quando avevi intenzione di dirmi che ti vuoi trasferire a Chester?»

Jo s'irrigidisce, ma non si volta a guardarlo. «Cosa?»

«Ho visto i siti che stavi consultando sul tuo portatile: il lavoro, la casa, la scuola.»

«Possiamo parlarne domani, per favore?» La voce è tesa, come il suo corpo.

«No, voglio parlarne adesso.»

Jo continua a fissare il bagliore verde della televisione. «Ti prego, Max, sto malissimo.»

Lui fa un respiro profondo per calmarsi. Se non ci fosse nulla di cui preoccuparsi, lei glielo direbbe subito, ma quel silenzio lo spaventa. Che cos'ha in mente? Perché non vuole parlarne con lui? «E secondo te, io come sto?»

«Non farlo, ti prego.» Jo gira lentamente la testa per guardarlo. «Ho avuto una giornata terribile, papà è peggiorato moltissimo e non ho voglia di litigare con te stasera.»

Come può controbattere? Non può e non dovrebbe, ma per Jo c'è sempre una scusa, c'è sempre qualcosa che costringe Max a tenere a freno la lingua invece di parlarle di quello che lo preoccupa. All'inizio erano gli attacchi di panico, poi l'agorafobia, adesso suo padre che sta morendo. Andy è tra la vita e la morte da un paio d'anni, ormai. Vivono nell'incertezza sin da prima che nascesse Elise, scambiandosi sguardi preoccupati a ogni telefonata di Brigid, nel timore di ricevere brutte notizie. E adesso, come se non bastasse, Jo si è bloccata con la schiena: un'altra scusa per isolarsi da lui.

«È per quello che è successo prima che partissi? Ce l'hai con me perché non ho voluto chiamare la polizia?»

Il viso di Jo si accende di rabbia. «Elise era in pericolo, ma invece di starmi vicino mi hai trattata con condiscendenza. Povera Jo, che scatta al minimo problema. Stiamo parlando di nostra *figlia*, non m'importa se sono troppo prudente, basta che lei sia al sicuro.»

«Elise non era più in pericolo di quando attraversa la strada o gioca al parco, e comunque il pericolo non esiste nemmeno, visto il modo in cui sua madre l'avvolge nell'ovatta fino a farla soffocare nella sua stessa casa.»

«*No!*» lo aggredisce Jo. «Non provarci nemmeno, Max.»

«Secondo me, invece, dovremmo parlarne. Dovremmo parlare del fatto che stai troppo male per portare nostra figlia in qualsiasi posto che non sia l'asilo nido, e però sei in grado di pianificare il tuo trasferimento a Chester, vero? Per cambiare lavoro, portarla in un asilo nuovo e magari rifarti una vita, eh?»

«Sto provando a guarire, Max.» Lo sguardo di Jo è sempre freddo, ma la voce sembra strozzata, come se trattenesse le lacrime. «Sto cercando di fare la cosa migliore per tutti: per Elise, per mamma, per papà e per me.»

«Ma non per me!» Max deve ricorrere a tutto il suo autocontrollo per nascondere il dolore che gli strazia il petto. Ha sempre saputo di essere in fondo alle priorità di Jo, ma sentirselo dire lo fa soffrire da matti.

«Sì, per te!» ribatte Jo. «Ti ho sempre sostenuto negli ultimi dodici anni, ma tu non mi ascolti mai quando cerco di dirti cosa voglio.»

«Sì, che ti ascolto!» Max salta sulla sedia. «Sono sempre qui ad ascoltarti.»

«No, non è vero, tu non ascolti neanche una parola di quello che dico. Ti ho *detto* di non dedicarti al giornalismo investigativo, perché avresti messo a rischio la vita di tutti noi, ma tu mi hai dato un buffetto sulla testa e mi hai risposto che ero una stupida a preoccuparmi.»

«Questo non è vero.»

«Sì, che è vero. Metti sempre te stesso al primo posto, Max, l'hai sempre fatto. Ti sei sempre concentrato su di te e sulla tua carriera. Io l'ho sopportato finché siamo stati solo noi due, ma ora siamo una famiglia.»

«E credi che non lo sappia?»

«Mi sembra chiaro che non te ne importa nulla. Se t'importasse, ti preoccuperesti quando ti dico che un'estranea ha minacciato nostra figlia e...»

«*Io voglio bene a Elise!*» ruggisce Max, in preda al dolore, alla rabbia e alla frustrazione. Apre il pugno destro e rovescia con un colpo tutte le foto incorniciate sulla mensola del caminetto, facendole cadere rumorosamente a terra. Perché Jo si comporta così? Perché lo attacca mentre lui sta solo cercando di fare la cosa giusta? Ha sempre e solo cercato di fare la cosa giusta. Jo gli urla di smetterla, ma la sua voce gli giunge distante mentre scatena tutta la furia che ha dentro, afferrando, frantumando e distruggendo tutte quelle cose che ha pagato di tasca propria, per le quali ha lavorato tanto. Poi la mente di Max registra una minaccia che gli fa gelare il sangue nelle vene.

7

Ti tengo d'occhio, Jo, ti tengo d'occhio da molto tempo. So dove vai, cosa fai e con chi parli, conosco il tuo punto debole. Ci sono donne che diventano più forti con la maternità, più attente al pericolo, più pronte a reagire e a difendersi. Ma tu non sei una mamma tigre, Jo, tu sei una preda e, se provi a nasconderti da qualche parte con Elise, io verrò a cercarti. Voglio ciò che mi appartiene e so esattamente come riprendermelo.

8

Non avrei mai dovuto minacciare Max, ma volevo che la smettesse. Non l'avevo mai visto fuori di sé in quel modo, l'ho implorato di calmarsi, ma era come se non riuscisse a sentire né me, né nostra figlia che piangeva al piano di sopra, così gli ho detto che se ci fossimo trasferite non avrebbe più rivisto Elise.

Lui si è bloccato, rimanendo immobile in mezzo al soggiorno con lo sguardo fisso. Non su di me o sulle cornici rotte sul tappeto. Stava fissando il vuoto. Poi ha detto: «Elise sta piangendo, vado a vedere se sta bene», ed è corso fuori dalla stanza prima che potessi dire nulla, lasciandomi circondata da vetri rotti e schegge di legno.

Mentre Max era al piano di sopra che andava su e giù con passo pesante e mormorava qualcosa a voce bassa, io sono riuscita a mettermi carponi e finalmente, stringendo i denti, ad alzarmi. Quando sono arrivata alla porta del soggiorno, lui era già a metà delle scale, con la sua borsa nera da palestra in mano.

«Max, mi dispiace. Possiamo parlarne...»

È passato oltre, ignorandomi, ha aperto la porta di casa e si è voltato, gli occhi così pieni di dolore e risentimento da farmi mancare il respiro.

«Mami», dice Elise vedendomi attraversare la cucina zoppicando fino alla credenza dove teniamo le medicine, accanto al lavandino. «Mami, male cchiena?»

«Sì, tesoro, a mamma fa ancora male la schiena.» Rovisto fra le confezioni di cerotti, Calpol e compresse per l'indigestione, ma gli antidolorifici più forti che abbiamo in casa sono due pastiglie di paracetamolo.

Le mando giù con un bicchiere d'acqua, poi prendo il

piatto di Elise dal tavolo e lo metto nel lavandino, quindi pulisco la marmellata che le è caduta sulla maglietta con una salvietta umida. Gliene metterei una pulita, ma stamattina mi ci è voluto un sacco di tempo per fare qualsiasi cosa, e siamo già in ritardo di un quarto d'ora.

Riesco in qualche modo a infilare mia figlia nelle scarpe e nel cappotto e a farla uscire di casa. In quel momento, si apre la porta del civico 35 e vedo comparire la nostra vicina Naija, che cammina all'indietro per portare fuori il suo ingombrante passeggino doppio.

«Mi stanno facendo scoppiare la testa», dice, indicando i due gemelli di diciotto mesi, che urlano paonazzi. «Non vedo l'ora di partire per le vacanze, la settimana prossima.»

«Immagino. Mi ricordo quando...» Mi interrompo a metà frase.

Qualcuno ci sta guardando. Me lo sento, anche senza bisogno di girarmi.

Eccola lì, Paula, ferma all'angolo della strada che ci fissa.

«Naija, puoi tenere d'occhio Elise per un momento?» Mi chino e tento di sollevare mia figlia oltre il muretto che divide i nostri giardini, ma nel farlo sento un violento spasmo alla schiena e faccio una smorfia di dolore. Paula fa un'espressione vagamente divertita e poi se ne va, incamminandosi verso Wells Road.

«Ci penso io.» Naija prende Elise e la solleva oltre il muretto. Non appena la vedo fra le sue braccia, mi metto a zoppicare lungo il vialetto.

«Paula!» Cerco di correre, ma non riesco a stare dritta. Avanzo sul marciapiede, ondeggiando e corricchiando, i denti stretti per il dolore. Mi ci vuole un'eternità per raggiungere l'angolo. Sarà già lontana, ormai. Oggi anche un bambino di otto anni è più veloce di me. Appena svolto, ho un sussulto. «Paul...»

Mi fermo di colpo: Paula è proprio davanti a me, con le mani nelle tasche del giubbotto imbottito e i tacchi alti ben piantati a terra. Le avrei sbattuto contro, se non mi fossi fermata subito, ma lei non fa una piega né indietreggia mentre io mi avvicino. Mi guarda con quegli occhi sottolineati dal kajal, squadrandomi dalla testa fino alle Clarks consunte che ho ai piedi, poi si sofferma sul mio braccio, piegato all'indietro, a sorreggermi la schiena.

«Ciao, Jo.» La parte superiore del suo viso rimane immobile, mentre le labbra si piegano in un sorriso.

«Che cosa ci fai qui?»

Il suo sorriso non si scompone. «Mio figlio vive qui, te l'ho detto.»

«No, non è vero.»

«Ah sì?» Inclina la testa, sbattendo le ciglia cariche di mascara. I suoi occhi azzurri e gelidi sono fissi nei miei. «Che strano, giurerei di essere appena uscita da casa sua.»

«A quale civico vive?»

Si gira verso Wells Road, guardando la piccola folla riunita alla fermata dell'autobus a pochi metri di distanza. Una mamma distoglie rapidamente lo sguardo, per l'imbarazzo di essere stata sorpresa a origliare la nostra conversazione, ma una donna più anziana continua a guardare. Paula stabilisce un contatto visivo con lei, inclina la testa verso di me e alza gli occhi al cielo. Tanto vale che si metta a fare dei cerchi con il dito indice puntato alla tempia.

Intanto, su Brecknock Road, Naija è sempre ferma davanti a casa sua, una mano sul passeggino e una a stringere Elise. Quando si accorge che la sto guardando, solleva la mano dal passeggino e fa un cenno, con il palmo rivolto verso di sé. *Cosa succede?* Paula si muove. Anche lei la sta guardando.

«Lasciaci in pace», sibilo. «Non so chi tu sia o cosa voglia da noi, ma se non ci stai lontana chiamo la polizia.»

Paula si avvicina così tanto che sento il suo alito di fumo. «E cosa le dirai, Jo?»

Reagisco in modo istintivo, mettendo i palmi sul suo orribile giubbotto lucido e spingendola lontano. «Lasciaci in pace!»

«Oooh.» Si gira a guardare verso la fermata dall'autobus. Tutti ci stanno osservando, a bocca aperta. «Questa è un'aggressione!» Si volta di nuovo verso di me. «Credo che l'uomo con il cappotto nero stia per chiamare la polizia. Guarda, ha il telefono in mano. »

Non guardo, sono così furiosa che sto tremando. « Vattene », dico a denti stretti. « Lasciami in pace. »

« Lo farò, non appena tuo marito mi avrà restituito quello che mi ha portato via. »

« Non ti ha portato via nulla, non sa nemmeno chi sei! »

« Davvero? » dice con un sorriso sgradevole. « Perché altrimenti te l'avrebbe detto, giusto? »

« Che cosa significa? »

« Digli di ridarmi quello che mi appartiene e basta, Jo », mi intima e si volta per andarsene.

« Perché ce l'hai con me? » grido, mentre i suoi tacchi alti picchiettano già sul marciapiede. « Perché non lo chiedi a Max? »

Lei si gira di nuovo, ed eccolo lì, quello sguardo con le labbra serrate e gli occhi a fessura con cui mi ha fulminata in macchina. « Perché con te è più divertente, Jo. »

9

Cerco di trattenere le lacrime mentre accompagno Elise oltre la pesante porta di vetro del nido. Non so nemmeno cosa ci faccio qui.

Non ho detto a Naija quello che è successo con Paula. Elise mi stava guardando con occhi sgranati e impauriti, e sapevo che, se avessi detto anche solo una parola, sarei scoppiata in lacrime. E poi la conosco a malapena, la mia vicina di casa. Abbiamo fatto quattro chiacchiere sui bambini nel giardino davanti a casa e una volta le ho mandato un'email con alcune informazioni su un corso che le interessava, ma nessuna è mai stata a casa dell'altra.

«Vieni, tesoro, togliamoci il cappottino.»

Ho il fiato corto e mi sento sudata mentre metto la fascia elastica intorno al polso di mia figlia. Se riesco a rispettare il programma della giornata – nido, lavoro, nido, casa – andrà tutto bene. Elise è al sicuro qui, ho reagito in maniera esagerata l'ultima volta che sono venuta a prenderla: è impossibile che qualcuno porti fuori un bambino senza che il personale se ne accorga. Quando Elise ha iniziato a frequentare il nido, ho dovuto dare a Sharon un elenco con i nomi delle persone che avrei potuto mandare a prendere la bambina, con la relativa descrizione fisica, e poi ho dovuto indicare una parola d'ordine. Non affiderebbero mia figlia a qualcuno che non la conosce.

Tolto il cappotto a Elise, la guido verso la stanza dedicata ai bimbi di due anni, sperando con tutta me stessa che Sharon oggi non ci sia. L'ultima volta mi ha guardata in modo strano e c'è qualcosa in lei che mi fa sentire a disagio. Almeno una volta a settimana, mi prende da parte per rimproverarmi perché non ho messo l'etichetta ai vestiti di Elise o perché mi sono dimenticata di portare delle foto di famiglia da mostrare.

«Jo!» Una donna dallo sguardo perplesso, con una bimba in braccio e un bimbo scalzo mi fa cenno di aiutarla. Sono così stressata che non ricordo come si chiama. «Puoi tenere Mia mentre infilo le scarpe a George, per favore?»

Mi mette la bimba fra le braccia prima che io possa rispondere. Sento una fitta alla schiena per il peso.

«Quello George», dice Elise indicando il bambino che sta lanciando allegro le scarpe in giro per l'ingresso, mentre la madre cerca di recuperarle. «Bimba», aggiunge, indicando il fagotto dalle guance rosse che sbava fra le mie braccia.

«Sono esausta», dice l'altra donna, accucciandosi vicino a suo figlio. Gli prende un piede e lo infila nella scarpa. «Mia mi sveglia ancora ogni tre ore per la poppata. Ha sei mesi, dannazione. Ti assicuro che George alla sua età dormiva tutta la notte.»

«Sembra che stia mettendo i dentini», dico mentre tampono un po' della bava della piccola con la mussola che ha sotto il collo.

«Quattro denti! Quando la allatto, morde. Non credo che i miei capezzoli reggeranno a lungo.» Alza lo sguardo verso di me. «Scusa, ho esagerato con i dettagli.»

«Figurati, ci sono passata anch'io. La prima volta che Elise l'ha fatto, ero così sorpresa che l'ho spinta via ed è caduta a terra!»

L'altra mamma ride, ma s'interrompe bruscamente e si affretta a distogliere lo sguardo. Sharon è comparsa di fianco a me, con le braccia incrociate e gli occhi pieni di disapprovazione.

«Non credo che rischiare di far male a un bambino sia qualcosa di cui ridere, o sì?» Sharon non aspetta la mia risposta, ma prende la mano di mia figlia e la guida al cancello. «Vieni, Elise, entriamo.»

La guardo a bocca aperta mentre accompagna Elise nella stanza senza darmi l'occasione di salutarla.

«Non preoccuparti di Sharon», dice l'altra donna a bassa

voce, mentre aiuta suo figlio ad alzarsi e recupera la bimba. «Quando avrà dei figli, capirà.»

«Ok, Jo», dice la poliziotta all'altro capo del telefono. «Ho registrato tutto quello che mi ha detto. Le ho dato il numero di riferimento per il suo caso, giusto?»

Picchietto sul numero scritto nel taccuino davanti a me, anche se lei non può vedermi. «Sì, l'ho segnato.»

«Un agente verrà domani a casa sua per raccogliere una deposizione più dettagliata.»

«Mi sa... mi sa dire a che ora?» Mi sento in colpa a chiederle queste cose, visto che è stata tanto disponibile quando le ho detto che avrei fatto fatica a andare in centrale a causa della mia agorafobia.

«Temo che non ci sia un orario definito.»

Questo significa che dovrò prendermi mezza giornata di ferie dal lavoro e sperare che non vengano proprio mentre sono al nido a prendere Elise. Magari potrei tenerla a casa con me?

«Ok», rispondo. «Va bene.»

«Perfetto. Se dovesse succedere qualcosa prima, prenda nota del giorno, dell'ora e di cosa è successo e ci richiami, indicando il numero di riferimento che le ho dato. Se teme un pericolo immediato, chiami il 999. D'accordo?»

«Ok.» Alzo lo sguardo al soffitto, mentre le lacrime mi si raccolgono negli occhi, poi faccio un respiro distensivo. Non mi aspettavo che la polizia mi prendesse sul serio, non dopo la reazione di Max.

«C'è altro che posso fare per lei?»

Vorrei dirle che ho paura, che sono a casa da cinque minuti e che scatto a ogni rumore e a ogni ombra che passa accanto alla finestra del soggiorno. Vorrei dirle che ho paura che quando verrà un altro poliziotto a parlarmi dovrò ammettere di aver spintonato Paula in strada. Ci sono dei testimoni, almeno cinque o sei, e se la polizia rintracciasse Paula e lei sporgesse denuncia, la mia carriera sarebbe finita. Perderei il lavoro all'università e non potrei trovarmene un altro, né qui, né a Chester, né da nessun'altra parte.

«Aspetti!» dico prima che riattacchi. «Ho cambiato idea, non voglio che mandiate nessuno a casa.»

«Come sarebbe?» Percepisco la frustrazione nella sua voce.

«Io... Io... va tutto bene. Andrà tutto bene. Io... credo di aver reagito in modo esagerato. Mi scusi, sta cadendo la linea. Grazie per il suo tempo, grazie ancora. Arrivederci!»

Premo il tasto per terminare la chiamata e faccio una smorfia, mentre mi siedo sul divano. Al lavoro ho resistito meno di mezz'ora. Dieci minuti dopo essermi seduta alla scrivania, la schiena mi faceva così male che volevo piangere. Poi, quando ho chiamato il mio medico per prendere un appuntamento e la segretaria mi ha detto che non c'erano posti liberi per i prossimi cinque giorni, non ho più trattenuto le lacrime. Diane, il mio capo, mi ha guardata e mi ha rimandata a casa. Sono quasi svenuta per arrivare alla macchina, e il dolore non vuole scomparire.

Controllo il telefono per vedere se Max ha risposto ai messaggi vocali e di testo che gli ho lasciato al lavoro, in cui mi scusavo per quello che ho detto ieri sera e gli raccontavo cosa è successo con Paula. Quando mi sono svegliata ho preso il telefono, aspettandomi un messaggio mortificato di scuse da parte di mio marito. Si è arrabbiato altre volte, ma non ha mai distrutto niente, mai. Si è comportato in maniera così insolita che mi ha spaventato. Non ho trovato nessun nuovo messaggio, però. E non si è fatto sentire: né chiamate né messaggi, nulla. Non so cosa mi aspettassi. Forse «Scusa» o «Avrei dovuto crederti», o almeno un «Parliamo», e invece niente. Sa di aver perso il controllo, ieri sera, e l'unica ragione possibile del suo silenzio è che vuole farmela pagare per ciò che ho detto. Per questo mi sono scusata: uno dei due doveva fare il primo passo.

Zoppico fino in cucina, appoggiandomi ai muri per sostenermi, e frugo di nuovo tra i medicinali, ma niente di più forte del paracetamolo è miracolosamente comparso durante la notte. Ho già preso le due compresse di ibuprofene che mi ha dato Diane, ma non hanno neanche scalfito il dolore. Prendo la borsa dal piano della cucina, dov'era rimasta dal mio rientro, e la capovolgo. Cadono il mio portafogli, le chiavi, trucchi, fazzoletti, vari pezzi di carta e monetine. E poi qualcos'altro: una confezione di pillole che non mi appartiene. Le raccolgo e le giro. Sono i miorilassanti di papà. Mamma voleva darmeli quando le ho detto che mi faceva male la schiena, ma io mi ero rifiutata di prenderli dicendo che sarebbero bastate un paio di compresse di paracetamolo. Deve avermele infilate in borsa prima che uscissi. Nella confezione non c'è il foglietto illustrativo, ma una rapida ricerca su Google mi informa che gli effetti collaterali sono capogiri, sonnolenza, secchezza delle fauci e possibile assuefazione. Niente di allarmante. In un attimo, decido di tirare fuori dal blister due compresse e me le metto in bocca. Mentre le mando giù con un bicchiere d'acqua, mi sento sopraffare da un'ondata di stanchezza. Non ho quasi chiuso occhio ieri sera, fra il dolore e i postumi del litigio con Max. Guardo l'orologio mentre mi trascino lungo l'ingresso, verifico che la porta sia chiusa a doppia mandata e vado in soggiorno per stendermi sul divano. Sono le 12.15. Mi farò un paio d'ore di sonno e, con un po' di fortuna, poi mi sentirò meglio. Magari riuscirò anche a lavorare qualche ora al portatile prima di andare a prendere Elise.

Mi sveglio di colpo, ma ho la mente così annebbiata che impiego qualche secondo a capire dove mi trovo. Il soggiorno è al buio, il divano è bitorzoluto e scomodo e la casa è avvolta dal silenzio. Giro la testa: fuori è buio, ma le imposte sono ancora aperte. Una sensazione di disagio inizia a farsi largo nella mia testa, ma sono ancora nella morsa del sonno, intontita e rallentata. Sollevo un braccio e guardo l'orologio nella semioscurità: le 18.14.

Oh, mio Dio! Scatto a sedere e faccio una smorfia, premendomi una mano sulla schiena. Le sei passate! Dovevo essere al nido alle cinque e mezzo per prendere Elise. Oh, mio

Dio! Un brivido mi attraversa mentre afferro il cellulare. Cinque chiamate senza risposta: tre dall'asilo e due da Max.

Mi alzo in piedi con cautela e prendo il cappotto dalla ringhiera. Premo il pulsante della segreteria telefonica e mi attacco il telefono all'orecchio mentre mi precipito fuori di casa incespicando e mi avvio in strada, zoppicante.

Ciao, Jo, sono Sharon dell'asilo. Dovevi passare a prendere Elise un quarto d'ora fa. Mi dispiace di doverti ricordare di nuovo la puntualità, ma dovresti informarci quando sei così in ritardo.

Ciao, Jo, sono ancora Sharon. Puoi richiamarci appena senti questo messaggio?

Ciao, Jo, sono quasi le sei ed Elise è piuttosto preoccupata perché nessuno è ancora venuto a prenderla. Abbiamo chiamato tuo marito.

Jo, sono Max. Dove sei? Ho appena sentito il tuo messaggio su Paula, e dal nido mi hanno chiamato per dirmi che non sei passata a prendere Elise. Dove sei? Chiamami per favore! Chiamami appena senti questo messaggio!

Vado io a prendere Elise. Chiamami appena senti il messaggio.

Sto tremando. Mi passo una mano sul viso per scostarmi i capelli dalla fronte umida. L'asilo è solo a un paio di isolati di distanza, ma sembrano chilometri. Sei ore! Ho dormito sei ore. Il telefono ha squillato cinque volte e non ho sentito niente. Cazzo, non avrei dovuto prendere le pillole di papà. Sarei dovuta andare in farmacia, avrei dovuto...

Mi fermo poco fuori dal nido: non ci sono macchine parcheggiate all'esterno, e dentro è tutto buio. Nell'ingresso non si vedono passeggini, e l'attaccapanni, di solito pieno di piccole giacche e borse, è vuoto. Afferro una delle sbarre di metallo del cancello ma non ci provo neanche ad aprirlo. È troppo tardi. Elise non c'è più.

10

Quando suona il suo telefono, alle 18.35, Max lo afferra subito e preme il tasto per rispondere. Da oltre mezz'ora, cammina avanti e indietro per la stanza facendo chiamate che terminano tutte nello stesso modo: «No, non ho visto Jo oggi», «No, non l'ho sentita» e «Spero che stia bene, fammi sapere quando la trovi».

Mentre accosta il telefono all'orecchio, sorride a Elise per tranquillizzarla, ma lei è troppo impegnata per notarlo: sta giocando con una bambola di plastica che Max ha trovato nella sua borsa del nido.

«Jo?» Parla a voce bassa, per non allarmare la piccola. «Jo, ci sei?»

«Dov'è Elise? È lì con te?» Sente la paura nella voce di sua moglie.

«Sì. Dov'eri finita?»

Sua moglie tira un sospiro di sollievo e poi scoppia improvvisamente a piangere. «Oh, mio Dio!» grida fra un singhiozzo e l'altro. «Oh, mio Dio! Oh, mio Dio!»

Max si alza e va in bagno, così può continuare a tenere d'occhio Elise dalla porta aperta, ma senza che lei senta cosa si dicono. «Jo, riesci a dirmi dove sei?»

«Sono... sono a casa.»

«Stai bene?»

«Sì.» La sente fare un profondo respiro interrotto da brevi singhiozzi acuti, e capisce che si sta calmando.

«Cos'è successo?»

Sua moglie rimane in silenzio, la sente tirare su con il naso e poi fare un debole lamento, mentre inspira e poi espira.

«Jo, cos'è successo?» ripete Max.

«Mi sono svegliata ed era buio, ho dormito più del previsto. Sono rientrata a casa prima dal lavoro perché avevo mal di schiena e mi sono addormentata sul divano. Oh, mio Dio, mi sento così... »

« Stavi dormendo? » Max aveva visto le sue chiamate sul telefono la mattina, ma le aveva ignorate. Era andato in tribunale per un articolo su un caso di violenza domestica e si era accorto che c'era qualcosa che non andava solo quando, al rientro in ufficio, era stato chiamato dal nido. Aveva provato a chiamare Jo, ma non ricevendo nessuna risposta si era preoccupato. Era successo qualcosa al lavoro? O era bloccata da qualche parte in preda a un attacco di panico? Poi si era ricordato di quello che lei gli aveva detto su Paula. « Stavi dormendo? » ripete, senza riuscire a nascondere l'incredulità. « Jo, siamo tornati a casa, ma l'abbiamo trovata chiusa dall'interno. Ho dato dei colpi alla porta e mi sono messo a urlare attraverso la buchetta delle lettere, non mi hai sentito? »

« No. » Le trema la voce. « Non ho sentito nulla. »

« Ho chiamato tutti i tuoi amici, stavo per chiamare la polizia. »

« Oh, mi spiace tanto. Dove sei adesso? Puoi portare Elise a casa? Ho bisogno di vederla. »

« Ho... » Max s'interrompe. Non riesce a scacciare dalla testa il pensiero che lo tormenta. « Ho fatto molto rumore, Jo, ho picchiato sulla porta più volte. Avrei svegliato chiunque. »

« Ma io... avevo preso qualcosa. »

Max stringe più forte il telefono. « Cosa? »

« Dei miorilassanti di papà, che mi ha dato mia madre. Mi faceva troppo male la schiena, Max, e il dottore non poteva visitarmi. »

« Hai preso dei farmaci prescritti per una persona che sta morendo di malattia del motoneurone? Sei impazzita? »

« Ero disperata! Stavo malissimo. Non hai idea... »

« No, Jo. *Tu* non hai idea. Te l'ha detto Sharon che Elise si è fatta la pipì addosso perché nessuno è andato a prenderla? »

« No, io... »

« E che ha dovuto metterle le mutandine di un'altra bambina perché tu avevi dimenticato di portare la sua borsa stamattina? E oltretutto, Elise era *sporca*, Jo. Aveva la maglietta macchiata ed era spettinata...»

«Ti prego, Max, non farmi sentire ancora più in colpa. Stamattina mi muovevo a malapena, ho preparato Elise come meglio ho potuto. Me ne sono dimenticata, della borsa, non l'ho fatto apposta!»

Jo prova ancora a spiegarsi, ma Max ha smesso di ascoltare, sta pensando a suo padre. Aveva dodici anni la prima volta che l'ha trovato svenuto sul divano. Era appena tornato da scuola e, dopo aver aperto la porta di casa, aveva sentito uno strano odore agrodolce, simile all'aceto. Sul pavimento del bagno aveva trovato un pezzo di carta d'alluminio, con sopra un liquido marrone appiccicoso.

«L'hai già fatto prima?» chiede.

«Cosa?»

«Prendere sostanze a casa.»

«Parli sul serio?»

«Certo, altrimenti non te lo chiederei.»

Negli ultimi mesi il comportamento di Jo è diventato sempre più imprevedibile. Max aveva dato la colpa all'agorafobia e alla sua salute mentale. Anzi, *lei* aveva dato la colpa a tutto questo. Nessuno dei due era riuscito a capire perché lei peggiorasse invece di migliorare. A meno che non si stesse curando da sola...

Sua moglie sospira. «Non posso credere che tu mi stia chiedendo una cosa del genere.»

«Sharon ha detto che sembravi alterata l'altro giorno, quando sei andata a prendere Elise.»

«È stato dopo che Paula mi ha minacciata! Accidenti, Max, ma ti senti? Sei ridicolo. Dai, porta a casa Elise.»

«Ha detto anche che hai fatto cadere deliberatamente Elise da neonata.»

«La stavo allattando e mi ha dato un morso! Non l'ho fatto apposta. Insomma, Max, perché stiamo discutendo di questa cosa? Porta a casa Elise o io...»

«Cosa fai? La porti a Chester e non me la fai più vedere?»

Max è così furioso che sta tremando. Jo non ha visto in che condizioni era Elise quando è andato a prenderla: al nido avevano fatto del loro meglio per distrarla, ma la piccola aveva gli occhi rossi e gonfi, le guance rigate dalle lacrime. Come se non bastasse il fatto di dover stare sempre chiusa in casa mentre gli altri bambini giocano e ridono all'aria aperta. Max si era sforzato di comprendere il periodo che Jo stava passando. L'aveva sostenuta e ascoltata, aveva trascurato le sue necessità personali, dicendosi che le serviva solo un po' di tempo, ma ora Jo si stava trasformando in una persona che lui non riconosceva più.

«Max, non fare così. Ti ho detto che mi dispiace, ti ho mandato un messaggio e...»

«Hai idea di quanto mi sia preoccupato, Jo? Pensavo che Paula ti avesse fatto del male. Hai già chiamato la polizia?»

Jo esita un attimo. «No.»

C'è qualcosa nella voce esitante di Jo che fa irritare Max. «E perché no? L'altra sera ti sei arrabbiata con me perché non ti prendevo sul serio e adesso...» Sospira. «Non risolviamo niente così. Ascoltami, siamo all'Holiday Inn. Elise sta bene, può dormire qui con me stanotte, e domani la porto io all'asilo. Se passi tu a prenderla dopo il lavoro, ne parliamo quando torno. Ok?»

«Non... non lo so. Avrei davvero bisogno di vederla adesso, Max.»

«Sta bene, dico sul serio.» Vede sua figlia scendere dal letto e andargli incontro sgambettando, con un bel sorriso e le braccia tese per farsi abbracciare. «Scusami se ho esagerato, ma ero in pensiero per te e per Elise.»

«Scusami tu, non volevo spaventarti. Davvero, Max, quando mi sono svegliata e ho capito cos'era successo...» S'interrompe. «Posso parlare con Elise? Ti prego, ho bisogno di sentire la sua voce.»

«Certo.» Accosta il telefono all'orecchio della bambina. «Elise, amore, c'è la mamma. Salutala.»

Ascolta la conversazione ingarbugliata di sua figlia con la madre, poi s'impossessa nuovamente del telefono.

« Devo andare. C'è un Tesco qua vicino, mi servono un po' di cose per la notte e dei vestiti da mettere domani a Elise. »

« Potreste venire a casa, ci sono i suoi vestiti qui », dice Jo, ma il tono bellicoso non c'è più. Ha accettato il fatto che non torneranno a casa stasera.

« Buonanotte, tesoro », dice Max. « Ci vediamo domani sera. »

« Ok, ciao. »

Finita la telefonata, Max crolla contro la porta del bagno, esausto. Sua figlia, ancora in piedi accanto a lui, allunga le braccia e Max la solleva. Preme il viso tra i suoi ricci biondi e chiude gli occhi, mentre le manine di sua figlia gli accarezzano il collo.

11

Ti ho vista, Jo. Ti ho vista dormire, sdraiata sulla schiena, con le mani poggiate sullo stomaco come un cadavere. Proprio una bella dormita, vero? È stata riposante? Devi restare sveglia, Jo, devi fare attenzione a quello che succede intorno a te, perché altrimenti, se chiudi gli occhi anche solo per un secondo, perderai tutto ciò a cui tieni. Oh, no, è troppo tardi, sta già succedendo.

12

Max esce dalla porta girevole in vetro del palazzo del *Bristol News*, con la borsa del portatile in spalla e il cellulare in mano. È in ritardo per l'intervista a una vecchietta, ennesima vittima di una truffa organizzata da due uomini travestiti da ispettori della rete fognaria: uno le ha svaligiato la casa, mentre l'altro la teneva occupata a parlare in soggiorno. Sta pensando di scriverci un articolo per mettere in allerta i lettori, ma ogni volta che ripassa mentalmente le domande che deve fare, altri pensieri arrivano a distrarlo: la continua preoccupazione riguardo alla discussione avuta con Jo la sera prima.

Ieri mattina ha lasciato Elise al nido ed è andato al lavoro. Quando è passato da casa, più tardi, Elise gli si è lanciata addosso non appena ha varcato la soglia, ma Jo non ha quasi reagito. Non si è alzata dal divano e si è irrigidita quando lui si è chinato a baciarla. Max non capiva se lei si sentisse in colpa per aver lasciato sola Elise al nido, o se fosse arrabbiata con lui per come aveva reagito, però non ha voluto obbligarla a parlarne. Ha atteso che Elise fosse a letto, poi ha aperto la tracolla per prendere una bottiglia del vino preferito di Jo.

«In segno di pace.»

«Grazie.»

Ha seguito sua moglie in cucina, dove lei ha aperto la bottiglia e gli ha offerto un bicchiere.

«Ti chiedo scusa», le ha detto mentre si accomodavano sul divano. «Scusa per tutto quello che è successo, e per aver dato di matto quando ho scoperto che stavi cercando casa a Chester. Ho reagito in maniera esagerata, e lo stesso vale per quando mi hai detto che avevi preso i farmaci di tuo padre. È colpa dell'indagine», ha continuato. «Mi ha reso nervoso e irritabile. Lo so che non può essere una scusa, ma dopo aver passato sei mesi con quella feccia, mi aspetto sempre il peggio dalla gente. Ho esagerato e mi dispiace tanto, Jo, non avrei dovuto prendermela con te.»

Lei ha continuato a guardarlo negli occhi mentre lui le chiedeva scusa, ma il suo sguardo aveva qualcosa di strano, sembrava distante. Quell'espressione non è svanita neanche per un momento, nemmeno quando si è offerto di trasferirsi a Chester con lei ed Elise. Max si aspettava che si sarebbe emozionata, che il suo viso si sarebbe illuminato, ma invece di gettargli le braccia al collo e gridare di gioia, Jo si è allontanata dicendo: «Credo che entrambi abbiamo bisogno di spazio, dopo tutto quello che è successo».

Il suo primo istinto è stato di farsi prendere dal panico e dirle che quella era l'ultima cosa di cui avevano bisogno, ma si è trattenuto. È rimasto calmo, dicendole che era comprensibile, che non era un problema e che sarebbe rimasto in hotel per due o tre notti. Il problema, però, c'era eccome, perché lui non voleva stare lontano dalla sua famiglia.

«Ciao, Martin.»

Gli sembra di sentire una voce femminile mentre gira a destra fuori dal palazzo del *Bristol News*, diretto all'autosilo dove ha parcheggiato l'auto, ma la ignora.

«O forse devo chiamarti *Max*?»

Si gira di scatto. Una donna con i capelli ossigenati, un giubbotto nero imbottito e il trucco pesante gli sorride decisa.

«Sembri sorpreso di vedermi, Max.»

«Ci conosciamo?»

«Certo, ho capito.» La donna guarda platealmente a destra e a sinistra, come se stesse controllando se qualcuno è in ascolto. «O l'hai detto per tua moglie? C'è anche lei? Mi piacerebbe rivederla.»

Max l'afferra per le spalle. «Stai lontana da mia moglie.»

Paula non si spaventa. Non grida. Lo guarda fisso negli occhi. «Cosa ti aspettavi, dopo aver ignorato le mie telefonate?»

«Lasciala in pace.»

«Toglimi le mani di dosso. Subito», aggiunge mentre una coppia di mezza età li supera sul marciapiede.

L'uomo si volta a guardare, con un'espressione preoccupata.

«La faccio breve», dice Paula a bassa voce. «Tu mi ridai quello che mi hai rubato e non ci rivedremo mai più.»

«Non so di cosa tu stia parlando.»

«È questo che hai detto a tua moglie?»

«Hai qualche problema mentale?» Max si gira verso l'ingresso del *Bristol News*. Amy è dietro il bancone della reception, ma Scott, l'addetto alla sicurezza pieno di tatuaggi, non c'è. Sarà da qualche parte a mangiare pizza, oppure al bagno a guardarsi un porno sul telefono mentre fa i suoi bisogni con comodo.

«Puoi andare avanti quanto vuoi con questa messinscena», dice Paula con dolcezza alle sue spalle. «Puoi far finta di non sapere chi sono o che cosa voglio, ma non sai nemmeno il mio cognome, Max.»

«Lo scoprirà la polizia.» La guarda in faccia. «Jo ha sporto denuncia, avvicinati di nuovo a lei e sarai arrestata.»

Sta mentendo, ma non ha intenzione di ammetterlo. Dio solo sa perché Jo non ha chiamato la polizia. Una persona sana di mente l'avrebbe fatto di sicuro, ma Jo non sta bene. Ha paura anche della sua ombra, reagisce in modo eccessivo e vede pericoli dove non ce ne sono.

«La polizia?» Paula inclina la testa di lato e sorride. Dietro le labbra, piene e rosse, Max vede i denti macchiati dal tabacco. Dritti, ma gialli. «Proprio una mossa coraggiosa, Max, visto che arresterebbero anche te dopo aver visto le immagini delle telecamere di sicurezza.»

«Telecamere di sicurezza? Ah, davvero? Dio ti manda dei messaggi tramite i protagonisti di *EastEnders*? Forse dovrei chiamare il tuo infermiere, che ne dici? Oppure un medico? Ci vediamo, Paula.» Fa un cenno con la mano e se ne va.

Quella donna potrà anche aver spaventato sua moglie, ma non spaventerà lui. Per quanto delirante possa essere, Paula sarà alta al massimo un metro e sessanta per sessanta chili, mentre lui è quasi un metro e novanta per oltre ottanta chili.

«Ti pentirai di avermi ignorato!» gli grida Paula mentre lui entra nel parcheggio. «Mi riprenderò quello che è mio, anche se dovessi distruggere la tua famiglia.»

Max beve un sorso di birra e si mette comodo sulla sedia. Il bicchiere sobbalza sul tavolo quando lo rimette giù. L'intervista con la signora Jacobs è andata bene, ha raccolto dichiarazioni interessanti e il fotografo che ha incontrato a casa della donna ha scattato foto commoventi, facendola sembrare vulnerabile ma coraggiosa, eppure Max non è riuscito a smettere di pensare all'incontro con Paula. La minaccia che lei gli ha gridato contro mentre entrava nel parcheggio lo ha turbato. Sul momento l'ha ignorata, ma adesso gli è entrata nella testa e lo fa sentire suscettibile e a disagio.

Beve un'altra sorsata di birra, poi prende il telefono. Deve parlare con Jo del suo ritorno a casa, non c'è spazio personale che tenga.

La chiama, ma il numero è occupato. Aspetta qualche secondo e riprova, ancora occupato. Potrebbe scriverle, ma è facile fraintendere un messaggio, devono parlare. Va su Facebook per far passare qualche minuto, in attesa che Jo finisca la sua chiamata. Scorre la home, trovando le solite cose: gente che si vanta senza darlo troppo a vedere, foto di cibo, aggiornamenti sulla salute di qualcuno e lamentele politiche, ma niente di interessante. Continua a scorrere sempre di più, ignorando gli aggiornamenti dei suoi amici, poi si ferma su un post di Jo: Elise che lo guarda dall'altra parte dello schermo. È seduta al tavolo della cucina con un piatto di uova strapazzate davanti a sé e del ketchup sparso sul viso, e sta ridendo, ride proprio di gusto. Guarda l'orario sulla foto, le 7.31, e sente una fitta di dolore al petto. Mentre sua moglie e sua figlia facevano colazione in allegria, lui si svegliava in una squallida stanza d'hotel, da solo.

Continua a fissare la foto, e un pensiero inquietante si fa

strada nella sua mente. Sono passate quasi ventiquattr'ore da quando ha proposto a Jo di trasferirsi a Chester e lei non ha ancora detto cosa ne pensa. Gli ha mandato un messaggio per dirgli che aveva lasciato Elise al nido mentre andava in ufficio, ma nient'altro. Che cosa le passa per la testa? Dovrebbe essere al settimo cielo alla sua proposta di trasferirsi a Chester. Non è quello che desiderava? O il suo piano riguardava solo lei ed Elise? Gli ha chiesto di lasciarle un po' di spazio e lui l'ha accontentata, entrambi hanno bisogno di tranquillità dopo quello che è successo, ma non sapere come lei si sente lo sta uccidendo.

Esce dalla sua pagina Facebook e si ricollega di nuovo, ma stavolta usando le credenziali di Jo. L'ha vista digitare la password sul suo telefono più di un anno fa, quando si era collegata a Facebook da un ristorante in cui avevano portato Elise a pranzo, durante un fine settimana. LiLi1108: il nome di sua figlia e le prime quattro cifre della sua data di nascita. Era stato sul punto di consigliarle di cambiarla perché era troppo facile da indovinare, ma aveva deciso di lasciar perdere.

Trattiene il respiro mentre clicca su ACCEDI. Sicuramente l'avrà cambiata.

E invece no, la pagina si carica e Max entra nel profilo di Jo. Fa un gran sospiro quando clicca sull'icona dei messaggi e, scorrendoli a uno a uno, sente una scarica di adrenalina. Non dovrebbe spiare sua moglie, ma non riesce a ignorare la sensazione di inquietudine che sente e...

Trattiene il respiro. Jo ha inviato un messaggio alla sua amica Helen alle 9.27 di quella mattina. Il pannello di anteprima del messaggio mostra solo le prime cinque parole.

Voglio il divorzio da Max.

13

«Dov'è papà? Mami, dov'è papà?» Elise vaga da una stanza all'altra, sporgendosi oltre il bancone della cucina e sbirciando nel bagno del piano terra. Si è convinta che Max stia giocando a una specie di nascondino. Dopo aver completato il secondo giro esplorativo della cucina, fa una smorfia e si lascia cadere sulle mattonelle del pavimento.

«Papà arriva presto, amore. Avrà sicuramente fatto tardi al lavoro.»

Martedì sera ho chiesto a Max di lasciarmi un po' di spazio. Avevo intenzione di parlargli di separazione, ma sono rimasta disorientata quando ha proposto di trasferirci a Chester. Mi si è spezzato il cuore nel vedere il suo sorriso che sfumava piano piano in un'espressione confusa. Tempo fa la sua idea mi avrebbe entusiasmata, ma sono cambiate tante cose negli ultimi anni, siamo cambiati entrambi. Io sono una matta che ha bisogno di aiuto, lui un maniaco del lavoro. Non avrei mai pensato che potesse mettere a rischio la nostra sicurezza, e invece l'ha fatto. Qualsiasi legame abbia con Paula, deve avere a che fare con il suo lavoro. Si è occupato di tanti processi, è inevitabile che ci sia qualcuno che nutre rancore verso di lui. Anzi, verso di noi. Ieri sono stata tutto il giorno ad arrovellarmi su questa decisione, ma stamattina, quando mi sono svegliata, avevo le idee chiare. Sapevo cosa fare.

Max ha detto che sarebbe rientrato al solito orario stasera, ma sono le 18.45 e non si è ancora visto. A quest'ora di solito Elise ha già fatto il bagno ed è in pigiama, ma mi sono attardata per farle passare un po' di tempo con Max prima di andare a dormire.

Mi suona il telefono, un messaggio di Helen.

Scusa, scusa, scusa. Sono una pessima amica, pensavo di averti risposto e invece no. Ho appena letto il tuo messaggio su Facebook. Che cos'è successo?! Posso chiamarti ora se vuoi!

«Mami, dov'è papà?» chiede di nuovo Elise, ma stavolta s'interrompe quando sente bussare forte alla porta di casa. Raggiante, si alza dal pavimento, con le mani sulle mattonelle e il sedere verso l'alto, e trotterella verso l'ingresso.

«Max», dico aprendo il chiavistello. «Non mi sono chiusa dentro, potevi usare la tua...»

Ma fuori dalla porta non trovo mio marito.

«La signora Joanne Blackmore? Sono il sergente investigativo Merriott della polizia di Avon e Somerset.» Mi mostra per un attimo il suo distintivo. «Posso entrare?»

Ci sono quattro agenti davanti a casa mia: tre uomini e una donna. L'uomo più vicino a me è calvo, indossa occhiali spessi dalla montatura nera e ha un'espressione severa.

«Che cos'è successo?» Appoggio una mano sulla spalla di Elise per tranquillizzarla e cerco di tenere calma la voce. Il sergente Merriott mi guarda in un modo che mi fa sentire a disagio. «È per la storia di Paula? Ho detto all'altra agente che avevo cambiato idea sulla denuncia.»

«Possiamo parlarne in casa per favore, signora?»

«Sì, certo, va bene.»

Accompagno Elise in soggiorno, mentre il sergente Merriott e la poliziotta mi seguono. Gli altri due agenti rimangono nell'ingresso. Elise corre subito verso la scatola dei giochi accanto al bovindo, invece io mi siedo sulla poltrona. Il sergente si accomoda sul divano e la donna si accovaccia vicino a Elise e comincia a parlarle, chiedendole qual è il suo giocattolo preferito.

«Signora Blackmore.» Il sergente Merriott infila una mano nella tasca interna della giacca. «Ho un mandato di perquisizione per la sua proprietà. Abbiamo motivo di credere che lei detenga o distribuisca sostanze illegali, e questo mandato ci conferisce l'autorità di perquisire le stanze di casa sua e gli edifici annessi.»

Mi consegna un documento dall'aspetto ufficiale, in cui compaiono il mio nome e indirizzo in cima, e la firma di un giudice in calce.

«Droga?» Pronuncio quella parola in maniera aggressiva. Quando Elise si gira a guardarmi, abbasso il tono di voce. «Dev'esserci un errore, nessuno in questa casa fa uso di droga.»

«Non c'è nessun errore, signora.» Fa un cenno verso i due poliziotti in attesa nell'ingresso. «L'agente Beare e l'agente Bagnall condurranno una perquisizione, cercando di non creare troppo disordine.»

«Cercheranno fra le mie cose? Tutti i miei effetti personali?» Il pensiero mi fa star male.

«Perquisiranno tutto.»

«C'è una scatola di legno», dico. «È in quella credenza. C'è... ci sono dentro dei ricordi, di un bambino che abbiamo perso. Impronte delle mani e dei piedi, un cappellino. Vi prego...» Guardo i due uomini nell'ingresso. «...vi prego di trattarla con cura.»

I poliziotti guardano il sergente Merriott, che annuisce.

«Allora noi iniziamo, sergente», dice il più giovane dei due.

Rimango seduta al mio posto, rigida per lo shock, mentre gli agenti si dirigono nello studio di Max. Li sento muoversi per la stanza trascinando le scarpe avanti e indietro sul parquet, aprire e chiudere cassetti e rovistare fra le carte. È come essere svaligiati mentre si è in casa. Questa è casa mia, il luogo in cui mi sento al sicuro. Vorrei correre nello studio e dirgli di andarsene.

Invece dico: «Posso chiamare mio marito?»

Il sergente Merriott abbassa lo sguardo sul taccuino che tiene in mano. «Max Blackmore», dice, più a se stesso che a me. «Giornalista del *Bristol News*. Le informazioni che abbiamo ricevuto riguardano direttamente lei, ma se trovassimo qualcosa dovremo parlare anche con suo marito.»

Sento una vampata di panico. «La prego! Devo dirgli cosa sta succedendo.»

Vedo contrarsi un muscolo della sua mascella. «Temo che questo non sia possibile.»

I poliziotti passano dallo studio di Max alla cucina. Aprono e chiudono gli sportelli della credenza, facendo tintinnare i vetri e le stoviglie mentre continuano la loro ricerca. Dev'esserci un errore, non c'è altra spiegazione per quello che sta succedendo. Max è del tutto contrario all'uso di droghe e io non ne prendo da quando avevo vent'anni. Dev'essere colpa di Paula.

«Credo di sapere perché sta succedendo tutto questo», dico, e il sergente Merriott si gira improvvisamente a guardarmi. «Una persona di nome Paula le ha detto che sono una spacciatrice?»

«Non mi è concesso rivelare i dettagli, signora Blackmore, posso solo dirle che in assenza di un motivo valido non sarebbe stato emesso un mandato.»

Ho una stretta al cuore per l'esasperazione, ma gli racconto di Paula mantenendo un tono di voce basso e tranquillo.

Mentre parlo, il sergente mi guarda con attenzione, ma non si muove. Resta fermo con le mani in grembo, una sulla coscia e l'altra sul taccuino.

Mi fermo per riprendere fiato. «Perché non prende nota? Potrebbe essere importante.»

«È possibile. Cosa ha detto suo marito quando gli ha raccontato di questi episodi?»

«Be', io... gli ho solo raccontato della prima volta. Non gli ho detto della seconda perché... perché...» Cosa posso dire? Di certo non che ho spintonato Paula né che ho preso i farmaci di papà e mi sono dimenticata di andare a prendere Elise all'asilo. «Perché Max non mi ha presa sul serio quando gli ho raccontato il primo episodio. Ha detto di non conoscere nessuna Paula, ma lui è un giornalista investigativo, quindi immagino che ci sia tanta gente che ce l'ha con lui. Chiunque sia, questa donna lo conosce, e ha minacciato me e mia figlia.»

«E lei ha deciso di non sporgere denuncia?»

«No. In realtà l'avevo fatto. Ho parlato con qualcuno, ma... ma poi ho cambiato idea. Ho pensato che Paula mi avrebbe lasciata in pace e invece mi sbagliavo, visto quello che sta succedendo.»

Uno dei giovani agenti compare sulla soglia del soggiorno. Porge una mano guantata, con le dita chiuse intorno a qualcosa che tiene nel palmo. Riesco a vedere l'angolo di un sacchetto di plastica trasparente che sporge da sotto il mignolo.

«Sergente», dice. «Abbiamo trovato qualcosa.»

14

«La prego.» Mi sforzo di controllare il respiro mentre il sergente Merriott mi conduce verso una Ford Focus nera e apre lo sportello. «Gliel'ho detto, è tutta opera di Paula. Io non mi drogo, e neanche mio marito.» Guardo il volto inespressivo del sergente. «La prego, se potessimo aspettare che Max torni a casa, anche lui le direbbe le stesse cose.»

«Ne parleremo in centrale.»

Il sergente Merriott mi appoggia una mano sulla testa e mi spinge delicatamente verso il sedile posteriore dell'auto. Mi giro per guardarmi alle spalle, cercando di scorgere mia figlia. Deve venire in centrale con noi, perché non c'è nessuno che si possa occupare di lei. Mi hanno consentito di metterle il cappotto e le scarpe, mentre un agente toglieva il suo seggiolino dalla mia macchina, poi Elise è stata affidata alla poliziotta.

«Mami!» Si apre la porta sull'altro lato della macchina e compare la testolina bionda e riccia di mia figlia. Si muove a tentoni sui sedili, poi si sistema sul seggiolino che è stato messo al centro, mentre la donna le si siede accanto.

Quando le allaccio le cinture del seggiolino, Elise mi guarda con attenzione. Se mi lascio prendere dalla paura che mi cresce dentro, anche lei finirà per essere terrorizzata.

Il sergente Merriott, al volante, si gira a guardarci e, sotto il suo sguardo inquisitore, inizio a sentire sempre più caldo. Mi sembra che la scocca dell'auto si stia richiudendo su di me e che l'aria sia troppo pesante e opprimente per respirare.

«Potrebbe aprirlo?» dico indicando il finestrino chiuso alla mia destra. «Ho bisogno di aria.»

«Mami?» Le piccole dita di Elise si fanno strada tra le mie. «Mami?»

« Non si sente bene? » chiede il sergente Merriott sovrastando il ronzio elettronico del finestrino che si abbassa.

La sensazione di panico è così forte che non riesco a parlare, quindi piego la testa verso il finestrino, respiro a fondo l'aria di febbraio e conto mentalmente fino a tre mentre inspiro ed espiro. Ripenso a una vacanza a Rodi con due amici, molto tempo prima di conoscere Max. Sono in mare, distesa sulla schiena, le braccia che fendono l'acqua per tenermi a galla, ho gli occhi chiusi e il sole mi scalda il viso. In lontananza, risuonano le risate dei miei amici. Mi sento al sicuro, tranquilla, rilassata e felice. Il pensiero disturbante dei due agenti che mi fissano, mi giudicano e pensano che io sia pazza mi attraversa la mente, ma lo scaccio subito. Va tutto bene, non mi accadrà nulla di male.

Sembra che mi ci voglia un'eternità a calmarmi abbastanza per parlare. Mi sposto un po' più avanti sul sedile, la maglietta che aderisce alla schiena sudata, e guardo negli occhi il sergente Merriott dallo specchietto retrovisore. Mi vergogno troppo per dirgli cosa è appena successo.

« Sto bene adesso. » Cingo con un braccio le spalle di mia figlia e la avvicino a me. « Mami sta bene. »

Nelle ultime due ore sono stata interrogata e fotografata, e mi hanno preso le impronte digitali e un campione di DNA. Stavo per avere un altro attacco di panico quando la poliziotta ha detto che avrebbe portato Elise in un'altra stanza, ma il sergente mi ha messo una mano sul braccio, dicendo: « Più mantiene la calma, più finiremo in fretta. Non vuole turbare la sua bambina, giusto? »

Così gli ho dato retta: ho fatto a Elise il mio migliore « sorriso di mami felice ed emozionata » e le ho detto di divertirsi con quella simpatica signora mentre mami faceva quattro chiacchiere con il poliziotto.

Quando il sergente di turno mi ha detto che ero in arresto per sospetta detenzione di sostanze stupefacenti, mi sono sentita come in un film, o come in un incubo da cui non riuscivo a svegliarmi. Sono stata tempestata di domande. Vuole un avvocato? Ha qualche patologia o lesione? Soffre di malattie mentali o depressione? Sta assumendo o dovrebbe assumere dei farmaci? Ha mai provato a fare del male a se stessa?

Ho risposto di no a tutte le domande. Volevo solo che la finissero, che mi riportassero Elise e che ci lasciassero tornare a casa. «Posso chiamare mio marito? La prego! Mi è concessa una telefonata, giusto? Glielo dirà anche lui che è colpa di Paula, quella donna sa dove viviamo, mi ha seguita e minacciata!»

Mi hanno detto che avrebbero chiamato Max a tempo debito e poi hanno preso i miei effetti personali e li hanno messi in una busta di plastica trasparente. Quindi mi hanno portata via per scattarmi delle foto e farmi un prelievo del DNA con un tampone. Ho fatto tutto quello che mi chiedevano, muovendomi come uno zombie, aprendo la bocca e porgendo la mano, ma quando il sergente Merriott mi ha condotta in una stanza per gli interrogatori, la sensazione di trovarmi in un sogno è svanita e ho iniziato a tremare. Avevano trovato della droga in casa mia. Non sapevo né dove né quanta. Sapevo solo quello che il sergente Merriott aveva detto al sergente di turno: era stata rinvenuta, nascosta in casa mia, una certa quantità di sostanze stupefacenti di classe A e B.

A mano a mano che il sergente Merriott mi guidava lungo un labirinto di corridoi, il mio panico è aumentato. Ho cercato di memorizzare il percorso che stavamo facendo: destra, sinistra, di nuovo sinistra. Quando ha aperto la porta della stanzetta per gli interrogatori, ero madida di sudore e respiravo a fatica. Ho guardato quello spazio angusto, illuminato da un neon e privo di finestre, e ho scosso la testa.

«Non ci riesco.»

«Signora Blackmore, la prego di non rendere le cose più difficili.»

«Soffro di agorafobia e attacchi di panico. Se entriamo in quella stanza e chiude la porta...»

Il sergente Merriott mi ha guardata con un'espressione stanca, quasi a dire che aveva avuto proprio una giornata di merda, e che non aveva nessuna intenzione di sorbirsi la mia nevrosi. «Il sergente di turno le ha chiesto se soffrisse di una qualche forma di malattia mentale e lei ha risposto di no.»

«Avevo paura, non sapevo cosa sarebbe successo se avessi risposto di sì.»

«Possiamo appoggiare una sedia alla porta per tenerla aperta», ha suggerito la corpulenta poliziotta che ci aveva accompagnati alla stanza per gli interrogatori.

Il sergente ha guardato l'orologio e ha sospirato di nuovo. «E va bene, però muoviamoci.»

Nel corso dell'interrogatorio, ho continuato a ripetere che quella droga non era mia, che non sapevo come fosse finita nel serbatoio dell'acqua del bagno e che no, non facevo uso di droghe. Dopo avermi torchiata per un po', il sergente Merriott ha iniziato a fare domande su Max, chiedendo se la droga potesse essere sua. Gli ho detto, con tutta la calma di cui ero capace, che il padre di Max era morto di overdose di eroina quando lui era bambino, e che non conoscevo nessuno che fosse più contrario di lui all'uso di stupefacenti. Quella droga doveva averla messa Paula in casa nostra, io e Max non c'entravamo nulla.

Mi ha fatto ripetere la storia di Paula e ha preso appunti sul suo taccuino, quindi ha chiesto se avessi notato segni di effrazione quando ero tornata a casa con Elise. Gli ho risposto che non avevo visto nulla di strano nella porta d'ingresso né in quella sul retro, ma che non potevo dire se le finestre fossero state scassinate, perché non le avevo controllate.

In quel momento, siamo stati interrotti da un agente con i capelli rossi, che si è affacciato nella stanza annunciando: «È arrivato il marito». Sono crollata sulla sedia. Finalmente! Max avrebbe confermato tutto e io sarei stata libera di andare. Il sergente Merriott, però, non aveva ancora finito con me: ha congedato l'agente annuendo, e ha continuato a farmi domande per altri cinque o dieci minuti. Solo allora ha dichiarato concluso l'interrogatorio, chiedendomi di rimanere nella stanza un momento mentre lui e la poliziotta uscivano. Li sentivo parlare a bassa voce in corridoio, ma non sono riuscita a capire cosa stessero dicendo.

Poi la donna è tornata nella stanza e si è seduta di fronte a me. «Ce ne staremo sedute qui per un po', mentre il sergente Merriott parla con suo marito. L'avremmo riportata in cella, ma...» Ha alzato una mano vedendomi sussultare. «Vista la sua condizione medica, credo che sia meglio che rimanga qui con me. Se in qualsiasi momento dovesse sentirsi male, chiameremo il medico di turno, d'accordo?»

Mi sento svenire per il terrore: mio marito è seduto su una sedia con lo schienale di plastica dall'altro lato della sala di custodia, con nostra figlia addormentata in braccio, e io sono di nuovo davanti al sergente di turno, con il sergente Merriott in piedi di fianco a me. Non ho idea se sarò incriminata o no.

«Signora Joanne Blackmore?» dice il sergente di turno. È un uomo alto e magro, con il naso lungo e il pomo d'Adamo sporgente, che spunta dal colletto della camicia.

«Sì.»

Spinge verso di me una busta di plastica trasparente che contiene la mia borsa, il mio cellulare e gli altri miei effetti personali, quindi mi porge una specie di iPad con uno stilo. «Firmi dove indicato, per favore.»

Prendo in mano lo stilo e firmo, con mano tremante.

«Signora Joanne Blackmore», dice il sergente di turno riprendendosi il tablet. «Lei sarà rilasciata ma le indagini sul suo conto da parte della polizia proseguiranno. Dovrà ripresentarsi in centrale il 1° marzo alle 14.00, a meno che non riceva notifica scritta della variazione del giorno o dell'ora a lei assegnati o a meno che le accuse non saranno state ritirate. Se non dovesse presentarsi a rispondere delle accuse, commetterà un ulteriore reato, che potrà comportare una multa, il carcere o entrambe le cose. Conferma di aver capito? Se la risposta è sì, firmi qui.» E mi consegna di nuovo il tablet.

15

«Grazie per esserti offerto di dormire sul divano, stanotte.»

Max scrolla le spalle. «Non potevo lasciarvi qui da sole, ti pare?»

Siamo seduti sul divano l'uno accanto all'altra, con la televisione spenta, le tende chiuse e la casa avvolta dal silenzio, fatta eccezione per il baby monitor sul davanzale che crepita sporadicamente quando Elise tossisce o grugnisce rigirandosi nel sonno. Naija mi ha detto che ha smesso di usarlo per i suoi figli quando hanno compiuto un anno, ma io non sono ancora pronta a farne a meno. Pensavo che sarei stata una mamma tranquilla e rilassata, ma quando perdi un figlio la tua innocenza svanisce per sempre e non puoi mai rilassarti davvero, sapendo che la vita è fragile e che un cuore, per quanto forte, può smettere di battere da un giorno all'altro.

Stringo tra le dita la lana grezza della mia gonna da ufficio. L'ufficio... sembrano passati secoli da quando me ne stavo seduta alla scrivania, a rispondere alle email degli studenti e controllare l'orologio per andare a prendere Elise al nido in perfetto orario, e invece sono passate solo quattro ore. Non riesco ancora a elaborare quello che è successo. Ho provato a parlarne con Max durante il tragitto verso casa, ma lui mi ha fermata, dicendo che era meglio aspettare di aver portato Elise a casa e averla messa a letto. Vorrei bere un bicchiere di vino per smussare gli angoli del mio attuale stato d'animo, ma temo che Max mi giudicherebbe male.

«Tu mi credi, vero? Lo sai che la droga non era mia.»

Lui incrocia le braccia sul petto e piega indietro la testa, appoggiandola sullo schienale del divano.

«Sì», dice, rivolto al soffitto. «Altrimenti non sarei venuto a prenderti.»

Rimaniamo di nuovo in silenzio. Capisco che Max non voglia parlare di quello che è successo, ma io ne ho bisogno. È l'unico modo per comprendere.

«Ho controllato le finestre mentre stavi preparando Elise per la nanna, erano tutte chiuse.»

Max non risponde, continua a guardare il soffitto.

«Se tutte le porte e le finestre erano chiuse mentre io ero al lavoro, come ha fatto Paula a entrare?»

Max scuote stancamente la testa. «Non lo so, Jo.»

«Non ti preoccupa questa cosa?» Sento il tono lamentoso della mia voce, ma l'assenza di una reazione da parte sua mi irrita. È un giornalista investigativo, perché non sta chiamando tutti i suoi contatti per scoprire chi sia questa Paula? Perché non cerca di evitare che ci accada qualcos'altro?

«La verità è che non mi credi, o sbaglio? Pensi che la droga fosse mia?»

«No, Jo.» Si gira a guardarmi. «Non credo che fosse tua.»

«Però ti sei arrabbiato quando ti ho detto che avevo preso i miorilassanti di papà, perché non ti arrabbi per questo?»

«Perché uno di noi due deve rimanere lucido, non possiamo perdere la testa entrambi.»

«Io sto perdendo la testa? Max, qualcuno si è introdotto in casa nostra e ha nascosto della droga in bagno, ed è probabile che sia la stessa donna che ha minacciato Elise! È normale che io perda la testa, ho paura! Che cos'altro farà adesso?»

«Cristo!» Max si china in avanti prendendosi la faccia tra le mani e inspira a fondo. Gli tremano le spalle e le braccia mentre cerca di regolare il respiro. «Ascoltami.» Si raddrizza, ma tiene le mani sulle ginocchia come se si preparasse a balzare in piedi in qualsiasi momento. «La polizia se ne sta occupando, va bene? Ho dato loro un elenco di tutti i casi di cui mi sono occupato di recente e delle persone che potrebbero avercela con me. Indagheranno.»

«Non dovrebbero metterci sotto protezione nel frattempo?»

«No, se non pensano che siamo in pericolo immediato.»

«Ma siamo in pericolo! Paula sa dove viviamo, era all'angolo di Brecknock Road l'altro giorno.»

«Accidenti!» Spalanca gli occhi, scosso. «Elise era con te?»

«L'ho lasciata con Naija. Ho parlato con Paula da sola, ma... ho fatto una cosa stupida.»

Max resta immobile. «Continua.»

«Io...» Strofino i palmi avanti e indietro sulla gonna. «L'ho spintonata.»

«Cosa?»

«Ho spintonato Paula. Era troppo vicina e sono andata nel panico. Eravamo all'angolo, vicino alla fermata dell'autobus, e c'era un bel po' di gente in attesa. Mi hanno vista, uno ha anche preso in mano il telefono, credo che volesse chiamare la polizia.»

«Cristo, Jo.» Max si strofina una mano sulla guancia. «Perché non me lo hai detto?»

«Stavo per farlo, ma poi ho dimenticato di andare a prendere Elise al nido e...»

«Sono venuto a casa il giorno dopo, potevi dirmelo in quel momento.»

«Volevo farlo, ma...»

Ma perché non l'ho fatto? Perché non credevo che mi avrebbe presa sul serio? Perché temevo che mi avrebbe colpevolizzata? Perché ho pensato che non gliene importasse nulla?

«Non lo so, mi dispiace.»

Lui fa un respiro profondo, appoggia di nuovo la testa sul divano, poi fa un sospiro.

«Sei arrabbiato con me, vero?»

«No.» Chiude gli occhi. «Sono... cazzo... che casino.» Apre gli occhi e si gira a guardarmi. «Paula mi ha aspettato fuori dal lavoro ieri.»

«Cosa?» Lo fisso inorridita. «Che ti ha detto?»

«Le stesse cose che ha detto a te, immagino. Che ho preso qualcosa di suo e che lo rivuole indietro.»

«L'hai riconosciuta? Sai chi è?»

Scuote la testa. «No, ma lei era convinta di conoscermi.»

«Ne sei sicuro? Sei sicuro al cento per cento di non conoscerla?»

«Se non mi avesse chiamato per nome, sarei passato oltre senza guardarla.»

«Ma se non la conosci, perché si comporta così?»

«Problemi mentali? Non lo so, forse è ossessionata da me per qualcosa che ho scritto sul giornale. Non lo so proprio, Jo.»

«Però mi credi, vero? Pensi anche tu che sia pericolosa?»

Max si volta, spostando una gamba, per guardarmi dritto in faccia. «Non lo so, spero di no, ma sono già tre volte che se la prende con noi. Quattro, se conti la droga nascosta. L'ho descritta al sergente Merriott quando mi ha interrogato. Mi ha detto di prendere nota di tutte le volte che la vediamo, di ciò che dice e che fa, e che se ci sentiamo minacciati dobbiamo chiamare subito il 999.»

«Oh, mio Dio.» Mi porto una mano alla gola. Volevo disperatamente che Max mi credesse, ma ora che si è convinto sono davvero terrorizzata.

«Andrà tutto bene, Jo.» Max mi prende la mano e la stringe tra le sue. «Possiamo superare questo momento.»

«Lo credi davvero? E se la polizia decidesse di accusarmi per possesso di droga? Dovrò andare in tribunale.»

«Non credo che succederà, hanno trovato un quantitativo esiguo. Il sergente mi ha parlato di uso personale. Credo che ti lasceranno andare con un'ammonizione, anche se non dovessero trovare Paula.»

«Ma perché l'ha fatto, Max? Perché ha deciso d'introdursi in casa nostra solo per nascondere la droga? Perché non ha frugato in giro per casa, se è convinta che tu abbia qualcosa che le appartiene? Non ha nessun senso.»

La TV è ancora nella nicchia a sinistra del caminetto, con il lettore DVD e la PlayStation 4 sulla mensola sottostante. L'iPad di Elise è appoggiato alla scatola dei giochi, tutti i DVD e i giochi sono ancora nella libreria. Quando ho controllato le finestre, ho anche controllato tutte le stanze della casa: non mancava niente e non c'era nulla fuori posto.

«Cosa stai facendo?» chiede Max, seguendomi mentre entro nel suo studio, accanto al soggiorno. La sua scrivania è sempre piena di carte, CD, tazze macchiate di caffè e penne. I libri sono sulle mensole, i dischi sugli scaffali. Apro le ante di un armadietto e guardo dentro: altri documenti, altre carte, altre cartellette.

Mi giro verso di lui. «Manca qualcosa?»

Lo vedo vagare con lo sguardo dalla scrivania alle mensole, poi dagli scaffali al pavimento. «No, non mi pare.»

«Mi giuri sulla vita di Elise che non hai mai preso nulla che non ti appartenga?»

«Te lo giuro.» Continua a guardarmi negli occhi mentre scuote la testa. «Lo giuro sulla vita di nostra figlia.»

16

Perché l'hai fatto, Max? Perché hai preso qualcosa che non ti apparteneva? Perché ti era concesso? Per avidità? Per Elise? Per tutti e tre? Continua pure a dirti che l'hai fatto per tua figlia, ma sei sicuro che sia la verità? Se è così, perché non riesci a dormire la notte?

Sapevi che la polizia stava arrivando, quindi ti sei mosso velocemente. Hai preso quello che non avresti dovuto e sei scappato. Pensavi di averla fatta franca, pensavi che la polizia avrebbe arrestato tutti quelli che sapevano cosa avevi preso, ma ti sbagliavi. Hai dimenticato qualcuno, una persona che non consideravi una minaccia. Che uomo stupido. Che uomo stupido e arrogante...

17

Mamma prepara il pranzo, muovendosi indaffarata su e giù per la sua piccola cucina, con indosso delle pantofole consunte e un grembiule di Cath Kidston. Riempie la tavola con ciotole d'insalata, pane, patatine e una quiche appena sfornata. Le ho chiesto di lasciar preparare a me, ma non ha voluto sentire ragioni, così mentre Elise «aiutava» mamma in cucina, io sono venuta in camera di papà e abbiamo guardato insieme un gioco a premi in TV. A metà programma, lui si è addormentato e io sono rimasta qui seduta, ad ascoltare il rantolo secco del suo respiro e a osservare il faticoso movimento del petto.

Siamo arrivate da un'ora. Quando io ed Elise ci siamo alzate, stamattina, non c'era segno di Max: solo un lenzuolo spiegazzato sul divano e un bicchiere d'acqua mezzo pieno sul tavolino, nessun biglietto né altro. Dopo la discussione su Paula e le scuse di Max, non me la sentivo di parlargli di separazione, quindi abbiamo trascorso il resto della serata a bere vino in silenzio, guardando un horror fantascientifico su Film4. Gli sono grata per avermi fatto compagnia – non avrei tollerato di restare a casa da sola – però le sue scuse non hanno magicamente sistemato tutto ciò che non funziona nel nostro rapporto: sono troppo poco, e sono giunte troppo tardi. O forse no? Avrei dovuto lottare di più per salvare il nostro matrimonio? L'avrei fatto per rendere felici Max ed Elise, ma io lo sarei stata? Sono andata a letto presto, per ritagliarmi un po' di tempo per me stessa. Se Max era infastidito dalla cosa, non lo ha dato a vedere.

Stamattina non mi sentivo al sicuro a stare in casa da sola, e non avevo voglia nemmeno di andare al lavoro, così ho chiamato Diane per dirle che mi ero bloccata di nuovo con la schiena, poi ho scritto a Max che sarei andata dai miei genitori per il fine settimana e che mi sarei fatta sentire presto. Sarà molto dispiaciuto di non poter vedere Elise per un paio di giorni, e lo so che sto scappando per non essere costretta a parlare del nostro matrimonio, ma ho bisogno di riflettere. Non voglio prendere una decisione affrettata di cui rischio di pentirmi.

«Joanne, è pronto da mangiare!» Mamma mi chiama dalla cucina.

Papà non si muove. Lo bacio sulla guancia ruvida e sguscio fuori dalla stanza, chiudendomi piano la porta alle spalle. Il telefono mi vibra in tasca e si sente una musichetta metallica.

Non riconosco il numero sullo schermo, ma ha il prefisso di Bristol. Il cuore accelera: dev'essere la polizia che mi aggiorna sull'indagine per droga. Non mi aspettavo che richiamassero così presto.

Accosto il telefono all'orecchio. «Pronto? Sono Jo Blackmore.»

«Pronto, Jo?» risponde una voce femminile amichevole. «Mi chiamo Lorraine Hooper, sono un'assistente sociale del servizio di tutela dei minori di South Bristol. Vorrei fissare una visita a...»

«Un'assistente sociale?»

«Esatto, sono un'assistente sociale del servizio di tutela dei minori...»

Mi sembra di perdere l'equilibrio e devo appoggiarmi allo stipite della porta per non cadere. «Di che si tratta?»

«Niente di preoccupante, Jo, vorrei solo fare quattro chiacchiere con lei. È a casa con Elise nel pomeriggio?»

Provo a parlare, a elaborare una domanda sensata, ma non ci riesco, ho il cervello anestetizzato dalla paura. Sento mamma gridare che la quiche si sta raffreddando, ma la sua voce mi arriva distante, come un'eco, quasi stesse gridando dal fondo di un pozzo. La polizia deve aver informato i servizi sociali dopo il ritrovamento della droga. Ora penseranno che non sono adatta a fare la madre.

«Non deve preoccuparsi, le spiegherò meglio quando ci vedremo», dice Lorraine. «Questo pomeriggio può andar bene per lei? Sono libera alle 16.00. Il suo indirizzo è Brecknock Road 37, giusto?»

«Io... non sono in casa. Sono dai miei genitori, a Chester.»

«Sua figlia Elise è lì con lei?»

«Sì.»

«E quando prevede di rientrare?»

«Tra un paio di giorni. Credo domenica pomeriggio, ma non ho ancora deciso.»

Vorrei non tornare più a casa, ma non posso dirlo a Lorraine Hooper. E se glielo dicessi? Se le dicessi quello che è successo, forse capirebbe. Non ho fatto nulla di cui vergognarmi, ho solo cercato di proteggere mia figlia da qualcuno che vuole farle del male. Niente di quanto è successo è colpa mia.

«Lunedì ho già un appuntamento a quell'ora», dice Lorraine.

«Deve esserci anche mio marito? Al momento siamo separati, ma posso chiedergli di venire a casa se è necessaria la sua presenza.»

«Sì, per legge dobbiamo incontrare entrambi i genitori.» Sento un fruscio di carte dall'altro capo del telefono.

«Ok, dirò a Max che deve esserci anche lui. Dovrà prendersi un permesso dal lavoro, ma non credo che ci saranno problemi.»

«Perfetto, allora facciamo lunedì alle 15.00?»

«Va bene.»

«Perfetto, a lunedì, Jo. Buona giornata.»

La donna riattacca e io resto a fissare il telefono che mi trema in mano. Sono una buona madre, non ho fatto nulla di male, ma perché ho così tanta paura?

È lunedì pomeriggio, e durante il viaggio di ritorno verso Bristol sono diventata sempre più nervosa. Elise mi ha tenuto occupata per la prima ora, chiedendomi l'iPad, un dolcetto, il CD di *Frozen*, e poi ha insistito per farmi cantare mille volte *The Wheels on the Bus*, con tutte le strofe sui tergicristalli, le porte, il clacson, il conducente, i bimbi, le mamme e i papà. E finalmente si è addormentata. Con il silenzio, però, è arrivata anche la paura. Ieri sera ho cercato su Google varie combinazioni di «droga», «uso di droga», «possesso di droga», «servizi sociali», «bambini» e «custodia». Ho trovato vari post su forum, scritti per lo più da donne i cui partner facevano uso di droghe, che erano preoccupate di vedersi togliere i figli per questo motivo, ma non ho trovato nessuno che fosse nella mia stessa situazione. Su un sito ho letto che, se i servizi sociali sono stati avvisati per un sospetto uso di droghe, viene mandato un assistente sociale per fare una valutazione preliminare e decidere se siano necessarie indagini più approfondite. Ero così preoccupata che non ho quasi dormito.

Quando mi ero seduta a tavola, dopo la telefonata con Lorraine, mamma aveva capito che c'era qualcosa che non andava, ma sono riuscita a distrarla con domande su papà e sul medico che lo segue, poi con la scusa di andare in bagno ho chiamato Max e gli ho detto che io ed Elise saremmo tornate a casa lunedì perché una donna dei servizi sociali voleva vederci. Mi è parso talmente preoccupato che sono scoppiata a piangere, e lui ha impiegato dieci minuti a calmarmi, continuando a ripetermi che nessuno ci avrebbe portato via Elise, che stavano solo seguendo un protocollo per via del mio arresto per possesso di droga e che avremmo dovuto solo dire la verità ed essere collaborativi per riprenderci al più presto la nostra vita.

Non ricordavo l'ultima volta in cui era stato così dolce e premuroso nei miei confronti. È stato come riavere il vecchio Max, quello che all'inizio veniva a casa mia a portarmi brodo caldo e fazzoletti se avevo il raffreddore, che mi mandava fiori al lavoro se sapeva che stavo avendo una brutta giornata. Quando ho perso Henry, Max è cambiato. All'inizio mi è stato molto vicino, all'ospedale, al ritorno a casa e anche alla sepoltura, ma poi si è chiuso in se stesso. Ha smesso di parlarmi e di toccarmi, se ne stava al lavoro fino a tardi oppure si rinchiudeva nel suo studio mentre io piangevo davanti alla TV. Cercavo di giustificarlo, dicevo a me stessa che la sua chiusura emotiva era un modo per elaborare il lutto. Ho atteso che si riprendesse, che tornasse da me per aprirsi di nuovo, ma invece è peggiorato. Ha iniziato ad aggredirmi verbalmente per piccole cose: perché avevo lasciato le bucce di patata nel lavandino? Perché non avevo aperto al postino? Perché guardavo tutti quei programmi spazzatura in TV? Io mi sentivo un peso, una causa persa, che se ne stava tutto il giorno in pigiama con i capelli sporchi. Anche lui aveva perso un figlio, ma andava al lavoro ogni giorno per fare in modo che avessimo cibo in tavola e un tetto sulla testa, perché io non potevo ricompormi come aveva fatto lui, se non altro nell'aspetto? Poi ha iniziato a dire che mi avrebbe lasciata se non mi fossi fatta visitare da un medico. Ho chiamato a raccolta tutte le mie energie per uscire di casa e salire sulla sua auto, ma ci sono riuscita, anche se sono quasi svenuta due volte nella sala d'attesa. La dottoressa ha detto che soffrivo di agorafobia e ansia, e mi ha prescritto un antidepressivo e un ciclo di terapia cognitivo-comportamentale. I farmaci mi facevano stare male e mi offuscavano la vista, però a poco a poco, con l'aiuto del terapista, ho iniziato a stare meglio. Ero in grado di uscire di casa se sapevo con esattezza dove stavo andando e se Max veniva con me, e alla fine sono migliorata abbastanza da tornare al lavoro. Mi sembrava di aver riconquistato il rispetto di Max e di essere tornata a piacergli. Poi abbiamo concepito Elise e io ho ricominciato a essere spaventata e nevrotica, e l'agorafobia è tornata per vendicarsi.

Al telefono Max mi ha chiesto se avessi avuto tempo di pensare alla sua proposta di trasferirci a Chester. Sono stata assalita dal senso di colpa. Lui ha fatto degli errori e si è comportato in maniera egoista, è vero, ma lo stesso vale per me. Adesso che vuole sistemare le cose, che si sta impegnando a fondo, come faccio a chiedergli il divorzio? Forse non dovrei andare da Helen dopo l'incontro con l'assistente sociale, forse dovrei stare a Bristol per parlare con Max?

Guardo l'orologio digitale sul cruscotto, sono le 14.11. Ho quarantanove minuti per prendere la M32 e arrivare a Bristol. Avevo previsto di essere a casa all'ora di pranzo per pulire casa, ma stamattina papà è improvvisamente peggiorato, e ho capito che mamma voleva che restassi con lei ad aspettare il medico. Le ho letto la preoccupazione negli occhi mentre mi diceva che non c'era problema e che potevo andare se era urgente.

Cazzo. Gli stop dell'auto davanti alla mia s'illuminano di rosso, la macchina rallenta e si ferma. Un ingorgo, ci mancava solo questo.

Elise è ancora intontita quando la sollevo per farla scendere dall'auto e inizia a lamentarsi perché la sistemo in piedi sul marciapiede. L'ultima cosa che vorrei è che si mettesse a piangere all'arrivo di Lorraine. Guardo disperata verso la finestra di casa di Naija, sperando di riuscire a distrarre Elise indicandole i gemelli, ma le tende sono chiuse e le luci spente. Ma certo, aveva detto che sarebbero partiti per andare in vacanza oggi pomeriggio.

«Vieni, tesoro.» La prendo di nuovo in braccio e la porto fino all'ingresso. Lascio le borse in macchina, perché subito dopo il colloquio con Lorraine andremo a casa di Helen. Ho bisogno di parlare con lei, perché non faccio altro che rimuginare su cosa dovrei fare con Max, ma non sono ancora riuscita a prendere una decisione. Helen mi conosce da molti anni e conosce anche Max; certo, non bene come me, ma abbastanza da potermi dare dei consigli. Spero solo che lui capirà quando gli dirò che ho ancora bisogno di tempo.

Metto la chiave nella toppa, giro e spingo la porta con le spalle. Si apre di qualche centimetro, ma sento resistenza, come se dietro ci fosse qualcosa o qualcuno che m'impedisse di aprirla. Spingo più forte: magari quando siamo uscite tre giorni fa, per la fretta, ho fatto cadere qualche giacca di Elise dall'attaccapanni. La porta si apre a sufficienza da riuscire a entrare, ma appena faccio due passi nell'ingresso mi blocco.

Prima sento la puzza – feci, residui di cibo e latte acido – e poi lo vedo: un sacchetto della spazzatura dietro la porta di casa. È strappato e, dall'ingresso alla cucina, c'è una scia di pannolini sporchi, salviette, scarti di cibo, confezioni, buste accartocciate, fazzoletti e lattine. Sembra che qualcuno abbia provato a portare fuori la spazzatura, ma che il sacchetto si sia rotto nel tragitto.

«Max!» Prendo in braccio Elise e mi muovo evitando i rifiuti, la porta d'ingresso ancora aperta alle mie spalle.

Mi affaccio in soggiorno e ho un sussulto d'orrore. La pianta di fronte al caminetto è stata rovesciata e il tappeto è pieno di terra, uno dei pannolini di Elise è aperto sul pavimento davanti alla TV, con un pupazzo di Peppa Pig a faccia in giù nella cacca. Il tavolino è stracolmo di piatti e tazze sporche, e la bottiglia che ho bevuto con Max è riversa, i residui hanno macchiato di rosso il tappeto color panna. Ma che cos'è successo?

«Max!» Stringo più forte Elise ed esco dalla stanza indietreggiando. La mia voce risuona per tutta la casa, ma non risponde nessuno.

In cucina, i vestiti sono stati tirati fuori dalla lavatrice e sparpagliati a terra. Sul bancone c'è una lattina di fagioli rovesciata, e una salsa densa e appiccicosa è colata sull'armadietto sottostante. Chicchi di caffè, zucchero e briciole di pane sono sparsi sul tagliere. Il bucato che avevo piegato con cura e riposto in una cesta sul tavolo è stato rovesciato sopra le sedie e il pavimento. Dev'essere tornata Paula.

Esco dalla cucina e guardo le scale, immobile, quasi trattenendo il respiro. È ancora qui, nascosta in camera mia ad aspettarmi? Dov'è Max? Aveva detto che sarebbe venuto. E se fosse qui? Potrebbe essere stato in casa quando lei è entrata. Sento un brivido lungo tutto il corpo e indietreggio di scatto, ma con un tacco colpisco qualcosa e perdo l'equilibrio. Con un braccio mollo la presa su Elise per appoggiarmi al muro e stabilizzarmi. Lei grida, spaventata. Devo uscire di qui.

18

Mi precipito fuori casa con Elise in braccio e mi sbatto la porta alle spalle, scontrandomi subito contro qualcosa – o qualcuno – di solido.

«Ehi!» Una donna più grande di me, con i capelli corti tinti di rosso e un viso grande, fa un balzo indietro. «Si sente bene?» Si sistema sulla spalla una borsa di tela e una borsetta. «Sembra che abbia appena visto un fantasma.»

Voglio allontanarmi il più possibile da lì, ma lei mi blocca il passaggio, intrappolandomi fra il bovindo e il muretto che separa casa mia da quella di Naija. Elise mi urla nelle orecchie e serra la presa sul mio collo, tanto che fatico a respirare.

«La prego.» Alzo una mano per avvisare la donna di non avvicinarsi. «La prego, mi lasci andare.»

«Va tutto bene.» Fa un passo indietro e alza le mani. «Non voglio farle del male», dice aggrottando le sopracciglia. «Lei è Jo Blackmore? Io sono Lorraine Hooper. Ci siamo sentite al telefono.»

A quel nome provo un certo sollievo: pensavo che fosse qualcuno mandato da Paula per minacciarmi. Avevo così tanta fretta di uscire di casa che mi sono completamente dimenticata del perché fossi venuta.

«Io...» Metto giù Elise e le prendo la mano. «Io...»

«Perché non si siede un momento per riprendere fiato?» Lorraine indica il muretto. «Così può spiegarmi cos'è successo.»

«La casa. La casa...» Mi sforzo di controllare il respiro, ma più ci provo, meno ci riesco. Il cuore mi batte all'impazzata e mi sento svenire.

«Cos'è successo in casa?» Fa un passo a sinistra e si avvicina al bovindo, poi si china per sbirciare all'interno. L'espressione imperturbabile sul suo viso si trasforma in preoccupazione. «È un po' in disordine», dice, guardandomi in un modo che, sono certa, secondo lei dovrebbe essere comprensivo. «Ma non c'è problema, trascuriamo tutti le pulizie domestiche quando abbiamo tanto da fare. Suo marito è in casa?»

«Io non... Non...»

Sento montare la frustrazione dentro di me. Come fa a non capire quello che è successo? La mia casa non è «un po' in disordine». C'è stata un'intrusione e mio marito è in pericolo. Devo chiamare la polizia, ma non riesco a parlare. Non riesco a parlare, cazzo.

Sento il sudore scendermi lungo la schiena e uno strano suono metallico nelle orecchie. Stringo i denti e inspiro dal naso. Devo dirle cos'è successo, devo ritrovare la voce.

«Max...» Quando mi sforzo di parlare, le gambe cedono e mi sento cadere all'indietro.

Bevo un sorso dalla borraccia azzurra che Lorraine ha tirato fuori dalla sua borsa di tela.

«Si sente un po' meglio?» chiede.

L'acqua è calda e stantia, ma la bevo con gratitudine.

Siamo sedute nella mia auto, io sono al volante, Lorraine al posto del passeggero ed Elise sul sedile posteriore. Quando sono svenuta, Lorraine mi ha presa tra le braccia per evitare che io ed Elise cadessimo, poi mi ha adagiata delicatamente sul muretto. Un po' alla volta, le macchie nere che mi offuscavano la vista sono scomparse, ma non riuscivo a smettere di tremare. Lorraine ha detto che ero fredda e ha cercato di convincermi a entrare in casa, ma quando mi sono rifiutata ha proposto di sistemarci in macchina.

«Pensa di riuscire a parlare con suo marito?» mi chiede con garbo. Mi aspettavo che fosse una specie di drago, ma è più simile a una zia gentile, una zia molto forte e sensibile.

«Sì.» Prendo il suo telefono. «Sì, per favore.»

«Pronto?» dice Max nel momento in cui accosto il telefono all'orecchio. L'aria mi esce rapida dai polmoni appena sento la sua voce. Sta bene, non è ferito. «Scusami, sono in ritardo. Sono bloccato nel traffico, c'è stato un incidente vicino a Temple Meads e sono praticamente fermo da venti minuti.»

«Max.» Faccio un respiro. «Quand'è stata l'ultima volta che sei tornato a casa?»

«Vediamo...» Fa una pausa. «Giovedì, credo. È stata la notte in cui ho dormito sul divano, no? Perché me lo chiedi?»

«Credo che qualcuno sia entrato in casa: è tutto sottosopra e c'è un sacchetto della spazzatura dietro la porta, che è stato strappato. L'ingresso, la cucina e il soggiorno sono pieni di spazzatura sparsa qua e là. Ero terrorizzata, avevo paura che fossi già arrivato e che ti avessero aggredito.»

«Sto bene, Jo, è tutto a posto. Sono stato tutto il giorno al lavoro.»

«Qualcuno è entrato di nuovo in casa nostra, Max. Dobbiamo chiamare la polizia.»

«Aspetta solo che torni a casa.»

«Perché, non mi credi? Non sto esagerando per un po' di disordine, Max. Paula è entrata di nuovo in casa e l'ha devastata.»

«Ok, ok. Va tutto bene, Jo, ti credo.» Pausa. «Posso parlare un attimo con l'assistente sociale?»

Mi giro verso Lorraine, che mi sta guardando con attenzione. «Vuole parlare con lei.»

La donna annuisce cordiale e prende il telefono. «Salve Max, sono Lorraine Hooper.»

Ora sono io che guardo e ascolto, ma nei due o tre minuti che seguono Lorraine dice solo: «Ah, capisco», «Ok», «Grazie» e «Va bene».

«Allora?» Le chiedo, mentre rimette il cellulare nella borsetta. «Che cosa voleva?»

«Solo fare due chiacchiere.»

«Su cosa?»

Lei resta in silenzio per un momento e guarda fuori dal finestrino, come se stesse decidendo cosa dirmi. Quando torna a guardarmi, sta di nuovo sorridendo. «Mi ha chiesto se sarò ancora qui fra mezz'ora.»

Non le credo. «Non ho sentito la sua risposta alla domanda.»

«Be', purtroppo devo andare.» Si gira verso il sedile posteriore.

Elise sta sbattendo i palmi delle mani sull'iPad. «No funziona, mami. Beebies no funziona.»

«Fammi vedere, amore.» Cerco di prendere l'iPad, ma mia figlia non vuole lasciarlo e strilla per la frustrazione. Sento che Lorraine sta osservando in silenzio la scena.

«Jo», dice, mentre Elise continua a strillare. «Le spiace se sbircio ancora un po' dalla finestra e do un'occhiata dalla buca delle lettere?»

«Certo, nessun problema.» Sono così concentrata sulle lacrime che scendono sul viso di mia figlia, che mi accorgo a malapena che Lorraine è scesa dalla macchina.

Ci metto un paio di minuti a convincere Elise che mami non vuole riprendersi l'iPad, ma solo farlo funzionare, e finalmente lei sorride di nuovo e il gioco torna a fare *prod-prod, blip-blip*. Crollo sul sedile e mi passo una mano sul viso. L'assistente sociale sta sbirciando dalla finestra di casa nostra, con le mani a coppa sui lati della testa. Dio solo sa cosa staranno pensando i nostri vicini dall'altro lato della strada.

È quasi finita, penso mentre Lorraine torna verso la macchina. Appena se ne sarà andata, avvertirò Max che vado da Helen per la notte. Se *io* lo riterrò opportuno, chiameremo la polizia. Vediamo se mio marito continuerà con il suo tono paternalistico quando tornerà a casa e vedrà con i suoi occhi in che condizioni è ridotta. Io non intendo restare qui un minuto più del dovuto.

«Dunque, ho visto in che condizioni è l'ingresso», dice Lorraine risalendo in auto.

«E cosa ne pensa?»

«Avete un gatto?»

«Gatto!» dice Elise dal sedile posteriore. «Gatto Tigger!»

«Ce l'hanno i miei vicini, perché?»

«Viene mai a casa vostra?»

«A volte. C'è una gattaiola nella porta sul retro, l'avevano messa i proprietari precedenti. Dopo che Tigger è entrato in casa un paio di volte, ho deciso di bloccarla.» Mi giro a guardare mia figlia. «Ma Elise si diverte a sbloccarla.»

«È possibile che l'abbia fatto anche prima della vostra partenza?»

«Può darsi.»

«Questo spiegherebbe il sacchetto della spazzatura strappato e la pianta rovesciata.» Sento dalla sua voce che sta sorridendo.

Un gatto? Pensa davvero che sia stato un gatto a ridurre così casa mia? E i panni sparsi in giro? Il pannolino aperto, le tazze e i piatti sporchi? Anche quelli li ha messi lì il gatto? No, certo che no, per Lorraine quelli sono colpa mia. Magari pensa anche che io abbia lasciato uno dei giochi di mia figlia in mezzo alla sua cacca? Sono così arrabbiata che non mi azzardo a rispondere, e per qualche secondo l'unico suono nell'auto è il *blip-blip-blip* del gioco di Elise, poi sento una mano posarsi sulla mia spalla.

«Sta passando un brutto periodo, vero?» dice Lorraine con gentilezza.

«Non immagina quanto.»

«Dev'essere difficile prendersi cura della casa e di sua figlia, con un lavoro a tempo pieno, la sua malattia e un genitore malato da accudire.»

Mi irrigidisco, allontanandomi dalla sua mano. Come fa a sapere tutto questo?

«Ognuno di noi ha meccanismi di adattamento diversi, Jo, ma alcuni sono più efficaci di altri.»

«Di quali meccanismi di adattamento sta parlando? Il mio alcolismo rabbioso o il consumo incontrollato di droghe?»

Lorraine sorride di nuovo, in un modo che non sembra più caloroso e solidale, bensì paternalistico. «Nessuno la sta accusando di nulla, Jo.»

«Ma è per questo che è qui, no? A causa della perquisizione della polizia. Come se non avessi già abbastanza problemi!»

«Jo.» Lorraine lancia uno sguardo verso il sedile posteriore, dove Elise sta giocando, del tutto ignara di noi. «Forse è il caso di abbassare la voce.»

Lo so che dovrei seguire il suo consiglio, che a rigore di logica una reazione come questa non gioca certo a mio favore, però non ne posso più. Sono stanca della gente che mi guarda con sospetto e dubita di me anche se non ho fatto nulla di male. Prima Max, poi la polizia, adesso questa donna: mi sembra di essere in *The Truman Show*, è come se tutti stessero tramando alle mie spalle e recitando una parte al solo scopo di provocarmi. Perché nessuno capisce quanto sia ridicola questa situazione?

«Sono stata *minacciata*», dico. «Qualcuno si è introdotto in casa mia, prima per nascondere della droga e poi per metterla sottosopra. Io sono la vittima di tutto questo e voi pensate che non sia in grado di occuparmi di mia figlia? Ma stiamo scherzando?»

Lorraine si sistema sul sedile. «Nessuno sta dicendo questo, Jo. Noi vogliamo solo aiutarla.»

«No.» Scuoto la testa. «No, non è vero. Queste sono le stesse stupidaggini che ha cercato di rifilarmi l'ispettrice sanitaria quando ho avuto la depressione post partum, dopo la nascita di Elise. Lo sa che cosa mi ha risposto quando le ho detto che non riuscivo a dormire neanche tre ore a notte? Di insistere! *Insistere*, che razza di consiglio è? Non gliene fregava un bel niente di me, voleva solo essere sicura che non facessi del male a mia figlia.»

«Non è così, ne sono certa. Spesso, le madri affette da depressione post partum si sentono paranoiche e stanno sulla difensiva e...»

«Oh, ma per piacere!» Sbatto i palmi sul volante, poi premo la fronte contro il dorso delle mani. Non ce la faccio più.

«Mami!» Elise piagnucola dal seggiolino con una vocina acuta e impaurita.

«Va tutto bene, Li-Li.» Mi giro per guardarla, e lei mi fissa con due occhioni preoccupati. «Mami sta bene, è solo un po' arrabbiata, ma non con te. Mai con te.»

Lorraine si china a raccogliere le sue borse e se le posa in grembo. «Credo che sia il caso di fermarci qui per oggi, Jo.»

Mi costringo a guardarla negli occhi, ma sto tremando di rabbia. «Quindi abbiamo finito? Lei ha finito?»

«Non ancora, dobbiamo fissare un altro appuntamento. Mi metterò in contatto con lei e Max per decidere un giorno.»

«Mami», dice una vocina dal sedile posteriore. «Mami, ho fatto la pipì. Scusa, mami.»

Elise si solleva la gonna e, com'è prevedibile, la parte alta dei collant è macchiata di scuro. Mi sono dimenticata di metterle il pannolino prima di partire da Chester, e chissà da quanto tempo aveva bisogno di andare in bagno.

«Povera piccola», dice Lorraine. «Jo, ha dei vestiti puliti per cambiarla?»

Mi trattengo per non metterle le mani addosso.

19

Hai un minuto per parlare? Max sente la domanda di Fiona risuonargli nelle orecchie mentre attraversa l'ufficio diretto alla sua porta. Cinque parole all'apparenza innocue, ma ricche di significato. Afferra la maniglia e prova a pensare ad altre frasi di cinque parole che lo hanno riempito di terrore in passato.

Tuo padre è morto ieri.

Non sento più il battito.

Voglio il divorzio da Max.

Entrando nell'ufficio di Fiona, raddrizza la schiena. Qualsiasi ramanzina sia in arrivo, Max può affrontarla. Ne ha passate di peggio, di molto peggio.

« Max. » Fiona annuisce convinta e fa un ampio gesto con la mano sinistra. « Siediti pure. »

Lui segue il consiglio e si accomoda, mentre lei lo osserva con occhi indagatori. Max regge il suo sguardo, restando in silenzio. Aspetta che sia Fiona a sparare il primo colpo, ma non ha intenzione di passarle i proiettili.

« Allora », inizia lei, chinandosi in avanti e appoggiandosi sui gomiti. « È passata più di una settimana dall'ultima chiacchierata che abbiamo fatto e credo che sia il caso di aggiornarci. Dimmi un po', come vanno le cose nel mondo di Max? »

Il mondo di Max? Si trattiene dal fare una faccia sdegnata. Da quando Fiona ha iniziato a infiocchettare le frasi in questo modo? Si è messa a leggere *Tecniche di management per negati*? Capitolo primo: Cercate di mettere a loro agio i vostri dipendenti, rivolgendovi a loro come se avessero quattro anni, poi cazziateli senza pietà.

Scrolla le spalle. «Non bene, a dire il vero, ma non credo che siamo qui per parlare del *mondo di Max*, o sbaglio, Fi?»

Il sorriso di Fiona si fa più teso. «D'accordo, Max, salterò i convenevoli. Ti ho convocato perché credo che la situazione ti stia sfuggendo di mano. Nell'ultima settimana sei stato spesso assente, hai consegnato in ritardo, hai commesso errori da principiante nei tuoi pezzi, e ho ricevuto varie lamentele dal pubblico a proposito del tuo atteggiamento.»

«Che tipo di lamentele?»

«Mi hanno detto che sei stato scontroso, distratto e disinteressato durante le interviste, che hai sbagliato i nomi dei tuoi interlocutori e hai riportato male le loro dichiarazioni. Devo continuare?»

Max scuote la testa.

«E poi oggi alle tre e mezzo te ne vai via senza dire a nessuno dove stai andando», continua Fiona. «Non è accettabile, Max. Non so se tu ti sia adagiato sugli allori dopo il successo del pezzo sullo strozzino o se questo sia sintomo di un malessere, ma la cosa non è passata inosservata. Né ai tuoi colleghi, né al pubblico, né tantomeno a me.» Si abbandona sulla poltrona e incrocia le braccia sul petto. Caso chiuso. Ora tocca a me difendermi.

Max si strofina i palmi sulle cosce, cercando di mettere ordine tra i pensieri. Sperava di essere stato abbastanza cauto per non farsi scoprire da Fiona, ma sa che è improbabile: al suo capo sfugge ben poco, soprattutto quando si tratta di dipendenti che non fanno il proprio dovere. Era solo questione di tempo prima che lo convocasse.

«Ti ascolto.» Fiona spinge indietro le spalle e s'irrigidisce, preparandosi a essere investita da un'ondata di fesserie.

«Guarda.» Max allarga le braccia e mostra i palmi delle mani: una postura aperta e sincera per controbilanciare quella chiusa di Fiona. «Mi dispiace. La mia vita privata sta andando a rotoli, e io ci provo a lasciarmi tutto alle spalle quando vengo al lavoro, ma è...» Fa una pausa e abbassa lo sguardo sul tappeto beige. «È difficile.»

«In che senso?»

«Si tratta di mia moglie.» Alza di nuovo lo sguardo e incontra quello del suo capo, fisso su di lui. «Ti ho detto che da un po' di tempo non sta bene.»

«Sì, abbiamo parlato della sua agorafobia.»

«Sì, be', sta peggiorando. È diventata molto instabile, paranoica e irascibile. Temo che si stia curando da sola per affrontare la situazione.»

Fiona ascolta attenta, mentre Max le racconta che Jo è rimasta sconvolta dalla discussione con Paula, che sua moglie ha spintonato una persona chiaramente affetta da problemi mentali ed è stata poi arrestata per possesso di droga. Quando le spiega che nel pomeriggio era dovuto uscire perché sono intervenuti i servizi sociali, vede Fiona scuotere la testa.

S'interrompe. «Cosa c'è?»

«Perché non mi hai raccontato prima tutte queste cose?»

Max si china in avanti. «Perché... mi vergognavo, credo. Non volevo che gli altri sapessero quanto sono peggiorate le cose, non volevo essere giudicato.»

«Per essere stato vicino a tua moglie?» I lineamenti di Fiona si addolciscono. «Chi ti avrebbe mai giudicato per una cosa del genere? Io no di sicuro.»

«È umiliante. Hanno chiamato i servizi sociali, santo cielo.»

Fiona si appoggia allo schienale della sedia, che scricchiola. Le braccia non sono più incrociate, nota Max. «L'hai portata da un medico o uno psichiatra?»

«Non è semplice, io... non vivo a casa al momento, ho preso una stanza all'Holiday Inn. Jo vuole il divorzio.» Dopo questa confessione, s'irrigidisce. Jo ha confidato a Helen di volere il divorzio, ma ancora non ne ha parlato con lui, né quando l'ha chiamato per chiedergli di andare a prenderla alla centrale di polizia, né quando gli ha chiesto di dormire sul divano quella sera, né quando gli ha telefonato per dirgli dell'appuntamento con Lorraine Cooper.

«Accidenti, mi dispiace tanto.»

«Non so quanto tutto ciò sia dovuto ai suoi problemi di salute mentale e quanto invece...» Max si stringe nelle spalle.

«Noi... abbiamo avuto un periodo difficile ultimamente, ma pensavo che l'avremmo superato...» S'interrompe di nuovo, sentendosi improvvisamente a disagio per tutte le informazioni che ha condiviso con Fiona. È piacevole essersi liberato di un peso, ma lei è pur sempre il suo capo e, anche se si mostra comprensiva, Max sa che sotto sotto sta valutando se lui sia ancora in grado di fare il proprio lavoro nel modo giusto.

«Che cos'ha detto l'assistente sociale?»

«È andata via prima che io arrivassi a casa, e anche Jo era già ripartita con Elise. Ma sono riuscito a parlare con quella donna al telefono.»

Dio solo sa cosa avrà pensato l'assistente sociale di quella situazione. Max ha chiesto a Jo di passargli Lorraine e a questa ha spiegato con calma che sua moglie in questo periodo soffre di una grave forma di ansia, avvertendola che era possibile che si fosse inventata la storia dell'irruzione perché si vergognava del disordine che c'era in casa. Lui si era accorto di quanto fosse sporca quando aveva riportato a casa Jo dalla stazione di polizia. Lorraine aveva ascoltato in silenzio mentre lui le raccontava quanto fosse preoccupato per Jo e per la sua capacità di prendersi cura di Elise, preoccupazione condivisa da almeno un membro del personale dell'asilo nido di sua figlia.

«Sono entrato in casa», prosegue Max. «Era in condizioni davvero pietose. Ho capito perché Jo non ha voluto far entrare l'assistente sociale, però non mancava nulla, quindi sicuramente non si è trattato di un furto. Lei è convinta che questa Paula sia entrata in casa e l'abbia messa sottosopra, ma porte e finestre erano intatte e non c'era nessun segno di scasso, quindi l'unico modo in cui può essere entrato qualcuno è attraverso i muri.»

«Per la miseria, Max.» Fiona si scosta i capelli dal viso. «Non immaginavo che la situazione fosse così complessa. Certo, avevo notato che sembravi un po' più fuso del solito, ma pensavo che ti fossi concesso qualche festeggiamento di troppo per il successo dell'inchiesta.»

Max sbuffa con il naso con fare ironico. «Magari!»

«Che cos'hai intenzione di fare?»

Max non risponde subito. Il suo sguardo vaga per l'ufficio di Fiona posandosi su un'enorme pianta di yucca sistemata in un angolo come una sentinella, poi si strofina le mani sul viso, sospira e le fa cadere in grembo. «Cosa posso fare?» dice con tono gentile. «Ho provato a sostenerla, sono stato presente quando aveva bisogno di me e le ho lasciato spazio quando me l'ha chiesto, ma le sue condizioni peggiorano invece di migliorare. In questo momento sono molto in ansia per Elise.»

«È normale che tu lo sia.» Fiona fa un respiro, e Max sente il tono preoccupato della sua voce. Anche lei ha figli, uno frequenta l'università e l'altro sta per finire le scuole superiori. Non nasconde di essere una madre poco premurosa, ma quando Max ha mostrato le foto di Elise in ufficio, anche lei era in adorazione, come tutti gli altri genitori. «Ascoltami, Max. Immagino che non ci sia niente che io possa fare, però se hai bisogno di tempo per sistemare le cose, basta che tu lo dica e, se hai problemi a gestire il carico di lavoro, possiamo trovare una soluzione.»

«Grazie.» Di solito Max preferirebbe morire piuttosto che mostrarsi tanto vulnerabile agli occhi di Fiona, ma adesso ha bisogno che lei stia dalla sua parte e, se deve mettere da parte l'orgoglio, è disposto a farlo. «Lo apprezzo molto...» Viene interrotto dalla suoneria acuta del suo cellulare. Lo estrae dalla tasca interna della giacca e guarda prima lo schermo e poi Fiona. «È Jo», mima con le labbra. Non avrebbe bisogno di sussurrare, visto che non ha ancora risposto, ma pensa che la cosa si adatti bene al lato vulnerabile che ha appena mostrato al suo capo.

«Rispondi», mima Fiona allo stesso modo.

Max annuisce.

«Max!» Jo parla ad alta voce e con tono concitato, tanto che la sentono entrambi anche se Max non ha messo il vivavoce. «Sei già stato a casa?»

«Sì, ci sono stato. Dove sei?»

«Sono da Helen, a Cardiff. Io ed Elise ci fermiamo qui, stanotte. Hai visto in che condizioni era la casa?»

«Sì, ho visto.»

«Hai chiamato la polizia?»

«Non l'hai chiamata tu?»

«Vorrei che lo facessi tu. Ti prego, Max.»

«Ma...»

«Non posso chiamarla io, mi hanno arrestata per possesso di droga! Ti prego, Max, non so quanto posso resistere ancora...»

Mentre Jo continua a inveire e imprecare, Max si preme il telefono contro il petto per coprire il microfono. «Ti dispiace se esco?» chiede sottovoce a Fiona.

«Certo», risponde lei, con uno sguardo di empatia e stupore. «Nessun problema.»

20

Ho varcato la soglia di quella casa per due volte. La seconda è stata disgustosa: ho rovistato nella spazzatura per spargerla dappertutto. La prima volta era stata una toccata e fuga. Nascondere la droga nel serbatoio dell'acqua del bagno potrà anche essere stato un trucchetto da poco – un cliché, una scena da poliziesco di bassa lega – ma dovevo facilitare il lavoro della polizia.

Procurarmi la droga è stato un gioco da ragazzi, mentre convincere qualcuno a fare la denuncia è stato più complicato. La polizia non prende sul serio le telefonate di questo tipo; se dovessero dare ascolto a tutte le chiamate accusatorie della gente rancorosa, non farebbero altro che perquisizioni in casa della gente. Io, però, so come indurre le persone a pensarla come me, come suscitare compassione e convincerle che stanno riparando un torto.

Stupidi.

Sono tutti degli stupidi, che vedono e sentono soltanto quello che vogliono. Se dico loro che sono una vittima, è così che mi considerano. Provano compassione, vogliono aiutarmi per liberarsi dell'imbarazzo che provano, quello che li porta a pensare: Cazzo, sono contento che non sia capitato a me. *E io lascio che si godano quel breve momento di superiorità, perché è tutta un'illusione. Sono loro che hanno mentito alla polizia. Accidenti, accidenti. Chi è la vittima adesso?*

21

«Allora?» chiede Helen quando riattacco. «Cos'ha detto Max?»

«Dice che la polizia non si è ancora fatta sentire da ieri, quando l'ha chiamata, e questo significa che non sappiamo se verrà qualcuno a rilevare le impronte digitali. Comunque, stanno trattando il caso come furto con scasso, anche se non è stato rubato nulla.»

«Questa è una buona notizia.» La preoccupazione sul viso di Helen si addolcisce in un sorriso, mentre gira intorno al tavolo della cucina per prendermi la mano. «Ti avevo detto che l'avrebbero presa sul serio, no?»

Ieri sera, quando mi sono presentata a casa sua, ero un relitto silenzioso e tremante. Per non spaventare mia figlia, ho tenuto duro per tutto il viaggio da Bristol a Cardiff, ma appena abbiamo messo a letto lei e Ben sono scoppiata in lacrime. Helen mi ha posato una mano sulle spalle e mi ha accompagnata in cucina, si è seduta in silenzio accanto a me, che singhiozzavo, e poi, quando finalmente mi sono tranquillizzata, mi ha allungato un calice di vino rosso e mi ha detto: «Parla pure quando ti senti pronta».

Ha ascoltato il mio racconto, lungo, disperato e confusionario, poi si è alzata ed è venuta ad abbracciarmi. «Andrà tutto bene, Jo», ha detto piano. «Qui sei al sicuro, non può succederti nulla di male.»

Le sue parole mi hanno fatto ricominciare a piangere: poter finalmente parlare con qualcuno che non mi criticasse, o arrestasse o che volesse portarmi via mia figlia, è stato un sollievo troppo grande. Non dovevo più mostrarmi forte, agguerrita o sfuggente, non dovevo più proteggere Helen dalla realtà dei fatti e non dovevo preoccuparmi di ferire i suoi sentimenti o di stressarla più del necessario. Helen voleva soltanto aiutarmi e, cosa altrettanto importante, credeva a tutto quello che le avevo raccontato.

«E adesso che cosa succede?» chiede.

«Non lo so. Ieri la polizia ha detto a Max che avrebbe indagato, qualsiasi cosa significhi.»

Guardo il telefono per essere sicura di aver terminato la chiamata fatta a mio marito prima di dire altro. Dopo che gli ho sbattuto il telefono in faccia ieri, mi ha scritto tre messaggi: il primo era arrabbiato e spiegava che, quando l'avevo chiamato per urlargli contro, lui stava facendo un'importante riunione con Fiona. Poi, dopo parecchie ore, un secondo messaggio che conteneva una sola frase: *Quando torni a casa?* Non ho risposto. Stamattina, quando ho guardato il telefono, c'era un altro messaggio ad attendermi: *Puoi chiamarmi, per favore? Ho bisogno di sapere che tu ed Elise state bene.*

«Helen, io penso che lui non creda a una parola di quello che gli ho detto. Ha visto in che condizioni era la casa e mi ha dato comunque dell'isterica al telefono e, quando sono riuscita a convincerlo a chiamare la polizia, mi ha chiesto se non sia il caso che io torni dal medico per farmi aumentare il dosaggio dei farmaci.»

Helen sospira. «Allora hai davvero intenzione di divorziare?»

«Sì. Il nostro matrimonio è finito, non c'è più nulla da salvare.» Mi alzo e mi affaccio alla porta della cucina per guardare in soggiorno. Elise è sul divano, con un orecchio di Effie in bocca, e guarda ipnotizzata la televisione. «Dovrei portarla fuori, magari al parco.» Sento un piccolo sussulto dietro di me.

«Cosa?»

Mi giro a guardare Helen.

«Dici sul serio?»

La fisso disorientata, poi capisco. Non è l'unica che ha dimenticato quand'è stata l'ultima volta che ho proposto di portare Elise al parco.

«Se ti va, c'è un parco molto carino a cinque minuti a piedi da qui. Spesso, ci porto Ben dopo la scuola.»

Cerco d'immaginarmi la scena di noi che usciamo da casa di Helen e camminiamo mano nella mano fino a un parco in cui non sono mai stata. Vedo Elise ridere e gridare mentre la spingo sempre più in alto sull'altalena, ma a un certo punto vengo distratta dal cuore che mi batte forte e dalla goccia di sudore che mi scende lungo la tempia. Non credo di potercela fare.

«Jo.» Helen mi tocca il braccio. «Va tutto bene, non sei obbligata a farlo. Possiamo infagottare per bene Elise e portarla fuori in giardino. Nel capanno ci sono ancora il vecchio scivolo e la casetta di plastica di Ben, si divertirà anche con quelli.»

«Ma io voglio che viva una vita normale, Helen. Voglio che possa uscire all'aperto e giocare con gli altri bambini.»

«Lo fa già, al nido.»

«Lo sai cosa voglio dire.»

«Lo so, certo, e proporre di andare al parco è un buon punto di partenza. Ma facciamo un passo alla volta, ok?»

Nonostante l'aria gelida di febbraio, ci divertiamo un mondo a inseguirci e giocare con gli scivoli e la casetta nel giardino di Helen e, quando torniamo in cucina, abbiamo il naso e le guance arrossati. Pranziamo tutt'e tre insieme, sedute intorno al piccolo tavolo della cucina, e io ed Helen ridiamo della reazione sconvolta di Elise quando Helen si azzarda a metterle un pomodoro nel piatto. Poi, mentre io lavo i piatti, la mia migliore amica aiuta mia figlia a fare il pongo con i resti di una confezione di farina, sale e acqua. Il pomeriggio passa veloce, tra disegni, giochi e tazze di tè. Io cerco di non rimuginare su quanto è successo, di non pensare a cosa potrebbe succedere, ma non riesco a ignorare la paura che sento nel petto. Ogni volta che resto in silenzio, Helen se ne accorge e fa una battuta o un commento per richiamare la mia attenzione su di lei ed Elise. Non so che cosa ho fatto per meritarmi un'amica così fantastica, ma le sono infinitamente grata.

«Starò via al massimo venti minuti», mi sta dicendo ora, mentre infila il cappotto. «Sei sicura che non sia un problema per te?»

«Ma certo.» Aggiungo un altro mattoncino Duplo al castello che sto costruendo con Elise sul tappeto del soggiorno. «Stiamo bene.»

Helen chiude la cerniera. «Fatevi pure un tè, una spremuta o quello che volete.»

«È tutto a posto, tranquilla. Vai pure a prendere Ben.»

«Ok, in ogni caso ho con me il telefono.» Si tocca la tasca del cappotto. «Chiamami pure, se...» Poi scuote la testa e ride. «No, non avrai bisogno di chiamarmi! Fatti un tè e rilassati, ci vediamo tra poco.»

Sento i suoi passi nell'ingresso e il *clic* della porta che si chiude alle sue spalle, poi solo silenzio, fatta eccezione per il rumore di Elise accanto a me, che tira su con il naso. È raffreddata dall'ora di pranzo, ma io non mi preoccupo troppo: quando ho iniziato a portarla al nido, non riuscivo a credere che tornasse sempre a casa con la tosse o il raffreddore, ma ormai mi sono abituata a sentirla tirare su con il naso ogni tanto. Di solito, coccole, Calpol e tanta nanna sono la cura migliore.

«Ecco.» Tiro fuori un fazzoletto dalla tasca e lo metto sotto il naso colante di mia figlia. «Soffia.»

Elise preme il viso contro il fazzoletto e scuote la testa a destra e a sinistra, sporcandosi di moccio entrambe le guance.

«Bleah! Mocciosa!» La pulisco.

Mia figlia ridacchia e cerca di afferrare il fazzoletto sporco, ma io glielo tengo sopra la testa e rido.

«No! È tutto sporco!»

Lei si alza e mi si getta addosso, con una mano sulla mia spalla e l'altra protesa verso il fazzoletto. «Mio! Mio!»

Rovisto nella tasca dei jeans in cerca di un fazzoletto pulito con cui sostituire quello sporco, ma non appena la mia mano sfiora la plastica del pacchetto, il mio telefono comincia a suonare. Elise fa qualche piagnucolio di protesta quando scatto in piedi e attraverso l'ingresso per andare a prendere il cellulare, che sta vibrando sul tavolo della cucina.

«Mio!» grida aggrappandosi alla mia gamba.

«Pronto?» rispondo.

«Pronto, Jo?» dice una voce familiare. «Sono Lorraine Hooper, ha tempo per fare due chiacchiere?»

Sento una stretta allo stomaco. «A che proposito?»

«Preferirei parlarne di persona, se fosse possibile.»

«Sono a Cardiff, in visita da un'amica», dico.

«Va bene, va bene.» Mi sembra quasi di vederla mentre annuisce. «Sa, è molto importante. Pensa di tornare a Bristol in giornata?»

«No, non penso proprio. Gli ultimi giorni sono stati molto brutti per me e per mia figlia, quindi ci siamo prese alcuni giorni di relax e...»

«Si tratta di suo marito», spiega Lorraine. «Ha fatto richiesta al tribunale per un provvedimento sulle modalità di gestione di vostra figlia.»

«Che cosa ha chiesto?»

«Un'ordinanza di affidamento. Max vuole che Elise vada a vivere con lui.»

22

«Va tutto bene, Jo?» sussurra Helen mentre il signor Harrison sfoglia i documenti.

Annuisco senza parlare, ma tengo lo sguardo fisso sulla porta chiusa dell'ufficio. Per tornare in strada devo girare a destra, camminare lungo il corridoio, poi svoltare a sinistra, salire in ascensore, premere il pulsante per il piano terra e uscire dalle porte a vetri dello studio legale Harrison & Partners, specializzati in diritto di famiglia. La mia auto è nel parcheggio della National Car Parks su Prince Street, al terzo piano, nell'angolo, vicino a una Golf GTI rossa. Ma cosa succede in caso d'incendio? Il signor Harrison non ci ha spiegato quali sono le uscite di sicurezza e non ho visto scale sul pianerottolo dell'ascensore, ma solo giù nell'ingresso, a destra del banco della reception. Quindi, considerando che gli ascensori erano sulla sinistra, se esco dalla stanza, giro a sinistra e proseguo dritta lungo il corridoio, poi devo svoltare...

«Jo.» Helen posa una mano sulla mia e la stringe. «Lui ti aiuterà. Cerca di stare tranquilla.»

Annuisco di nuovo e mi concentro sul diploma incorniciato di Richard Harrison appeso al muro, sull'anello d'oro che l'uomo porta all'anulare, sulla sua stempiatura, sui peli scuri che gli escono dalle narici, sul suo sguardo da studioso dietro gli occhiali con la montatura sottile. Mi è sembrato quasi indifferente la prima volta che gli ho parlato, martedì pomeriggio. «Certo che posso aiutarla, signora Blackmore. È normale andare nel panico in una situazione come questa, ma lei è nel posto giusto.» Helen è stata fantastica quando le ho detto della telefonata che avevo ricevuto da Lorraine Hooper. Ha aperto subito il suo portatile e si è messa a cercare su Google, poi ha preso il telefono, ha composto un numero e me l'ha passato. Il primo appuntamento disponibile era oggi, giovedì. Ho passato quasi tutto il mercoledì su Google, per cercare informazioni sulle ordinanze di affidamento e sul diritto di famiglia nel Regno Unito.

Stamattina, Helen ha chiesto al padre di Ben di portare il piccolo a scuola e di andare a prenderlo a fine giornata, così alle 7.15 siamo partite per Bristol, Helen a fare strada con la sua auto e io dietro di lei con la mia, Elise sistemata nel seggiolino sul sedile posteriore. Avevamo anche pensato di prendere una sola auto, ma Helen ha una riunione domattina presto e non vuole rischiare di trovarsi bloccata a Bristol se fosse costretta a passare la notte con me. Non volevo lasciare Elise al nido, visto che era stata a casa per tre giorni di fila, ma Helen mi ha convinta che era la cosa giusta da fare, dicendomi che la bimba non avrebbe avuto problemi e sarebbe stata circondata da persone che conosce, mentre noi incontravamo il signor Harrison. Quando abbiamo parcheggiato fuori dal nido e ho visto l'emozione sul visc di mia figlia, tutti i miei dubbi sono scomparsi.

«Allora.» Il signor Harrison solleva lo sguardo dalla pila di carte. «Come le ho spiegato al telefono l'altro giorno, suo marito ha chiesto al tribunale un'ordinanza per l'affidamento di Elise, quindi vuole che la bambina vada a vivere con lui. Inoltre, ha fatto richiesta di un'ordinanza di affidamento temporaneo, e ciò significa che il tribunale deve decidere con chi vivrà Elise finché non sarà presa una decisione definitiva.» S'interrompe. «Tutto chiaro fin qui?»

Stringo i braccioli della sedia. «Sì.» Faccio un respiro. «Ho capito.»

Helen mi tocca la mano, annullando la distanza che separa le nostre sedie.

Harrison abbassa di nuovo lo sguardo sulle carte. Quando sono entrata nel suo ufficio, sembrava molto sicuro di sé: mi ha stretto la mano con vigore, ci ha fatte accomodare, ci ha offerto un caffè, non ha battuto ciglio quando l'abbiamo rifiutato ed è subito tornato alla sua sedia. L'atmosfera però è cambiata non appena ha iniziato a guardare i documenti;

non so se l'apprensione che sento nell'aria provenga da me o da lui.

«Ok.» Si rilassa sulla sedia e strofina le mani avanti e indietro sui braccioli di plastica. «La situazione al momento è questa: suo marito pensa che Elise sarebbe più al sicuro se fosse affidata a lui invece che a lei, e nel modulo di richiesta presentato al tribunale ha indicato come cause di questa preoccupazione la sua salute mentale e il consumo di droga.»

«Ma io non mi drogo! La droga è stata messa lì da qualcun altro.»

«Questo cercheremo di dimostrarlo insieme. Così come dovremo dimostrare che i suoi problemi mentali sono trattati nel modo giusto e non le impediscono in nessun modo di essere una buona madre per sua figlia. Suo marito dice che lei soffre di agorafobia e ansia e che si comporta in maniera irrazionale con il personale del nido di Elise, insinuando che non si sia ripresa del tutto dalla depressione post partum, o dalla perdita di vostro figlio Henry.»

Mi premo una mano sulla bocca, ma non riesco a nascondere un sussulto di orrore. La morte di Henry è stata la cosa peggiore che ci sia mai capitata, un evento che ha devastato entrambi. Mi sono sentita come se qualcuno mi avesse strappato il cuore dal petto, e lo stesso è stato per Max. Ho odiato Dio per averci portato via Henry, ho maledetto tutto il mondo. Perché io? Perché noi? Perché Henry? Perché punirci così, privandoci del nostro bambino prima ancora che venisse alla luce? I giorni seguenti a quella tragedia si confondevano gli uni con gli altri. Bevevo fino a crollare addormentata, per poi risvegliarmi in preda allo stesso dolore del giorno precedente, tanto che alcune mattine mi svegliavo e piangevo, perché aprire gli occhi significava essere ancora viva. Il dolore sembrava infinito, ma in qualche modo sono riuscita a sopravvivere ai giorni più orribili e strazianti della mia vita. Mi sentivo come se nel petto mi avessero aperto un buco che non si sarebbe mai più richiuso.

E poi sono rimasta incinta di Elise. Ero terrorizzata: non mi fidavo più del mio corpo, non mi fidavo più di Dio. Avevo già perso un bambino, che cosa avrei fatto se Dio si fosse preso anche lei? Quando abbiamo fatto l'ecografia alla ventesima settimana, ero certa che il tecnico che cercava il battito cardiaco sarebbe rimasto improvvisamente in silenzio. Affondavo le unghie nel palmo della mano di Max, aspettando di sentire quelle parole, quelle due atroci parole: «Mi dispiace». E invece il tecnico non le ha dette: Elise era ancora lì, che scalciava, si muoveva e dava pugni. Era ancora viva.

Avrei dovuto sentirmi sollevata per aver superato quel traguardo, ma non riuscivo a tranquillizzarmi, e non ci sono riuscita finché non ho stretto Elise fra le braccia. Il terrore, però, non è finito lì: dopo che è nata, dormivo pochissimo e la controllavo di continuo ogni volta che la sentivo tirare su con il naso nella culla accanto al mio letto. Ero convinta che, se mi fossi addormentata, Elise sarebbe morta, e io avrei fatto qualsiasi cosa per impedire che succedesse di nuovo. Avevo già perso un figlio, non avrei tollerato di perderne due.

Il signor Harrison si schiarisce la gola. «La vedo turbata, signora Blackmore. Non è l'unica a considerare sconvolgenti e inquietanti le accuse di suo marito, credo che sia lo stesso per moltissime donne nella sua situazione. Ma, al momento, è questo che sono: accuse. Ed è nostro compito dimostrarne l'infondatezza.»

Non riesco a parlare, ho la gola così serrata che non ci riuscirei neanche se volessi. Affondo i tacchi nel tappeto e stringo la presa sui braccioli della sedia. *Non piangere. Non piangere.* Ma è troppo tardi.

Perché Max ci ha fatto questo? Lui ama Elise e non approfitterebbe mai della mia situazione per un colpo così basso. Lo so che negli ultimi mesi il mio comportamento è stato irritante e che ha perso la pazienza, ma sono una buona madre e lui lo sa. Sono la prima persona che Elise vede al mattino e l'ultima prima di addormentarsi; quando di notte ha un incubo è me che chiama, ed è sempre da me che corre quando qualcosa non va. Vuole bene a suo padre, ma lui non c'è mai quando lei ha bisogno, ci sono io! Io ci sono sempre stata per Elise, sempre.

«Le dispiace se andiamo avanti, signora Blackmore?»

«Va bene.» Le parole mi escono soffocate, quasi incomprensibili, e tossisco per schiarirmi la voce. «Ma posso... posso vedere il modulo? Voglio controllare che la scrittura sia quella di mio marito.»

«Certo.»

Helen mi guarda accigliata mentre prendo il documento con mani tremanti. «Che succede?» sussurra.

Io, però, non riesco a distogliere lo sguardo dalle parole che ho davanti. È senza dubbio la grafia di Max, lettere grandi e larghe, con segni profondi della penna, e in fondo c'è la sua firma, a indicare che quanto ha scritto corrisponde a verità.

«Jo?» dice Helen. «Che succede?»

Non riesco a credere che stia accadendo davvero, non sembra reale. Perché l'ha fatto? Perché non me ne ha parlato? Solo una settimana fa, voleva che ci trasferissimo tutti e tre a Chester, perché ha cambiato idea così all'improvviso? Non ha senso. Niente di tutto questo ha senso.

«Grazie.» Restituisco il modulo di richiesta al tribunale al signor Harrison, poi mi abbandono all'indietro sulla sedia. La scossa di dolore che sento quando lo schienale di legno mi colpisce le scapole è stranamente rassicurante: non sto sognando, questa è la realtà.

«Posso continuare?» chiede il mio avvocato.

«Sì.»

«Va bene.» Si sistema gli occhiali sul naso e legge il documento che gli ho appena restituito. «Stando a quanto leggo, suo marito dice che al nido sono preoccupati per i suoi ritardi e per il modo brusco e distaccato in cui tratta il personale. Dicono che una volta, quando è andata a prendere sua figlia, lei si è comportata in maniera strana, che era sudata e le mancava il respiro e che ha ignorato un membro di alto livello del personale che le chiedeva perché stesse avendo quel comportamento così deleterio...»

«Stavo cercando Elise! Se mi sono comportata in maniera

brusca e distaccata, è perché avevo il terrore che qualcuno avesse preso... »

« Jo. » Helen mi guarda negli occhi. « Lascialo parlare... » Fa cenno al signor Harrison di proseguire.

« Max dice anche che il personale dell'asilo l'ha informato che Elise ha ricominciato a non controllare i propri bisogni, sebbene fosse già stata abituata a usare il water, e che è arrivata più di una volta al nido con i vestiti sporchi e i capelli spettinati. »

Scuoto la testa: è successo quando ero bloccata con la schiena, e Max lo sa. Sono sicura di averlo detto ad Alice, scusandomi per le condizioni di Elise. O forse l'avevo solo lasciata al nido ed ero scappata perché ero in ritardo al lavoro? Non ricordo.

Il signor Harrison prosegue. « Suo marito dice anche che un membro del personale l'ha sentita confessare a un altro genitore di aver spinto a terra di proposito sua figlia mentre la stava allattando. La stessa persona ha detto a Max che, quando Elise ha iniziato a frequentare il nido, lei avrebbe detto di essere felice che servissero pasti fatti in casa perché così la bambina avrebbe mangiato quattro volte a settimana frutta e verdura, invece di Turkey Twizzler e patatine. »

« Stavo scherzando! » Guardo Helen. « Max lo sa che non faccio mangiare porcherie a Elise. »

« Lo sa », ripete lei, ma nei suoi occhi leggo lo sgomento per le accuse di Max nei miei confronti. È incredula come me.

« Max dice di aver parlato con i servizi sociali, che lamentano il suo comportamento non collaborativo e aggressivo durante l'incontro con Lorraine Hooper », continua l'avvocato. « Questa avrebbe detto che lei non l'ha fatta entrare in casa per via della sporcizia e del disordine, che ha affermato che non dipendevano da lei, e che l'ha costretta a fare il colloquio in auto, in mezzo alla strada. Max aggiunge che lei ha sofferto di disturbi psichici, fra cui la depressione post partum, e ritiene che non riesca a controllare il suo disturbo e lo stress di occuparsi di... »

«Basta!» Alzo le mani. Non ce la faccio più ad ascoltare tutto questo, è troppo. «La prego, la smetta.»

Il signor Harrison mi guarda da sopra gli occhiali, poi abbassa lentamente le carte che ha in mano e si schiarisce la voce.

Helen si alza e mi mette un braccio intorno alle spalle. «Riuscirai a superare questo momento», mi sussurra all'orecchio. «Lo so che sembra impossibile adesso, ma ce la farai, te lo prometto. Non so a che gioco stia giocando Max, ma...»

«Se posso, ehm...» L'avvocato tossisce. «Se posso interrompere.»

Helen scioglie l'abbraccio di malavoglia, ma rimane al mio fianco, accovacciata accanto alla mia sedia.

«Prego», rispondo.

«Quella che sta leggendo è solo una versione dei fatti: quella di Max.» Picchietta con il dito sulle carte. «Si tratta solo di accuse, per quanto gravi, che suo marito e il suo avvocato dovranno sostenere in tribunale presentando delle prove. Ovviamente, noi le respingeremo e prepareremo le prove necessarie a controbattere. Mi serviranno alcune dichiarazioni da parte sua – sul nido, sulle accuse per droga, sulla sua salute mentale e così via – ma se non se la sente oggi possiamo fissare un altro appuntamento. So che le accuse di Max le paiono molto gravi, signora Blackmore, ma suo marito non ha insinuato neanche una volta che lei abbia fatto del male a sua figlia o che possa farlo, e questo è importante. Al momento, lei vive con Elise nella casa di famiglia?»

Scuoto la testa. «Negli ultimi giorni siamo state da Helen.»

«Il signor Blackmore vive attualmente nella casa di famiglia?»

«No, alloggia in hotel. Perlomeno, alloggiava lì l'ultima volta che ci siamo sentiti.»

«Allora le consiglio di trasferirsi di nuovo a casa.»

«Resterò con te stanotte», dice subito Helen.

Vorrei dirle che non è necessario, che sono abbastanza

forte da tornare a casa da sola, ma mentirei. «Grazie», le rispondo con gratitudine.

«Ottimo», dice il signor Harrison. «La permanenza nella casa di famiglia rafforzerà la sua posizione, e anche il ripristino della routine di Elise.» E aggiunge subito: «Non le sto consigliando di tenerla nello stesso asilo, è comprensibile che questo sarebbe un problema, ma le trovi un posto da qualche altra parte. Lei lavora?»

«Sì, lavoro all'università, come addetta al tutoraggio degli studenti, anche se mi sono presa qualche giorno libero.»

«Perfetto, cerchi di mantenere anche il suo lavoro, dobbiamo convincere il giudice che Elise starà meglio con lei. Dice che suo marito fa il giornalista investigativo, che è spesso fuori casa e che è lei a occuparsi della routine e della stabilità della vita di sua figlia, giusto? Dobbiamo concentrarci su questo, il resto sono accuse indiziarie.»

«Quindi lei pensa che possiamo vincere?» chiede Helen.

L'avvocato sorride per la prima volta da quando siamo entrate nel suo ufficio. «Certo che sì.»

«Oh, grazie!» Crollo in avanti, con il viso tra le mani. «Grazie a Dio!»

«L'udienza in tribunale è fra quattro settimane, per consentire di fare tutti i controlli del caso presso la polizia e la sua assistente sociale. Direi che è opportuno rivederci presto per studiare la sua deposizione, ma nel frattempo le consiglio di prendere appuntamento con il suo medico per parlare della sua salute. Se riusciamo ad avere il suo medico dalla nostra parte per testimoniare che il suo disturbo è monitorato e trattato in maniera adeguata, la sua posizione ne uscirà rafforzata.»

«Vedi?» Helen mi mette un braccio intorno alle spalle. «Andrà bene. Andrà tutto bene, Jo.»

Non rispondo ma, per la prima volta dopo molto tempo, una fiammella di speranza si riaccende nel mio cuore.

23

«Max!» Fiona è ferma sulla porta del suo ufficio, con una mano su un fianco e l'altra sullo stipite. Inclina la testa, facendogli segno di raggiungerla.

Max dà una spinta alla sua sedia con le rotelle per allontanarsi dalla scrivania, ma lo fa con lentezza, in maniera sofferta, come se avesse bisogno di tutta la forza che ha per spostarsi anche solo di pochi centimetri. Nell'ultima mezz'ora, Jo l'ha chiamato cinque volte, tre sul telefono personale e due su quello del lavoro, ma lui non ha risposto, deviando le chiamate direttamente alla segreteria telefonica. È un comportamento da codardo, ma ha ancora un mal di testa tremendo per l'ubriacatura di ieri sera, e proprio non se la sente di sopportare una scenata di Jo, soprattutto dopo che ha promesso a Fiona di mantenere il contegno al lavoro.

«Sì, capo.» Si avvicina alla sua caporedattrice con le mani in tasca, costringendosi a sorridere.

«Max», dice bruscamente Fiona. «Pensavo di averti detto di cancellare il mio numero personale dal telefono di tua moglie.»

«Accidenti, che cos'è successo?»

«Ho passato gli ultimi cinque minuti ad ascoltarla inveire al telefono. Se ti fossi degnato di risponderle, sapresti che in questo momento è alla reception che aspetta che tu scenda a parlare con lei.»

«Cazzo.» Max toglie le mani dalle tasche, i palmi aperti. «Fiona, mi dispiace tanto.»

«Non è a me che devi chiedere scusa.»

Max sposta il peso del corpo da un piede all'altro e si sforza d'ignorare la paura che gli opprime il petto. Cosa diavolo ha detto Jo al suo capo? Fiona era dalla sua parte l'altro giorno, ha anche sentito quanto lei fosse irrazionale al telefono. «Mi dispiace. Credo di non aver capito.»

«Max, lo so che le cose non stanno andando bene e sono davvero contenta che tu mi abbia raccontato quello che stai passando, ma non puoi lasciare che sia un'assistente sociale a informare tua moglie che vuoi l'affidamento di vostra figlia, e poi ignorare le sue chiamate. Lo so che lei non sta bene, ma evitandola non fai altro che peggiorare la tua situazione, e non mi piace per niente che si presenti qui a fare una scenata.»

«Lo so, lo so.» Max abbassa lo sguardo. «Le parlerò, ci vado subito.»

«Benissimo, ti sta aspettando giù nell'ingresso. Hai un quarto d'ora. E ricordati che, se mi chiamerà di nuovo, ti riterrò responsabile.»

Max scende le scale invece di prendere l'ascensore. A ogni scalino, la sua agitazione aumenta. Gli scenari possibili sono due: Jo può essere arrabbiata e dirgliene di tutti i colori, oppure in lacrime e disperata. Si augura che sia infuriata, perché in quel caso è in grado di tenerle testa, mentre se è fragile lui si sentirà di merda e metterà in dubbio le scelte fatte. Da qualsiasi punto di vista si voglia guardare questa situazione, Jo non sta bene, è malata, e la storia di Paula non ha fatto altro che peggiorare i sintomi. Max non l'ha mai vista così irritabile e impaurita, e il suo comportamento diventa sempre più imprevedibile: un giorno è a casa e quello dopo è dai suoi genitori, oppure da Helen. La povera Elise viene trascinata avanti e indietro senza sosta, e chissà che effetto sta avendo su di lei il comportamento incostante di Jo. La richiesta dell'affidamento è stata una mossa disperata. Max le ha provate tutte: parlarle, rassicurarla, offrirsi di tornare a casa e persino di trasferirsi a Chester, ma lei ha frenato o ignorato tutte le sue proposte. Certo, è preoccupata per la faccenda di Paula, non potrebbe essere altrimenti, ma bisogna avere sangue freddo per affrontare una situazione del genere. E invece Jo le si è scagliata contro, porca miseria! Quando si dice che al peggio non c'è mai fine.

Se Elise fosse affidata a Max, lui la terrebbe al sicuro mentre viene risolta la situazione con Paula. Ora che l'indagine alla quale lavorava è finita, farà orario d'ufficio regolare e potrà accompagnare Elise all'asilo, andare a riprenderla, portarla al parco, allo zoo o ai giochi all'aperto. Jo potrebbe prendersi un periodo di ferie per trasferirsi a Chester e occuparsi dei suoi genitori. Potrebbe vedere Elise durante i fine settimana, giocare con lei in casa mentre Max uscirebbe per lasciare a madre e figlia uno spazio tutto loro, oppure potrebbe restare a giocare insieme a loro, se solo Jo capisse che non è lui il cattivo in questa storia.

Sì, è a questo che deve aggrapparsi, e lo ripete a se stesso mentre raggiunge la reception, mostra il suo pass a Scott, l'addetto alla sicurezza, ed esce dalle porte a vetri. Non lo sta facendo per se stesso, ma per tutti e tre.

Legge la rabbia negli occhi di sua moglie anche da lontano. Ha i capelli biondi legati in una bassa coda di cavallo e indossa pantaloni neri, stivali con il tacco e una camicetta grigia. Sorregge in grembo il cappotto grigio di Wallis e la borsa rossa. Per un attimo, Max resta disorientato dalla sua eleganza, poi capisce che dev'essere andata da un avvocato. «Dov'è Elise?» chiede mentre si avvicina.

Jo si alza. «Al nido.»

«Quindi siete tornate?»

«Sì, siamo tornate a vivere a casa, se è quello che intendi», risponde.

Max si trattiene dall'imprecare: il suo avvocato *gliel'aveva detto* di tornare a casa il prima possibile, ma lui non si era affrettato perché pensava di avere tempo. Al telefono, due giorni prima, Jo gli era parsa sconvolta, tanto da fargli pensare che non avrebbe mai e poi mai rimesso piede in casa finché la polizia non avesse arrestato Paula. Chiaramente, il suo avvocato doveva averla convinta del contrario.

Mentre lo sguardo di sua moglie passa dall'addetto alla reception alla guardia di sicurezza, Max tenta d'interpretarne il linguaggio del corpo. Al di là della rabbia, che le legge negli occhi, è ben visibile l'ansia: nelle nocche delle mani, che sono bianche per la presa serrata sulla borsetta, e nel continuo sfregare delle labbra l'una contro l'altra. Jo è stata nel suo ufficio solo una volta, quando era incinta di Henry ed era passata a prenderlo per andare a fare l'ecografia della ventesima settimana. Era nervosa: diceva che non sentiva i movimenti del bambino da un po' di tempo, e stava bevendo del succo d'arancia nella speranza che ricominciasse a muoversi grazie all'afflusso di zuccheri. Il ricordo di quanto è successo dopo è molto doloroso per Max, che sente il corpo svuotarsi. Prova l'istinto irrefrenabile di abbracciare sua moglie e stringerla forte, ma quando lei torna a fissarlo con occhi freddi e carichi di rabbia, la sensazione svanisce.

«Perché lo stai facendo?» chiede Jo, con voce bassa e controllata.

Max scuote la testa: il pensiero di Henry gli ha offuscato la mente, e il discorso che si era preparato con cura è dimenticato.

«Perché lo stai facendo?» chiede di nuovo Jo.

Max si guarda i piedi, tormentato dall'indecisione. Non è troppo tardi, può ancora fermare tutto questo, chiamare il suo avvocato e dirgli che ha cambiato idea. Possono tornare a casa, tutti e tre, e cercare di far funzionare le cose. Ma non succederà mai, giusto? Qualsiasi speranza di riconciliazione è una pura illusione, Jo stava già progettando di trasferirsi a Chester prima che succedesse tutto, e ha detto alla sua amica Helen che vuole il divorzio. Se lui ritira la richiesta di affidamento, Jo andrà avanti con il divorzio, se ne andrà a Chester con Elise e, in quel caso, come farà sua figlia a vivere una vita normale? Senza di lui, non potrà mai uscire di casa, né giocare con altri bambini al parco, perché Jo non la porterà fuori, e sicuramente né Brigid né Andy potranno farlo. Elise ha bisogno di Max, del suo papà che le vuole bene.

«Perché tu non stai bene», risponde, guardando sua moglie negli occhi. «E credo che tu ti stia curando da sola per affrontare la situazione. Capisco perché lo fai, davvero, ma qui non si tratta solo di te, ma di Elise e di quello che è giusto per lei. Non sto cercando di portartela via, voglio solo darle un po' di sicurezza mentre tu ti rimetti in sesto. Non avrei mai voluto arrivare a questo punto, Jo, ma qual è l'alternativa? Tu non mi vuoi in casa, non vuoi che io venga a vivere a Chester con te e continui a scomparire all'improvviso. Sono preoccupato per Elise, tesoro, e voglio solo essere sicuro che lei stia bene.»

Sua moglie dondola avanti e indietro e lo fissa con occhi sgranati e increduli, le labbra serrate e tese a formare una linea sottile.

«Io ho cercato di aiutarti», continua Max. «Ho fatto tutto quello che potevo per...» Fa uno scatto all'indietro quando Jo inizia a colpirlo al petto con i pugni chiusi.

«Sei un bastardo!» urla, senza smettere di sferrare pugni. «Sei un maledetto bastardo!»

«Jo.» Max le afferra i polsi mentre Scott accorre da dietro il bancone. «Jo, smettila! Sto cercando di aiutarti, per favore non fare così. Non rendere le cose più difficili di quanto non siano già.»

«Hai mentito!» gli grida in faccia. «Tutto quello che hai scritto nella richiesta è falso!»

«Signora.» Scott, un uomo tarchiato che ha da poco passato i quarant'anni, capelli rasati e tatuaggi che sgusciano da sotto i polsini della giacca nera, compare al loro fianco e mette una mano sulle spalle di Jo. «Devo chiederle di andarsene.»

«Lasciami!» Jo si contorce per liberarsi dalla presa di Max e fa un passo indietro.

Lui si prepara a ricevere un'altra scarica, ma sua moglie non dice una parola, si china a raccogliere la borsa e il cappotto, ed esce dall'edificio.

Max cammina lungo Redcross Street, il suo respiro si condensa nell'aria, ma lui è troppo concentrato a mettere un piede davanti all'altro per sentire freddo.

«Scusa», biascica dopo aver urtato un lampione con la spalla. Preme una mano sul metallo ghiacciato e si sposta verso il centro del marciapiede. «Scusa.»

Continua ad avanzare, con il pilota automatico che prende il controllo per guidarlo verso il suo hotel. Voleva solo bere a sufficienza da anestetizzare le emozioni, ma si è fatto un whisky di troppo e adesso ha la vista annebbiata tanto quanto il cervello. Il marciapiede sembra incombere su di lui come una grigia lapide sporca di mozziconi e gomme da masticare schiacciate. Allunga una mano, tocca i freddi mattoni rossi di un palazzo di uffici e cerca di raddrizzarsi, ma i fari delle macchine che sfrecciano in strada gli danno le vertigini. Chiude gli occhi, sbatte ripetutamente le palpebre e poi guarda ancora in strada: altre auto vengono verso di lui, con i fari così luminosi da farlo sentire come se fosse su un palco. Signore e signori, ragazzi e ragazze, un applauso per Max Blackmore: giornalista da quattro soldi, pessimo marito e padre ancora peggiore.

«Vaffanculo!» grida alle auto, accorgendosi a malapena di una ragazza che attraversa la strada per evitare di passargli accanto. «Voi non sapete... Non sapete quello che...»

Scuote la testa e si lancia di nuovo in avanti. Che si fottano, lui non è un uomo cattivo: tutto quello che ha fatto, l'ha fatto per sua figlia. Per un attimo, pensa a suo padre, un uomo che ha abbandonato la propria famiglia per farsi un'altra dose ed è morto in miseria con un ago nel braccio in una lurida casa occupata di East London. Fa una promessa a se stesso: non si ubriacherà mai più. Solo i deboli si abbandonano alla droga o all'alcol per risolvere i problemi della vita, e lui non è un debole, è un...

Sorride alla vista di un'immagine familiare in fondo alla strada: ha la vista annebbiata e non riesce a leggere, ma anche in questo stato riconosce l'insegna del suo hotel. Infila una mano nella tasca interna della giacca per prendere la key card, e ha un attimo di panico quando le dita non trovano il portafoglio. Si tasta i vestiti preoccupato, poi grugnisce di soddisfazione quando riesce a trovarlo, insieme al telefono. Li tira fuori dalla tasca, ma perde la presa e li fa cadere a terra.

Si china a raccoglierli e riesce ad afferrare il telefono, ma appena sfiora la pelle del portafoglio, un colpo gli toglie il respiro. È come se una macchina fosse salita sul marciapiede e l'avesse investito in pieno, ma non è affatto un'auto a trascinarlo di peso in una stradina laterale, lanciarlo su un cassonetto, sollevarlo per la gola e colpirlo in faccia.

« Dove sono i soldi? »

A Max fischiano le orecchie e non riesce ad aprire l'occhio destro. Scuote la testa confuso e, in premio, riceve un altro pugno.

« Dove sono i soldi? »

Lui solleva la mano destra, che miracolosamente stringe ancora il portafoglio e il telefono. « Ecco », grugnisce. « Prendi. »

L'aggressore gli colpisce la mano, facendo cadere a terra il portafoglio. « Non quei soldi, coglione. Quelli di Paula. »

« Non lo so. » Scuote la testa. « Non so di cosa stai parlando. »

Il dolore gli risale la mandibola e arriva fino all'orecchio, poi l'uomo gli strappa il telefono dalle mani e lo colpisce di nuovo, e tutto diventa nero.

24

Sono le undici di sera ed Elise è sotto le coperte, ha ancora il raffreddore ma si è addormentata. Invidio la sua capacità di prendere sonno nell'esatto momento in cui chiude le palpebre, io credo di non dormire a sufficienza da settimane e chissà a che ora riuscirò a addormentarmi stanotte.

Non parlo con Max da quando ci siamo visti oggi, ma non era certo mio marito l'uomo che si è trascinato giù dalle scale dell'edificio del *Bristol News*, con gli occhi fissi a terra finché non è stato costretto a guardarmi in faccia. Sembrava Max e parlava come lui, ma era così freddo e distaccato, del tutto privo di calore e comprensione nei miei confronti, che ho faticato a riconoscerlo. Non era mio marito, non era l'uomo di cui mi sono innamorata, insieme al quale ho riso e al cui fianco ho dormito, né tantomeno colui con il quale mi sono costruita una vita. Non era quel Max che mi abbracciava quando mi addormentavo piangendo dopo aver perso Henry, che mi teneva la mano mentre davo alla luce Elise e mi assicurava che non avremmo perso un altro figlio.

Quando l'ho colpito oggi, l'ho fatto sia per la rabbia che provavo, sia per farlo tornare in sé.

Non ha funzionato, però.

Sono riuscita a mantenere il controllo finché non ho raggiunto il bar in cui avevo appuntamento con Helen, poi sono scoppiata in lacrime. Lei mi ha portata fuori, alla macchina, si è seduta accanto a me e mi ha tenuto la mano mentre piangevo. Quando sono riuscita a smettere, sentivo un peso così forte sul petto da non riuscire a muovermi, così Helen ha guidato fino al nido, dove abbiamo preso Elise, poi ci ha accompagnate a casa e mi ha aiutato a ripulire dalla sporcizia l'ingresso, il soggiorno e la cucina.

Helen è andata a dormire alle nove e mezzo, ma io non riesco a prendere sonno. È più di un'ora che me ne sto seduta sul letto, con un taccuino dalla copertina rigida in grembo, ad annotare tutti i motivi per cui io posso offrire a Elise una vita regolare e felice, e tutti quelli per cui Max non può. Non sono più sconvolta come quando il signor Harrison mi ha letto le accuse di Max, e non lascerò che Elise mi venga portata via. Farò tutto il necessario per proteggerla.

Elise grida nella notte – un grido forte, rabbioso e disperato – e io mi sveglio di colpo. L'unica luce in camera è il bagliore rosso della sveglia accanto al letto: sono le 2.57.

Il taccuino è sul pavimento, aperto. Devo essermi addormentata mentre scrivevo, ma perché l'abat-jour è spenta? Allungo una mano e premo l'interruttore: non succede niente. Forse è andata via la corrente, oppure la lampadina si è fulminata. Il mio telefono non è sul comodino, devo averlo dimenticato di sotto. Scendo dal letto, attraverso la stanza e apro la porta: le luci del piano sono tutte spente, ma dalla porta socchiusa della camera di Elise proviene il debole bagliore giallo della luce notturna a batteria che sta sulla mensola. Entro piano nella stanza e un'asse scricchiola sotto il mio peso. Elise si alza a sedere nel lettino e mi rivolge uno sguardo vuoto.

«Va tutto bene, tesoro.» Mi accovaccio accanto a lei e le scosto i capelli dal viso. Ha la fronte calda e sudata, le guance bagnate di lacrime. «Sono io.»

«Papi?» chiede Elise, facendomi balzare il cuore in gola. Non sa perché Max sia scomparso dalle nostre vite. Lui dice di volere il meglio per nostra figlia, ma come può essere un bene per lei tutto questo? Avremmo potuto trovare un accordo per le visite senza andare in tribunale, io non gli avrei impedito di vederla. La mia era solo una minaccia a vuoto.

«No, amore», dico piano. «Sono la mamma. Ecco, rimettiti giù, è ancora notte.»

«Voglio papi!» dice Elise, ma non si lamenta quando la

sollevo leggermente e la rimetto distesa sul materasso, con la testa sul cuscino. Chiude gli occhi, mentre le accarezzo i capelli.

«*Sst. Sst.* Torna a dormire, c'è la mamma qui.»

Quando il suo respiro si fa più lento e regolare, esco dalla stanza, facendo attenzione a evitare l'asse scricchiolante ai piedi del lettino. Quando abbiamo abituato Elise a fare la nanna da sola, da neonata, io e Max facevamo a turno a calmarla e accarezzarla finché non si addormentava e poi, esausti e terrorizzati al pensiero che si risvegliasse, uscivamo dalla stanza di soppiatto, tastando con i piedi tutte le assi per verificare che non facessero rumore, come se fossimo su un campo minato.

Uscita dalla stanza, espiro piano, poi sento un rumore al piano di sotto che mi paralizza: un cigolio acuto, come una scarpa di gomma che si ferma all'improvviso su una mattonella.

«Helen? Sei tu?» chiamo sottovoce.

Faccio un passo esitante sul pianerottolo e mi aggrappo alla ringhiera.

«Helen?»

Non voglio guardare oltre la ringhiera. Se ci fosse Paula, ai piedi delle scale, che guarda verso di me nel buio?

Non hanno tolto la corrente, dice una vocina nella mia testa. *Ha fatto scattare lei l'interruttore nel quadro elettrico, e il mio telefono è al piano di sotto, non posso chiamare per chiedere aiuto.*

Il cuore mi batte così forte che ho la nausea.

Devi guardare, Jo.

Ma non riesco a muovermi, e nemmeno a staccare le dita dalla ringhiera. Riesco solo a fissare il muro color magnolia davanti a me e ad ascoltare.

Non sento passi, cigolii o rumori di nessun tipo dal piano di sotto.

La casa è avvolta dal silenzio, fatta eccezione per il debole rumore di mia figlia che tira su con il naso nella sua stanza, e del *tum tum tum* del mio cuore, che pulsa nelle orecchie.

Chiunque ci sia al piano di sotto, è in ascolto, proprio come me. E sta guardando, vede le mie dita aggrappate alla ringhiera. Sa che sono qui, aspetta la mia prossima mossa.

Mollo la presa dal corrimano bianco e lucido, e attraverso di corsa il pianerottolo. Entro di slancio nella camera dove sta dormendo Helen, senza fermarmi a bussare alla porta.

La mia amica è sul letto degli ospiti, stesa a pancia in su, con le braccia e le gambe aperte, scoperta fino alla vita e con la mano destra afflosciata oltre il bordo del letto.

«Helen!» La tiro per il polso. «Helen, svegliati!»

Lei grugnisce e cerca di liberarsi dalla mia stretta.

In quel momento, sento un altro rumore, un colpo, provenire dal piano di sotto. «Helen!» La tiro di nuovo per il braccio. «Helen, svegliati! C'è qualcuno di sotto.»

Apre gli occhi di scatto e mi fissa, confusa e sconvolta. «Jo?» Ha la voce assonnata.

«Credo che qualcuno sia entrato in casa.»

«Cazzo!» Si alza e scende dal letto in un attimo, guardandosi attorno. «Ho lasciato il telefono di sotto. Tu ce l'hai qui?»

Scuoto la testa. «No.»

Ci guardiamo negli occhi.

«Cazzo», dice sottovoce.

«Cosa facciamo?»

«Non lo so. Hai...» Studia di nuovo la stanza. «Hai... non so... una mazza da cricket o qualcosa di simile?»

«No, niente.» Stringo il braccio della mia amica, è sudato. «Devo tornare nella stanza di Elise. Se Paula...»

«Vai!» Helen apre la porta e mi spinge fuori dalla stanza. «Abbiamo chiamato la polizia!» comincia a gridare mentre attraversiamo di corsa il pianerottolo. «Arriveranno presto, quindi faresti meglio a andartene...»

«Helen, no!» L'afferro per un polso e la trascino nella stanza di Elise. «Aiutami!» le dico e indico la cassettiera di Elise. Insieme tiriamo e spingiamo fino a posizionare il mobile contro la porta della camera. Elise si muove nel sonno e si scosta di dosso il piumone con cui l'ho coperta cinque minuti fa, però – miracolosamente – non si sveglia.

«E adesso?» sussurra Helen. «Apriamo la finestra e urliamo per chiedere aiuto? Battiamo sul muro per svegliare i vicini?»

«Non lo so.» Cerco di pensare razionalmente, ma il cuore mi batte così forte da darmi il voltastomaco. Se Paula è giù da sola, io ed Helen potremmo riuscire a sopraffarla, ammesso che non sia armata. Ma perché è tornata? Ha già avuto due occasioni per cercare quello che, secondo lei, Max le ha rubato. Lui però non ha rubato nulla, ha giurato sulla vita di Elise di non sapere chi sia questa donna. Quindi, o Max sta mentendo, o Paula è fuori di testa. Non so quale di queste possibilità mi spaventi di più.

«Jo? Cosa vuoi fare?» chiede Helen.

«Non possiamo fare nulla», rispondo a voce bassa. «La finestra non si apre, è stata verniciata ed è bloccata da quando ci siamo trasferiti qui. Ho chiesto a Max di sistemarla centinaia di volte ma...»

«Battiamo sul muro?»

Scuoto la testa. «I vicini sono in vacanza.»

«Cazzo.» Helen impreca sottovoce.

25

Non sono mai stata così contenta di veder sorgere il sole. Ho passato le ultime quattro ore stesa sul pavimento, di fianco al lettino di Elise, con uno dei suoi orsacchiotti di peluche sotto la testa a mo' di cuscino e un lenzuolo preso dalla sua cassettiera come coperta. Helen si è addormentata accanto a me un'oretta fa, e anche Elise sta dormendo. Io invece non ho chiuso occhio.

«Helen.» La scuoto piano per la spalla. «Helen, svegliati, sono le sei e mezzo. Devi andare a Cardiff per prendere Ben.»

Fa un gemito sommesso e si gira su un fianco, sbattendo confusa gli occhi, poi alza lo sguardo verso di me. «Accidenti, scusa, non volevo addormentarmi.» Si tira a sedere di scatto. «Stai bene? Hai sentito altri rumori dal piano di sotto?»

«No, non ho sentito nulla da quando siamo venute qui.»

«Andiamo giù? Posso andarci io, se tu preferisci stare qui con Elise.»

«Vado io.»

«No, Jo, rimani qui.»

«Stai tranquilla, davvero. Vado io.»

«Ok, allora io resto qui, in cima alle scale.»

«D'accordo.»

«Allora?» chiede Helen mentre risalgo le scale.

Scuoto la testa. «Non c'è niente di rotto e non manca niente: la TV, il lettore DVD, l'iPad di Elise, sono tutti in soggiorno, e anche i nostri telefoni.»

«Come ha fatto a entrare?»

«Deve aver preso la chiave di scorta, non è più appesa di fianco alla porta d'ingresso.»

«Quando l'hai vista l'ultima volta?»

«Non lo so, non mi ricordo. Dovrò far cambiare le serrature.»

«Cosa? Ma non puoi restare qui!»

«Il signor Harrison ha detto che devo restare, che solo così avrò più possibilità contro Max. E poi, dove potrei andare? Non dai miei genitori, papà sta molto male.»

«Puoi stare da me.»

«Dici sul serio?» Non me lo faccio ripetere due volte.

«Oh, mio Dio, ma certo!» Guarda l'orologio. «Cazzo, devo proprio vestirmi e andare. Riesci a caricare Elise in macchina in pigiama?»

«Devo dire a Max quello che è successo, e poi chiamare la polizia.»

«Puoi chiamarli da casa mia.»

«E se la polizia volesse venire a controllare? Devo restare qui per farli entrare e raccontargli tutto.»

«Ok», dice Helen. «Però mandami un messaggio ogni ora per farmi sapere che stai bene. Io sarò a casa dalle dieci in poi, vieni pure quando vuoi.»

«Va bene. Ah, Helen?»

«Dimmi.»

«Grazie, grazie di tutto.»

«Questo.» Elise prende dalla cassettiera un vestitino azzurro da Elsa di *Frozen*, in un tessuto ruvido, e lo lancia sul pavimento. «E questo.» Accanto al vestito, compaiono un paio di collant colorati.

«Che ne diresti invece di un bel maglioncino?» le chiedo.

«No.»

«Va bene.» Le faccio cenno di avvicinarsi per farsi spogliare.

Non è il momento adatto per discutere sull'abbigliamento invernale. Quando usciremo, le metterò un cappotto e andremo alla centrale di polizia, dove chiederò di parlare con il sergente Merriott e non me ne andrò finché non sarò stata accontentata.

«Va bene, tesoro.» Le tiro giù i pantaloni del pigiama, le tolgo il pannolino e lo getto nel cesto della spazzatura che teniamo in camera sua, poi prendo dalla cassettiera un paio di mutandine e gliele infilo. Quindi tiro una manica della maglia del pigiama, dicendo: «Togliamo anche questa».

Elise alza le braccia docilmente e io la spoglio mentre mi dà le spalle, ma prima di sfilarle completamente la maglia mi accorgo di alcuni lividi scuri ai lati della schiena, piccoli e tondi come monetine. Sono quattro per ciascun lato.

Giro mia figlia verso di me e vedo altri due piccoli lividi sulle costole, delle dimensioni di un pollice.

26

La sostituta che rimpiazza la dottoressa Fullerton non potrebbe essere più diversa da lei. Il mio medico di solito sembra sempre sfinito e di fretta durante gli appuntamenti, come se non vedesse l'ora di sbarazzarsi di me. La dottoressa McGrath, invece, avrà venticinque anni e mi ascolta con attenzione quando le parlo dei segni comparsi sulla schiena di Elise durante la notte. Mi si riempiono gli occhi di lacrime quando le confido il mio timore che la persona introdottasi in casa mia volesse fare del male a mia figlia.

Gli occhi castano chiaro della dottoressa McGrath si spalancano per la sorpresa, prima di voltarsi a guardare Elise. «Ha avvertito la polizia?»

«Ancora no, volevo far visitare Elise prima.»

Mi guarda dalla testa ai piedi. «Lei sta bene? Non è ferita?»

«No, non l'ho neanche vista, la persona che è entrata in casa. Mi sono svegliata nel cuore della notte e sono andata a controllare Elise. Pensavo che fosse tutto a posto, invece Paula... Paula...» Ho la gola serrata, tanto che quasi soffoco a pronunciare il suo nome. «Era già arrivata a lei.»

«Va tutto bene.» Mi porge una scatola di fazzoletti e oscilla sulla sedia da una parte all'altra, come se non sapesse cosa dirmi o come comportarsi. Immagino che non sia la situazione tipica per cui un medico viene preparato a scuola. «Uhm...» Si schiarisce la gola. «Altri sintomi? Elise prende qualche farmaco?»

«Ha il raffreddore da qualche giorno, le sto dando del Calpol, ma a parte questo sta bene.»

«Ok, che ne dice adesso se le diamo un'occhiata?» Spinge la sedia e fa il giro della scrivania. Le nostre ginocchia si trovano quasi a contatto. Inclina la testa di lato e sorride a mia figlia. « Mi hanno detto che non ti senti bene. »

Elise, colta da improvvisa timidezza, mi avvolge le braccia intorno al collo e nasconde la faccia sotto il mio braccio.

« Lo sai cos'è questo? » chiede la dottoressa McGrath, mostrando il suo stetoscopio. « È un oggetto magico, che ci permette di ascoltare il battito del cuore. Vuoi ascoltare il tuo cuore che batte, Elise? »

Mia figlia scuote la testa.

« E quello della mamma? »

Elise osserva la dottoressa da dietro i suoi lunghi ricci, poi allunga una mano per farsi dare il fonendoscopio. La dottoressa McGrath mette delicatamente gli auricolari nelle orecchie di mia figlia, poi mi guarda con espressione interrogativa. Annuisco e mi costringo a sorridere, mentre la dottoressa aiuta Elise a premere il disco freddo sulla mia pelle. Sul volto della piccola appare uno sguardo confuso, che presto si trasforma in gioia.

« Sento il tuo cuore che batte, mami. »

La dottoressa McGrath lascia giocare Elise ancora per un po', quindi le chiede se può ascoltare il suo cuore. Quando mia figlia solleva allegra la maglietta, lo sguardo della dottoressa si sposta sui lividi sul costato. « Potresti fare dei bei respiri grandi per me, Elise? Per favore. »

Mia figlia sospira in maniera plateale.

« Benissimo. » La dottoressa mi fa un cenno. « Può girarla, così ascolto anche la schiena? »

Preoccupatissima, metto Elise in posizione e la dottoressa McGrath le scopre delicatamente le spalle. Osserva i lividi ai lati della schiena senza dire nulla, appoggia lo stetoscopio sulla pelle morbida di mia figlia e le chiede di inspirare ed espirare, e infine di tossire. Dopo averla auscultata, le misura la temperatura, le controlla le orecchie, gli occhi e la bocca, poi le solleva i capelli lunghi per esaminarle il collo. Ho portato mia figlia dal medico un sacco di volte, ma non è mai stata visitata in maniera tanto approfondita.

« Ci sono altri lividi sul corpo? » chiede la dottoressa, spostando leggermente la sedia per allontanarsi. «Vuole che controlli qualcos'altro?»

Il suo sguardo mi preoccupa: non sorride più, e gli occhi si muovono dalla mia testa agli stivali invernali malridotti che ho ai piedi, come se stesse esaminando me invece di mia figlia.

«No», rispondo. «Solo i lividi. È come se qualcuno l'avesse afferrata e stretta con forza, sembrano segni di dita.»

«Potrebbe spogliare completamente Elise, per farmi dare un'occhiata veloce? Può lasciarle le mutandine.»

Mi tremano le mani mentre tolgo a Elise il vestito, la canottiera e i collant. Le ho controllato ogni centimetro di pelle dopo che ho visto i lividi e so che non ci sono altri segni, ma ho ugualmente paura. Sono terrorizzata che la dottoressa possa trovare qualcosa che io non ho visto.

Elise saltella da un piede all'altro sulla moquette dell'ambulatorio. Senza vestiti sembra davvero piccola, tutta braccine e gambette con un pancino da bimba. Io sarò anche terrorizzata, ma lei è del tutto a suo agio mentre balla con addosso le mutandine di My Little Pony.

La dottoressa McGrath si accovaccia al suo fianco e trasforma la visita in un gioco, chiedendole di mostrarle prima il «braccio», poi «l'altro braccio», quindi i piedi e le gambe. Se nota qualcosa di strano non ne fa comunque parola, anzi mi dice che posso rivestire Elise.

Dopo averla rivestita, la porto in fondo alla stanza dove può giocare con una grande scatola di costruzioni Duplo che è sempre lì a disposizione, poi torno di corsa dalla dottoressa.

«Non ha risposto quando le ho chiesto dei lividi. È stata stretta da qualcuno, vero?»

La dottoressa smette di scrivere sulla tastiera e mi guarda.

«Sono dieci», proseguo. «Due sul costato e otto sulla schiena: sono i segni di mani che l'hanno afferrata. Ora ricordo perché mi sono svegliata stanotte, sono state le grida di Elise. Lei non ha detto niente oggi, ma non si ricorda quasi mai quando si sveglia durante la notte.»

Gli occhi della dottoressa McGrath mi scrutano, e fra le

sopracciglia incolte si forma un'espressione leggermente torva. «Al di là del potenziale intruso, ieri Elise è stata toccata in maniera brusca per qualche motivo? Ha dovuto afferrarla per qualche ragione particolare, magari per evitare che si facesse male o che cadesse?»

«No, non è successo niente di simile, l'ho portata da casa della mia amica all'asilo, sono andata dal mio avvocato e poi sono passata a riprenderla per portarla a casa.»

«Il personale del nido non le ha segnalato nessun incidente o episodio quando lei è andata a prenderla?»

«No, nulla. Alice, l'impiegata che si occupa di Elise, mi ha detto che aveva un po' di raffreddore, ma lo sapevo già perché ce l'ha da qualche giorno.»

«E i lividi li ha notati solo oggi?»

«Sì. Come le ho detto, ieri sera non c'erano, li avrei visti quando l'ho preparata per la nanna.»

«Mmm.» La dottoressa serra le labbra. «Potrebbe giocare con Elise per qualche minuto mentre io faccio una telefonata?»

«Chiama la polizia?»

«No, l'unità pediatrica dell'ospedale. Niente di preoccupante», aggiunge subito. «Vorrei solo che visitassero velocemente Elise.»

«Ma lei è d'accordo con me, vero? Pensa che Paula le abbia fatto del male?»

«Come le ho detto, dobbiamo farla visitare.» Fa un sorriso forzato, poi ruota la sedia, dandomi le spalle, e prende il telefono.

Cinque minuti dopo, mi richiama alla sua scrivania. Ho cercato di origliare la conversazione mentre costruivo un castello delle fate con Elise, ma la dottoressa parlava sottovoce e non ho capito nulla.

«Ok.» Mi accoglie con un gran sorriso. «Vado a prendere il cappotto e vi accompagno in ospedale.»

«Non c'è bisogno, ho la macchina.»

La dottoressa si gratta la nuca, schiarendosi la voce. «No, no, vi porto io. È... è la prassi.»

«La prassi per cosa?»

«Per i casi in cui si rinvia un paziente all'équipe di tutela dei minori, niente di preoccupante.»

«L'équipe di tutela dei minori?»

«Si tratta solo di una misura precauzionale. L'équipe esaminerà Elise e risponderà a tutte le sue eventuali domande. Può aspettarmi qui un momento? Arrivo subito.»

Guardo la sedia vuota della dottoressa McGrath, poi lo schermo del suo computer, e poi mia figlia: la mia piccola, indifesa e felice figlioletta, che parlotta tra sé mentre costruisce una torre e che ride di gusto dopo averla abbattuta. Paula le ha fatto del male. Si è introdotta in casa mia con una chiave rubata e ha salito le scale fino alla camera di Elise, guardandola mentre dormiva, poi l'ha afferrata in maniera così violenta che lei si è messa a piangere, ma cos'è successo a quel punto? Era così sconvolta che ha lasciato cadere Elise ed è scappata? Se solo fossi arrivata nella sua stanza qualche secondo prima, avrei potuto fermarla. Avrei potuto proteggere Elise.

Se l'équipe di tutela dovesse ritenere che Elise è stata maltrattata, chiamerebbe la polizia e allora dovranno prendermi sul serio.

E se invece pensassero che sono stata *io* a farle del male?

Provo a scacciare quel pensiero dalla mente, ma ormai ha fatto breccia e non c'è modo di liberarmene. Il signor Harrison ha detto che uno degli aspetti a mio vantaggio è che non ci sono prove che abbia mai fatto male a mia figlia. In casa però non ci sono segni d'effrazione, non manca niente, non hanno rubato nulla. Prenderanno le impronte sulle maniglie? E se trovassero solo le mie, quelle di Max e quelle di Helen? Mi accuseranno di averla maltrattata e, appena l'avvocato di Max verrà a saperlo, sarà finita. Gli concederanno l'affidamento provvisorio e mi porteranno via mia figlia.

Guardo di nuovo lo schermo del computer. Nella fretta di andare a prendere la sua auto, la dottoressa McGrath non si è disconnessa, e vedo l'ultimo elemento che ha visualizzato: una nota della dottoressa Fullerton sulla mia cartella medica.

Segnala una crescente sensazione di ansia, sfiducia e paura. Ha avuto un attacco di panico perché pensava che qualcuno la stesse fissando. Dice di sentirsi «sul punto di perdere la testa».

27

Corro da una stanza all'altra, spalancando i cassetti, rovistando tra le scatole e riempiendomi le braccia di vestiti, giocattoli, articoli da bagno e documenti. Quante volte ho già fatto questa cosa? Due? Tre? Stavolta però non sto preparando i bagagli per un fine settimana, perché non ho idea di quando tornerò in questa casa, *se* mai ci tornerò.

Riempio le due valigie che erano in cima all'armadio, tre borsoni e, non avendo dove mettere la biancheria per il lettino di Elise, riempio anche un sacchetto della spazzatura e porto tutto in macchina, stipando ogni cosa nel bagagliaio insieme al passeggino. Elise è davanti alla TV, distratta da Peppa Pig e da un lecca lecca che ho trovato in fondo a un pensile della cucina.

Guardo l'orologio: sono le 10.45. È passata mezz'ora da quando sono scappata dall'ambulatorio medico con Elise in braccio. L'addetta alla reception mi ha lanciato uno sguardo allarmato quando sono passata di corsa accanto alla sua scrivania, ma non c'era traccia della dottoressa McGrath. Non ho idea di quale sia «la prassi» quando un medico torna in ambulatorio e scopre che la sua paziente si è data alla fuga con la figlia dopo che le è stato fissato un appuntamento con un'équipe per la tutela dei minori, ma non voglio correre il rischio di saperlo. È ironicamente crudele pensare che la polizia non si è presa il disturbo di venire a casa mia dopo che era stata devastata, ma potrebbe essere in arrivo in questo momento.

«Max non ha mai insinuato che lei abbia fatto del male a sua figlia o che possa farlo, e questo è importante», ha detto il signor Harrison. Non ha spiegato che effetti avrebbe sul mio caso un'accusa del genere, ma l'allusione è chiara: hai una possibilità di ottenere l'affidamento di tua figlia, a patto che tu non le abbia mai fatto del male.

Devo chiamarlo, ma non ci riesco, perché sto andando nel panico.

«Va bene, tesoro.» Entro di fretta in salotto. «Mami è pronta per partire. Andiamo.»

Elise protesta con un gemito e si rannicchia in un angolo del divano, gli occhi sempre fissi sulla TV. Quando la spengo, il gemito si trasforma in un grido.

«Puoi guardare Peppa sul tuo iPad in...» M'interrompo, distratta da un pensiero: non ho preso i passaporti. Sono nel mobile accanto al caminetto.

M'inginocchio per aprire gli sportelli e, nel farlo, sento il cuore che mi si stringe in petto. Eccola lì: una grande scatola di legno, grande più o meno come una scatola da scarpe, con la scritta HENRY WILLIAM BLACKMORE incisa sul coperchio, insieme alla sua data di nascita. Dentro ci sono la sua prima ecografia e il cappellino e la coperta che l'ostetrica gli avrebbe dovuto mettere subito dopo la nascita. Le altre mamme avevano lasciato l'ospedale con i loro bebè sistemati sul seggiolino dell'auto, mentre io ne ero uscita portando con me solo quelle poche cose e null'altro. Per giorni, settimane, non ero riuscita a separarmi da quegli oggetti: stringevo la coperta durante il rito funebre di Henry e mi nascondevo il cappellino dentro il reggiseno, per averlo sempre vicino al cuore. Ovunque andassi, portavo tutto con me, finché un giorno, quando il mio dolore era sfociato un po' alla volta nell'accettazione, Max aveva suggerito di comprare un contenitore speciale in cui conservare le cose di Henry. Avevo comprato online la più bella scatola che ero riuscita a trovare e avevo pagato un extra per l'incisione. Mentre ci mettevo dentro gli oggetti di mio figlio, mi ero sentita come se lo stessi seppellendo di nuovo.

«Peppa!» grida Elise, con le guance rosse rigate di lacrime. Prende il telecomando e inizia a premere i tasti. «Peppa, mami!»

Sento una sirena in lontananza e afferro la piccola pila di

passaporti accanto alla scatola di Henry, me l'infilo nella tasca posteriore dei pantaloni e poi prendo la scatola, che pesa più di quanto ricordassi. Nel frattempo, Elise scivola giù dal divano e inizia a schiacciare i tasti sul lato del televisore a schermo piatto da 38 pollici, facendolo oscillare pericolosamente.

« Andiamo, tesoro. » Mi ficco la scatola sotto il braccio e la prendo per mano. « Vieni, amore mio, andiamo. »

« *Voglio Peppa!* » grida mentre l'accompagno fino all'ingresso e poi fuori di casa. Devo lasciarle la mano per prendere le chiavi di casa dalla tasca e, mentre la infilo nella serratura, Elise mi colpisce la gamba. « *Vai via! Voglio papi!* »

La sollevo con un braccio mentre scalcia e urla, e la porto in auto, dove la sistemo sul seggiolino e le allaccio le cinghie. Dopo aver messo la scatola di Henry nel bagagliaio, prendo l'iPad di Elise da sotto il sedile di guida. « Ecco. » Premo alcuni tasti e glielo passo. « Guarda, Peppa! »

« Non lo voglio! » Lo spinge via.

Mentre Elise continua a strillare, mi suona il telefono. Lo schermo dice NUMERO SCONOSCIUTO. Sarà il signor Harrison che telefona dall'ufficio, aveva detto che avrebbe chiamato oggi. Rispondo alla chiamata e attivo il vivavoce.

« Pronto, sono Joanne Black... »

M'interrompo nel sentire una voce femminile aspra e profonda che canta, diffondendosi nell'abitacolo. So di chi è, la riconosco fin dalla prima parola, ma sono così sconvolta che non riesco a parlare.

« *Coccinella, coccinella, via da casa vola.* »

Tento di premere il tasto per chiudere la chiamata, ma tremo così forte che mi scivola il dito e lo manco.

Paula continua a cantare, pronunciando ogni parola in staccato e con tono canzonatorio.

« *Tuo marito ti ha lasciata. E ora sei tutta sola.* »

« Vattene! » grido premendo a ripetizione il tasto per terminare la chiamata. « Lasciaci in pace, ti prego, lasciaci in pace! »

« Mami? » dice una vocina dal sedile posteriore. « Mi piace quella canzone. Cantala ancora, mami. »

28

Max è davanti alla porta di casa e stringe le chiavi. Ha il dorso della mano contuso per via di un inutile tentativo di autodifesa, la faccia devastata e l'occhio destro gonfio e pesto, con tonalità che vanno dal rosso al nero e al marrone. Avvicina la chiave alla serratura e si ferma. Quella è ancora casa sua, ma non è più il luogo in cui vive. La vita alla quale era abituato fino a due settimane fa – quella in cui avrebbe aperto la porta salutando e si sarebbe affacciato in soggiorno per vedere cosa stessero facendo Elise e Jo – non esiste più. Avrebbe dovuto metterci maggiore impegno per far funzionare il matrimonio con Jo? L'ha fatto, ce l'ha messa tutta per aiutarla e farla sentire amata e al sicuro. Era lei che programmava in segreto di trasferirsi a Chester, che l'ha minacciato di non fargli mai più rivedere Elise, è lei quella che scompare all'improvviso, che perde la testa da un momento all'altro e che dimentica all'asilo la figlioletta, tutta sola e sporca di pipì. Quello che lui ha fatto, e che sta provando a fare, è del tutto giustificato dalle scelte di Jo e dalle sue azioni.

Adesso in casa non c'è segno di loro. Sono le nove di sera, la casa è buia e l'auto di Jo non è parcheggiata in strada. Dov'è Jo? E, soprattutto, dov'è Elise?

Il cuore di Max batte più forte mentre gira la chiave nella toppa ed entra, al buio. Preme l'interruttore e accende la luce.

«C'è qualcuno?»

Nessuna risposta. La paura si fa largo nella sua testa. Paula non si azzarderebbe ad aggredire Jo ed Elise, oppure sì? Quel che è certo è che ha mandato qualcuno a prendersela con lui. La notte scorsa, mentre si guardava la faccia tumefatta nel bagno dell'hotel, non provava paura, ma rabbia. Rabbia verso Paula, naturalmente, ma ancora di più verso se stesso.

Avrebbe dovuto prendere sul serio Jo: Paula è più pericolosa di quanto non pensassero. Lui deve proteggere la sua famiglia, deve fermare tutto questo.

Stamattina, quando si è svegliato con la faccia che gli pulsava dal dolore, il suo primo pensiero è stato per Elise. Ha preso il telefono: le 11.07. Ha sbattuto più volte le palpebre. Le 11.07? Come ha potuto dormire fino a quell'ora? Ha chiamato Jo, ma il telefono ha squillato a vuoto finché non è partita la segreteria, e al *bip* ha riattaccato. Cosa poteva dire? Avrebbe voluto raccontarle che Paula l'aveva fatto pestare e che gli dispiaceva di non aver dato il giusto peso alle minacce ricevute da Jo. E poi? Le avrebbe chiesto di lasciare Elise con lui perché potesse proteggerla? Jo gli avrebbe riattaccato il telefono in faccia.

Un'alternativa, però, esisteva. Jo ed Elise avrebbero potuto stabilirsi per un periodo a Chester, dove sarebbero state al sicuro, mentre lui si sarebbe occupato di Paula. Ma c'era il rischio che Jo si rifiutasse di tornare a Bristol, anche se avrebbe dovuto farlo ugualmente per l'udienza in tribunale. Una volta risolto il problema di Paula, Max avrebbe potuto offrire a sua figlia una casa sicura, mentre Jo riceveva tutto l'aiuto di cui aveva bisogno per il suo problema di salute. Non poteva dirglielo al telefono, però, doveva vederla di persona per rendersi conto di come stava, prima di dire qualsiasi cosa. Doveva muoversi con prudenza.

«C'è qualcuno?» ripete Max, attraversando il soggiorno vuoto, diretto in cucina. Si gira: c'è qualcosa che non va in soggiorno. Il contenitore dei giochi di Elise è aperto, e lo sono anche gli sportelli del mobiletto nell'angolo. Si accovaccia per guardare all'interno.

Non c'è più.

La scatola di Henry non c'è più.

Passa una mano sullo spazio vuoto, come se toccando il legno liscio potesse riportarla magicamente indietro, e cerca di non farsi prendere dal panico. Jo teneva gli oggetti di Henry su uno scaffale in camera di Elise, poi ha deciso che non era il posto giusto e li ha spostati nell'armadietto. Forse li ha rimessi dov'erano? O magari in camera loro?

Sale le scale di corsa, due gradini alla volta, precipitandosi in camera da letto. Gli armadi e i cassetti sono spalancati: slip, collant e magliette penzolano ai lati dei cassetti o sono ammucchiati sul tappeto, insieme ad alcuni pezzi di bigiotteria di Jo. I due portagioie sono aperti e vuoti. Per un attimo Max pensa che la casa sia stata svaligiata, ma poi nota che sopra agli armadi non c'è nulla: valigie e borse sono scomparse.

Corre nella cameretta di Elise, ma si ritrova davanti a uno spettacolo simile: vestiti e giocattoli spariti, e sul lettino non ci sono più né il cuscino, né la coperta.

Si sposta da una stanza all'altra, con le mani nei capelli. Jo non ha preso soltanto un po' di vestiti e giocattoli per stare via qualche notte, ha spogliato la casa di qualsiasi cosa che abbia mai avuto un valore sentimentale per lei. Non proprio tutto: sulla pattumiera chiusa, in cucina, ci sono il suo anello di fidanzamento e la fede nuziale.

29

Pensavo che saresti passata al contrattacco, Jo. Dopo il tuo spintone, l'altro giorno, mi chiedevo se finalmente avresti mostrato un po' di carattere, e invece no: al posto di restare e combattere sei scappata e hai portato con te qualcosa che mi appartiene. Mi sembra di vederti, adesso, che scatti non appena vedi un'ombra e sussulti al minimo rumore sospetto. Parli da sola? Dici a te stessa che stai esagerando, mentre cerchi di fingere per il bene di Elise che vada tutto bene? Ma non va tutto bene, vero, Jo? In cuor tuo, sai che non puoi sfuggirmi, è inevitabile. Un giorno sentirai dei passi dietro di te, il cuore ti batterà fortissimo nel petto e, camminando più veloce, ti guarderai alle spalle. E a quel punto mi vedrai.

30

«Allora? Cos'ha detto il tuo avvocato?» chiede Helen non appena termino la chiamata e mi appoggio il cellulare in grembo.

Elise, seduta sul pavimento del soggiorno a giocare con le costruzioni, alza lo sguardo e sorride.

Mi obbligo a non guardarla. «Dice che devo tornare.»

«Non puoi portarla in un ospedale qui?»

«No, devo tornare a Bristol, altrimenti me la porteranno via.»

«Te la porteranno via? Accidenti, ha detto davvero così?»

Il signor Harrison non ha certo indorato la pillola, pochi minuti fa, quando l'ho chiamato sul cellulare personale per avere un consiglio. Ha detto che ho commesso un grave errore a scappare da Bristol invece di andare all'ospedale con la dottoressa McGrath. La situazione era già molto seria, ha aggiunto, e se non riporto indietro Elise c'è il rischio concreto che intervenga la polizia e che i servizi sociali prendano in custodia mia figlia. E a quel punto, per riaverla, non mi troverei solo ad affrontare Max, ma anche lo Stato.

«Sì. Ha detto davvero così», rispondo.

«Tu gli hai raccontato della telefonata di Paula?»

«Certo. Ha detto che devo annotarlo nel diario degli episodi di molestia che sto tenendo per la polizia, ma purtroppo questo non dimostra che sia stata lei a fare del male a Elise.»

«Accidenti.» Helen si china in avanti e appoggia i gomiti sulle ginocchia, con un'espressione preoccupata. «Non so cosa dirti, Jo. Vorrei... Dio solo sa come ti senti ora.»

«Terrorizzata.»

«Ovvio.» Mi guarda a lungo. «Posso immaginare.»

Cala il silenzio mentre entrambe guardiamo Elise che avvolge una delle sue bambole in una coperta e la mette a dormire sopra la tenda che ha tirato fin sul divano. Prendo un fazzoletto dalla scatola che c'è sul tavolino accanto alla mia sedia e mi accuccio vicino a lei per pulirle il muco che le sta uscendo dal naso, poi le premo una mano sulla fronte; è molto calda.

«Sta bene?» chiede Helen.

«Non lo so. Hai un termometro?»

«Ha le batterie scariche, mi spiace. Se vuoi vado da Boots e ne compro uno nuovo, non ci metto molto.»

«Davvero lo faresti?» dico, ma subito mi blocco. «No, aspetta, vado io.»

«Ma se poi...»

«Se ho un attacco di panico? Devo superarlo, Helen, devo dimostrare in tribunale che l'agorafobia non m'impedisce di prendermi cura di Elise. Se non ci fossi tu, dovrei andare a comprarlo io il termometro, no?»

A essere sincera, il solo pensiero di uscire di casa mi terrorizza, ma devo farlo. Mi troverò ad affrontare situazioni ancora più spaventose quando tornerò a Bristol con Elise, per esempio in ospedale e in tribunale. Nessuno può farmi stare meglio, devo essere io a riuscirci.

«Ok», dice Helen, titubante. «Sei sicura?»

Bacio Elise sulla fronte, calda e umida, e mi alzo. «Sono sicura.»

Quando mi suona il telefono, ho un sussulto. Negli ultimi dieci minuti mi sono ripetuta più volte in testa che non succederà nulla di male, mentre percorrevo il tragitto da casa di Helen lungo Wesley Lane, poi a sinistra su Charles Street, a destra su Bridge Street, dove mi sono fermata a prelevare al bancomat all'angolo. Secondo le indicazioni di Helen, devo entrare nella galleria commerciale, svoltare a sinistra dopo il negozio Pandora, e poi troverò Boots in fondo.

Mi trema la mano mentre prendo il telefono dalla tasca. Se fosse di nuovo Paula? Avrei dovuto cercare su Google come si registra una conversazione su un vecchio Nokia, sempre che sia possibile. Oppure potrebbe essere Max, è tutto il giorno che prova a chiamarmi. Un paio di volte stavo per rispondergli, ma Helen mi ha convinta a non farlo.

«Cosa pensi di dirgli?» mi ha chiesto. «Che Paula si è introdotta in casa, ha fatto del male a Elise e poi ti ha telefonato per prenderti in giro?»

«Sì, certo, così magari si convincerà a prendere sul serio questa situazione.»

«E se non gli bastasse? Se usasse le tue dichiarazioni contro di te in tribunale? Se ti accusasse di non saper proteggere vostra figlia? Ancora peggio, se provasse a convincere il giudice che sei stata tu a fare del male a Elise?»

«Ma c'eri anche tu, lo sai che cos'è successo.»

«Certo, però non credo che dovresti parlargliene, non ancora, almeno. Parla prima con il tuo avvocato.»

Tuttavia, sullo schermo non compare la scritta NUMERO SCONOSCIUTO e nemmeno il nome di Max: è mia madre. Quand'è stata l'ultima volta che l'ho chiamata? Qualche giorno fa? Una settimana fa? Di solito la chiamo tutti i giorni.

«Pronto?» rispondo. «Mamma? Papà sta bene?»

«Sì, sta bene, cioè no, non è cambiato niente dall'ultima volta, ma non ti sto chiamando per questo. Ascoltami, Joanne, ha appena chiamato Max per sapere se tu ed Elise foste a casa con me.»

Mi premo una mano sullo stomaco per contrastare un'ondata di nausea. Max sa che non siamo a Bristol? Dev'essere passato da casa a controllare.

«Gli ho detto che non sei qua, e mi ha chiesto dove potessi essere. Dice che non rispondi al telefono. Che sta succedendo, Joanne?»

«È... è una storia lunga, mamma. Non volevo che ti preoccupassi.»

«Be', ora sono preoccupata, quindi raccontami che cos'è successo.»

Le riferisco in breve tutto quello che è accaduto dall'ultima volta che ci siamo sentite.

«Oh, Joanne», dice quando ho finito. «Perché non me l'hai detto prima? Non riesco a crederci, perché la polizia non ha arrestato quella donna? Non possono lasciarla libera di andarsene in giro a spaventarti in questo modo. E quanto a Max... sono senza parole, davvero. Lui sa che sei una buona madre. Oh, vorrei prendermi a pugni per averti dato quelle compresse...»

Ora sta a me ascoltarla mentre cerca, invano, di spiegare quanto è successo. Mi sento male per averla coinvolta in questa situazione, con tutto quello che deve già affrontare prendendosi cura di papà, però Max l'ha trascinata anche in questo gran casino. Ci sarà mai una fine?

«Devi tornare a Bristol, Joanne», dice mia madre. «Fuggendo non risolverai un bel niente. Devi tornare a casa e collaborare con l'avvocato per sistemare le cose. Nessuna persona sana di mente può pensare che tu abbia fatto del male a Elise.»

«Lo so, mamma.»

Giro a sinistra dopo Pandora, passo davanti a Superdry e Castle Fine Art, ed entro da Boots. È quasi vuoto, ci sono un paio di commesse che chiacchierano alle casse e non s'interrompono quando entro, ma una delle due, una donna di mezz'età con i capelli corti e la frangia pettinata di lato, mi segue con lo sguardo. Mi affretto a uscire dal suo campo visivo e imbocco una corsia, ma la sensazione che mi stia guardando rimane.

«Mamma, devo andare.» Passo il telefono da una mano all'altra e mi asciugo il palmo libero sui jeans. «Devo comprare una cosa per Elise, poi prendo la macchina e torno a Bristol.»

«D'accordo, tesoro. Vai direttamente in ospedale o passi prima dall'avvocato?»

«Non lo so. Credo prima in ospedale.» Mi guardo alle spalle: nella mia corsia un uomo con i capelli corti sta studiando l'assortimento di dentifrici.

«Com'erano i lividi stamattina?» chiede mia madre.

«Uguali a ieri.»

«Non ne sono comparsi altri?»

«No.» Ieri sera Helen ha proposto di fare delle foto ai lividi di Elise, così ne abbiamo scattate alcune al torso e alla schiena, e poi altre con le mie dita intorno al suo torace, per far vedere che se con i pollici copro i lividi sul costato, con la punta delle dita invece non arrivo a coprire quelli sulla schiena. Non so se questo basterà a dimostrare che non sono stata io a farle del male, ma Helen crede che sia importante avere delle prove fotografiche prima che i lividi scompaiano.

«Questa è una buona notizia», dice mia madre, mentre io cambio corsia e passo accanto a svariate confezioni di shampoo e balsamo, e a una sfilza di tinte per capelli. «Elise ha detto qualcosa? Non ha raccontato di aver visto una sconosciuta nella sua cameretta o qualcosa del genere?»

«No, non ha detto nulla.» Mi tampono la fronte con il dorso della mano, ho troppo caldo con il cappotto invernale e sento l'attaccatura dei capelli umida di sudore. Sono arrivata alla corsia dei prodotti per l'infanzia, ma non trovo i termometri. Ci sono pannolini, salviette, creme e cotton fioc, ma niente termometri.

Guardo alla mia sinistra: l'uomo con i capelli corti è fermo in fondo alla corsia. Prende qualcosa dallo scaffale più in alto e se lo rigira in mano per leggere l'etichetta. Non ne sono sicura, data la distanza, ma sembra una confezione di coppe raccoglilatte; poi la ripone sullo scaffale e prende qualcos'altro. È possibile che si tratti di un neopapà mandato dalla moglie a fare acquisti, però non ha un cestino appeso al braccio e nemmeno una lista tra le mani; c'è qualcosa che non quadra.

«Devi far venire la polizia», dice mia madre. «Devono prendere le impronte sulle maniglie di casa, perché se qualcuno ha preso la chiave...»

Continua a parlare mentre arrivo in fondo alla corsia dei prodotti per l'infanzia, giro a destra e mi avvicino all'espositore dei trucchi, sul lato destro del negozio. Sento la pelle che mi prude sotto il pesante cappotto di lana, il cuore batte forte e sto ansimando, con l'aria che mi esce dal naso in respiri brevi e pesanti. Quando supero l'espositore della Rimmel, le dita cominciano a diventare insensibili e mi sento intontita e frastornata. Qui dentro l'aria è troppo pesante, troppo densa, non riesco a respirare.

«Mamma, devo andare.»

Termino la chiamata prima che lei possa dire altro e infilo il telefono in tasca, poi mi fermo accanto ai trucchi della Maybelline. Sento il pavimento inclinarsi e oscillare sotto i piedi, e devo reggermi per non perdere l'equilibrio. Alcuni tubetti di fondotinta cadono dallo scaffale rimbalzando sul pavimento lucido, e vengo investita da un'ondata di panico. Non posso lasciare che accada, devo comprare un termometro. Devo ricompormi, devo farlo per Elise. Nessuno mi sta seguendo, sono solo paranoica, sono...

Un rumore simile allo stridore di scarpe da ginnastica mi fa alzare lo sguardo: l'uomo con i capelli corti si sta avvicinando, con le braccia lungo i fianchi. Cammina rapido, deciso, e guarda proprio me.

«Jo? Jo Blackmore?»

Non so se per via dei suoi occhi socchiusi o delle sue labbra sottili, ma reagisco in modo istintivo. Mi allontano dall'espositore, sbandando e facendo cadere una grande quantità di prodotti, e mi metto a correre.

31

«Sei sicura di volerlo fare?» dice Helen dal finestrino aperto dell'auto. La strada è vuota, ma parla a voce bassa.

«Ho altra scelta?»

«Puoi tornare a Bristol e raccontare tutto alla polizia.»

«E loro che cosa faranno? Affideranno Elise ai servizi sociali e mi accuseranno di averle fatto del male? Già pensano che io sia una drogata.»

«Questo non è vero, ti hanno lasciata andare.»

«Sì, ma non hanno mosso un dito quando Paula mi ha minacciata. Non si sono nemmeno presentati quando li ho chiamati per denunciare un'intrusione in casa mia. Finché Paula è a piede libero, Elise è in pericolo. Nessuno mi crede, Helen: né la polizia, né i servizi sociali, né tantomeno Max.»

Sul viso di Helen compare un'espressione preoccupata. «Io ti credo, il signor Harrison ti crede e anche tua madre. Accidenti, Jo, vorrei poter fare qualcosa. Perché non resti con me un'altra notte e poi vedi come ti senti domattina?»

Guardo il sedile posteriore, dove Elise ha la testa abbandonata contro il seggiolino, le palpebre che si aprono e si chiudono nel tentativo di combattere il sonno; sebbene le abbia dato un cucchiaino di Calpol cinque minuti fa, le sue guance sono arrossate e la fronte è umida. Lo so che è soltanto un raffreddore o un virus, ma dovrebbe starsene a letto, non andarsene da una parte all'altra. Come farà a guarire se non riesce a riposare?

«No.» Scuoto la testa. «Non posso rischiare di tornare a Bristol. Se la polizia mi arresta, affiderà Elise a Max. Paula sa dove lavora e dove viviamo, e non sarei sorpresa se sapesse anche dove va al nido Elise, c'è il rischio che arrivi di nuovo a lei. L'unico modo per proteggerla è scappare.»

«Sei sicura?»

«Sì, sono sicura. Grazie di tutto, Helen. Grazie per la tua macchina e per questi.» Indico la busta sul sedile del passeggero. «Rischi di cacciarti nei guai se la polizia scopre che me li hai dati.»

«Dirò che me li hai rubati.» Abbozza una risata. «Sei sicura che non vuoi anche il mio telefono?»

Il mio cellulare aveva batteria sufficiente solo per chiamare Helen dal punto in cui mi ero nascosta – dietro un cassonetto di Mill Lane Road – poi si è spento. Non so quando riuscirò a ricaricarlo, ma conosco a memoria il numero di mia mamma, ed Helen mi ha scritto il suo sulla busta. Se invece devo chiamare il signor Harrison, chiamerò uno di quei numeri di servizio da una cabina telefonica. Sarebbe il caso che mi comprassi un telefono nuovo, di quelli con piano tariffario al consumo e non rintracciabili, ma non ho nessuna intenzione di tornare in centro a Cardiff.

«No», rispondo. «Potrei aver bisogno di contattarti. Grazie, comunque.»

«Figurati, è il minimo che possa fare. Dove pensi di andare ora?»

Mi stringo nelle spalle. Ho valutato tutte le possibilità mentre aspettavo che Helen arrivasse con la macchina portandosi dietro Elise. Potrei andare a Chester, ma la polizia probabilmente sa di mia madre. Stamattina il signor Harrison ha detto che mi avrebbero dato la caccia se non avessi portato Elise all'ospedale, e ho visto abbastanza programmi sulle persone scomparse da sapere che è possibile controllare i movimenti del bancomat, le telecamere lungo le autostrade, il segnale dei cellulari e i social network per rintracciare chiunque viva nel Regno Unito. La mia unica possibilità è lasciare il Paese, e c'è un solo posto al mondo in cui io mi sia mai sentita davvero al sicuro.

«In Irlanda», rispondo. «Voglio tornare a Clogherhead.»

32

Elise corre da una parte all'altra della roulotte, poi si arrampica sul divano e batte le mani sulle tendine della finestra, facendomi sobbalzare.

«Buio!» dice, scostando una tendina e indicando fuori. «Buio, mami!»

«Sì, è buio, vedi?»

Siamo arrivate al parcheggio per le roulotte quattro ore fa, dopo che l'impiegata dell'ufficio traghetti di Fishguard mi ha detto che la prima partenza era alle due e mezzo di notte, ovvero undici ore dopo. Ho guardato Elise, che aveva le occhiaie e le narici incrostate di muco, e ho deciso di prendere i biglietti per il traghetto delle 14.30 di domani.

Passare un'altra notte in Inghilterra sembra rischioso. Un uomo è riuscito a rintracciarmi a Cardiff, ma per arrivare dove sono adesso ho evitato l'autostrada e da quando siamo partite non ho più usato il telefono, che è scarico, e nemmeno il bancomat. Ho pensato di prendere una stanza in un hotel o in un bed and breakfast a Fishguard, ma poi ho visto passare un poliziotto in città e ho cambiato subito idea.

La donna alla reception non era entusiasta di darmi una roulotte fissa per una sola notte, ma alla fine ha ceduto. In fondo è febbraio, ha detto, e non ci sono molti clienti, che male può fare? Ho pagato subito, in contanti, ignorando la sua domanda sui nostri programmi per domani.

Quando ho visto dove si trovava la roulotte, proprio sul bordo di una scogliera e con solo una bassa rete metallica a separarci da uno strapiombo sul mare nero e vorticoso, stavo per fare inversione e andarmene subito. Non è andata meglio quando siamo entrate: sembrava di essere in una vaschetta per pesci, rettangolare con due finestre su ogni parete e una sola porta. Mi sono chiusa dentro a chiave, ho verificato che tutte le finestre fossero chiuse e ho tirato le tende, quindi ho rifatto il giro e controllato di nuovo tutto una seconda volta. Il televisore non funzionava, perciò mi sono sistemata in un angolo del divano con Elise sulle ginocchia. Da lì potevo vedere tre finestre e la porta, quindi restava fuori controllo solo una finestra alle mie spalle. Ho cercato di rilassarmi e di leggere un libro a Elise, ma avevo il respiro tanto debole che faticavo a parlare. Le parole danzavano sulla pagina, vedevo ombre che si muovevano ai margini del mio campo visivo e non riuscivo a scacciare la sensazione che a un certo punto qualcuno avrebbe sfondato la finestra e sarebbe venuto a prenderci. Così siamo finite a giocare con le bambole in camera, incastrate fra il letto e la parete priva di finestre, finché la stretta che sentivo allo stomaco non si è allentata e il respiro si è stabilizzato.

«Li-Li, facciamo un gioco?» dico uscendo dal bagno minuscolo.

Lei distoglie lo sguardo dalla finestra e mi guarda, emozionata. «Sì.»

Ho la nausea, ma cerco di mantenere un tono di voce leggero e allegro. «Giochiamo a travestirci?»

«Principesse!» Elise si lancia giù dal divano e mi corre incontro, tirandomi l'orlo del maglione. «Il vestito di Elsa. Il vestito di Elsa, mami!»

«In realtà, tesoro...» Mi accovaccio accanto a lei reggendo con una mano l'asciugamano che ho in testa. «Pensavo che potremmo scegliere un altro travestimento. Mami si vestirà da Helen e tu potresti vestirti da Ben.»

Elise scuote la testa. «No, mami. Principesse.»

«Quel gioco possiamo farlo domani, quando arriveremo in Irlanda. Adesso sarebbe divertente fare finta di essere Helen e Ben.» Prendo il sacchetto di plastica appoggiato alla porta. «Helen mi ha dato dei vestiti che erano di Ben quando lui aveva due anni come te. Li mettiamo, così vediamo se ti stanno bene?»

Elise scuote la testa, stavolta più decisa, e mette il broncio. « No. »

« Guarda! » Mi tolgo l'asciugamano dalla testa e sciolgo i capelli.

Mia figlia rimane a bocca aperta, con gli occhi spalancati che iniziano a riempirsi di lacrime, e si allontana scuotendo la testa. « Non mi piace. Non mi piace, mami. »

Sollevo una ciocca dei miei capelli ancora umidi e appena tinti di rosso, e l'attorciglio a un dito. « Quando li avrò asciugati e arricciati, mi metterò gli occhiali e sembrerò uguale a Helen. Non è divertente? »

Elise non sembra convinta.

È lunedì mattina, e il massimo che riesco a fare è non scoppiare a piangere ogni volta che guardo mia figlia. Le scarpette rosse, i collant bianchi, il vestito grigio e il maglioncino bordeaux non ci sono più: gettati nella pattumiera sotto il lavandino, insieme a un paio di mutande di Spiderman che appartenevano a Ben. Non me la sono sentita di gettare via anche le mutandine rosa a pois bianchi di Elise, così gliele ho lasciate sotto i jeans: l'unica parte della sua identità che non ho buttato.

Ora, con le guance rigate dalle lacrime e gli occhi gonfi, si sta pizzicando la felpa verde consunta di Ben con il 10 che sono riuscita a farle indossare stamattina e strofina l'una contro l'altra le scarpe da ginnastica, mentre dispone le sue bambole sul tavolino della roulotte. Non è per i vestiti che mi si spezza il cuore, però, è per i suoi capelli. Sapevo che non si sarebbe mai e poi mai lasciata tagliare i ricci biondi, quindi mentre stamattina sgranocchiava un pezzo di toast, facendo cadere le briciole sul divano da dove guardava fuori dalla finestra, mi sono seduta dietro di lei con un paio di forbici in mano, ho sollevato un riccio dopo l'altro e glieli ho tagliati. Sentivo lacrime silenziose bagnarmi le guance, mentre in grembo mi si formava un piccolo cumulo di capelli biondi. Temevo di dover anche tingere i capelli di Elise, oltre ai miei, ma poi ho tirato un sospiro di sollievo quando ho aperto il passaporto di Ben. Aveva solo due anni quando gli hanno scattato la foto, e i suoi capelli erano più chiari di adesso, scoloriti dal sole dopo una vacanza in Spagna – l'ultima che Helen e Jake avevano fatto insieme prima di separarsi –, ma erano corti, molto più della chioma incolta di Elise. Ora anche i capelli di mia figlia non sono più lunghi: le vedo la fronte, le orecchie e la nuca. Le ho tagliato via tutta la tenerezza, ho rasato la sua identità e adesso sembra, a tutti gli effetti, un maschietto.

Quando si è accorta di cosa avevo fatto, si è messa a strillare. Nella fretta di finire, le avevo toccato la nuca con il metallo freddo delle forbici; non le avevo fatto male, ma lei ha subito allungato una mano e si è girata così rapidamente che ha fatto volare via i capelli che avevo in grembo. Mi ha guardata con gli occhi sgranati e sconvolti mentre i capelli ricadevano ovunque, su di me, su di lei, sul divano e sulla moquette ruvida e logora della roulotte.

«I miei capelli.» Si è toccata la testa, le orecchie e le guance. «I miei capelli, mami!»

Sembrava così sconvolta, così incredula e tradita, che tutti i discorsi rassicuranti che mi ero preparata per consolarla mi si sono bloccati improvvisamente in gola, e sono scoppiata a piangere. Da settimane ripeto a tutti quelli con cui parlo che non sono una cattiva madre, però in quel momento mi sono sentita la madre peggiore del mondo. Mia figlia era seduta tra le mie gambe, tranquilla, protetta e al sicuro, e io mi sono approfittata della sua fiducia: non le ho solo tagliato i capelli, l'ho anche spaventata. Per la prima volta da quando ho lasciato Bristol, ho dubitato della mia decisione di fuggire. Avrei dovuto portarla in quell'ospedale, lasciare che i medici la visitassero e che Max l'avesse vinta. Elise avrebbe ancora i suoi capelli, i suoi vestiti, la sua casa e la sua identità, e non dovrebbe sopportare spossanti viaggi in macchina o roulotte claustrofobiche. Non potrebbe più correre in camera mia al mattino per un abbraccio del buongiorno né premere le labbra contro le mie per il bacio della buonanotte, ma se riuscissi a dimostrare che non le ho fatto del male, forse riuscirei a vederla una volta a settimana e un weekend ogni due. Ho giustificato la mia fuga perché non volevo che mia figlia dovesse vivere tutto questo e pensavo che avrebbe sofferto senza sua madre, ma ho preso questa decisione per lei o per me?

Mentre Elise afferra una minibottiglia e l'accosta alle labbra di una bambola, io entro nel bagnetto angusto della roulotte e mi costringo a guardarmi allo specchio, toccandomi i capelli. Il rosso acceso della tinta sembra aver prosciugato il colore sul viso, facendomi apparire pallida e stanca, ma quando indosso gli occhiali di Helen le assomiglio di più che non dodici ore fa. Ho il naso più lungo e largo del suo, e il mento più stretto, ma abbiamo entrambe gli occhi di un verde torbido e le stesse labbra grandi e piene. Se il funzionario alla dogana dovesse dare alle foto sui passaporti qualcosa di più che una rapida occhiata, non avremo speranze di salire sul traghetto, e se chiedesse a Li-Li come si chiama, di certo lei non risponderebbe Ben. Lo so, è rischioso, ma lo è anche restare qui. Allungo uno dei ricci che mi sono fatta con il ferro, poi lo lascio andare: torna al suo posto. È ora di partire.

33

Ti avevo avvisata, Jo, ti avevo detto di non dormire. Te l'avevo detto che sarebbe successo qualcosa di terribile se ti fossi addormentata, ricordi? Ma tu non mi hai dato ascolto, vero? Avrei potuto portarmi via tua figlia mentre dormivi da sola nel tuo letto, del tutto ignara che io fossi in casa. Avrei potuto prendere Elise tra le braccia e farla sparire, e tu non l'avresti mai più rivista, ma tua figlia non è stupida come te, Jo. Si è svegliata quando ha avvertito la mia presenza, gli occhi aperti a fissarmi da dietro le sbarre del lettino – spalancati per la sorpresa di trovarmi nella sua camera – e, quando ha visto che io mi avvicinavo, ha cercato di scavalcare le sbarre e fuggire, ma ha perso l'appoggio ed è scivolata verso il pavimento. Per fortuna l'ho presa al volo, impedendole di farsi male. E l'avrei portata via con me, se solo non si fosse messa a urlare.

SECONDA PARTE

34

Il ferro da stiro emette un fischio e rilascia una nuvola di vapore quando Mary lo solleva dal lenzuolo inamidato e lo ripone sul supporto, nella parte destra dell'asse. Prende il lenzuolo e, con mano esperta, lo fa scivolare fuori dall'asse. Lo scuote per far allineare i bordi nella parte bassa, vicino al pavimento, e lo piega prima a metà e poi più volte, finché non diventa un quadrato di cotone teso e pulito. Passa il ferro sul lenzuolo un'ultima volta e poi, senza perdere di vista l'orologio sul camino, lo posa con cura sulla pila alla sua sinistra.

Sono le 15.12. Oggi non ha tempo per una tazza di tè e mancano pochi minuti all'uscita da scuola dei bambini, perciò si precipita nell'ingresso e rimane ferma, in ascolto. Il bed and breakfast Seamount House ha cinque camere, ma non ci sono molti clienti a febbraio, e soltanto una stanza è occupata. Mary non vede il signor Hogan dalle otto di mattina, a colazione: le ha detto che sarebbe andato a sbrigare alcune commissioni a Drogheda e che sarebbe tornato nel primo pomeriggio, ma ancora non si è visto. Non importa. Lascia l'ingresso e va in cucina, con le pantofole che frusciano piano sulle mattonelle di granito. Arrivata nel locale lavanderia, sul retro della casa, si toglie il grembiule che ha indossato per tutto il giorno e lo mette nel cesto dei panni sporchi, poi ne sceglie uno pulito da una pila sullo scaffale, lo infila dalla testa e lo lega dietro la schiena, infine prende il secchio di plastica che contiene i prodotti per pulire i vetri.

Guarda l'orologio: le 15.14. Si osserva allo specchio dell'ingresso, sfiora con le dita le perle che porta al collo, un regalo di Patrick di tanti anni fa, poi si tocca i capelli con una mano e liscia un ciuffetto biondo che si solleva ribelle dalla cima della testa. Si scosta la frangia dalla fronte e la sistema con un colpetto, poi si china in avanti per guardarsi le radici dei capelli e fa una smorfia. Ha soltanto sessantasette anni e i capelli sono quasi tutti bianchi, proprio come sua madre alla stessa età. Dovrà chiamare Siobhán e anticipare l'appuntamento di una settimana, perché non vuole che le altre signore inizino a sparlare dicendo che si trascura. Non tollera che la gente parli di lei, ne ha avuto abbastanza trentadue anni fa, quando ogni volta che camminava per strada sentiva la gente dire cose come: « Oh, povera signora Byrne », « Che Dio la protegga », « Che cosa terribile le è successa ».

Guarda di nuovo l'orologio: le 15.16.

Corre in soggiorno e rimuove con cura tutti i soprammobili dal davanzale interno della finestra, poi tira la cordicella della tendina, che si raccoglie su un lato. Ci sono tre pannelli di vetro: i due laterali si aprono, mentre quello centrale, più grande, è fisso. Mary apre un'anta laterale, e una folata d'aria gelida di febbraio entra nella stanza. Riscaldare una casa come quella è costoso e, una volta chiusa la finestra, ci vorrà almeno un'ora perché il soggiorno torni alla temperatura precedente, ma a Mary non importa: è il piccolo prezzo da pagare per sentire il chiacchiericcio emozionato dei bambini che saltellano e corrono lungo la strada.

Mary prende dal secchio il detergente per vetri e, tenendolo a una quindicina di centimetri di distanza, lo spruzza sulla finestra, che si riempie subito di goccioline, premendo più volte l'erogatore. La risata di un bambino entra nella stanza, e Mary spruzza di nuovo il detergente. Esiste un suono più bello?

Grida, urla, risatine e mormorii seguono la prima risata, mentre Mary passa il suo panno giallo sulle gocce che ricoprono il vetro. Compare il viso di una bimba: è la piccola Aoife Flannigan, che vive tre strade più giù. È proprio elegante con indosso il maglione color blu reale con il piccolo stemma giallo all'altezza della clavicola.

« Salve, signora Byrne! » la saluta lei con la mano, saltellando. Dietro la bimba, compare sua madre, Sinead: è al sesto mese di gravidanza, com'è evidente dal cappotto di lana grigio che tira sulle cuciture.

«Come va, Mary?» chiede la donna.

«Molto bene, grazie. E lei?»

«Sono grassa, e ingrasso sempre di più.» Si dà un colpetto sul pancione e ride.

Aoife e Sinead continuano a scendere lungo la collina, mano nella mano; la bimba solleva lo sguardo verso la madre e dice qualcosa che si perde nel vento, e Mary non può far altro che immaginare cos'abbia detto per farle illuminare il viso in quel modo. Ed ecco che arrivano il piccolo Aiden O'Connor e il suo gemello Declan. Mary li saluta con un cenno e chiede loro come stanno, anche se sente una fitta al cuore. Poi arriva Margaret Ryan con i suoi tre nipoti: sta agitando un dito per rimproverare Fionnán, il maggiore, e intanto gli altri due fratelli, alle spalle, lo prendono in giro, saltellando e facendo le boccacce. Margaret non si ferma a salutare Mary, però alza una mano e annuisce mentre passa. Sembra esausta e spazientita, ma non sa quant'è fortunata. Mary darebbe qualsiasi cosa per andare a prendere all'uscita da scuola dei nipoti e poi sedersi al tavolo della cucina ad ascoltarli raccontare le loro storielle mentre si riempiono la pancia con quello che hanno trovato in frigo.

Nonostante tutto, non smette di sorridere mentre spruzza, strofina, pulisce e lucida. E, quando anche l'ultimo dei bimbi è passato davanti al bed and breakfast, le finestre di Mary risplendono. Come sempre, del resto: non hanno molte occasioni di sporcarsi, visto che vengono pulite cinque volte a settimana.

Quando la strada torna silenziosa, Mary chiude la finestra, riporta il secchio e i prodotti nel locale lavanderia e, dopo aver messo il bollitore sul fuoco in cucina, sale fino alla stanza che sta al piano più alto della casa, dove Niamh l'aspetta, come al solito, dentro la cornice d'argento che sta sulla specchiera: eternamente sorridente e con gli occhi pieni d'amore. Mary si preme le dita sulle labbra e poi tocca la fotografia. È ora di andare a trovare sua figlia.

*

Mary si calca il cappello sulle orecchie e tira la cerniera del suo pesante cappotto invernale, anche se è già chiuso fino al collo. Indossa una maglia termica, un vestito, un paio di collant pesanti, due cardigan, gli stivali invernali più caldi che ha e una sciarpa, ma sente comunque il vento e la pioggia penetrarle nelle ossa.

Le strade sono deserte, i bambini sono passati da un pezzo e tutti gli altri sono al lavoro o al calduccio nel loro soggiorno. Il vento soffia forte, il mare sembra una bocca grigia e infuriata che ruggisce in fondo a Main Street. In ogni periodo dell'anno, c'è sempre qualcuno che porta a spasso il cane in spiaggia, che guida o che si gode l'aria di mare, ma oggi perfino i gabbiani se ne sono andati.

Quando sale in auto, Mary Byrne si sente l'ultima donna sulla Terra, ma non sarebbe rimasta a casa per nessun motivo oggi. Anche se fosse stata a letto con l'influenza come il povero signor Carey, avrebbe comunque trovato un modo. È il 21 febbraio, e niente e nessuno le impedirà di uscire.

Mary china la testa, si fa il segno della croce e poi entra nel sagrato della chiesa spingendo il pesante cancello di ferro. Il vento ha sollevato tutte le foglie cadute, e il terreno è ricoperto dei loro scheletri secchi e marroni che le scricchiolano sotto i piedi mentre raggiunge il cimitero. Si ferma accanto a una tomba e si fa di nuovo il segno della croce.

Dedicato alla memoria di
Conor Michael Healy
21 settembre 1925 – 4 novembre 1995
« Chi dunque mi riconoscerà davanti agli uomini,
anch'io lo riconoscerò davanti al Padre mio che è nei cieli. »
E di sua moglie
Ciara
5 luglio 1928 – 31 dicembre 1995

Sette settimane. Ecco quanto è riuscita a sopravvivere la madre di Mary dopo la morte del marito. Tutti avevano detto che era morta di crepacuore, ed era vero, in senso sia figurato che letterale: secondo il medico, aveva avuto un infarto nel sonno. Era stata Mary a trovarla, la mattina dopo, stesa su un fianco, con una mano protesa sull'altro lato del letto, come a cercare il marito perduto.

Mary recita una breve preghiera e poi prosegue, stringendo forte al petto la pianta ornamentale di roselline che ha comprato il giorno prima e che ha messo in due sacchetti di plastica prima di uscire di casa, per proteggerla dal vento. Preferisce portare le piante sulle tombe, perché i fiori muoiono troppo in fretta ed è sempre una tortura toglierli dai vasi, con lo stelo secco e la testa china e appassita.

Prosegue di buon passo, superando la tomba dell'anziana signora McDonagh, morta da quattro settimane, su cui la terra non è ancora appianata del tutto, e raggiunge il retro della chiesa, rallentando il passo quando si avvicina alla tomba cui è diretta. Succede ogni volta, come se il dolore rendesse le sue scarpe più pesanti.

Dedicato alla memoria di
Niamh Maria Byrne
Adorata figlia di Mary e Patrick
2 gennaio 1981   21 febbraio 1983
E di
Patrick Byrne
Adorato marito di Mary e padre di Niamh
25 agosto 1947 – 12 aprile 1988

Si accovaccia accanto alla tomba e le ginocchia scricchiolano. Si fa il segno della croce, recita una preghiera, poi si porta le dita alle labbra e preme un bacio sul nome del marito, infine riporta le dita alle labbra e preme un altro bacio sul nome di sua figlia. Sono passati trentadue anni dal giorno in cui ha perso Niamh. Si dice che il tempo curi le ferite, ma alcune sono troppo profonde e inflitte con troppa violenza perché possano guarire davvero. A Mary è rimasto solo mezzo cuore, perché il resto le è stato portato via il giorno in cui Niamh è morta, e la ferita è stata cauterizzata il giorno in cui ha scoperto chi era il colpevole. Non ricorda Patrick che conduce il *Gardaí* in soggiorno, mentre lei, seduta alla finestra, fissa la strada senza vederla. Ha dimenticato le parole esatte del *Gardaí*, ma ricorda bene il dolore che le ha tagliato il cuore a metà. E ricorda bene l'urlo.

35

«Nave!» grida Elise dal sedile posteriore mentre ci avviciniamo lentamente al traghetto. «Nave, mami!»

«Sì!» dico, guardando nello specchietto retrovisore. Dietro di noi si snoda una fila di macchine dirette al porto di Fishguard. Non vedo volanti della polizia, ma la cosa non mi tranquillizza, perché i poliziotti potrebbero essere su un'auto priva di contrassegni, oppure già a bordo del traghetto, in attesa.

L'auto davanti alla mia avanza, entrando nella pancia del traghetto, e subito dopo compare un uomo con un giubbotto catarifrangente che agita le braccia. Ho un attimo di terrore, convinta che si tratti di un poliziotto, ma poi l'uomo indica le viscere oscure del traghetto, facendo segno di parcheggiare in fondo a una breve coda di macchine. Quando finalmente spengo il motore, mi sento il cuore in gola e mi ci vogliono vari tentativi per slacciare la cintura di sicurezza.

«Mami, puzza», dice Elise mentre la libero dalle cinghie dal seggiolino e la prendo in braccio.

Ha ragione, nel parcheggio coperto c'è puzza di gas di scarico, un odore che mi si attacca in fondo alla gola mentre raggiungo le scale con mia figlia in braccio, il traghetto che mi vibra sotto i piedi. Con questi capelli ricci di un rosso acceso e gli occhiali con la montatura nera che mi ha dato Helen mi sento troppo vistosa, ma non ho tempo per tornare a prendere un cappello in macchina, perché devo trovare un luogo dove nasconderci il prima possibile. Mi chino per imboccare la tromba delle scale ed Elise si contorce, inarcando la schiena, desiderosa di essere messa giù. Salgo i gradini velocemente, caricando il peso del corpo sulle dita dei piedi. Ho il fiato corto e il battito accelerato ancora prima di arrivare in cima alla prima rampa, ma un suono metallico alle mie spalle mi spinge a continuare: qualcun altro sta salendo le scale, sento i passi sui gradini di metallo e due voci attutite, un uomo e una donna.

«Mami!» grida Elise mentre supero velocemente il ponte 8.

La sua voce sembra rimbalzare sui muri e devo trattenermi per non premerle una mano sulla bocca, limitandomi ad aumentare il passo e dirle sottovoce: «*Sst*». I muscoli delle cosce mi bruciano, respiro in modo rumoroso e spasmodico, ma non posso fermarmi: ho studiato la mappa del traghetto stamattina e so con esattezza dove possiamo nasconderci.

Proprio quando penso di non riuscire a fare un altro passo, arrivo al ponte 9. La porticina d'ingresso conduce in un ampio spazio con cartelli che indicano il ristorante, il cinema, l'area giochi per i bambini e lo spaccio. Ovunque mi giri, vedo gente: famiglie, coppie, pensionati e bambini, in coda per acquistare cibo, affacciati ai finestroni, intenti a ingurgitare qualcosa, seduti a giocare a carte ai tavoli o davanti alle slot machine. Questa cacofonia di voci, *bip*, colpi e rumori metallici è opprimente, e sento la paura acuirsi dolorosamente dentro di me. Come farò a scappare da qui se qualcosa dovesse andare male? Quando ho studiato la mappa, ho visto dove si trovano le scialuppe di salvataggio, ma le persone a bordo sono così tante che se la nave dovesse avere un problema noi resteremmo schiacciate dal fuggi fuggi generale.

«Scusi.» Una mano si posa sulla mia spalla e io mi giro di scatto, pronta a vedere dietro di me Paula o un poliziotto, invece è solo un anziano con una giacca di tweed, che sorride mostrando i denti gialli. «Potrebbe farci passare, per cortesia?» Alla sue spalle, una donna altrettanto anziana gli tiene la mano.

«Ma certo, mi scusi.»

Faccio un passo di lato e, in quel momento, vedo le indicazioni per i bagni.

*

Quindici minuti: tanto siamo rimaste nascoste in uno dei bagni, e ogni minuto sembrava un'ora. Elise ha iniziato a chiedere di andarcene non appena ha finito di fare la pipì, i jeans di Ben ancora intorno alle caviglie. L'ho distratta per un po', cantando sottovoce *The Wheels on the Bus* e, quando la sua attenzione è calata, mi sono tolta tutti i braccialetti d'argento dal polso e glieli ho dati perché ci giocasse, zittendola quando diventava troppo rumorosa.

«Elise, *sst*», le dico quando sento cigolare la porta dei bagni, premendomi un dito sulle labbra. Poi imito delle orecchie con due dita sulla testa. «Topolini silenziosi.»

Il cuore mi esplode nelle orecchie, coprendo quasi del tutto il debole stridio delle scarpe sul pavimento, oltre la porta, poi qualcuno apre quella del bagno accanto al nostro sbattendola e facendo tremare la parete divisoria. Pochi secondi dopo, sento il rumore del chiavistello che viene inserito. A livello razionale, so che potrebbe essere uno qualsiasi delle centinaia di passeggeri a bordo del traghetto, ma sono troppo impaurita per pensare in maniera logica. La porta principale dei bagni si apre di nuovo e sento un nuovo suono: un lento rumore di tacchi. Tengo gli occhi fissi sullo spazio al di sotto della porta del cubicolo in cui siamo nascoste: che tipo di scarpe vedrò apparire? Scarpe lucide da poliziotto, stivaletti da uomo o décolleté con i tacchi alti?

«Lo so che siete lì dentro!» dice una voce femminile.

Premo la mano sulle labbra di Elise e spalanco gli occhi, per farla stare in silenzio. Di solito mi toglierebbe la mano e si metterebbe a ridere, ma questa volta rimane completamente immobile e mi fissa con occhi sgranati, i miei braccialetti sospesi a mezz'aria tra le mani. È stata contagiata dalla mia paura e ora è terrorizzata quanto me.

«Lo so che vi state nascondendo», continua la donna.

Un paio di tacchi alti compare sotto la porta del bagno, e poi *bam*! Un colpo alla porta la fa sbatacchiare sui cardini, ed Elise ha un sussulto così forte che la mano mi sfugge dalla sua bocca, i braccialetti cadono a terra e il suo grido allarmato riempie l'ambiente.

«Oddio! Mi scusi, mi scusi tanto! Stavo solo...» Le scarpe scompaiono da sotto la porta e la parete del bagno a fianco vibra, proprio nel momento in cui due vocine esplodono in una risata.

«Siamo qui, mamma!»

«Josh, Isaac! Fuori! Basta giocare.»

Sento il rumore di un chiavistello che si apre, il cigolio delle scarpe da ginnastica sul pavimento mentre i bambini escono dal bagno.

«Non ci hai trovati!» esclama felice uno dei due.

«Fuori! Fuori!» strilla Elise con le lacrime agli occhi, divincolandosi da me e sbattendo le mani sulla porta.

«Mi dispiace tanto», dice la donna, coprendo con la voce le grida di mia figlia. «Non volevo spaventarvi, pensavo che non ci fosse nessun altro.»

«Non c'è problema, io... ehm...» Mi alzo e mi sistemo i vestiti. «Il traghetto si sta muovendo? Abbiamo lasciato il porto?»

«Sì, credo di sì.»

Raccolgo i miei braccialetti e finalmente tolgo il chiavistello e apro la porta. Elise si fionda fuori dal cubicolo, superandomi e andando quasi a sbattere contro uno dei bambini.

«Mi scusi!» dico, guidando mia figlia fuori dai bagni, senza mai guardare negli occhi l'altra madre. Torniamo in corridoio e trattengo a stento delle lacrime di sollievo quando intravedo il panorama all'esterno: siamo in mare aperto.

«Mare!» Elise si inginocchia sul sedile e preme le mani contro la finestra, mentre io lotto per inserire il caricatore del cellulare nella presa sotto il tavolo. «Uccelli! Nuvole! Guarda, mami, guarda!»

«*Sst.* Sì, tesoro, ho visto.»

La donna seduta al tavolo accanto a noi si è già guardata intorno tre volte da quando ci siamo sistemate lì. È più grande di me, direi sulla cinquantina, e i suoi due figli fissano con attenzione i tablet sul tavolo, gli auricolari alle orecchie. Suo marito sta leggendo il giornale e ha bloccato qualsiasi tentativo di conversazione da parte della moglie con un grugnito o una scrollata di spalle.

Elise si accorge che la donna la sta guardando e smette di saltellare sul sedile, sorride timidamente e poi batte di nuovo con la mano sulla finestra. «Mare!»

«Sì.» La donna incrocia il mio sguardo e sorride. «È tutto grigio, vero?»

«Pesce!» dice Elise, indicando l'acqua. «Pesce nel mare.»

«Sì, tanti pesci.» Gli occhi della donna vagliano il corpo di mia figlia, dalle scarpe da ginnastica logore ai jeans troppo lunghi, fino alla maglietta consunta, soffermandosi sui capelli tagliati in maniera approssimativa. Sente che la sto guardando e incrocia il mio sguardo. «Mi ricordo quando il mio Robbie aveva la sua età.» Dà un colpetto all'adolescente di fianco a lei, che si sfrega il braccio e si scosta, senza alzare lo sguardo dall'iPad. «Chiacchierava in continuazione, mentre adesso non c'è verso di cavargli una parola di bocca. Quanti anni ha?» Guarda di nuovo Elise. «Due? Tre?»

«Due e mezzo.» Cerco di dissimulare il nervosismo nella voce, ma sotto il tavolo sto affondando le unghie nelle ginocchia.

«Come ti chiami, piccolino?» La donna agita una mano per richiamare l'attenzione di Elise.

Trattengo il fiato, mentre mia figlia studia il viso della donna. Quando abbiamo giocato a travestirci qualche ora fa, prima di lasciare la roulotte, si è fermamente rifiutata di dire che si chiama Ben; come farò a giustificarla se dovesse dire alla donna il suo vero nome?

«Li-Li», risponde sottovoce mia figlia, poi si gira di nuovo a guardare il mare.

«Lee», ripete la donna. «Piacere di conoscerti, Lee, io mi chiamo Mel. E la mamma?» Si gira di nuovo verso di me.

«Helen», rispondo piano.

«Che bel nome. Una delle sorelle di George si chiama Helen, vero, caro?» Allunga una mano sul tavolo e picchietta sul giornale del marito, che per tutta risposta lo scuote un po' e grugnisce irritato.

«Stiamo portando i ragazzi a Galway», continua Mel. «Per far visita ad alcuni parenti di George. Proprio un bel posto, c'è mai stata?»

«No.» Mi muovo sulla sedia. Avrei dovuto portarmi un giornale come George, ma non ho nemmeno un libro dietro cui nascondermi, ed è evidente che Mel ha una gran voglia di chiacchierare. L'ultima cosa che voglio è sentirmi chiedere dove stiamo andando e perché. Guardo il cellulare: si è caricato solo del quattro percento. Siamo partiti da tre ore e ne manca ancora un'altra all'arrivo in Irlanda. Accendere il telefono è un rischio, ma non parlo con mia madre da ieri e voglio sapere se papà sta bene. Non so se la polizia riuscirà a rintracciarmi se mando un messaggio veloce e spengo subito il telefono, ma anche se ci riuscisse non potrebbe mai arrivare a Rosslare nel giro di un'ora. O forse sì? Potrebbe avvertire la polizia irlandese e mandarla al porto all'arrivo del traghetto.

«Ma ci conosciamo?» Mel inclina la testa di lato e stringe gli occhi. «Più la guardo e più mi sembra un viso familiare.» Tocca di nuovo il giornale del marito. «Conosciamo Helen?»

«Io... non credo. Ho un viso molto comune.» Mi alzo di scatto e prendo per mano Elise. «Devi fare la pipì?»

Mia figlia scuote la testa.

«Possiamo andare all'area giochi, dopo. Magari c'è anche uno scivolo.»

Elise s'illumina in viso e si arrampica sul sedile per farsi prendere in braccio. Mel la guarda, con la fronte aggrottata. Appoggio mia figlia a terra e la prendo per mano.

«Vieni, tesoro. È stato un piacere conoscerla», dico a Mel.

Suo marito si contorce sulla sedia e mi fa un cenno di saluto, poi piega il giornale e lo appoggia sul tavolo di formica davanti a sé. «Qualcuno vuole un altro caffè?» Scuote una mano davanti al viso dei due figli adolescenti, mimando con la bocca la parola «bere».

In quel momento, mi cade lo sguardo sulla fotografia in bianco e nero che c'è sul giornale piegato: è una foto di me ed Elise accovacciate davanti all'albero, lo scorso Natale. In alto campeggia il titolo: *Mamma di Bristol in fuga con la figlia di due anni.*

36

«Ciao, Brigid, che bello vederti.» Max allarga le braccia e fa un passo in avanti per abbracciarla, ma sua suocera indietreggia, per trovare riparo nella sicurezza della cucina.

Quando gli ha aperto la porta è rimasta visibilmente sconvolta, ma in un solo passo ha ricacciato dentro tutte le emozioni e adesso lo guarda con occhi freddi e duri.

«Mi dispiace, avrei dovuto chiamare.» Le porge il bouquet di gigli comprato alla stazione di servizio. «Ma ho pensato che non avresti accettato di vedermi.»

«Hai pensato bene.»

Per Max, è come vedere sua moglie con le rughe e i capelli grigi, ma al contrario di Jo, che non nasconde mai le sue emozioni, Brigid è un libro chiuso. La conosce da undici anni, ma non hanno mai avuto una conversazione che andasse oltre argomenti superficiali o banali, e ogni volta che lui provava a scavare più a fondo, facendole domande sulla sua vita in Irlanda, lei cambiava argomento o trovava una scusa per andare in un'altra stanza. Jo glielo diceva sempre che sua madre si rifiutava di parlare di qualsiasi cosa antecedente al 1983, anno in cui si erano trasferite in Inghilterra, ma Max era un giornalista, accidenti, e riusciva sempre a ottenere informazioni, perfino da chi per lavoro si occupa di evitare le domande più difficili. Brigid invece è impenetrabile, e lui è quasi certo che non rivelerebbe i suoi segreti neanche sotto tortura. Anche le persone più riservate, però, hanno un punto debole, e quello di Brigid è Jo. Se solo Max riuscisse a capire su quali aspetti insistere, è sicuro che lei si lascerebbe scappare qualcosa.

«Ti prego, Brigid.» Appoggia una mano sullo stipite della porta, ma non entra in casa. «Posso immaginare quello che ti ha detto Jo e cosa penserai di me, ma hai sentito solo la sua versione della storia. Ci sono molte cose che non sai.»

«Ho sentito a sufficienza.» Brigid mette una mano sulla maniglia della porta e fa un passo in avanti: sta per chiudergliela in faccia, deve pensare velocemente.

«Ha fatto del male a Elise.»

Brigid si blocca sentendo il nome di sua nipote.

«Era piena di lividi.» Max ha la voce incrinata al ricordo della conversazione avuta con l'assistente sociale. Lorraine Hooper l'ha chiamato poco dopo che era tornato all'hotel, chiedendogli se sapesse dove fossero finite sua moglie e sua figlia, e riferendogli che Jo aveva portato Elise dal medico dopo aver trovato dei lividi sospetti sul suo corpo, ma poi era fuggita invece di andare all'ospedale con la dottoressa.

Elise piena di lividi. Si sente male al solo pensiero.

«Ti prego, Brigid, non avrei guidato fin qui se non fossi davvero preoccupato. Devi aiutarmi.»

Sua suocera stringe più forte la maniglia, e per un attimo Max pensa che sia finita, che il suo tentativo di farla passare dalla sua parte sia fallito, ma poi la porta si apre completamente. «Sarà meglio che entri», dice. «Ma non puoi restare a lungo, l'infermiere di Andy arriva fra poco.»

«Non so quanto ti abbia raccontato Jo», dice Max, seduto al tavolo di fronte a Brigid, con una tazza di tè che lei gli ha preparato e servito in silenzio. «Ma non sta per niente bene. A livello mentale, intendo.»

«Mmh», mugugna sua suocera, che continua a guardarlo con occhi attenti e impenetrabili dietro gli occhiali con la montatura di tartaruga. Non ha ancora proferito parola da quando l'ha fatto accomodare in cucina.

Max non è agitato: lo sguardo di Brigid sarà anche duro come l'acciaio, ma il suo linguaggio del corpo gli dice che sta recependo tutte le sue parole. Continua ad ascoltarlo mentre racconta degli sbalzi d'umore di Jo, della sua ansia, di come sia sempre impaurita e gli nasconda certe cose.

«So che stava pensando di trasferirsi qui», dice. «E che vuole il divorzio. Te ne aveva mai parlato?» Brigid distoglie lo sguardo soltanto per un attimo, ma per Max è sufficiente a confermare i suoi sospetti. Certo che lo sapeva, e sa anche dov'è Jo.

Decide di non parlarle dei problemi di Jo con i farmaci, soprattutto perché è stata proprio lei a darle i miorilassanti. Non le parla neanche di Paula, né del comportamento strano avuto da Jo all'asilo di Elise: quello che deve mettere in evidenza è che sua moglie è vulnerabile e malata, e ha bisogno d'aiuto.

«Per questo è molto importante che riusciamo a trovarla», dice, enfatizzando la parola «riusciamo». «La polizia mi ha chiamato oggi per dirmi che qualcuno l'ha vista su un traghetto per l'Irlanda. Sai dov'è diretta?»

Brigid scuote la testa. «No.»

«Io penso che tu lo sappia, Brigid. So che è tua figlia e che stai cercando di proteggerla, ma restare in silenzio non farà altro che peggiorare le cose per lei. Con la sua fuga, Jo non sta mettendo a rischio solo la sicurezza di Elise, ma anche la sua, perché potrebbe davvero finire in carcere.» Si ferma e aspetta che le sue parole facciano effetto.

«Carcere», ripete sua suocera. Il suo viso è attraversato da un'emozione che Max non riconosce.

«Jo è davvero in guai grossi, Brigid. Il tribunale ha emanato un ordine di ricerca, e questo significa che se la trovano l'arresteranno.»

Si rende conto di aver toccato il suo punto debole: le mani di Brigid, appoggiate sulla tovaglia di cotone, tremano, e la pelle alla base del collo è rossa. La vampata è comparsa nel momento in cui lui ha pronunciato la parola «arresteranno».

«Conosci...» Max s'interrompe. Con questa domanda può fare breccia nelle sue difese, oppure farla chiudere definitivamente nel silenzio. È un rischio, ma deve provarci; le ha già chiesto varie volte dove vivessero in Irlanda, ma lei ha sempre risposto con il silenzio. «Conosci qualcuno in carcere, Brigid?»

Sua suocera fa uno scatto all'indietro sulla sedia e lo fissa con gli occhi spalancati e la bocca socchiusa. Ha fatto centro. Brigid sta per dirgli dov'è andata Jo.

«Vuoi un'altra tazza di tè?» gli chiede.

Max fa ricorso a tutto il suo autocontrollo per non imprecare, si obbliga a sorridere e annuisce, senza arrischiarsi ad aprire bocca.

37

Quando penso all'Irlanda, non penso ad anguste camere di bed and breakfast con televisori dalle immagini sfocate appesi al muro, ventole del bagno che ronzano come un aereo in fase di decollo e finestre che non si aprono. Penso a spiagge fredde spazzate dal vento, penso a picnic con i sacchetti di carta marrone, le arance, la *red lemonade*, le patatine Tayto e i panini al prosciutto o alla crema spalmabile Heinz nelle occasioni speciali. Penso a mamma che stende un plaid e beve il tè caldo da un thermos, oppure mi cosparge di olio solare per bambini «per dare un po' di colore a quelle guance». Penso ai giorni di festa, in cui infilavamo le mani nei sacchetti di patatine senza badare alla buona riuscita del picnic, e l'odore di aceto si mescolava al salmastro dell'aria di mare.

Papà non veniva mai in spiaggia con noi. Se non era al lavoro, andava alle corse dei cavalli, al pub o alla sede della Gaelic Athletic Association. A volte, la domenica, mi portava all'ippodromo con lui per far riposare un po' la mamma, e io me ne stavo seduta in macchina con una bevanda gassata, un libro e un pacco di patatine, mentre lui passava le ore a guardare le corse. Quando finivo di leggere il libro mi annoiavo, perché non c'era nessuno con cui parlare, così andavo a cercarlo.

«Un minuto e vengo.»

Non ricordo molto di mio padre, ma lo ricordo pronunciare quella frase, il suo mantra della domenica pomeriggio, annaffiato da sei pinte di birra e un paio di whisky di accompagnamento.

Perdevo il conto delle volte in cui salivo e scendevo dall'auto, e dei «minuti» che erano necessari prima di tornare a casa, con papà che guidava sbandando da una corsia all'altra e io che mi aggrappavo alla maniglia sul lato passeggero. Nessuno dei due aveva la cintura di sicurezza allacciata, papà diceva che non ce n'era bisogno. Era un buon automobilista, diceva, e guidava su quelle strade da quando aveva diciassette anni, quindi avrebbe potuto riportarci a casa a occhi chiusi se fosse stato necessario.

Non avevo motivo per non fidarmi di lui, del mio papà grande e forte. Non era propriamente alto e di certo neanche l'uomo più grosso del circondario, ma la sua solidità mi faceva sentire al sicuro. Non era affettuoso, anche se a volte mi portava dei dolcetti quando tornava a casa dopo una settimana in cantiere da qualche parte, oppure mi scompigliava i capelli dopo una partita e mi diceva che ero proprio una brava bambina. E questo mi bastava. Lui mi bastava.

Poi, all'improvviso, non c'è stato più.

Piego le gambe per scendere dal letto e mi alzo, facendo attenzione a non disturbare Elise, raggomitolata sul piumone con l'elefantino Effie tra le braccia. Si è addormentata in macchina e non ha battuto ciglio quando l'ho portata su per le scale del bed and breakfast e l'ho adagiata sul letto matrimoniale. Ancora prima di scendere dal traghetto, avevo deciso che non avremmo passato la notte a Rosslare, c'erano troppi inglesi in giro. E, siccome continuavo a vedere la nostra foto su tutti i giornali, volevo allontanarmi il più possibile dal porto, così mi sono diretta verso Wexford. Intorno alle sette di sera ho visto un bed and breakfast con l'insegna CAMERE LIBERE alla finestra. La proprietaria, una donna magra e minuta con i capelli tinti di nero, gli occhiali e le guance scavate, è venuta ad aprire e mi ha detto, in modo freddo ma cortese, che sì, aveva una stanza libera, e sì, potevamo restare per una notte, ma dovevamo pagare in anticipo. Dentro di me, ho ringraziato il cielo per la presenza di un cambiavalute sul traghetto, e ho messo cinquanta euro nel palmo aperto della donna.

Chiudo le tende. Domani porterò Elise a fare una passeggiata e cercherò un telefono pubblico. Devo dire a mamma che stiamo bene, e anche a Helen se c'è tempo. Ho guardato un bel po' di film polizieschi e so che spesso controllano i telefoni per cercare di localizzare le persone scomparse o i serial killer. Nei film, se la chiamata è troppo breve non fanno in tempo a capire da dove proviene, ma non so quanto questa cosa corrisponda alla realtà. Forse è più sicuro chiamare la mattina, prima di partire verso nord lungo la costa.

Entro in bagno per fare pipì e, quando mi rialzo, vedo dei punti neri che mi galleggiano davanti agli occhi e devo appoggiarmi al lavandino per non cadere. Ho dormito pochissimo in questi giorni, e nella roulotte non ho proprio chiuso occhio, perché ogni volta che ci provavo sentivo un rumore di qualche tipo provenire da fuori e li aprivo nuovamente. Qui, però, nel sottotetto del bed and breakfast, mi sento meno esposta: c'è solo una via di fuga, che passa dalle scale, ma a circa sei metri sotto la nostra finestra c'è anche un tetto piatto, e in caso d'incendio o di un'emergenza potrei calare giù Elise con un lenzuolo e poi raggiungerla. Ora comunque non posso pensarci, devo dormire.

Mi alzo a sedere di soprassalto nel letto e agito le mani al buio, colpendo il muro con la destra. Mi metto una mano sul cuore e l'oscurità si affievolisce, gli oggetti riemergono dal buio: un armadio, un piccolo tavolo, una porta chiusa, una lampada rovesciata sul fianco. Elise è raggomitolata accanto a me e tira su con il naso nel sonno. Si muove quando le tocco la spalla, ma non si sveglia. Cerco di vedere che ora è, ma è troppo buio.

Mi trascino giù dal letto e apro leggermente la porta della stanza, quanto basta per fare entrare un sottile fascio di luce che illumini il mio orologio: sono le 21.12. Faccio per richiudere la porta, ma mi fermo perché sento delle voci provenienti dal piano di sotto: il tono basso di una voce maschile e quello più acuto di una femminile. Esco sullo stretto pianerottolo e trattengo il respiro, in ascolto: normalmente penserei che è solo la proprietaria che parla con suo marito, ma in questo momento la paura prevale su tutto. Le voci sono troppo attutite perché io possa capire qualcosa, perciò scendo di un gradino, che scricchiola sotto il mio peso. Rimango immobile e ascolto: la conversazione giù non si ferma. Mi giro a guardare la porta della stanza in cui mia figlia sta dormendo, al sicuro, ma potrebbe svegliarsi da un momento all'altro. Scendo di un altro gradino, posando il piede nello spazio tra la moquette e la parete, e stavolta non produco nessun rumore. Continuo a scendere rasente al muro finché non raggiungo il primo piano. Qui ci sono quattro camere da letto, tutte con le porte chiuse. Le supero con estrema circospezione e mi avvicino alla cima delle scale che portano al piano terra.

Sento la proprietaria dire qualcosa: «È terribile. Terrò gli occhi aperti, grazie di avermi avvertita».

Non riesco a capire la risposta dell'uomo, la sua voce è troppo profonda e ha un accento irlandese molto marcato, quindi mi avvicino di più alla ringhiera, facendo respiri lenti e brevi. Sono così vicina che anche il minimo rumore attirerebbe la loro attenzione, ma voglio dare un'occhiata, niente di più. Serro le dita intorno al legno laccato di bianco e, un centimetro alla volta, chino lentamente il busto e mi sporgo oltre la ringhiera.

Cappello con visiera, mostrine, camicia celeste, giubbotto antiproiettile blu scuro.

È un attimo, ma basta a confermare tutte le mie peggiori paure: in piedi nell'ingresso c'è un membro della *Garda*, la polizia irlandese, con le braccia incrociate sul petto. Il mio primo impulso è quello di fuggire e tornare su più veloce che posso, ma l'uomo m'inseguirebbe subito, quindi cosa devo fare? Sento la pelle che pizzica per la paura. La proprietaria non deve avermi riconosciuta dalla descrizione che le ha fatto il *Gardaí*, altrimenti non avrebbe detto che terrà gli occhi aperti. E se invece avesse solo fatto finta, perché sapeva che ero quassù a sbirciare? Se avesse fatto segno al poliziotto con gli occhi – *è proprio qui sopra* – nella speranza che mi cogliesse di sorpresa?

Mi premo una mano sul viso per attutire i respiri corti e affannati, e faccio un passo a sinistra, poi un altro ancora, quindi inizio a risalire le scale, con la schiena contro il muro, muovendomi di lato. Piano, devo fare piano. Ci metto una vita a raggiungere di nuovo l'ultimo piano, ma finalmente riesco a tornare in camera e chiudo la porta il più silenziosamente possibile, con la chiave che trema nella toppa mentre la giro. Elise, ancora rannicchiata sul letto, mormora qualcosa nel sonno e si gira. È così piccola e indifesa, sarà terrorizzata se la separano da me. Questo posto, queste persone, sono completamente estranei per lei, e se me la portassero via devo fare in modo che ci sia qualcuno che ama a prendersi cura di lei. Devo chiamare mamma.

Prendo la borsa, che avevo lasciato accanto al letto, e la porto in bagno. Mi siedo sul water e frugo nella borsa, con il cuore che mi batte forte nelle orecchie. Dov'è il mio telefono?

Finalmente riesco a prendere la custodia in similpelle e premo il tasto di accensione.

«Dai, dai, dai.» Il telefono impiega una vita ad accendersi, mostrando la foto di Elise.

Lo avvolgo tra le pieghe del maglione mentre s'illumina ed emette un suono forte e acuto. Mi irrigidisco, in attesa di sentire un grido confuso di Elise, ma l'unico suono che si sente nella stanza è il segnale attutito del telefono.

Guardo lo schermo: solo il due percento di batteria, devo fare presto. Quindici chiamate senza risposta, vari messaggi vocali e venti SMS. Per prima cosa scorro le chiamate: Max, Max, Max, signor Harrison, signor Harrison, Lorraine Hooper, Mamma, Mamma, Helen, Diane... l'elenco prosegue. Mi sento male ogni volta che compare il nome di Max, pensando che salterà sul primo volo per Dublino non appena mi avranno arrestata. Non c'è speranza che mamma arrivi prima di lui, neanche se potesse separarsi da papà, ed Helen non può lasciare Ben da solo.

Allento la presa sul telefono e rimango immobile, spossata, mentre tutta l'adrenalina che sentivo risalendo le scale svanisce. Qualsiasi cosa io faccia o dica, è finita. Quando il *Gardaí* arriverà, devo rimanere più calma possibile per Elise, perché se si accorge che ho paura ne avrà anche lei. La sveglierò delicatamente, l'abbraccerò per l'ultima volta e le dirò che andrà tutto bene, e che le vorrò sempre bene, qualsiasi cosa succeda.

Attraverso la stanza per andare ad aprire le tende. Elise grugnisce quando gli anelli di plastica scivolano lungo i binari. Fuori, i lampioni illuminano l'oscura desolazione della strada con la loro luce sfarfallante. Sui lati della stradina residenziale sono parcheggiate varie macchine; la mia è la terza della fila, e tra il sedile posteriore e il bagagliaio contiene tutto ciò che resta della mia vita a Bristol. Non ho portato nessuna valigia, perché avevo Elise in braccio. L'auto del *Gardaí* – bianca con una striscia blu e gialla – è parcheggiata proprio fuori dal bed and breakfast.

«Mami», biascica Elise dal letto.

«Torna a dormire, tesoro.» Faccio per voltarmi verso di lei, quando in strada compare una figura: nonostante la debole luce, riesco a vedere che indossa un cappello con la visiera, una camicia azzurra a maniche corte e un giubbotto antiproiettile. Mi premo una mano sul petto mentre l'uomo si avvicina alla sua auto e sale a bordo al posto del conducente. Poi nulla, non riesco più a vederlo. Non so se stia chiedendo rinforzi via radio o informando la centrale che mi arresterà.

«Mami», ripete Elise. «Latte. Mami, per favore, latte.»

Giù in strada, il lampeggiante dell'auto si accende e un attimo dopo l'auto riparte, arriva in fondo alla via, gira a destra e scompare. Premo la fronte contro il vetro freddo della finestra e lascio uscire tutta l'aria che ho nei polmoni in un respiro lungo e lento. Se n'è andato. Ero così sicura... sicura che...

Toc toc.

Mi giro, in preda al terrore. Elise sta fissando la porta della camera, gli occhi assonnati improvvisamente allerta.

Toc toc toc.

Il suono è più forte stavolta, più insistente. C'erano due poliziotti al piano di sotto? Guardo la finestra. Potrei ancora provare a scappare, ma la porta sembra vecchia e di materiale scadente, vibra ogni volta che bussano, basterebbe una spallata per aprirla.

Toc toc toc.

Vorrei far finta di niente, lanciarmi sotto le coperte, tapparmi le orecchie e canticchiare più forte che posso per sovrastare il rumore, ma non sono più una bambina, e non credo più che mi basti chiudere gli occhi per scomparire.

«Va bene, va bene.» Armeggio per togliere il chiavistello. Elise piagnucola che vuole il latte mentre apro la porta.

Posso farcela, posso mantenere la calma e non perdere il controllo.

«Mi scusi se la disturbo a quest'ora.» La proprietaria del bed and breakfast si sposta dietro l'orecchio una ciocca di capelli neri. «Ma volevo avvertirla che è appena passata la polizia per segnalare che oggi sono state scassinate tre macchine su questa via, quindi se ha cose di valore in auto le consiglio di portarle in camera.»

Ho osservato le sue labbra muoversi, e le parole «polizia», «auto» e «di valore» mi risuonano nella testa, ma ho capito così poco che è come se avesse parlato una lingua straniera. Ero talmente sollevata dalla vista della donna e non di un poliziotto, che non ho fatto caso a una sola parola di ciò che ha detto.

Mi fissa da dietro la spessa montatura nera dei suoi occhiali. «Vuole andare a prendere le sue cose dall'auto?»

«Sì... sì... mi scusi. Sì, vado...» Mi giro a guardare Elise, che è scivolata giù dal letto e apre e chiude la porta dell'armadio. *Slam, slam, slam.*

La signora fa una smorfia. «Se vuole, rimango io con la piccola. Se non impiega molto.»

«Sì, certo. Grazie, grazie mille.»

Sento ancora il suo sguardo perplesso sulla mia nuca mentre indosso il cappotto, infilo le scarpe e corro giù dalle scale, due gradini alla volta.

38

Procediamo veloci sulla M1. Sugli alberi non ci sono foglie, ma i campi ai lati dell'autostrada sono verdi e lungo il ciglio è cresciuta abbondante la ginestra spinosa. Abbiamo superato Dublino e ancora non riconosco nulla del paesaggio, ma sono sollevata di aver lasciato Wexford e di essere nuovamente in strada, direzione nord. Il cielo era grigio quando siamo partite, ma adesso si vedono squarci di azzurro tra le nuvole scure, e lo prendo come un presagio che sto facendo la cosa giusta.

Siamo ripartite dal bed and breakfast dopo colazione. Elise si è rifiutata di assaggiare il pudding bianco e nero, ma ha divorato la salsiccia, la pancetta, i fagioli e mezza fetta di toast; io ho solo spizzicato la mia colazione, ero troppo stanca per mangiare davvero.

Esco dall'autostrada e prendo la R152 verso Drogheda. Dopo quasi un chilometro, mentre sto superando un trattore, la mia auto comincia a fare uno strano balbettio quando premo l'acceleratore.

«Accidenti», impreco sottovoce vedendo accendersi la spia luminosa del motore. Premo di nuovo l'acceleratore, ma stavolta la macchina non risponde. Guardo nello specchietto retrovisore: Elise sta dormendo sul seggiolino. Potrei proseguire e sperare che l'auto tenga duro fino a Clogherhead – manca solo mezz'ora – ma è un rischio troppo grosso, perché non so quanto sia grave il problema. Non ho scelta, devo accostare.

Rovisto nella valigia in fondo al bagagliaio, scostando maglioni, calzini e biancheria in cerca del mio cellulare. La strada è tranquilla, il trattore è andato da un pezzo; un paio di auto hanno rallentato passando accanto alla nostra macchina, parcheggiata sul ciglio, ma io ho fatto loro cenno di proseguire. Se qualcuno si fermasse ad aiutarci, inizierebbe a fare domande, e non so se la foto di me ed Elise sia arrivata sui giornali irlandesi. Ci sarà un meccanico nei paraggi che possa venirci a prenderci e rimorchiarci fino alla sua officina; ho ancora centocinquanta euro in contanti, ma se mi chiedesse di più per sistemare la macchina... non so cosa fare. Non so nemmeno come pagare la notte a Clogherhead. Avrei dovuto prelevare altri soldi a Wexford; anche se la polizia avesse rintracciato il prelievo, non avrebbero saputo dove mi sarei diretta.

«Maledizione. Dov'è finito?» Frugo ancora tra maglioni, calzini e biancheria. «Eccolo!» Sollevo il telefono e provo ad accenderlo, ma non succede niente: lo schermo resta nero. Premo di nuovo il tasto di accensione, questa volta più a lungo, ma non succede niente lo stesso.

Sollevo con le unghie lo sportellino posteriore e mi strofino la batteria tra le mani, pur sapendo che è inutile, poi la rimetto al suo posto e provo ancora ad accenderlo. Ieri notte ho lanciato il telefono in valigia, quando temevo che la polizia mi avrebbe arrestata, e poi Elise mi ha chiesto qualcosa da mangiare e mi sono dimenticata del cellulare.

«Oh, Dio.» Mi strofino le mani sul viso e faccio un respiro profondo. Maledizione, e adesso che faccio?

Sento l'auto ancor prima di vederla: il ronzio del motore che rallenta e lo scricchiolio delle ruote che si fermano dietro di me. È una Mercedes nera, grande, lucida e potente, e la luce che si riflette sul parabrezza m'impedisce di vedere chi c'è all'interno.

Qualcuno si è fermato per aiutarmi, grazie a Dio.

No.

Aspetta.

Sento una scarica di paura non appena mi ricordo che non sono una donna qualunque che è rimasta in panne lungo la strada. Io sono in fuga, il mio volto è su tutti i giornali, c'è gente che mi dà la caccia.

Se la Mercedes si fosse fermata per aiutarmi, il conducente avrebbe lampeggiato o suonato il clacson mentre accostava, e invece è scivolata in silenzio alle mie spalle e ha spento il motore.

Mi allontano dal bagagliaio aperto, dirigendomi verso la portiera dal lato di Elise, lo sguardo sempre fisso sull'auto nera, distante nemmeno venti metri.

Mi hanno seguita fin qui da Wexford? Non ho visto la Mercedes nello specchietto retrovisore. Si sono tenuti intenzionalmente a distanza, nascosti dietro altre auto e seguendo tutte le mie mosse? La proprietaria del bed and breakfast stamattina ha capito chi ero e ha chiamato la *Garda*? E se fosse Paula? Se fosse in macchina, seduta di fianco all'uomo che mi ha seguita da Boots? Chi c'è dietro il parabrezza, seduto in attesa?

Sento un *clunk* sordo: è la chiusura di sicurezza che viene tolta. Stanno scendendo.

«Elise!» Spalanco la portiera e slaccio la cinghia del seggiolino. L'elefantino Effie le cade dalle mani mentre si rigira nel sonno. «Elise, svegliati! Forza, tesoro, dobbiamo andare! Elise!»

39

Max prende un sorso di birra dalla bottiglia. Avrebbe anche una gran voglia di fumarsi una sigaretta, ma s'impone di non farlo: Elise è lontana, ma questa è pur sempre casa sua, e lui non vuole che puzzi di fumo quando la piccola tornerà. È importante che tutto rimanga esattamente com'era quando se n'è andata, perché sarà traumatizzata dopo quello che Jo le sta facendo passare, e avrà bisogno di stabilità.

Non che Max abbia fatto alcun passo avanti nella ricerca. Durante la visita a Brigid, ha pensato per un breve momento di riuscire a ottenere qualcosa: mentre sua suocera stava preparando dell'altro tè, è arrivato l'infermiere di Andy e lei l'ha accompagnato in camera da letto, lasciando Max da solo, libero di girare per casa. Lui si è subito diretto in soggiorno, nella speranza di trovare una foto o una lettera che gli indicasse dov'era andata Jo, e ha aperto il primo cassetto di un mobile all'angolo: ferri per lavorare a maglia. Ha provato con il secondo: sottobicchieri, tovaglie e tovagliette. Mentre apriva il terzo è entrata Brigid, e lui non si è nemmeno preoccupato di provare a difendersi. Si è girato ed è uscito direttamente di casa, senza dire una parola.

Beve un altro sorso di birra, poi appoggia la bottiglia sul sottobicchiere a destra del portatile. La visita a Brigid si è rivelata una perdita di tempo, ma al rientro a casa frugando nell'ultimo cassetto del comò ha trovato il certificato di nascita di Jo, all'interno di una cartelletta in cui c'erano anche il certificato di nascita di Elise, il contratto del mutuo, alcune vecchie bollette e vari estratti conto della carta di credito.

Legge il certificato e ne esamina le informazioni.

Nome completo del bambino: Joanne Mary Gallagher
Data di nascita: 5 luglio 1975
Madre: Brigid Gallagher
Padre: Sconosciuto

Sconosciuto? Max inarca un sopracciglio. Quindi Brigid ha partorito Jo prima di sposarsi, nel 1975? Non c'è da stupirsi se sua suocera diventa suscettibile quando qualcuno le chiede dell'Irlanda. Dev'essere stato un discreto scandalo, all'epoca.

Luogo di nascita: Cork

Max socchiude gli occhi, studiando la mappa dell'Irlanda sullo schermo davanti a sé, poi appoggia un gomito sulla scrivania e si gratta la testa. Cork si trova sulla costa sudoccidentale, ma lui è praticamente certo che Jo gli avesse detto di essere cresciuta sulla costa orientale. Di sicuro, quando si raccontavano della loro infanzia, lei gli ha parlato più volte del mare e delle spiagge.

«Accidenti!» Batte un pugno sulla scrivania. Perché non l'ha ascoltata quando gli raccontava del posto in cui è cresciuta? Adesso è in un vicolo cieco: sul certificato non c'è il nome del padre, e Max non ha idea di chi possa essere. L'unico indizio che può portarlo a Jo è il nome di sua madre.

Brigid Gallagher.

Scrive il nome su Google e avvia la ricerca.

290.000 risultati.

Cazzo.

Brigid ha sicuramente sposato il padre di Jo a un certo punto; Max ricorda che sua moglie gli ha detto di aver trovato una foto dei suoi genitori nel giorno delle nozze. Brigid l'aveva nascosta da qualche parte e Jo l'aveva presa. Max consulta un sito in cui si possono fare ricerche sui registri di matrimonio in Irlanda, ma non ci sono dati successivi al 1950, quindi prova con un sito di genealogia.

BINGO!

Risulta registrato un matrimonio fra Brigid Gallagher e

Liam O'Brien nella Chiesa del Sacro Cuore, parrocchia di Laytown, diocesi di Meath, il 5 agosto 1975, quattro settimane dopo la nascita di Jo.

Max cerca Laytown su Google Maps. Si trova sulla costa orientale dell'Irlanda: dev'essere la città giusta.

Torna sul sito di genealogia e scorre la pagina verso il basso, in cerca di altre informazioni. Ma come? C'è un'altra Brigid Gallagher, questa volta sposata con Joseph Kearney, nella stessa chiesa, ma quattro mesi dopo.

Cazzo.

Clicca su entrambe le voci per cercare l'indirizzo di residenza di Brigid sulle pubblicazioni di matrimonio, ma non sono online, e l'unico modo per ottenerle è acquistare una copia del certificato di matrimonio. Ci vorranno un paio di settimane, perciò niente da fare.

Cerca su Google la Chiesa del Sacro Cuore, ma non c'è il numero di telefono. Dannazione.

Max si strofina le mani sul viso. Quando la polizia l'ha chiamato, alle nove, per dirgli che Jo ed Elise erano state viste sul traghetto del giorno prima, gli ha anche detto di non avere ulteriori informazioni, ma lui ha trovato una traccia in meno di mezz'ora. Che diavolo stanno combinando i poliziotti?

Potrebbe riferire loro della sua scoperta e sperare che inizino a darsi una mossa. Restare passivo e lasciare a loro il controllo della situazione lo sta uccidendo. Più passa il tempo, più la sua immaginazione viaggia. Se Jo fosse già ripartita dall'Irlanda? Se avesse preso un volo per le Barbados o per Dubai, o per un altro di quei Paesi che non rientrano nella Convenzione dell'Aia per la tutela dei minori? Lui avrebbe perso Elise per sempre.

No. Tamburella le dita sulla scrivania. Non può sperare che la polizia agisca con la rapidità necessaria, considerata la posta in gioco: deve andare lui stesso in Irlanda. Può prendere un volo per Dublino, noleggiare una macchina e raggiungere la chiesa e, se gli lasceranno vedere le pubblicazioni di matrimonio, avrà due indirizzi, due potenziali Brigid Gallagher, e un'idea approssimativa di dove possa essere andata Jo.

Apre il primo cassetto della scrivania e fruga tra penne, Post-it, chiavette USB e ricevute, ma non trova il suo passaporto. Apre il secondo cassetto e ripete la ricerca, quindi prosegue con il terzo e il quarto. Niente. Si alza, si guarda intorno nell'ufficio, poi va in soggiorno: deve averlo lasciato nella credenza all'angolo. Quando spalanca lo sportello e vede lo spazio vuoto lasciato dalla scatola dei ricordi di Henry, sente lo stomaco che gli si stringe, ma ignora quella sensazione e continua a rovistare in mezzo a libri e giochi da tavolo, prima con cura e poi con disperazione.

« Dove diavolo è finito? » grida mentre rovescia a terra tutto il contenuto degli scaffali. « Dov'è finito il mio dannato passaporto? »

40

«Andiamo, Elise. Andiamo.» Tiro fuori dall'auto mia figlia, ancora assonnata, e mi allontano in fretta senza voltarmi. Sento lo scricchiolio delle scarpe sulla ghiaia. Il conducente della Mercedes è sceso e si sta avvicinando. Arrivano, sono sempre più vicini. Dove... dove... dove posso andare? Dove posso nascondermi? Ci sono delle siepi ai lati della strada, ma sono troppo fitte e pungenti per pensare di attraversarle e fuggire in un campo. Sto ansimando, i respiri brevi e faticosi, e sono stordita dalla paura. Dove vado adesso? La strada è l'unica possibilità che mi resta: potrei fermare una macchina, però non c'è nessuno. Perché non ne passano altre?

Mi arrischio a dare un'occhiata alle mie spalle mentre supero la mia auto: un uomo con scarpe nere lucide, completo nero e capelli corti mi sta fissando e, senza distogliere lo sguardo, fa un altro passo verso di me, le braccia lungo i fianchi e i pugni che si aprono e si chiudono.

Mi avvicino alla strada, sempre deserta. Dove sono finite le altre auto, dov'è finita la gente? Se gridassi non mi sentirebbe nessuno, a parte il corvo che gira in cerchio sulla mia testa, gracchiando. L'unica cosa che posso fare è correre, ma con Elise tra le braccia non riuscirò mai a distanziarlo. Posso provare a supplicarlo? Potrebbe avere dei figli anche lui, magari avrà pietà di me, ma non se è un poliziotto. In quel caso mi farà salire in macchina con la forza e mi riporterà in Inghilterra, dove non vedrò mai più mia figlia.

«La prego!» grido quando raggiungo il bordo della strada. «La prego, non lo faccia!»

L'uomo si ferma. È arrivato al bagagliaio della mia auto, rimasto aperto, dà un'occhiata dentro e poi guarda di nuovo me, la fronte corrugata. C'è Paula con lui? È per questo che ha guardato nel bagagliaio? Forse pensa che io abbia quello che Max le avrebbe rubato. Devo convincerlo che io non ho nulla che appartenga a Paula, che non c'è motivo di farci del male e che gli darò qualsiasi cosa se ci lascerà andare.

Un rombo basso e profondo si propaga nell'aria e il terreno mi vibra sotto i piedi: qualcosa di grosso e pesante si avvicina sulla strada, forse un camion o un trattore. Non vedo nulla dal punto in cui mi trovo, quindi sarà alle mie spalle. Devo piazzarmi in mezzo alla strada e fargli segno di fermarsi. Non appena mi sposto verso sinistra, l'uomo si mette a correre verso di me.

«Aspetti!» grida mentre io mi precipito in mezzo alla carreggiata. «Attenta...!»

Sento il suono di un clacson, poi una ventata mi colpisce in pieno volto e, mentre Elise mi urla nelle orecchie, vengo trascinata indietro per le spalle, con forza.

«Cristo santo!» L'uomo rifiata, mentre un autoarticolato ci supera rumorosamente, a pochi centimetri di distanza dal punto in cui mi trovavo. «Ha rischiato di farsi investire.»

«Scusi, scusi, mi dispiace.» Scosto i capelli corti di Elise dal suo viso; lei mi affonda le unghie nel collo e mi guarda frastornata, gli occhi sgranati. Ho rischiato di ucciderla. Ho rischiato di ucciderci entrambe.

«Sta tremando», dice l'uomo. «Deve mettersi a sedere.»

Non oppongo resistenza quando mi guida verso uno spiazzo erboso, lungo il ciglio della strada, e non cerco di divincolarmi quando mi prende per un gomito nel momento in cui mi cedono le gambe, e mi aiuta a sedermi con delicatezza.

Continuo a tremare per alcuni minuti, poi l'uomo si siede accanto a me e io scoppio a piangere. «Lo faccia e basta», dico, affondando il viso nei capelli di Elise, con le lacrime che mi scendono sulle guance. «Faccia quello che deve.»

«Che cosa?» L'uomo si allontana, grattandosi la testa e osservandomi con un'espressione confusa. «Io... ehm... credo di non capire.»

Irlandese. Ha un forte e vivace accento irlandese. Sollevo

il viso dai capelli di Elise: da vicino vedo che ha il naso più stretto, il mento più ampio e gli occhi azzurri più infossati rispetto all'uomo che mi ha inseguita da Boots. Ed è anche più giovane, forse sulla trentina.

«Mi sono fermato perché pensavo che avesse problemi con la macchina», dice. «Mi dispiace di averla spaventata, stavo per presentarmi quando lei si è lanciata in strada e... be'...» Non finisce la frase, ma si volta a guardare in direzione della sua auto.

«Mi scusi, io... sono... sono un po' tesa.»

«È inglese, vero?»

«Sono irlandese, ma sono stata lontana per un po'.»

«Per un bel po', direi!» Sorride, e intorno agli occhi compaiono alcune rughe. Il viso sembra meno minaccioso, ma sono ancora diffidente nei suoi confronti. «Dov'è diretta?»

«Perché me lo chiede?»

«Oh, va bene, va bene.» Alza le mani, mostrando i palmi. «Volevo solo offrirle un passaggio da qualche parte, se ne ha bisogno, tutto qua.»

Devo credergli? Il solo fatto che sia irlandese non significa che non rappresenti una minaccia. Potrebbe essere un poliziotto in incognito.

«S'intende di auto?» chiedo. «Si è accesa una spia, credo che ci sia un problema al motore.»

«Mi dispiace, ma temo di non saperne abbastanza di motori. Pensavo che avesse bisogno di cambiare una ruota o di far ripartire la batteria. Ho i cavi di avviamento nel bagagliaio.»

«No, sono quasi sicura che si tratti del motore. C'è un'officina qua vicino? Volevo provare a chiamarne una ma...» M'interrompo. Non voglio che sappia che ho il telefono scarico, mi sento già abbastanza vulnerabile così.

«Ce ne sono parecchie a Drogheda. Sto tornando a Clogherhead, se vuole la lascio da qualche parte, tanto sono di strada.»

È la seconda volta che mi offre un passaggio: o è molto gentile o vuole farci salire in macchina con lui a tutti i costi.

«No.» Scuoto la testa. «Non fa niente, grazie, chiamerò... ehm... un'officina.»

«Va bene...» Si rialza, scuotendosi l'erba dai pantaloni. «Non la disturbo ulteriormente. Le auguro una buona giornata.»

Io resto zitta ma, mentre lui torna alla sua Mercedes, Elise si contorce tra le mie braccia e mi chiede di farla scendere. Ho solo un succo di mela e un paio di banane in macchina, dopodiché riuscirò a tenerla occupata solo finché durerà la batteria dell'iPad. Potrei chiedere all'uomo di prestarmi il telefono per chiamare un'officina, ma c'è il rischio che passi un bel po' di tempo prima che si presenti qualcuno, sempre che si presenti. Devo fidarmi dell'istinto, e dentro di me sento che saremo più al sicuro andando con lui che non restando qui.

«Aspetti!» grido.

L'uomo si ferma accanto alla portiera aperta della sua macchina e si gira verso di me. «Sì?»

«Va a Clogherhead?»

«Esatto.»

Metto giù Elise, la prendo per mano e mi alzo. «Mi scusi tanto. Sono molto stanca e veniamo da un lungo viaggio, di solito non sono così scortese quando uno sconosciuto si offre di aiutarmi.»

«Ok.» Adesso è lui che sembra diffidente.

Mi avvicino e gli porgo una mano. «Helen Carr. E lui è mio figlio Ben», dico indicando Elise.

Mi stringe la mano. «Sean Hogan. Piacere di conoscerti, Helen.»

Sean non ha smesso di parlare da quando siamo entrati in macchina: mi ha raccontato della sua padrona di casa (vedova, senza figli), del suo lavoro, dei suoi genitori e della sua idea di comprare una casa a Clogherhead. Dice che è originario di Dublino, ma si è stancato del ritmo frenetico della città e vuole vivere in un posto più tranquillo dove sistemarsi, sposarsi e avere figli. Mentre lo dice, incrocia il mio sguardo e arrossisce alla base del collo come se avesse detto qualcosa d'imbarazzante. Non pensavo che fosse una persona ansiosa, ma questo monologo senza sosta e il sudore che cola sulle sopracciglia lo tradiscono. Mentre parla, lo osservo: è più vecchio di quanto non pensassi inizialmente, le rughe non svaniscono del tutto quando smette di sorridere, e sulle tempie si vede qualche capello grigio in mezzo a quelli scuri. Avrà più o meno una quarantina d'anni. In ogni caso, sugli occhi non mi sbagliavo: sono dell'azzurro più chiaro che abbia mai visto, e le ciglia scure e le sopracciglia folte li fanno apparire ancora più chiari.

«Tu sei sposata, Helen?» Lo sguardo di Sean si sposta dalla strada alle mie mani, raccolte in grembo.

«Sono vedova», rispondo piano. Separata o divorziata sarebbe una definizione più vicina alla realtà, ma darebbe adito a ulteriori domande cui non ho voglia di rispondere.

«Mi dispiace», dice. «Dev'essere stato difficile per il piccolino, e anche per te, ovviamente.»

Mi giro sul sedile per guardare Elise, ma ha lo sguardo fisso fuori dal finestrino, in cerca del mare. «Sì», rispondo.

Rimaniamo in silenzio, lungo la strada che una volta superata Drogheda si fa più tortuosa. A sinistra c'è un basso steccato di legno con un ruscello, mentre a destra corre un lungo muro di pietra. I campi sono punteggiati di alberi e casette bianche con il tetto grigio, e sopra la nostra testa le nubi si sono raccolte in grandi ammassi bianchi, che riempiono il cielo. Vorrei rompere il silenzio, per far capire a Sean che non ha detto nulla d'inappropriato, ma non so come fare. Se gli dicessi che sto bene, che ho superato la presunta morte di mio marito, lo troverebbe strano, e se gli dicessi che a «Ben» manca il suo papà, renderei l'atmosfera ancora più triste. Decido allora di passare ad argomenti più leggeri. «Hai fratelli o sorelle?» chiedo, proprio nel momento in cui Sean dice: «Hai ancora parenti in zona?»

Scoppiamo entrambi a ridere, e l'imbarazzo se ne va.

«Tre sorelle», dice Sean. «Tutte più grandi di me.»

Sorrido. «Dev'essere stato interessante.»

«Sì, soprattutto quando mi vestivano da bambola all'età di...» S'interrompe un attimo. «...sedici anni.»

Ridiamo di nuovo.

«Il mare!» grida Elise dal sedile posteriore, agitando le braccia. «Il mare!»

Guardo oltre Sean ed eccolo lì, dietro il ciglio erboso e oltre un gruppo di case di villeggiatura, che si allunga sull'orizzonte come una coperta azzurra sbiadita: il mare, così chiaro da confondersi quasi con il cielo. Sono passati più o meno trentatré anni dall'ultima volta che l'ho visto, ma sento un sussulto dentro di me e una gioia assoluta mi pervade. Abbasso il finestrino e inspiro, riempiendomi d'aria i polmoni. Non riesco a sentire l'odore del mare, non riesco a sentire niente di niente in questo momento, ma sono così felice che rovescio la testa all'indietro e rido. Sogno questo posto da quando avevo otto anni, e il ricordo era diventato così indistinto che ormai credevo di averlo immaginato. Non è per nulla come lo ricordavo, ma è reale, ed è qui. Mia figlia grida emozionata, e io sorrido così tanto che mi fanno male le guance. Sono a casa.

Quando Elise si calma e io poso di nuovo la nuca sul poggiatesta, facendo un respiro profondo e soddisfatto, Sean mi guarda e sorride. «Avrei dovuto farvi un video e venderlo all'ufficio turistico, ci avrei fatto un sacco di soldi. Non è che ti andrebbe di rifarlo? Ci guadagnerei abbastanza da pagare l'anticipo per la casa!»

41

Quando sente il rumore dell'auto che accosta davanti a casa, Mary si affretta a andare dalla cucina all'ingresso. Torna indietro di corsa per recuperare da sotto il lavandino un panno giallo e una confezione di lucido per legno, poi inizia a spruzzare e lucidare il piccolo tavolo dell'ingresso. Sa che è ridicolo dover trovare una scusa per incrociare il signor Hogan, ma è un giovane talmente adorabile, una vera e propria ventata d'aria fresca, e le piace molto chiacchierare con lui. È così bello poter parlare per una volta di qualcosa che non siano acciacchi, soap opera e pettegolezzi. Questo non vuol dire che Mary non apprezzi le signore del gruppo parrocchiale; la loro compagnia, nel complesso, è piacevole e l'ha aiutata a superare un periodo tremendo quando ha perso Niamh e Patrick nell'arco di cinque anni. Però non sono amiche intime. Non sono come Brigid, con cui avrebbe potuto parlare di tutto.

«Ho una sorpresa per lei!» Sean apre la porta con un gesto plateale, accompagnando dentro casa una donna con i capelli rossi spettinati e l'aspetto stanco, che tiene in braccio un bambino con i capelli incolti. «Nuovi ospiti!»

La donna la guarda con occhi spaventati. A Mary ricorda il gatto della sua vicina, che la scruta da sopra il muro del giardino con la stessa aria sospettosa e poi scappa.

«Mi dispiace di non aver chiamato prima», dice la donna. «Mi si è scaricata la batteria del cellulare, e quando la macchina ci ha lasciati a piedi...» Si guarda alle spalle, dove il signor Hogan sta chiudendo la porta. «Sean è stato così gentile da fermarsi e offrirci un passaggio, e ha detto che lei potrebbe avere una camera libera.» Si ferma, poi, visto che Mary non risponde subito, aggiunge: «Altrimenti possiamo affittare una villetta, se a Sean non dispiace darci un altro passaggio».

«Scherzi?» Sean dà una pacca amichevole sulla spalla di Mary, facendola trasalire. «Sono sicuro che la signora Byrne può trovarvi una stanza. Vero, Mary?»

Mary s'irrigidisce a sentirsi chiamare per nome, ma Sean sdrammatizza facendole l'occhiolino. Sta giocando con lei, fa il tipo allegro e ammiccante. Si divertono a fare questo giochetto, in cui Sean finge che lei non abbia sessantasette anni e Mary finge che lui non sia così giovane da poter essere suo figlio. È un passatempo ridicolo per una donna della sua età, ma non fa male a nessuno ed è una finzione, come le soap che piacciono tanto alla sua amica Cathleen Quinn. Questo, però, non è il momento di giocare, ci sono nuovi ospiti e non sarebbe appropriato, quindi Mary non ricambia il sorriso. «Se si fosse preso la briga di telefonare, signor Hogan, avrei potuto preparare una stanza», risponde, ben sapendo che tutte le stanze della casa sono in perfetto ordine e che ieri ha messo ovunque lenzuola fresche di bucato, anche se quelle che c'erano non erano state usate.

«Non c'è problema, davvero», dice la donna con i capelli rossi, appoggiando a terra il figlio. «Non voglio crearle disturbo.»

«Nessun disturbo», risponde Mary. C'è qualcosa in quella donna che non la convince, e non è solo il fatto che sia inglese. Vengono molti turisti a Clogherhead, dai Paesi più diversi, ma lei ha qualcosa di strano; ogni volta che parla, lo fa con un tono ansimante, come se volesse rimangiarsi le parole anche mentre le sta pronunciando, e poi sembra appassire sotto lo sguardo di Mary, facendosi sempre più piccola, come se volesse nascondersi in qualche angolo della stanza.

«Se per lei va bene», dice la donna inglese. «Oh, Lee, fai attenzione con quella!» Afferra la statuetta della Vergine Maria che c'è sul tavolo dell'ingresso, prima che lo facciano le manine protese del bambino. La rimette sul tavolo e guarda Mary. «Mi scusi tanto.»

«Non c'è problema.» Mary si piega in avanti e osserva il

bambino. «Non volevi mica romperla, vero? Volevi solo guardarla, no?»

Il bambino fa un passo indietro, verso la madre, ma tiene gli occhi fissi sulla statua.

«Ecco.» Mary si accovaccia con la statua in mano e gliela porge. «Puoi toccarla se vuoi, ma fai piano, con un dito.»

Il piccolo fa un passo avanti, esitante.

«Toccala, dai», dice sua madre.

Allora allunga un dito e lo preme sul volto della statua.

«Carina, vero?» dice Mary, studiando il viso del bambino. Ha dei lineamenti molto dolci per essere un maschietto, e splendide ciglia scure e leggere a incorniciare gli occhioni azzurri più luminosi che lei abbia mai visto. Niamh aveva gli occhi verdi, «verdi come l'erba», diceva Patrick. Anche lei era una bimba curiosa, che voleva sempre vedere e toccare tutto, e Mary non poteva distrarsi un attimo in cucina, che subito lei apriva un mobile e iniziava a frugare tra pentole e padelle.

«È bella», dice il bambino, con lo stesso leggero accento inglese di sua madre, ed ecco che l'immagine di Niamh sprofonda di nuovo nei recessi della mente di Mary, come una pietra lanciata in mare.

Lei si alza e rimette la statua al suo posto, sul tavolo. «Ha detto che si chiama Lee?»

«Ben», interviene il signor Hogan.

Mary guarda la madre. L'espressione sul viso della donna è passata dall'inquietudine alla paura. «Mi è sembrato di sentire che lo chiamava Lee.»

«Io Lee Lee», dice il bambino, indicandosi il petto.

«Sì», dice la madre. «Lo chiamo anche Lee. Si chiama Ben, ma il suo secondo nome è Lee, e lui preferisce quello.»

«Capisco», dice Mary, anche se non è vero: c'è qualcosa di poco plausibile nella risposta della madre. Perché lasciare che tuo figlio scelga il proprio nome quando tu gliene hai già dato uno che va benissimo, e poi presentarlo con il nome che non gli piace? «Io sono Mary Byrne, piacere. E lei si chiama?»

«Helen.»

«Vi fermerete a lungo, Helen?»

«Intende a Clogherhead?»

«No, qui.» Per quanto siano strani, non può lasciare che affittino una casa vacanze: tutta quell'umidità non farà certo bene al bambino, poi ci sono i contatori elettrici che tendono a spegnersi a qualsiasi ora del giorno e della notte, e comunque lei ha delle camere da affittare. «Vi fermerete a lungo qui da noi al Seamount?»

«Non so, forse una settimana, forse di più. Non... non ho ancora fatto programmi precisi, ma direi almeno una settimana.»

«Non ho un lettino per il piccolo.»

«Non c'è problema, può stare nel letto matrimoniale con me.»

«Nessun problema. Per ora facciamo una settimana, poi martedì prossimo mi dirà se volete restare più a lungo. Che ne dice?»

La donna sorride per la prima volta da quando ha varcato la soglia. «Mi sembra perfetto. Grazie, grazie mille.»

«Può ringraziarmi quando partirà. In stanza troverà l'elenco delle regole della casa, ma ricordi di rispettare sempre questa.» Attraversa l'ingresso e batte il dito sulla piccola targa affissa sopra la porta d'ingresso.

ASSICURARSI SEMPRE DI AVER CHIUSO BENE LA PORTA QUANDO SI ENTRA E SI ESCE.

42

Ti stai divertendo in Irlanda, vero, Jo? Hai portato Elise sui monti Wicklow o ai giardini di Powerscourt, o magari in spiaggia? No, aspetta, non l'avrai fatto di certo, perché stai scappando. Te ne stai nascosta ad aspettare in qualche bed and breakfast malmesso, trasalendo al minimo suono e sussultando non appena vedi un'ombra. Guidi per chilometri e chilometri controllando lo specchietto retrovisore per vedere se qualcuno ti segue. La vedi la mia faccia che ti fissa? Mi sogni la notte? Arrivata a questo punto sarai davvero sconvolta: avrai le occhiaie perché non riesci a dormire la notte, e magari hai anche problemi a respirare? Forse ti senti in trappola, perché sai che il cerchio ti si sta chiudendo intorno, Jo. Non vedo l'ora di godermi la scena: ti dimenerai come una forsennata quando capirai che sei stata presa.

43

Le scale scricchiolano mentre scendo, tenendo per mano Elise. Mi sento un'intrusa ad aggirarmi per questa enorme casa vuota e, non appena entriamo nella sala della colazione, vado in cerca di Sean, ma non c'è traccia di lui, né di nessun altro. Ieri sera, dopo che Mary mi ha mostrato la nostra stanza, Sean mi ha detto che siamo gli unici ospiti. Siamo in bassa stagione, ha spiegato, e non ci sono molti turisti in giro. La cosa comunque a lui non dispiace: viene da Mary di tanto in tanto da due anni, quando la sua azienda lo manda a Drogheda per incontrare alcuni clienti. Poteva scegliere di alloggiare in un hotel in città, ma ha preferito Clogherhead perché voleva stare vicino al mare, e il bed and breakfast di Mary era l'unico che avesse una camera libera all'epoca.

«Mary si sente sola», mi ha detto. «Non lo ammetterà mai, ma si vede, sai? È come se avesse una nuvola scura sopra la testa.»

Mi ha stupita scoprire quante cose sappia sulla nostra padrona di casa e quanto sembri tenere a lei. Io non ho avvertito nessun tipo di vulnerabilità in quella donna, anzi è stata brusca e fredda mentre mi spiegava come usare la doccia e la TV, e la casa è piena di cartelli plastificati che spiegano cosa si può fare e cosa no.

«Gradite la colazione irlandese?» Mary appare all'improvviso alle mie spalle, facendomi trasalire. Sono le otto del mattino, e non ha un capello fuori posto: la frangia bionda è pettinata con cura sulla fronte, e alle orecchie porta dei piccoli orecchini di perla, perfettamente abbinati alla collana di perle che ha al collo, anche se l'insieme stona un po' con il grembiule a strisce blu e bianche. L'unica cosa che non è perfettamente lucida o stirata sono le sue pantofole, di un grigio stinto e consumate sul retro.

«Sì, sì, grazie.»

«E per il piccolino?» Mary posa lo sguardo su Elise, che sta provando ad afferrare il cesto delle spezie sul tavolo più vicino.

«Lo stesso anche per lui, ma senza pudding bianco o nero, per favore.»

«Sedetevi allora.» Indica il tavolo più vicino alla finestra. «Preferisce tè o caffè?»

«Caffè, grazie.» Tiro fuori una sedia da sotto il tavolo e ci sistemo mia figlia. «E una tazza di latte per El... Lee... se non è un problema.»

Una strana espressione si forma sul viso di Mary, dura solo un attimo ma è sufficiente a farmi preoccupare. Non devo mai sbagliarmi chiamando Elise con il suo vero nome, perché se qualcuno sospetta che non è un maschietto inizierà a fare domande e dovremo andarcene. In ogni caso non possiamo fermarci a lungo, perché Paula o la polizia non impiegheranno molto a scoprire il mio legame con Clogherhead e a quel punto mi verranno a cercare. Devo trovare le sorelle e il fratello di mamma, e magari anche qualche mio cugino. Spero che sapranno indicarmi un altro luogo in Irlanda in cui io possa sparire davvero, e dovrò chiedere loro anche di prestarmi un po' di soldi, giusto il necessario per nascondermi qualche settimana. Dopodiché, non so cosa farò; a un certo punto dovrò chiamare il signor Harrison per chiedergli se abbia avuto notizie dalla polizia. L'ideale sarebbe sentirmi dire che Paula è stata arrestata e che posso tornare tranquillamente in Inghilterra, mentre nel peggiore dei casi... Non voglio pensarci, non ho intenzione di trascorrere il resto della mia vita a guardarmi alle spalle.

Dopo che Mary mi ha fatto fare il giro della stanza, Sean ha bussato alla porta per chiedermi se avessi bisogno di aiuto per trovare un meccanico. Quando gli ho detto che l'avrei cercato sull'iPad, si è messo a ridere: Mary non ha il Wi-Fi, ha spiegato, però se volevo poteva cercarla lui un'officina.

Avrei voluto abbracciarlo, ma mi sono limitata a fargli un gran sorriso e a dirgli che se potevo fare qualcosa per sdebitarmi doveva solo chiedere.

«No, ci mancherebbe, io...» Si è interrotto, guardando alle mie spalle, verso la finestra, dove Elise stava giocando. Mi si è chiuso lo stomaco: aveva preso da un sacchetto di plastica una delle sue bambole – un bebè con cappellino, vestito e scarpine, tutti rosa – e la premeva con il viso contro il vetro, dicendole di guardare fuori. Accidenti, ci siamo camuffate i capelli, abbiamo indossato i vestiti di Helen e Ben e stiamo usando i loro passaporti (i nostri li ho nascosti nella tasca laterale di una valigia, insieme a quello di Max, che ho preso per sbaglio quando siamo scappate), ma non ho pensato di chiedere a Helen che mi prestasse alcuni giochi di Ben. Senza pensarci, ho preso i preferiti di Elise e non mi ha sfiorato nemmeno il pensiero che qualcuno avrebbe potuto vederla giocare con le bambole.

«È... lui...»

Sean ha sorriso. «Andiamo, Jo, qui siamo di vedute più aperte di quanto tu non possa ricordare, almeno alcuni di noi. Se un bambino vuole giocare con le bambole, per me non è certo un problema. Anzi, è un buon modo per prepararsi a quando sarà papà.» Sean ha interpretato il mio silenzio come un segno che era ora di andare e mi ha fatto un cenno con la testa. «Vi lascio soli, sarete stanchi dopo una giornata del genere. Non preoccuparti per la macchina, ci penso io.»

Non l'ho più visto, ma stamattina, quando mi sono alzata, c'era un biglietto sotto la porta.

La tua macchina è in officina. Dicono che sono un po' impegnati, ma se ne occuperanno il prima possibile. Se nel frattempo hai bisogno di noleggiarne una, chiamami così ti porto a Drogheda, dove ci sono un paio di autonoleggi. Sean.

Quando Sean ci ha offerto un passaggio ieri, ero così sollevata di non dover restare sul ciglio della strada che non ho pensato al rischio di lasciare l'auto incustodita. Stanotte, però, non ho quasi dormito per la preoccupazione. L'auto è di Helen, non mia. E se qualcuno l'avesse vandalizzata o fosse riuscito a metterla in moto? O se l'avesse segnalata alla polizia e si fosse scoperto che la guidavo io?

«Lì c'è il latte», dice Mary, indicando una credenza in fondo alla stanza. «E anche succhi di frutta e cereali, se volete. Torno subito con il caffè e la colazione.» Esce dalla stanza prima che riesca a ringraziarla e, dopo un paio di minuti, ritorna con un caffè, che mi posa davanti senza parlare. Dieci minuti più tardi, fa ritorno con due piatti nelle mani. «Ecco le due colazioni.» Posa i piatti davanti a me ed Elise.

«Grazie.»

«Prego.»

Mi aspetto che esca di nuovo, invece si avvicina alla credenza, apre uno sportello e tira fuori una confezione di cornflakes con cui riempie il dispenser di cereali in plastica, poi fa lo stesso con i Rice Krispies.

«È la sua prima visita in Irlanda?» chiede.

«No.» Scuoto la testa, mentre taglio a pezzettini la salsiccia e la pancetta di Elise. «Ma è passato molto tempo dall'ultima volta che sono venuta.»

«Siete in vacanza?»

«Sì.»

Mary non dice nulla, e il silenzio scende pesante sulla stanza. Non ha finito di fare domande. «Suo marito vi raggiungerà?» chiede, mantenendo un tono di voce leggero. «Glielo chiedo solo perché ho una stanza con un letto matrimoniale e uno singolo, ma ho bisogno di tempo per prepararla.»

«No, siamo solo io e Lee. Sono vedova.»

Mary smette di pulire la credenza e si aggrappa al bordo del mobile, come se volesse ritrovare l'equilibrio. «Si può fare il giro del mondo, ma al dolore non si sfugge», dice piano. «L'unico modo per liberarsene è strapparsi il cuore.»

Porta un anello all'anulare sinistro, ma so che è vedova perché Sean me l'ha detto in macchina. Vedo il dolore nei suoi occhi, ed è un dolore causato dalla mia bugia. Perché non le ho detto la verità?

«Mi scusi.» Mi alzo e attraverso la sala da pranzo. «Non volevo turbarla.»

«No, no.» Mary si raddrizza e fa un passo indietro. «Sto benissimo. Finisca pure la sua colazione, altrimenti si raffredda.»

«Ma...»

Mi tiene a distanza. «Avete programmi per oggi? Non dovrebbe piovere fino a stasera, se vuole portare il piccolino in spiaggia.»

Ho vaghi ricordi di quando giocavo sulla spiaggia con i miei cugini, di noi tre che cerchiamo conchiglie e sbirciamo nelle pozze tra gli scogli. Ma non sono i bei ricordi a indurmi a uscire dal bed and breakfast di Mary e a prendere la strada per il mare, e non è nemmeno la volontà di evitare che Mary mi consideri strana perché ho guidato fin qui per nascondermi nella mia stanza per mezza giornata. Si tratta di Elise: merita di vivere un'infanzia normale, o almeno la più normale che posso offrirle, date le circostanze. Deve poter sentire il vento sul viso e la sabbia sotto i piedi, deve poter correre, giocare e strillare. Sono sua madre, e spetta a me farle vedere il mondo ed esplorarlo insieme a lei finché non sarà grande abbastanza da farlo da sola.

Da quando abbiamo lasciato Cardiff, siamo state praticamente sempre in auto, tranne il poco tempo trascorso sul traghetto o nel bed and breakfast, e il momento in cui si è rotta la macchina. Dopo anni in cui mi ripetevo che sarebbe successo qualcosa di terribile se fossi uscita di casa, sono capitate l'una dietro l'altra ben tre cose davvero terrificanti: Paula mi ha minacciata, per due volte, e uno strano uomo mi ha inseguita in un negozio. Nonostante questo, non sono andata in iperventilazione e non ho avuto attacchi di panico. Ho gridato, ho spintonato, sono scappata e mi sono nascosta. Il pericolo a cui ho reagito era reale, non immaginario.

Mi scendeva il sudore lungo la schiena e il cuore batteva così forte che sembrava volesse uscirmi dal petto, però non sono svenuta né collassata. Non sono morta.

Se riesco a sopravvivere a un'esperienza simile, posso anche prendere per mano mia figlia, condurla lungo una strada che non ricordo e portarla in spiaggia. Se ci riesco, allora non c'è più nulla che io non possa fare.

In pochi minuti, arriviamo in fondo a Main Street. Sulla sinistra ci sono alcuni scogli, con piccoli crateri pieni d'acqua di mare; un alto muro di pietra li separa da un campo. Sulla destra, invece, la spiaggia si estende a perdita d'occhio. Elise grida di gioia non appena mettiamo piede sulla spiaggia: è infagottata in un vecchio cappotto di Ben, con un berretto grigio a coprirle la testa e un paio di stivali dei Transformers ai piedi. Scende una pioggerellina leggera e il vento soffia forte, ma non è questo a lasciarmi senza respiro, è l'espressione sul viso di mia figlia: gli occhi le brillano e la pelle è arrossata dall'eccitazione. C'è voluta tutta la mia forza di volontà per uscire di casa e incamminarci, ma ce l'ho fatta, sono uscita da quella porta e sono arrivata fino alla spiaggia. Ho la schiena sudata e ho perso il conto delle volte in cui ho strofinato il palmo delle mani sui jeans mentre venivamo qui, ma ne è valsa la pena, anche solo per vedere Elise così felice. Non succederà nulla di male. Continuo a ripetermi in testa il mantra che mi ha insegnato il mio terapista: sono in un posto sicuro. Forse però è il caso che smetta di usare questo mantra: nessun posto è sicuro.

«Mare!» Elise mi tira per un braccio, saltellando e indicando con la mano. «Mare! Mare, mami!»

«Lo so, è bellissimo, vero?»

Mi lascio trascinare da mia figlia lungo la spiaggia bagnata, oltre gli scogli resi scivolosi dall'acqua e verdi da alghe e licheni. Quand'ero piccola, passavo le ore ad arrampicarmi sugli scogli per guardare le pozze d'acqua che si formavano in mezzo, con un secchiello in una mano e un retino nell'altra, mentre mamma teneva un occhio su di me e un altro sul mare, per controllare l'arrivo dell'alta marea. Un ricordo che non è svanito con il tempo è quello di me e mia madre che guardiamo la marea salire, tenendoci per mano: io con le muffole rosse di lana e lei con i guanti marroni in pelle morbida. Eravamo al sicuro, in strada, e guardavamo una tempesta che faceva salire la marea sempre di più. Riesco ancora a vedere quelle onde, che ingoiano completamente gli scogli e s'infrangono contro il muro di mattoni in fondo al giardino del signor Galway, la schiuma che schizza in alto. Ero ipnotizzata: in vita mia non avevo mai visto nulla di tanto bello e terrificante al tempo stesso.

«Mami, guarda!» Elise indica il suo stivale destro mentre pesta la sabbia bagnata, facendo schizzare acqua salata e granelli marroni, che le si depositano sugli stivali, sui jeans e sull'orlo del cappotto.

Mi giro a guardare il cartello all'ingresso della spiaggia, che avvisa del rischio che gli scogli vengano sommersi dalla marea, poi guardo l'orologio: sono le 9.30. Mary mi ha detto che di solito l'alta marea arriva alle 12.40, quindi siamo al sicuro ancora per un paio d'ore.

«Lo faccio anch'io», dico, battendo forte sulla sabbia con una scarpa da ginnastica.

Stavolta veniamo schizzate entrambe, ed Elise ride di gusto. «Ancora, ancora!»

Guardo alla mia destra: la spiaggia sembra deserta, è tutta per noi. «Perché invece non ci mettiamo a correre? Arriviamo fino al mare?»

Il sorriso di mia figlia si allarga.

«Ok. Tre, due, uno... via!»

Scattiamo lungo la spiaggia. Elise fa mulinare le sue gambette a gran velocità, mentre io cammino a grandi falcate per tenere il suo passo. Quando arriviamo al mare, con le guance rosse e il fiatone, devo tirarla leggermente per una mano per evitare che si lanci a tutta velocità tra le onde.

«Saltiamo le onde», propongo. «Ecco che ne arriva una. Pronti, partenza, via!»

Gli occhi scintillanti di mia figlia non si staccano dai miei, e saltiamo, saltiamo senza sosta, ridendo e respirando a pieni polmoni l'aria pulita e gelida del mare. Il cielo è grigio, e sento le gocce che mi schizzano in viso. Ci mettiamo entrambe a strillare quando sbagliamo il tempo di un salto, e un'onda ci colpisce le scarpe e gli stivali, bagnandoci i pantaloni e facendoli aderire alle gambe. Mia figlia alza lo sguardo verso di me, con il labbro inferiore che trema: la sollevo tra le braccia e lei mi si avvinghia al collo, facendomi cadere il cappuccio dalla testa.

«Mare cattivo.»

Apro la cerniera del mio cappotto e avvolgo un lembo intorno alle sue gambe bagnate. «Sgridiamo il mare per averci bagnate?»

Elise mi guarda imbronciata, con gli occhi carichi di lacrime, sul punto di piangere.

«Vuoi che glielo diciamo? Più forte che possiamo?»

Gridare non è un'azione che venga solitamente incoraggiata a casa o all'asilo, perciò la mia proposta ottiene l'effetto sperato. Vedo un sorriso formarsi ai lati della bocca di Elise.

«Mare cattivo!» grida.

La bacio sulla guancia. «Più forte!»

Abbassa lo sguardo sulle onde che si infrangono a mezzo metro da noi. «*Mare cattivo!*»

«Brava!»

«Tocca a te, mami.»

«Diciamolo insieme.»

«*Mare cattivo!*» gridiamo. «*Mare cattivo!*»

Non si vede l'orizzonte, il confine tra mare e cielo si confonde in un grigio uniforme sotto questa pioggerellina. Tre settimane fa sarei stata terrorizzata dalla vastità di un simile panorama, al cospetto del quale mi sento minuscola, ma in questo momento penso di non aver mai visto nulla di più bello. I capelli umidi mi si attaccano alla testa, quasi non sento più le dita sotto i guanti leggeri di acrilico e ho le gambe bagnate, però mi sento viva. Negli ultimi tre anni e mezzo, mi sono sentita come intrappolata in una buca e vedevo passare la gente sopra la mia testa, che rideva, amava e viveva la propria vita. Alcuni mi ignoravano, altri mi guardavano e tiravano dritto, altri ancora si fermavano per puntare una luce su di me e dirmi di uscire.

Io ci ho provato. Ci ho provato. Ci ho provato così tante volte ad arrampicarmi fuori di lì per unirmi agli altri, ma più mi arrampicavo, più ricadevo in fondo. Quand'è nata Elise, lei mi ha teso una mano, ma invece di uscire insieme a lei l'ho trascinata giù con me. Ho tenuto mia figlia in fondo a una buca per due lunghi anni, aspettando all'infinito che qualcuno calasse una scala per farmi uscire, senza accorgermi che nella buca c'era un'uscita di sicurezza. Ho passato così tanto tempo a guardare in alto che non mi è venuto in mente di guardarmi intorno.

Alzo la testa al cielo, inspirando l'aria fredda, e grido di gioia.

« Mami! » Elise si tappa le orecchie con le mani e strizza gli occhi.

« Scusa. » Premo una guancia fredda contro di lei. « Scusa, tesoro. Mami è solo tanto, tanto felice. »

Lei serra la presa sulla nuca e sento il suo corpo irrigidirsi tra le mie braccia. « Guarda, mami. » Alza un braccio e indica dall'altra parte della spiaggia.

Seguo il suo sguardo finché non vedo la macchina blu che avanza lentamente sulla sabbia e si dirige verso di noi.

44

Mary rimane ferma in silenzio nell'ingresso, ad ascoltare. Sono le 19.15. Helen e suo figlio sono in camera da mezz'ora e sente ancora il bambino piangere e lamentarsi. Sembrava molto allegro a colazione, ma poi è stato nervoso per gran parte della giornata. Mary si è piuttosto spaventata stamattina, quando li ha visti rientrare di corsa nemmeno un'ora dopo che erano usciti per andare in spiaggia. La donna sembrava ancora più pallida del solito e il bambino piangeva; dal modo in cui Helen lo portava sopra le spalle, Mary ha subito pensato che fosse successo un incidente o qualcosa di peggio ed è arrivata di corsa dalla cucina, con le mani piene di schiuma e il cuore che batteva all'impazzata.

«No, no», è stata la risposta di Helen quando Mary le ha chiesto se dovesse chiamare un'ambulanza. «Sta... sta bene.»

La donna sembrava senza fiato, come se avesse corso fin lì dalla spiaggia, i capelli schiacciati sulla testa e il cappotto slacciato. Il bambino aveva ancora il berretto in testa, ma i pantaloni erano bagnati fin sopra il ginocchio.

«Non è caduto sugli scogli, quindi? Non si è fatto male?» Mary aveva dovuto resistere all'istinto di allungare una mano e toccare il bambino.

«No.» Helen continuava ad accarezzare la schiena del piccolo, cercando di calmarlo e farlo smettere di piangere, ma sembrava lei stessa sul punto di scoppiare in lacrime. Si è girata a guardare la porta d'ingresso chiusa e, quando si è voltata di nuovo verso di lei, Mary le ha letto negli occhi paura e indecisione.

«Sembra spaventata», ha provato a dire. «È successo qualcosa?» Ha attraversato l'ingresso, allungando una mano verso la maniglia, ma Helen ha gridato prima che potesse aprirla.

«No!»

«Che cosa succede?»

«C'era una macchina in spiaggia, veniva dritta verso di noi, così sono scappata.»

Mary si è appoggiata con una mano alla porta per non perdere l'equilibrio, mentre la paura si faceva largo dentro di lei. Le sembrava di rivivere quello che era successo a sua figlia Niamh, che però era sola quando quell'auto era uscita di strada a tutta velocità e le era piombata addosso; era come se la storia si ripetesse, quasi in corrispondenza dell'anniversario. «Di che... di che colore era?» ha balbettato, pregando che non si trattasse di una Ford Fiesta bianca.

«Blu. Un'auto piuttosto piccola, non saprei dire il modello.»

Non era la stessa auto e, d'altronde, come avrebbe potuto esserlo?

«Jimmy», ha detto Mary, rifiatando. «Jimmy McCall. Suo padre gli sta dando lezioni di guida.»

«Sulla spiaggia?» Helen sembrava sempre pronta a scappare a gambe levate se avesse sentito un forte rumore, ma nei suoi occhi la paura era scomparsa.

«Sì.» Mary ha riacquistato l'equilibrio, ricomponendosi. Aveva quasi abbassato le difese, sebbene non mostrasse mai il suo lato più debole. Dovrà rassegnarsi a chiudere il bed and breakfast in concomitanza dell'anniversario della morte di Niamh, perché sta diventando sempre più difficile tenere duro: credeva che il dolore a poco a poco si sarebbe alleviato, ma non è successo e lo scorrere del tempo porta con sé una sofferenza tutta sua, anche se non è più acuta come quel giorno. Gli anni continuano a passare senza Niamh e, ogni febbraio, Mary pensa a quello che sarebbe stato: avrebbe iniziato la scuola primaria, poi quella secondaria, sarebbe andata all'università, si sarebbe laureata e avrebbe avuto il suo primo lavoro. Adesso magari sarebbe sposata e avrebbe dei figli. Nipoti.

«Mary?» La dolce voce di Helen ha interrotto i suoi sogni. «Va tutto bene?»

«Sì, mi scusi. Cosa stavo dicendo? Ah, sì: è vietato guidare sulla spiaggia, hanno anche messo dei cartelli, ma nessuno ci fa troppo caso d'inverno. È il modo più sicuro che hanno i giovani per imparare a guidare; Jimmy sta facendo pratica da qualche settimana, ormai.»

Helen non ha risposto, è rimasta ferma nell'ingresso a sgocciolare sul pavimento che Mary aveva appena pulito, con un'espressione davvero strana in volto, mentre stringeva al petto il figlio singhiozzante. Nel corso degli anni, Mary ha ospitato gente di ogni tipo nel suo bed and breakfast: coppie che la mettevano in imbarazzo facendo sesso in maniera rumorosa, uomini d'affari che non parlavano mai se non per lamentarsi dell'assenza del Wi-Fi, escursionisti, anziani, famigliole. Tutti i suoi ospiti avevano manie e stranezze – alcune la facevano sorridere, mentre altre la mandavano fuori di testa – ma non ha mai conosciuto nessuno come Helen, così impaurita e suscettibile al tempo stesso. Intorno a lei non c'è un'aura di mistero, c'è un muro.

«Forse volete andare a cambiarvi», ha suggerito Mary. «Vi verrà un raffreddore se non vi togliete quei vestiti bagnati.»

Helen è scattata sentendo la sua voce, poi ha fatto un cenno deciso con la testa e si è affrettata a salire le scale, sempre con il figlio in braccio.

Mary è rimasta nell'ingresso per due o tre minuti, a fissare la pozzanghera formatasi sul pavimento e a pensare, poi si è ripresa ed è andata in cucina a prendere uno strofinaccio.

Mary guarda il cesto dei giochi ai suoi piedi. Sa che Ben ha i suoi giocattoli, perché teneva in mano un elefante grigio di peluche quando sono arrivati, e ha visto un iPad che spuntava dalla borsina di Helen, ma i bambini si stancano di giocare tutti i giorni con gli stessi giocattoli, e pensa che se riesce a sorprenderlo con qualcosa di nuovo potrebbe smettere di piangere. Sean, quando è tornato, ha detto che il pianto non è un problema per lui, ma per lei lo è, eccome: le penetra nelle ossa.

Non ha seguito di proposito Helen e Ben intorno all'ora di pranzo; aveva finito di pulire tutte le stanze, tranne la loro, e si stava godendo una tazza di tè in soggiorno quando ha sentito chiudere la porta d'ingresso. È corsa alla finestra e li ha visti risalire la strada, mano nella mano; si erano cambiati entrambi e il bambino indossava un berretto di colore diverso. Mary ha valutato le varie opzioni: la casa era vuota e poteva pulire la loro stanza, ma d'altro canto aveva finalmente smesso di piovere e doveva andare a prendere il pane fresco al forno e un blocchetto di ricevute all'ufficio postale. Non avrebbe impiegato più di qualche minuto e le sarebbe comunque rimasto il tempo di finire le pulizie prima che gli ospiti rientrassero.

Non li sto spiando, si è detta mentre indossava il cappotto, il berretto e gli stivali, *sto semplicemente approfittando di una tregua del maltempo*.

Non ci ha messo molto a trovarli, su Main Street: si erano fermati davanti a una villetta. Con le pareti imbiancate, le finestrelle profonde e il tetto di paglia, le villette erano sempre un'attrazione per i turisti. A quelli che ci vivevano piaceva scherzarci su, dicendo che se avessero chiesto un euro per ogni foto si sarebbero potuti permettere una casa più grande a Drogheda. Helen però non stava scattando foto: fissava la casa come in trance. Mary si è tenuta a distanza, nascosta dietro un grosso cespuglio, per non essere vista se Helen si fosse girata, ma mantenendo un'ottima visuale da dietro i rami spogli. Teneva la borsetta aperta davanti a sé, come se stesse guardando all'interno, così se fosse passato qualcuno avrebbe potuto fingere di cercare dei francobolli o magari un fazzoletto.

Perché Helen stava fissando quella casa? Conosceva i Kennedy? Domenica, dopo la messa, Nora non le aveva detto di aspettare ospiti, e poi Helen aveva affermato di essere in Irlanda in vacanza. Era davvero così? Da quando era arrivata, aveva parlato pochissimo. La cosa non era insolita per un ospite; molti clienti di Mary erano poco espansivi e lei non s'impicciava mai dei loro affari, però non riusciva a liberarsi dall'impressione che ci fosse qualcosa che non andava in Helen e suo figlio, e questo la innervosiva.

A colazione aveva fatto un po' di domande a Sean sulla nuova ospite, ma non aveva scoperto molto. Lui le aveva detto che Helen era irlandese, non inglese, però non sapeva molto altro. Mary non era rimasta sorpresa da quella notizia – molti clienti americani arrivavano dicendo di essere irlandesi quando in realtà lo era solo qualche loro lontano parente – però voleva saperne di più. Aveva provato a conversare un po' con Helen mentre faceva colazione, ma la donna aveva dato la terribile notizia di essere vedova, e Mary si era sentita come se le avessero tolto il tappeto da sotto i piedi.

Basta, non era il caso di porsi tutte quelle domande. Mary ha chiuso la borsa, si è sistemata il cappotto ed è uscita da dietro il cespuglio: se voleva risposte, doveva fare domande dirette.

«Bella, vero?» ha detto avvicinandosi a Helen, ancora accovacciata sul marciapiede accanto a suo figlio.

La donna è scattata per la sorpresa, poi ha alzato lo sguardo verso di lei. «Come, scusi?»

«La villetta.» Ha guardato anche lei verso la casa, notando che alla finestra del soggiorno era comparso un nuovo soprammobile, la statuetta di una ballerina. «Conosce i Kennedy?»

«No, no.» Helen ha scosso la testa, agitando i capelli tinti di rosso. Si è rimessa in piedi, prendendo per mano suo figlio. «Per caso conosce un posto qui vicino dove possiamo pranzare?»

Mary ha trattenuto un sorriso: sapeva capire quando qualcuno cercava di cambiare argomento. «C'è il ristorante Little Strand, ma in questo periodo dell'anno non è aperto a pranzo, poi c'è una pizzeria più avanti su Main Street e, se è chiusa anche quella, c'è sempre il take away.» Ha guardato Ben, che tirava la mano della madre, chiamandola. «Fanno delle ottime patatine, se lui ha fame.»

«Grazie. È stata molto gentile.» Helen ha sorriso.

«Sghetti», ha detto il bambino. «Voglio sghetti, mami.»

«Ok.» Helen ha guardato la strada prendendolo per mano, pronta a muoversi.

«Un... ehm... un momento», ha detto Mary.

Helen si è fermata, voltandosi. «Sì?»

«Cosa ci trova d'interessante in quella villetta?»

«Il... ehm... il gatto», ha risposto ricominciando a camminare.

«Che gatto?» ha chiesto il bambino, correndo per non tenere il passo veloce della madre. «Che gatto, mami?»

Che gatto?, si è chiesta anche Mary, voltandosi per incamminarsi in direzione opposta. *I Kennedy non hanno gatti, anzi non hanno proprio animali, perché Rory soffre d'asma.*

Mary sente provenire dalla stanza di Helen il ronzio basso del televisore acceso, il pianto acuto del bambino e, in mezzo a questi estremi, la voce di Helen che cerca di consolarlo. Bussa alla porta – tre colpi decisi – e attende. Il televisore si spegne, il bambino continua a piangere e sente distintamente Helen che cerca di zittirlo.

Bussa di nuovo, stavolta aggiungendo: «Sono io».

Dopo qualche secondo, si apre uno spiraglio e compare il viso di Helen, che la guarda con cautela. Ha i capelli raccolti in una coda disordinata e si è tolta gli occhiali: ha un segno rosso sul dorso del naso e le occhiaie.

«Mi scusi tanto», dice Helen. «La disturba il pianto di Lee? È molto stanco e non riesco a farlo dormire, non vuole mettersi il pigiama.»

«Gli ho portato questi.» Mary spinge in avanti la cesta dei giochi.

«Oh.» La bocca di Helen forma un cerchio perfetto mentre esamina con gli occhi la scatola di legno, l'orologio Fisher Price, le tessere dei puzzle e gli animali dello zoo in plastica, poi alza di nuovo lo sguardo verso Mary. «È davvero gentile da parte sua.»

Apre completamente la porta per prendere il cesto, e in quel momento Mary riesce a intravedere il bambino: è seminudo, seduto sul bordo del letto matrimoniale, ha smesso di piangere e dondola le gambe avanti e indietro, seguendo la conversazione tra lei ed Helen.

«Faccia attenzione che non rompa nulla», dice Mary mentre Helen prende il cesto dalle sue braccia.

«Certo, non si preoccupi. Grazie ancora, grazie mille. È stata davvero gentile, Lee sarà proprio...»

Helen la sta ancora ringraziando, ma Mary si è già voltata per andarsene. Scende gli scalini a uno a uno, aggrappandosi alla ringhiera, e torna rapidamente al piano terra. Si affretta ad attraversare l'ingresso, va in soggiorno, si chiude la porta alle spalle e afferra lo schienale della poltrona. Si china e inspira forte, riempiendosi d'aria i polmoni. Ha solo intravisto il bambino, seduto sul bordo del letto con le mutandine rosa a pallini bianchi e i lividi sul costato e sulla schiena, ma per quel breve istante le è sembrato davvero di guardare Niamh.

45

«Va bene, devo andare a cambiarmi.» Sean allontana la sedia dal tavolo della cucina e si alza. Non mi aspettavo di vederlo in sala da pranzo stamattina, invece quando siamo entrate, circa mezz'ora fa, era seduto al tavolo vicino alla finestra a bere il caffè. Ci ha subito invitate a unirci a lui, e ha fatto divertire Elise fingendo che la saliera e la pepiera avessero paura di lei e scappassero lungo la tavola. Quando gli ho chiesto se avesse il giorno libero, mi ha risposto che aveva il primo appuntamento con un cliente alle dieci di mattina, quindi era andato a correre in spiaggia. Ha i capelli pettinati all'indietro, ancora bagnati dalla doccia, ed è vestito in maniera informale, con un paio di jeans e una felpa. «Passa una buona giornata. E tu, ometto...» Scompiglia i capelli di Elise passandole accanto. «Comportati bene con la mamma.»

«Io no ometto!» gli grida Elise. «Io femmina.»

Faccio un respiro profondo. Mary non è in sala da pranzo insieme a noi, ma questo non vuol dire che non abbia sentito: si muove in silenzio da una stanza all'altra, come un fantasma con grembiule, pantofole grigie e perle. Al contrario di Sean, che cammina per casa con passo pesante, sbatte la porta d'ingresso e si muove rumorosamente nella sua stanza, Mary appare sempre dal nulla, proprio come ieri pomeriggio, quando ero davanti alla vecchia villetta di mamma e papà, e ieri sera, quando ha bussato alla porta della nostra camera.

«Ma certo.» Sean si ferma sulla soglia e si gira, mi fa l'occhiolino e poi sorride a Elise. «Una bambina proprio graziosa.»

Contenta della risposta, Elise sorride per un momento, con aria soddisfatta.

«Ci vediamo!» Sean ci saluta con una mano e, un attimo dopo, la porta d'ingresso si chiude in un *clic* e un'ombra passa davanti alla finestra. Se n'è andato.

«Allora...» Allungo una mano sul tavolo per prendere quella di mia figlia. «Pensavo che oggi potremmo tornare in spiaggia, a esplorare le pozze d'acqua tra gli scogli. Prima, però, dobbiamo chiamare la nonna.»

Sono passati due giorni dall'ultima volta che ho parlato con mia madre e ho un bisogno disperato di chiamarla, non solo perché non ho idea di dove trovare le mie zie Sinead e Celeste o lo zio Carey, ma anche perché l'ultima volta che l'ho sentita ha detto che papà non stava bene, e non voglio che debba prendere decisioni sulla sua salute senza nessuno accanto.

«'ndiamo alla vecchia casa di nonna?» chiede Elise.

«No.» Scuoto la testa. «Oggi non ci torniamo.»

Non pensavo che avrei riconosciuto la nostra vecchia casa, visto che è passato così tanto tempo e le strade di Clogherhead mi sono del tutto sconosciute, ma non appena abbiamo girato l'angolo fra Lea Cottages e Main Street sono rimasta senza fiato. Nella mia mente si susseguivano frammenti di istantanee della mia infanzia: carta da parati a strisce, moquette verde scuro con motivo cachemire, il caminetto con le piastrelle, un'immagine incorniciata di Gesù nell'ingresso e *Wanderly Wagon* alla TV in salotto. E poi gli odori: il dopobarba di mio padre, o la puzza d'alcol quando tornava dalla partita di calcio, il profumo della lavanda che mia madre coltivava nel giardinetto davanti a casa e l'aroma di lievito caldo del pane cotto in cucina. Sentivo il vento soffiare sotto la porta d'ingresso quando qualcuno dimenticava di rimettere a posto il paraspifferi, e i gabbiani che gracchiavano fuori dalla finestra di camera mia. L'atmosfera di casa nostra era come una coperta morbida e calda, che venne strappata via il giorno in cui papà sparì.

«È un uomo cattivo, e staremo meglio senza di lui.» Questa era la risposta tipica della mamma ogni volta che le chiedevo dove fosse papà, e da bambina a un certo punto smisi di chiedere cosa gli fosse successo, ma con l'adolescenza tornai a cercare con decisione la verità. Ero una ragazza timida, sovrappeso e molto infelice, e mi sentivo diversa dai miei coetanei, intelligenti ed estroversi, così mi convinsi che, se fossimo rimaste in Irlanda, sarei stata più felice. Con urla, pianti e offese, provai a farmi dire da mia madre cosa fosse successo a mio padre, arrivando a dirle che la odiavo per avermi portata via dall'Irlanda e costretta a vivere in un orribile buco nel Nord dell'Inghilterra. Tutto ciò che mi restava per ricordarlo era una fotografia sbiadita che avevo trovato in fondo a un album fotografico nascosto dalla mamma sotto il suo letto. Era una foto dei miei genitori il giorno delle nozze, e l'avevo nascosta in camera mia, dietro la foto incorniciata di me con un'amica.

« Che razza di madre porta via sua figlia dal padre? » le gridai una volta.

« Una madre che non vuole che sua figlia venga giudicata a causa dei peccati commessi dal padre, una madre che vuole proteggere sua figlia dall'essere additata e fatta oggetto di pettegolezzi. Una madre che vuole il meglio per sua figlia », rispose lei appoggiando le mani sul tavolo della cucina, che ci separava. « Credi che non mi manchi la vita di prima? Pensi che non tornerei indietro senza pensarci, se potessi? Tutto quello che ho fatto, Joanne, l'ho fatto per te. »

Vidi una lacrima formarsi nell'angolo dell'occhio e poi scenderle lungo la guancia. Era la prima volta in vita mia che la vedevo piangere e mi sentii talmente male che giurai a me stessa di non chiederle mai più di mio padre.

Che razza di madre porta via sua figlia dal padre? Non mi sfugge l'ironia di questa frase.

« Hai finito? » indico il piatto di Elise, e lei annuisce. « Perfetto, andiamo a metterci il cappotto. »

Si agita e dondola sul posto mentre le infilo cappotto, sciarpa e guanti, poi mi preparo anch'io e prendo la borsa da terra.

« Ok, andiamo a chiamare nonna. » Apro la porta d'ingresso, ma subito mi fermo: ho abbastanza monete per il telefono pubblico? Frugo nella borsa in cerca del portafoglio, ma non lo trovo. Dev'essere caduto in camera. «Accidenti.» Spingo la porta per richiuderla, poi sollevo Elise per metterla sulla sedia nell'ingresso. «Resta ferma qui, vado a prendere il portafoglio in camera e torno subito. Non ti muovere!» Mi allontano prima che lei possa controbattere e salgo gli scalini due alla volta, poi infilo la chiave nella serratura, spingo la porta e vedo il mio portafoglio, sopra la valigia, in fondo alla stanza. Nel momento stesso in cui lo prendo, sento un orribile lamento provenire dal piano terra, così atroce da farmi gelare il sangue nelle vene. Lascio cadere il portafoglio e mi precipito fuori dalla stanza.

«Li!»

Mentre attraverso di corsa il pianerottolo, una miriade di ipotesi si fa largo nella mia mente: mia figlia intrappolata sotto un mobile pesante che si è tirata addosso, oppure ferita e sanguinante per aver preso in mano un oggetto affilato o, ancora peggio, che scalcia e urla perché uno sconosciuto la sta portando via.

«Li! Mami sta arrivando! Mami sta arrivando, Li!»

Inciampo sul primo gradino e mi aggrappo alla ringhiera per non cadere, però mi giro in modo strano e sento l'articolazione della spalla che si torce, mentre sbatto con la schiena contro il gradino. Il dolore mi toglie il respiro, e il lamento angosciato di Elise s'interrompe all'improvviso com'è iniziato. Il silenzio è più terrificante del suo urlo.

«Li!»

Mi rimetto faticosamente in piedi, scendo con un salto tre scalini e faccio il giro della scala. Al piano di sotto vedo solo una persona: Mary, seduta sul pavimento dell'ingresso. Ha la schiena ricurva, le braccia che cingono le ginocchia e la testa china. Mi si rizzano i peli delle braccia quando una folata di vento risale le scale verso di me: la porta è spalancata.

«Mary.» La raggiungo di corsa. «Mary, dov'è Li?»

Lei non risponde, così la tiro per un braccio. Solo in quel momento vedo Elise, avvolta dalle braccia di Mary, la testa contro il suo petto e gli stivaletti blu in mezzo alle sue pantofole grigie. Mia figlia si contorce per voltarsi a guardarmi, ma Mary la stringe così forte da impedirglielo.

«Mary.» Quando la tocco sulla spalla, non si muove e non alza lo sguardo, ma inizia a oscillare avanti e indietro. «Mary, cos'è successo? Mi sta facendo paura. La prego, Mary, mi dica cos'è successo.»

46

Max esce di corsa dall'imponente edificio con le pareti di vetro, stringendo tra le mani una busta. Ha dovuto aspettare due giorni prima di avere un appuntamento all'ufficio passaporti di Newport, giorni durante i quali avrebbe potuto già essere in Irlanda a cercare sua moglie e sua figlia. Ieri avrebbe potuto chiedere un appuntamento urgente a pagamento, ma si è svegliato nella sua stanza d'hotel con un tremendo mal di stomaco, e ha fatto avanti e indietro dal bagno per tutto il giorno. Colpa del maledetto kebab che ha mangiato uscendo dall'ufficio, o delle birre che si è bevuto. In ogni caso, è l'ultima volta che si riduce in quello stato: deve restare vigile, ora che ha ottenuto il passaporto e l'indirizzo della chiesa di Meara dove pensa che Brigid abbia sposato il padre di Jo. Ha preso un biglietto per Dublino per domani, ha comprato una mappa dell'Irlanda e ha prenotato un'auto a noleggio in aeroporto; in meno di quarantott'ore stringerà sua figlia tra le braccia e sarà tutto finito.

Mentre apre la sua auto, gli suona il telefono. Sarà di nuovo Fiona, che continua a chiamarlo dalle nove di mattina. Perché lo perseguita in quel modo? Gli aveva detto che poteva prendersi qualche giorno se ne avesse avuto bisogno, e lui le ha mandato un'email per dirle che sarebbe andato in Irlanda a cercare Jo ed Elise. Di che cos'altro deve parlargli?

Sale in macchina e inserisce le chiavi nel quadro, ma invece di mettere in moto appoggia la nuca al poggiatesta. Nelle ultime tre settimane ha tirato avanti a forza di caffè, alcol e adrenalina, dormendo e mangiando pochissimo. Il mal di stomaco e il viaggio fino a Newport gli hanno consumato le ultime energie.

Deve tornare a Bristol, per lasciare l'hotel, ripulire la casa e renderla accogliente e ospitale per il ritorno di Elise. La sua bambina, di nuovo a casa. Se parte subito, avrà anche tempo per passare da Cabot Circus e comprarle dei giocattoli; le comprerebbe tutto il negozio, se potesse.

Le palpebre gli si fanno pesanti, Max lotta per tenerle aperte ma è davvero esausto. Dice a se stesso che farà solo un pisolino veloce, poi sbadiglia e incrocia le braccia sul petto; sorride all'immagine che gli si forma nella mente, in cui Elise gli corre incontro felice, e all'improvviso il telefono suona di nuovo. Perché Fiona non lo lascia in pace? Non chiede altro.

Prende il telefono dalla tasca interna della giacca, leggendo distrattamente la scritta NUMERO SCONOSCIUTO sullo schermo, e se lo accosta all'orecchio. «Pronto?»

«Ciao, Max.»

Di nuovo quella voce cantilenante, così tronfia e sicura di sé, così ripugnante. Max serra la presa sul telefono, ma non dice una parola. Non sa che cosa gli uscirebbe di bocca.

«Sai, dovresti proprio migliorare le tue capacità di conversazione», gli dice Paula con tono dolce. «Mi aspettavo di meglio da un giornalista. Forse il messaggio che ti ho mandato non era abbastanza chiaro? Vuoi che te lo ripeta, Max? Posso farlo se vuoi, basta chiedere.»

Max serra la mascella. *Non cadere nella provocazione, non farle capire che è riuscita a farti perdere la calma.*

«Non dirmi che devo mandare un messaggio a tua moglie, Max. Sul serio? Sapevo che eri un ladro, ma non mi ero accorta che fossi anche un bastardo senza palle e senza cuore. Sei proprio un bel tipo, sai, Max? Non batteresti ciglio nemmeno se mandassi un messaggio alla tua graziosa figlioletta. Io sono una stronza, ma tu sei proprio un figlio di...»

«Vaffanculo!» Tutta la collera, la rabbia e la frustrazione accumulate da Max nelle ultime settimane esplodono sotto forma di urla. «Maledetta stronza!» *Sbam!* Sbatte il telefono contro il cruscotto. «Vaffanculo!» Lo sbatte di nuovo. Lo schermo di vetro va in pezzi, ma lui non ci fa caso. «Stronza!» *Sbam!* «Stronza!» *Sbam!* Il telefono gli si accartoccia tra le mani, però Max continua a sbatterlo contro il cruscotto, fermandosi solo quando gli cedono i muscoli e non riesce più a sollevare il braccio. A quel punto crolla sul volante, singhiozzando, con la testa tra le mani.

47

Mary spalanca gli occhi per la sorpresa, studiando il viso di Helen. Chi è quella giovane donna?

«La prego», dice la donna dai capelli rossi. «La prego, Mary, mi dica cos'è successo.»

Mary la fissa con sguardo assente, poi abbassa gli occhi sulla bambina che ha tra le braccia. Le tocca la guancia con una mano: è calda, si muove, respira. Non è un sogno, ce l'ha fatta. È arrivata alla porta prima di sua figlia e l'ha trascinata via dalla strada. Niamh non è morta, lei l'ha salvata. Ha le guance rigate di lacrime. L'ha salvata.

«Mary!» Helen la tira per un braccio. «Mary, la prego, lasci andare Li, lo sta stringendo troppo forte, non va bene. Lui vuole me, vuole la sua mamma.»

Mamma.

Lui vuole la sua mamma.

Sta mentendo. Mary conosce sua figlia, conosce i capelli biondo scuro che le formano i boccoli sulla nuca, conosce gli occhi verdi lucenti e curiosi che le si riempiono d'amore ogni volta che la mamma entra nella sua camera al mattino, e conosce la boccuccia di rosa più dolce che abbia mai baciato.

«Mary, la prego, lasci andare Li. Per favore, devo controllare che stia bene.»

Sente l'angoscia nella voce dell'altra donna, ma non può lasciar andare sua figlia, e non lo farà.

«Mami!» grida la bambina, allungando le braccia verso la donna dai capelli rossi.

Mami. Non mamma. Quella parola è come una pietra scagliata nel cuore di Mary, che si frantuma come se fosse di vetro. Niamh è ancora morta, non l'ha salvata. È ancora sottoterra.

«La porta», dice mentre Helen tenta di staccare le sue dita da Lee. «Deve chiudere la porta. Ha rischiato di perderlo, ha rischiato di perderlo per sempre.»

Cerca di lasciare andare il bambino, ma non ci riesce; anche se con la mente e con il cuore ha capito la verità, il suo corpo è ancora aggrappato all'illusione di stringere Niamh tra le braccia, ed Helen deve aiutarla ad alzarsi in piedi. L'accompagna in soggiorno, con Lee ancora stretto a sé, e l'aiuta a sedersi. Helen dice qualcosa a proposito di un bicchiere d'acqua, ma prima che esca dalla stanza il bambino inizia a piangere, e all'improvviso gli arti di Mary si aprono e lo lasciano andare. Quando il piccolo scappa dalla sua stretta, il corpo le fa ancora male e, mentre la donna lo solleva fra le braccia, Mary sente una vampata di vergogna.

«Cos'è successo?» Helen si sistema sulla sedia accanto alla sua. «La prego, Mary, mi dica cos'è successo.»

«Ero in cucina», dice. Si sente intorpidita, distaccata, come se fosse qualcun altro a pronunciare le parole che le escono dalla bocca. «Ho sentito una folata di vento e ho capito che qualcuno aveva lasciato aperta la porta d'ingresso, così sono andata a chiuderla e in quel momento ho visto Lee, in piedi fuori dalla porta, da solo. Stava per scendere in strada.»

«Oh, mio Dio.» Helen si copre la bocca con una mano. «Ma io avevo chiuso la porta. Potrei giurare di aver chiuso la p...»

«Stava arrivando una macchina», prosegue Mary. «E l'ho tirato via.»

«Oh, mio Dio.» L'altra donna scoppia in lacrime. «Oh, grazie. Io non... non so... se fosse successo qualcosa...»

Mary non apre bocca mentre la sua ospite continua a ringraziarla senza sosta. Sente una fitta così forte al petto che non riesce a parlare.

Era in cucina a caricare la lavastoviglie quando ha sentito la folata di vento. Aveva la radio accesa e stava canticchiando a bassa voce *We Will Rock You* dei Queen. Quella canzone le ricordava Patrick. Suo marito era un grande fan della band inglese, e ogni volta che viaggiavano in macchina ascoltavano i loro album. Mary lo punzecchiava per convincerlo a mettere qualcosa di diverso, come i Beatles o i Beach Boys, magari anche Daniel O'Donnell, ma lui insisteva: «La macchina è mia e la musica la scelgo io». Con il passare degli anni anche lei aveva iniziato ad apprezzare i Queen quanto lui, e aveva imparato tutti i testi senza nemmeno volerlo. Cantarli la faceva sentire vicina a suo marito che non c'era più, le ricordava i tempi felici.

Durante le parti più tranquille della canzone, nelle pause tra una nota e l'altra, aveva ascoltato frammenti della conversazione in sala da pranzo; non capiva di cosa stesse parlando Helen, ma sentiva il bambino, Lee, che diceva qualcosa a proposito di sua nonna. Quando aveva servito loro la colazione, aveva chiesto a Helen che programmi avessero per la giornata, ma lei era stata piuttosto vaga nella risposta, accennando all'intenzione di continuare a esplorare la zona. Mary non aveva insistito, perché era troppo impegnata a guardare il bambino: a quell'età i bimbi non avevano un aspetto palesemente maschile o femminile – avevano tutti un visetto tondo e delicato e occhi grandi – perciò bisognava guardare com'erano vestiti per determinarne il sesso. Lee era vestito da bambino ed Helen ne parlava come di un bambino, però Mary l'aveva visto seduto sul letto con indosso delle mutandine da bimba. La cosa l'aveva confusa, perché Lee sembrava proprio una bambina, tanto che Mary aveva pensato subito a Niamh. Ci sono molte spiegazioni possibili per un maschio che indossa biancheria da femmina: magari ha una sorella, o Helen non aveva più biancheria pulita e ha trovato solo biancheria da bambina in negozio, addirittura potrebbe avere chiesto lui di avere mutandine da femmina invece che da maschio. Il problema, però, non è questo: è che Lee è una bambina, Mary ne è sicura al cento per cento. Ora si spiega i capelli corti, la felpa, i jeans e le scarpe da ginnastica, e capisce perché ha i lineamenti tanto delicati, le ciglia lunghe, la bocca a cuore e le mani piccole. Perché Helen dovrebbe vestire sua figlia da maschio? Mary ha visto un programma su RTÉ che parlava di bambini transgender, ma Lee avrà due anni, forse quasi tre. Mary si considera una donna piuttosto aperta, ma la bambina le sembra troppo giovane perché sua madre la lasci decidere di cambiare sesso. Non è così?

La canzone dei Queen è finita proprio nel momento in cui ha sistemato l'ultimo piatto nella lavastoviglie e ha sentito i passi sulle scale. Lì per lì non ha pensato a nulla, ma poi ha sentito un brivido a causa di una ventata d'aria: qualcuno aveva aperto la porta di casa. Si è diretta nell'ingresso per chiuderla, leggermente irritata, e ha visto la bambina davanti alla porta spalancata: era Niamh, con indosso il vestito estivo rosso a pois bianchi, che saltellava indicando il cielo azzurro e gridando «Aquilone! Aquilone!» Mary è rimasta immobile a guardare sua figlia, mentre, con le scarpette rosse di vernice ai piedi, usciva sul marciapiede. Le si è strozzato un urlo in gola. Ha provato a correre, ma ogni passo era pesante, difficile e rallentato.

Però ce l'ha fatta, ha raggiunto sua figlia prima che arrivasse l'auto e l'ha presa tra le braccia. Incespicando e cadendo, è rientrata nell'ingresso e si è accasciata, avvolgendo Niamh nel suo abbraccio e singhiozzando sollevata. Ha sognato migliaia di volte quel momento, quello in cui tutto è cambiato, quando invece di continuare a parlare con la sua amica in cucina, ha guardato verso l'ingresso per vedere cosa stava facendo sua figlia e l'ha salvata. Non c'è stato nessuno stridore di freni, nessuna paura a immobilizzarle il cuore quando si è accorta che la piccola era sparita. Non è corsa a cercarla, stavolta l'ha salvata. Non dovrà più visitare la sua tomba, non si chiederà mai più come sarebbe potuta andare diversamente, smetterà di darsi la colpa e di odiare se stessa. Ha riavuto la sua Niamh, e adesso potrà ricominciare a respirare, a vivere, ad amare.

E poi è arrivata Helen a tirarla per un braccio.

*

Rimangono sedute in silenzio per cinque, forse dieci minuti, poi Lee inizia a lamentarsi e a dire che vuole andare in spiaggia.

Mary si accorge che Helen è combattuta: vorrebbe portare fuori suo figlio, ma non se la sente di lasciare Mary da sola. Ha bisogno di una spinta per prendere la decisione giusta. «Andate pure», le dice all'improvviso. «Sono perfettamente in grado di badare a me stessa. Si preoccupi di suo figlio, non di me.»

Helen reagisce con un «oh!» di stupore, ma la durezza intenzionale di Mary ha funzionato. Si alza, prende per mano sua figlia, dice di nuovo «grazie» ed esce dal soggiorno.

Lee le dà la mano, poi si volta a guardare Mary. Alza una mano, sorride e con la sua voce dolce e stridula dice: «Ciao ciao!»

Mary si volta per nascondere le lacrime.

48

Quando le palpebre di Elise iniziano a chiudersi e finalmente lei si addormenta, mi allontano piano piano, metto le gambe fuori dal letto matrimoniale e mi siedo sul bordo. Devo chiamare mamma. Non me la sono sentita di farlo prima, dopo quello che è successo con Mary. Avrei dovuto controllare di aver chiuso bene la porta. Sarebbe potuto succedere qualcosa di brutto a Elise – finire sotto una macchina, perdersi o essere rapita – e sarebbe stata tutta colpa mia. Grazie a Dio, Mary è intervenuta prima che accadesse qualsiasi cosa.

Sapevo che, se avessi chiamato mia madre in quel momento, avrebbe percepito l'ansia nella mia voce, quindi sono andata in spiaggia con Elise, nella speranza che una camminata mi avrebbe fatto bene. È stato più semplice uscire di casa, questa volta: non avevo le mani troppo sudate e, dopo anni passati a temere l'ignoto, mi sentivo tranquilla. Il mare, le pozze sugli scogli e l'emozione di Elise ogni volta che scopriva una conchiglia, un granchio o un pesciolino hanno lentamente sciolto la tensione che mi attanagliava e la nausea che mi stringeva lo stomaco. Queste sensazioni, però, sono tornate non appena abbiamo rimesso piede nel bed and breakfast e ho visto Mary ancora seduta in soggiorno nella posizione in cui l'avevamo lasciata, lo sguardo tormentato.

«Mary?» la chiamo, esitando sulla soglia.

Non è una donna alta, ma in genere la sua presenza riempie ogni stanza in cui entra, mentre adesso sembra piccola, come inghiottita dalla grande poltrona a fiori in cui è seduta. Ha i capelli in disordine, le guance pallide, lo sguardo vitreo e fisso.

«Signora Byrne.» Faccio un passo verso di lei. «Mary?»

Si gira a guardarmi, ma dai suoi occhi non traspare nessuna emozione: capisco che è ancora traumatizzata da quanto è successo stamattina, e devo trattenermi dall'abbracciarla.

«Mary, si sente bene?»

«Sto benissimo, grazie», risponde, sempre con lo sguardo vitreo. «Vi siete divertiti in spiaggia?»

«Sì, grazie. Ci sono... ehm... delle cabine telefoniche funzionanti nei dintorni? Ne ho trovata una mentre tornavamo, però era fuori servizio, e Lee era troppo stanco per camminare ancora, quindi siamo rientrati. Ora sta riposando, ma pensavo di uscire di nuovo nel pomeriggio, quando si sarà svegliato.»

«Può usare il telefono di casa.» Indica un cordless su un tavolino di legno in fondo alla stanza. «Deve chiamare in Irlanda?»

«No, in Inghilterra.»

«Va bene. Potrebbe chiedere di essere richiamata quando rispondono? Il numero è segnato sul telefono.»

«Sì, certo. Grazie.»

«Le lascio la stanza, allora.» Stringe i braccioli della poltrona e si alza, poi attraversa il soggiorno, ma arrivata sulla soglia si volta indietro. «Posso chiederle una cosa, Helen?»

«Certo.»

«Le sarei grata se non parlasse con nessuno di quello che è successo stamattina. Vorrei evitare i pettegolezzi.»

Non capisco perché si debba preoccupare dei pettegolezzi – ai miei occhi, il suo è stato un gesto eroico – e poi a parte Sean non c'è nessuno con cui potrei parlarne. «Sì, certo», rispondo.

Mary annuisce. «Grazie, Helen.»

Rispondo al telefono nel momento stesso in cui suona. «Mamma?»

«Joanne! Oh, Joanne. Ero così preoccupata. Come stai? Come sta Elise?»

«Sta bene, e anch'io. Aspetta un attimo.» Uscendo, Mary

ha lasciato la porta socchiusa, così mi avvicino e la chiudo piano.

«Sei su tutti i notiziari», dice mia madre non appena mi accosto di nuovo il telefono all'orecchio. «Non posso accendere la televisione senza vedere il tuo viso. I giornali dicono che sei in Irlanda, è vero?»

«Siamo a Clogherhead, in un bed and breakfast.»

La sento fare un respiro profondo dall'altro capo del telefono.

«Mamma?»

«Cosa ci fai lì?»

«Pensavo che qualcuno avrebbe potuto aiutarmi, magari uno dei nostri parenti.» Le racconto velocemente del viaggio in traghetto, del *Gardaí* al bed and breakfast di Wexford, e di Sean che ci ha soccorse quando siamo rimaste a piedi.

Lei non fa commenti, ma a un certo punto sbotta: «Hai detto a qualcuno chi sei?»

«No, sto fingendo di essere Helen. Mi sono tinta i capelli di rosso per somigliarle.» Non le dico che ho tagliato i capelli a Elise, le si spezzerebbe il cuore.

«Non devi dirlo a nessuno.»

«Lo so.» Il suo tono di voce mi spaventa. Sembra quasi arrabbiata per il fatto che sono venuta qui.

«E non devi andare a cercare Sinead o gli altri. Devi lasciarli fuori da questa storia.»

«Ma... ma ho ancora la macchina in officina e mi servono soldi.»

«Ti darò il nome di una mia amica di Cork che forse può prestarti dei soldi, ma *non puoi* stare lì, Joanne. Mi hai sentita? Sei in pericolo.»

«Lo so.»

«No, Joanne, non lo sai. Sei passata dalla padella alla brace, devi andartene il prima possibile.»

«E dove vado? Chi è la tua amica di Cork? Vorrei tornare a casa, mamma, però mi arresterebbero non appena mettessi piede in un aeroporto inglese.»

«Oh, Joanne.» Avverto un tremolio nella sua voce, poi si soffia il naso. Non l'ho mai sentita così turbata, mai.

«Ci mancate», dico. «Ci mancate tantissimo.»

Si soffia di nuovo il naso rumorosamente e la sento respirare a fatica, nel tentativo di tenere a freno le lacrime. Odio aggiungere altro stress alla sua vita: dovrei essere lì con lei e aiutarla a prendersi cura di papà, non dall'altra parte del mare, a centinaia di chilometri di distanza. Non sarei dovuta venire in Irlanda, avrei dovuto trovare un posto più vicino a Chester per nascondermi.

«Come sta? Come sta papà?»

Silenzio. Aspetto che mamma mi dica che sta bene, che sono venuti gli infermieri e che è tranquillo, ma il silenzio si prolunga. Fuori dalla finestra, un'anziana con un pesante maglione di lana e un cappellino impermeabile di plastica trasparente porta a spasso un cane dal muso grigio.

«Mamma?» Ho un groppo in gola. «Mamma?»

Lei trattiene un singhiozzo. «Non sta bene, Joanne. I dottori dicono che non supererà la settimana.»

49

«Sì?» Fiona risponde a una chiamata interna sul telefono dell'ufficio.

Deve dire alle Risorse umane di assumere una nuova receptionist. Da quando non c'è più Sally, lei è inondata di chiamate o richieste di visitatori che dovrebbero essere liquidati senza troppe remore. Come si aspettano che possa concentrarsi sul suo lavoro, se viene interrotta di continuo?

«C'è una certa Paula Readman che chiede di vederla.»

«Chi?»

«Dice che deve parlare con lei a proposito di Max Blackmore.»

Fiona sospira. «Come tutti gli altri. Dille che non so dove sia.»

È vero: non ha idea di dove sia finito il suo giornalista. Lui le ha mandato un'email per dirle che sarebbe andato in Irlanda a cercare la moglie. Fiona ha subito alzato il telefono per chiamarlo, ma ha risposto la segreteria telefonica, e lo stesso è successo tutte le altre volte che ha provato a richiamare. Non ha avuto risposta nemmeno al telefono del lavoro o tramite email. Ha chiamato l'hotel dove Max alloggiava, ma ha scoperto che se n'era andato. È anche andata a casa sua, ma non le ha aperto nessuno e in strada la sua auto non c'era. Max se n'è andato, senza dire quando tornerà.

«La signora Readman dice che vuole farle vedere una cosa», aggiunge la receptionist. «Qualcosa che dimostra che Max Blackmore ha infranto la legge.»

Fiona sospira. Un'altra lamentela su Max. Cos'avrà combinato, stavolta? Ha sbagliato il nome di un pensionato? Ha scattato una foto a qualcuno senza permesso? «Quale legge avrebbe violato, adesso?»

«Non vuole dirmelo, e non se ne andrà finché non riuscirà a parlare con lei. Devo chiamare la sicurezza?»

Fiona sospira di nuovo. «Aspetta cinque minuti e poi mandala da me.»

La donna bionda si toglie il piumino scuro, si siede di fronte a Fiona e le fa un sorriso cordiale.

Fiona ricambia, ma in modo forzato: Paula si è messa comoda, e questo significa che non sarà una chiacchierata breve: si è sistemata per restare a lungo.

«Mi piacciono i suoi orecchini», dice Paula.

«Questi?» Fiona tocca i pendenti che porta alle orecchie. Suo marito Mike non si accorgerebbe neanche se uscisse per andare al lavoro con indosso un sacchetto della spazzatura, e al giornale hanno tutti troppa paura di lei per azzardare un commento sul suo aspetto.

«Il colore fa risaltare la sfumatura ambrata dei suoi occhi.»

«Oh... uhm... grazie.» Per essere una che non se ne sarebbe andata finché non fosse stata ricevuta, Paula sembra molto tranquilla e sicura di sé. Persino piacevole.

«Sono molto costosi?»

Ah. Ok, forse è il caso di rivedere il suo giudizio su questa donna. Il luccichio che aveva negli occhi quando ha detto «costosi» aveva qualcosa di profondamente sgradevole.

«No, direi di no.» Fiona aggrotta la fronte, mentre Paula si contorce sulla sedia per guardare fuori dalle grandi vetrate che danno sull'ufficio open space. «Preferisce che chiuda le tende?»

«Se per lei non è un problema.»

Fiona lo fa e torna a sedersi. «Va bene, di che cosa voleva parlarmi, esattamente?»

La donna bionda si sposta sul bordo della sedia e picchietta con un'unghia affilata sulla scrivania di Fiona. «Dov'è Max?»

«È in malattia.»

«No, non è vero.»

«Possiamo arrivare al punto?» Fiona si sforza di rimanere calma. È stanca, Mike ieri notte ha dimenticato di prendere il farmaco per non russare e l'ha svegliata ogni due ore. Ricevere questa donna è stato un errore. «Ha detto alla receptionist di avere prove che dimostrano che uno dei miei giornalisti ha infranto la legge. È un'accusa piuttosto grave.»

«Già, non trova?»

Stupida strega, deve smetterla con questi giochetti e arrivare al punto. «Mi dica cosa avrebbe fatto Max secondo lei e facciamola finita.»

«Potrà scoprirlo lei stessa quando le darò il filmato.»

«Quale filmato?»

«Quello delle telecamere di sorveglianza.»

Ottenere informazioni da questa donna è semplice come farsi servire da bere al Cornubia il venerdì sera dopo il lavoro. «In cui Max farebbe cosa, esattamente?»

Paula si china in avanti e, prima che Fiona possa fermarla, afferra dalla scrivania la cornice d'argento con la sua foto di famiglia. La gira e la osserva. «Scommetto che suo figlio maggiore è un rubacuori. Ha proprio una bella famiglia.»

«Grazie.» Fiona allunga la mano per riprendersi la cornice, ma Paula la allontana.

«Farebbe qualsiasi cosa per loro, vero?»

«Come, scusi?»

«Non metterebbe a rischio la loro incolumità per qualcosa che ha fatto, giusto?»

Fiona fissa quella donna bionda con la fronte imbottita di Botox e le labbra rosse e lucide. Cosa intende dire?

«Sta insinuando che Max ha fatto qualcosa che ha messo in pericolo la sua famiglia?»

«Non sto *insinuando* nulla», dice enfatica. «La mia è solo una domanda, Fiona, una semplice domanda. Lei mi sembra una donna onesta, per essere una giornalista.» Fa un sorrisetto.

Fiona non cerca di nascondere il disprezzo nello sguardo. La donna che ha davanti è una persona spregevole, nient'altro, ma sa qualcosa su Max. E Fiona non la lascerà andare finché non avrà scoperto di cosa si tratta. «No», risponde. «Non metterei in pericolo la mia famiglia.»

Paula annuisce. «Lo sapevo, avevo ragione. Onesta, proprio come dicevo. Immagino anche che, se qualcuno le chiedesse di restituirgli qualcosa che ha perso, lei lo farebbe, vero? Senza dover ricevere più volte un sollecito. Un sollecito *deciso.*»

La parola «sollecito» sottintende una minaccia che costringe Fiona ad arretrare sulla sedia. Chi diavolo è questa Paula, e perché Max si è trovato ad avere a che fare con lei? «Ok, Paula. Ok.» Alza le mani. «Basta domande, mi dica cosa vuole una volta per tutte.»

«Diecimila sterline.»

Fiona scoppia a ridere, ma Paula non accenna nemmeno un sorriso. «In cambio di cosa?»

«Per il filmato delle telecamere di sorveglianza in mio possesso.»

«Andiamo, Paula, questa me la deve concedere: cosa c'è in questo filmato? Non le darò certo diecimila sterline solo perché me le ha chieste.»

La donna bionda inclina la testa di lato e serra le labbra, come se stesse valutando la richiesta. «Le piace la moglie di Max?» chiede dopo una pausa prolungata.

«Non l'ho mai conosciuta.»

«Io sì. È... divertente. Mi ricorda un cavallo: naso lungo e spavento facile.» Ride. «Lo sa che è scappata in Irlanda?»

«Sì, certo, è su tutti i notiziari. E quindi?»

«Io posso scoprire dov'è. Consideri i diecimila come una ricompensa per averla trovata. Il filmato glielo regalo, così avrà due storie al prezzo di una: la moglie in fuga e l'imbrattacarte corrotto. Vede, Fi, la verità è che non sono più una ragazzina e non ho le energie per partire alla carica in Irlanda e farmi restituire quello che mi è stato sottratto. Sì, potrei mandare qualcuno a riprenderlo, ma sa, i costi di gestione...»

Non sono più una ragazzina. Fiona non se la beve neanche per un attimo. Questa è un'estorsione in piena regola. Paula ha velatamente minacciato di prendersela con Max e Jo se lei non le darà diecimila sterline.

Si strofina l'indice destro sulle labbra, valutando le possibili opzioni. Dal punto di vista morale, dovrebbe andare subito dalla polizia. Se Paula è sincera quando dice di sapere dove si trova Jo, è giusto che loro lo sappiano, e se Max ha infranto la legge Fiona non può fare finta di niente. Però non può nemmeno ignorare la curiosità che la pungola da quando Paula ha iniziato a parlare. Che cosa avrebbe fatto esattamente Max?

« Se non è interessata porterò la mia storia a qualche altro giornale », aggiunge Paula. « Uno dei suoi giornalisti che l'ha combinata grossa: farebbero i salti di gioia. »

Il battito di Fiona accelera. L'ultima cosa che vuole è che uno dei suoi venga fatto a pezzi dalla concorrenza, la cosa getterebbe discredito sul suo giornale. « Ha fatto bene, Paula », si affretta a dire. « Ha fatto bene a venire da me. »

L'altra fa un sorriso di vittoria. « Fantastico. Sapevo che mi sarebbe piaciuta, Fiona. »

« Ma ho bisogno che mi dimostri che sta dicendo la verità », aggiunge subito l'altra.

Il sorriso di Paula non si scompone. « Immaginavo che me l'avrebbe chiesto. » Infila una mano nella borsetta e tira fuori un foglio di carta. Lo apre sulla scrivania e glielo allunga. « Ecco! » dice battendo il dito al centro dell'immagine sgranata. « Quello è Max. »

Fiona annuisce: è senza dubbio Max e capisce esattamente cosa sta facendo, ma non staccherà mai un assegno da diecimila sterline a Paula sulla base di una sola immagine in bianco e nero. Ha bisogno di guadagnare un po' di tempo, per decidere come gestire la situazione. « Va bene, Paula », dice mentre l'altra ripiega il foglio e lo rimette nella borsetta. « Ecco cosa farò: chiamerò i nostri contabili per autorizzare un pagamento a suo favore, ma ci vorrà qualche giorno. Non stiamo parlando di una piccola somma per le spese quotidiane. Nel frattempo, deve fare una cosa per me: deve promettermi che non porterà questa faccenda ad altri giornali. »

Paula sorride. È convinta di avere il coltello dalla parte del manico. «Non posso prometterle nulla. Magari mi offrono di più.»

«È vero, ma potrebbero anche non offrirle nulla. Le notizie viaggiano rapide e, se scopro che ha fatto girare questa storia presso la concorrenza, non le darò nulla. Ci siamo capite?»

«Certo. Come no.» Paula spinge indietro la sedia e si alza.

«Solo una cosa, prima che se ne vada.» Fiona le porge una penna e un foglio bianco. «Mi lasci il suo numero di cellulare, così potrò chiamarla quando avranno autorizzato il pagamento.»

Paula la guarda a lungo, come se stesse cercando di decidere se è una buona idea, poi afferra la penna.

«Niente?» Fiona cammina avanti e indietro alle spalle del responsabile informatico, strofinandosi le braccia. Si muore di freddo in quell'ufficio, a causa della catasta di server che occupa gran parte dello spazio.

«Sul computer di Max non c'è niente che provenga da Paula Readman. Vuole che cerchi un altro nome?»

«No. Puoi accedere alla sua segreteria telefonica?»

Graham inarca le folte sopracciglia. «Del numero personale o di quello del lavoro?»

«Entrambi.»

Qualsiasi dipendente a quel punto avrebbe fatto un bel po' di domande, ma Graham no. Lavora al giornale da nove anni, e Fiona non sa praticamente nulla di lui, se non che è single e non ha figli. Non ha mai partecipato a nessuna festa o incontro del personale da quando lavora al *Bristol News*. Se gli si chiede di fare una cosa, lui la fa, ma se la richiesta non rientra nelle sue mansioni non c'è modo di convincerlo, e ciò include anche le occasioni sociali. All'inizio Fiona trovava strano il suo approccio da automa nei confronti del lavoro, ma ora lo considera una benedizione: è molto più semplice ottenere qualcosa senza dover giustificare costantemente le proprie richieste.

«Non riesco ad accedere alla segreteria del numero personale, ma posso farle ascoltare i messaggi che ci sono sulla segreteria del lavoro», dice Graham.

«Va bene, grazie. Avvertimi se ci sono messaggi da una donna di nome Paula, o da qualsiasi altra donna che abbia un tono minaccioso o intimidatorio, o che tenti di estorcergli denaro. Ah, potresti anche localizzare questo numero?» Gli porge il foglio su cui Paula ha scritto il suo recapito telefonico. «Avere un indirizzo sarebbe perfetto.»

Fiona segue Graham fuori dalla sua stanza polare. Nell'open space risuona il rumore di voci e tasti. Mentre passa in mezzo alle scrivanie, molti sguardi la seguono e poi cambiano direzione indifferenti – o forse sollevati – non appena la vedono rientrare nel suo ufficio e chiudere la porta. Fiona si china sotto la scrivania per recuperare un foglio di carta da terra. Le è bastato dare un colpetto alla borsa di Paula, mentre le chiedeva di lasciarle il numero di telefono, per farlo cadere e poggiarci sopra il piede. Guarda l'immagine stampata di Max e sorride. Giornalista onesta? Paula Readman non sa quello che dice.

50

«Mary?»

La padrona di casa sta accatastando pile di lenzuola pulite sui tavoli della sala da pranzo e si gira all'improvviso quando sente la mia voce. Sono rimasta seduta in soggiorno da sola per dieci minuti dopo aver salutato mia madre al telefono, perché non riuscivo a smettere di piangere e non potevo uscire dalla stanza in quello stato.

«Sì... oh.» Il lenzuolo che sta piegando striscia sul tappeto mentre mi viene incontro. «È successo qualcosa?» Cerca d'incrociare il mio sguardo. «Non si tratta del piccolino, vero? È successo qualcosa a...»

«No.» Faccio un respiro profondo per calmarmi. «Si tratta di mio padre. Sta... sta male già da un po' e mia... mia madre... dice che non...» Un singhiozzo mi toglie la voce. «Non gli resta molto.»

«Oh, no. Oh, mi dispiace tanto.» Mary mi appoggia delicatamente una mano sulle spalle. «Posso fare qualcosa?»

Mi strofino gli occhi con il dorso delle mani per asciugare le lacrime, ma subito se ne formano di nuove. Cerco di parlare, ma il petto sussulta a ogni respiro e mi esce solo un tremolante «Io... io... io...»

«Non si preoccupi, ha appena ricevuto una brutta notizia. Si prenda il tempo che le serve.» Mary mi fa accomodare a una sedia e poi si ferma in silenzio, di fianco a me. «Posso prepararle un tè?» chiede ed esce dalla stanza senza aspettare una risposta.

Quando torna, con due tazze in mano, ho ripreso il controllo del mio respiro. «Grazie», dico, tirando giù le maniche del maglione per stringere la tazza calda. «È molto gentile.»

Si sistema sulla sedia accanto alla mia. «Cosa intende fare?»

Cosa intendo fare? Credo proprio di non saperlo. Se torno in Inghilterra, potrei perdere Elise, ma se resto in Irlanda non potrò dire addio a papà. Non riuscirò a dirgli quanto gli voglio bene e quanto gli sono grata per essere entrato a far parte della nostra vita, non potrò ringraziarlo per aver reso felice mamma ed essere stato il migliore padre che potessi desiderare. Passerò il resto della vita a pensare a tutto quello che non sono mai riuscita a dirgli. È un rischio, lo so, ma ho ancora i passaporti di Helen e Ben, e se la polizia non ha scoperto che sto fingendo di essere lei, forse riuscirò a rientrare nel Paese. Potrei anche arrivare al capezzale di papà prima di venire arrestata, ammesso che succeda. Magari sarò fortunata. In ogni caso, devo andarmene da Clogherhead ma non ho la minima idea di dove altro andare in Irlanda.

«Credo che tornerò in Inghilterra.»

«Può cambiare la data dei biglietti?»

«Non siamo venuti in aereo, abbiamo preso il traghetto con dei biglietti di sola andata, e l'officina non mi ha ancora riconsegnato la macchina.»

«Capisco. Be', immagino che non ci vorrà ancora molto, è già qualche giorno ormai che l'auto è in officina, giusto? Se però vuole a tutti i costi tornare adesso, sono certa che Sean potrà accompagnarvi all'aeroporto di Dublino se glielo chiede. Mi offrirei di farlo io, ma...»

«No, grazie, non è necessario.» Scuoto la testa. «Però potrei usare il suo computer per comprare i biglietti?»

Mary fa un'espressione dispiaciuta. «Purtroppo non ho connessione Internet al momento, hanno combinato un bel pasticcio quando ho cambiato operatore e non possono venire a sistemarlo fino al mese prossimo. Per controllare le prenotazioni, io mi collego con il mio portatile da casa della mia amica Carmel, un paio di volte a settimana.» S'interrompe. «Sono sicura che non avrebbe problemi a fare lo stesso con lei. Ha un computer?»

«Ho un iPad.»

«Dovrebbe andar bene. In alternativa, Carmel le lascerà certamente usare il suo computer. Dovrebbe essere a casa ora, vuole che provi a chiamarla?»

«Sarebbe fantastico, grazie... Oh!» Guardo il mio orologio: Elise dorme solo da mezz'ora, ma di solito il suo pisolino dopo pranzo dura due ore. «Mi sa che devo svegliare Lee.»

«No, no, lo lasci dormire. Ci penso io a tenerlo d'occhio. Non impiegherà molto a stampare due biglietti, no?»

«Dai, muoviti.» Picchietto le dita sul tavolo laccato bianco su cui è poggiato il computer di Carmel, guardando l'orologio per la terza volta in tre minuti.

Carmel, una donna minuta con i capelli castani ondulati fino alle spalle, distoglie lo sguardo dal grande televisore a schermo piatto in fondo alla stanza. «È un po' lento, vero? La connessione è parecchio instabile da queste parti. Vedrà che tornerà veloce tra poco.»

La sua casa dista solo un paio di isolati da quella di Mary, ma sono venuta qui di corsa. L'istinto mi diceva di non lasciare Elise da sola neanche per un momento, ma che alternative avevo? Svegliarla e portarla con me, triste e desiderosa di attenzioni, o aspettare che si svegliasse e portarla con me, eccitata e desiderosa di attenzioni? Di Mary posso fidarmi, stamattina le ha salvato la vita. Il pensiero di ciò che sarebbe potuto succedere mi fa stare ancora male.

«Andiamo.» Mentre il circoletto al centro del sito della Aer Lingus continua a girare su se stesso, apro una nuova pagina per controllare la mia email di lavoro. Non vedo e non sento il mio capo da oltre una settimana. Immagino che la polizia si sarà messa in contatto con lei per chiederle se sappia dove mi trovo. Sarà preoccupatissima.

Le email vengono scaricate e scorro rapidamente i messaggi ricevuti. Ci sono cinque messaggi di Max, che non mi preoccupo di leggere, e uno di Helen che chiede di farle sapere se va tutto bene, poi varie email di Diane, l'ultima delle quali dice che mi ha vista al notiziario e che vuole che la contatti. Non apro nemmeno le decine e decine di richieste di professori e studenti, e continuo a scorrere la lista di messaggi, tra cui le comunicazioni delle Risorse umane, gli annunci sui docenti a contratto, una richiesta d'incontro da parte del mio consulente finanziario, e poi mi cade l'occhio su un nome: Naija Mattu.

Naija Mattu.

Smetto di scorrere. Naija mi ha mandato quattro email, che cosa strana. Non ci siamo scambiate il numero di telefono, ma solo gli indirizzi di posta elettronica perché mi aveva chiesto di mandarle informazioni su un corso.

Apro il primo messaggio, è di due settimane fa.

Ciao Jo, come stai? Scusa se ti scrivo al lavoro, ma oggi ho visto Max tornare a casa all'ora di pranzo e la cosa mi ha sorpresa. Ha detto che vi è scoppiato un tubo, quindi volevo sapere se va tutto bene. Dobbiamo preoccuparci anche per casa nostra?

Naija

La seconda email:

Ciao Jo, sono sempre io. Non ti vedo da qualche giorno e volevo sapere se avete sistemato il problema alle tubature, perché domani partiamo per l'India e non vorrei trovarmi la casa allagata al ritorno! Scusami davvero, spero di non stressarti con i miei messaggi!

Naija

La terza:

Ciao Jo, non preoccuparti per l'ultima email. Ho visto Max uscire da casa vostra poco fa e mi ha detto che avete risolto il problema alle tubature. Non ti vedo da un po', spero che vada tutto bene. Ci vediamo al nostro rientro.

Naija

E la quarta:

> *Ciao Jo, siamo tornati dall'India e ho visto la tua foto sui notiziari. Dicono che sei scappata con Elise e che devi tornare a casa per il suo bene. Non riesco a crederci, cos'è successo? Stai bene? Non ho più visto Max e non vorrei mettermi in mezzo, ma se hai bisogno di parlare con qualcuno, questo è il mio numero di telefono...*

Seleziono i quattro messaggi cliccando sui quadratini bianchi che li affiancano e muovo il cursore del mouse verso il pulsante ELIMINA. Non è la prima volta che Naija va fuori di testa per qualcosa che riguarda casa nostra: è stata la prima a lamentarsi quando gli operai che riparavano il tetto lanciavano giù le tegole rotte direttamente nel cassone dei rifiuti, invece di usare uno scivolo, e poi quando abbiamo avuto il problema con i topi si è presentata alla porta poco dopo che l'addetto alla disinfestazione aveva parcheggiato davanti a casa. Però...

Mi blocco. Tubi scoppiati? Da quando l'abbiamo comprata, abbiamo avuto guai di ogni tipo nella nostra casa, non ultimo un problema ricorrente di umidità, però non è mai successo nulla che riguardasse l'impianto idraulico. L'agente immobiliare ci aveva detto che il proprietario precedente aveva fatto sostituire i tubi da professionisti, e non può essere stato un problema con la caldaia perché abbiamo fatto la manutenzione pochi mesi fa.

Tubi scoppiati?

Continuo a fissare la data della prima email di Naija: giovedì 10 febbraio. Quel giorno ero al lavoro, me lo ricordo perché ho dovuto occuparmi della lamentela di uno studente nei confronti di un membro del personale e non ho avuto un minuto libero per controllare la posta. Poi sono andata a prendere Elise al nido e l'ho portata a casa. Non è scoppiato nessun tubo e non si è allagato nulla, né quel giorno, né il giorno prima.

Oh, mio Dio, ma quello è il giorno in cui la polizia è venuta a perquisire la casa e mi ha arrestata per possesso di droga, quando ho chiamato Max per farmi venire a prendere in centrale e poi lui ha dormito sul divano. Ricordo di avergli chiesto com'era andata la sua giornata e lui mi aveva risposto di non essersi mosso dall'ufficio. Eppure Naija dice che era venuto a casa perché era esploso un tubo.

Rileggo la seconda email:

Ciao Jo, sono sempre io. Non ti vedo da qualche giorno e volevo sapere se avete sistemato il problema alle tubature, perché domani partiamo per l'India e non vorrei trovarmi la casa allagata al ritorno! Scusami davvero, spero di non stressarti con i miei messaggi!

Questa l'ha mandata mentre eravamo a Chester dai miei genitori. Rileggo la terza:

Ciao Jo, non preoccuparti per l'ultima email. Ho visto Max uscire da casa vostra poco fa e mi ha detto che avete risolto il problema alle tubature. Non ti vedo da un po', spero che vada tutto bene. Ci vediamo al nostro rientro.

Questa è di... Conto i giorni con le dita. È del giorno in cui siamo tornate a Bristol per incontrare Lorraine Hooper. Max mi aveva detto di non essere tornato a casa da giovedì, quando ero stata arrestata. Ha mentito: ci è andato dopo che gli ho parlato dell'incontro con Lorraine, e ha detto a Naija di aver risolto il problema.

Eppure non c'era nessun tubo esploso da aggiustare.

È andato a casa per rovesciare la spazzatura ovunque e dare l'impressione che io non potessi prendermi cura di mia figlia.

E poi la droga, il motivo per cui ho dovuto incontrare Lorraine Hooper. Anche quella è opera sua.

51

Entro di corsa nel bed and breakfast, stringendo tra le mani i biglietti del volo da Dublino che ho stampato, e salgo le scale due gradini alla volta, diretta alle camere. Sto sudando, e non solo perché ho appena attraversato di corsa Clogherhead con indosso il cappotto di lana pesante e il cappello. È stato Max, tutte le cose tremende che mi sono successe sono colpa di Max. Paula mi ha minacciata nella mia auto in strada, sì, ma il resto è tutta responsabilità sua, e le email di Naija lo dimostrano. Non è esploso nessun tubo a casa, altrimenti l'avrei saputo, e per quale motivo Max avrebbe dovuto raccontarle una bugia se non perché aveva qualcosa da nascondere? Deve aver preso lui la chiave di riserva e poi mi ha incastrata con i servizi sociali, facendomi credere che fosse colpa di Paula.

Smetto di correre quando arrivo in cima alle scale. Mi viene da vomitare. Max è responsabile anche dei lividi sul corpo di Elise? Ha fatto male di proposito a nostra figlia per ottenere l'affidamento dal tribunale? Come può dire di amarla se le ha fatto qualcosa di tanto orribile? Deve averle fatto molto male per provocarle quei lividi.

«Elise?» La porta della camera è aperta, mi precipito dentro e mi fermo: non vedo la sua sagoma sotto il piumone e nemmeno i capelli corti e spettinati sul cuscino. «Elise?» Corro dall'altro lato del letto, ma Elise non è caduta sulla moquette, non si sta nascondendo dietro le tende e non è nemmeno dentro l'armadio o in bagno. «Elise?» Scendo le scale di corsa ed entro in cucina. «Mary?» La stanza è vuota, così corro in sala da pranzo. «Mary?» Ci sono ancora lenzuoli e asciugamani impilati sui tavoli, ma non c'è traccia della padrona di casa. «Mary? Elise?» Vado in soggiorno, ma è vuoto anche quello. Torno al piano di sopra e cerco di aprire le camere sul mio piano, con il cuore che batte forte. Sono tutte chiuse a chiave. «Mary?» Scosto la tenda che copre le scale che portano alle stanze private di Mary, e salgo con passo sempre più rapido.

La camera di Mary è vuota: le tende sono aperte, l'ampio letto è rifatto, con una coperta piegata in fondo, e sul comodino c'è un libro aperto a testa in giù. Non c'è nessuno, neanche in bagno.

Mi dirigo verso l'ultima porta rimasta sul secondo piano. Devono essere qui.

Quando spingo la porta, mi si blocca il respiro in gola.

Un lettino, un cavallo a dondolo, una poltrona per allattare. Orsacchiotti, bambole, lenzuola rosa, immagini di Winnie the Pooh, una cornice con le lettere. E poi pigiami rosa a pois bianchi piegati in bell'ordine sul cuscino, una carrozzina per neonati, una cassettiera aperta con vestiti da bimba rovesciati sul pavimento.

È la stanza di una bambina, ma Sean dice che Mary non ha né figli né nipoti, e lei stessa mi ha detto di non avere un lettino per noi. In fondo alla stanza, una cornice d'argento risplende nella debole luce di febbraio che s'insinua tra le tende aperte. Mi avvicino lentamente, come in un sogno.

È la fotografia di una bambina, avrà poco più di due anni e indossa un berretto color crema con il pompon e un cappottino di lana rosso con i bottoni dorati. Una bambina che assomiglia molto a Elise.

«Mary! Mary Byrne! Elise!» Corro giù per Main Street, verso la spiaggia, ma la marea è salita e il lungomare è deserto, quindi torno indietro, con il cappotto che svolazza al vento. Le strade sono vuote e, dietro le tendine delle case, si vede il bagliore dei televisori e delle luci accese. Quando arrivo a Strand Street, mi fermo per riprendere fiato, china su me stessa, inspirando l'aria fredda. L'auto di Mary è parcheggiata fuori dal bed and breakfast, quindi devono essere uscite a piedi, a meno che non siano state prese da qualcuno. No, no, non ci voglio credere, sono ancora qui, lo so che ci sono. Mi raddrizzo e ricomincio a correre. I polmoni e le guance mi bruciano mentre corro lungo la strada principale; rallento quando raggiungo la sala giochi ma non c'è nessuno, solo un uomo che gioca alle slot machine. Un anziano con il cane mi passa accanto mentre guardo dentro la sala: lo chiamo per chiedergli se abbia visto una donna anziana con una bambina.

« Un bambino », mi correggo, senza fiato. « Potrebbe sembrare un bambino. »

L'uomo scuote la testa e tira il guinzaglio del cane.

Mentre continuo a correre lungo la strada, una nuova ondata di paura si abbatte su di me. Max. Dopo tutto quello che ha fatto, non ci penserebbe due volte prima di portare via Elise, ma perché dovrebbe rapire anche Mary? Non può averci trovate, Elise e Mary devono essere ancora qui, ma Clogherhead è piccola e ormai mi rimangono poche possibilità. Rifletti, Jo, rifletti. C'è la sede della Royal National Lifeboat Institution, più avanti lungo la spiaggia, ma in pratica è poco più di un capanno con dentro una scialuppa di salvataggio. Forse sono dal dottore? Magari Elise si è svegliata con la febbre o è caduta dal letto? Ma dove sarà l'ambulatorio medico? Non ne ho idea. Potrei chiedere all'ufficio postale.

Ci metto meno di due minuti a raggiungerlo e ci arrivo senza fiato. Quando apro la porta, suona un campanello.

In piedi davanti all'espositore dei dolciumi, con la schiena rivolta verso di me, c'è una bambina che indossa un berretto color crema fatto a maglia, con un grosso pompon in cima, e un cappottino di lana rosso con bottoni dorati scintillanti.

« Li-Li? » La voce mi esce come un sospiro o poco più, ma basta a far girare la bambina per vedere chi ha parlato.

« Mami! » Il suo visino s'illumina ed Elise mi corre incontro, con le braccia aperte.

« Oh, mio Dio. » La sollevo e la stringo forte, premendo il viso contro il suo, ma non ha l'odore di mia figlia: invece del suo profumo dolce e caldo, sento odore di acido e muffa. I vestiti che indossa non li ho comprati io, e non sono nemmeno quelli che mi ha dato Helen.

« Helen? » Mary compare da una delle corsie, con un lecca lecca in una mano e uno sfilatino di pane nell'altra. Guarda la donna dietro il bancone, che ci fissa con malcelata curiosità. « Helen », ripete Mary. « Usciamo a fare due chiacchiere. »

Senza darle il tempo di dire altro, esco dall'ufficio postale camminando all'indietro, sempre con Elise tra le braccia, e mi metto a correre. Mia figlia, però, è troppo pesante da portare, e la mia corsa diventa prima una corsetta e poi una camminata veloce. Mary è dietro di me, sento il rumore delle sue scarpe sul marciapiede, mentre si affretta per raggiungermi.

« Helen, aspetti! » grida.

« Ci lasci in pace. » Cerco di accelerare il passo, ma mi fanno male le braccia e mi cola il sudore sul viso.

Elise si agita e mi toglie una mano dal collo. « Lecca lecca! » grida. Si dimena selvaggiamente, scalciando con gli stivali sulle mie cosce e inarcando la schiena. Non ho la forza di oppormi, così la metto giù e la prendo per mano.

« Ha idea di che spavento mi sono presa? » dico a Mary mentre si avvicina. « Non può portare fuori mio figlio senza dirmi dove sta andando. Non può fare una cosa del genere, Mary! »

Lei si ferma all'improvviso. « L'ho solo portata a prendere un lecca lecca. Quando si è svegliata dal sonnellino, non la smetteva di piangere. Le ho provate tutte per calmarla, la TV, un biscotto, mi sono messa a cantare... ma continuava a chiedere di lei, così... » Apre il palmo della mano, mostrando un lecca lecca avvolto nella sua confezione. « Non volevo disturbarla, ho visto quanto era turbata per suo padre e... »

« Sono tornata al bed and breakfast e lei non c'era. Avevo il terrore che fosse successo qualcosa di orribile. »

« Ma... ma... le ho lasciato un biglietto. »

« Quale biglietto? »

« Sul tavolo dell'ingresso. Le ho scritto dove saremmo andate. »

« Non ho visto nessun biglietto. »

« Be', io... » Mary sembra davvero sconvolta. « Sono sicura di averlo lasciato. Oh, Helen, mi dispiace tanto, non volevo spaventarla, ma la piccola sta bene. Le ho messo dei vestiti caldi perché i suoi erano ancora bagnati da quando siete andate in spiaggia stamattina. Non le è successo nulla di male. »

La piccola. Sento un brivido lungo la schiena: durante tutta la conversazione, Mary ha parlato di Elise al femminile, me ne accorgo solo ora. Ha fatto indossare a Elise i vestiti di un'altra bambina e continua a parlarne al femminile. Quando l'ha scoperto? Nel momento in cui le ha messo il cappotto di un'altra bambina? Nel momento in cui siamo arrivate? Non mi ha chiesto perché vesto mia figlia da maschio, né perché l'ho presentata come mio figlio. Ma lo farà: lo capisco dal modo in cui il suo sguardo rimbalza da me a Elise. Devo andarmene da qui prima che inizi a fare domande o, peggio, che parli con la polizia.

«Bentornati!» Sean scende rilassato le scale in tenuta da corsa, con pantaloni aderenti, maglia termica a maniche lunghe e scarpe da ginnastica, mentre io, Elise e Mary rientriamo infreddolite nell'ingresso, al caldo. Sulla via del ritorno, la conversazione tra noi è proseguita in maniera innaturale: Mary non ha detto nulla sul fatto che mio «figlio» è in realtà una femmina, e io non ho parlato della cameretta all'ultimo piano. Ci siamo concentrate su Elise, chiedendole se si fosse divertita stamattina in spiaggia e se riusciva a vedere il gabbiano appollaiato su un lampione. Con la coda dell'occhio, vedevo Mary lanciarmi strani sguardi e mi sembrava quasi di sentire la sua mente che ronzava. Anche lei stava fingendo che tutto andasse bene, come me, mentre in segreto pensava di chiamare la polizia non appena fossimo rientrate? Volevo dirle la verità, spiegarle perché ho reagito in maniera eccessiva quando ho scoperto che Elise non era nel suo letto, ma come faccio a fidarmi di una completa sconosciuta se non posso fidarmi nemmeno di mio marito?

«Ho buone notizie per te, Helen», dice Sean porgendo la mano a Elise per darle il cinque. «Hanno chiamato dall'officina per dire che puoi ritirare la macchina domattina.»

«Oh, fantastico.» Sono così sollevata che quasi mi cedono le gambe. Questa notizia mi concede varie opzioni: il volo per Manchester parte domani sera tardi, quindi posso andare in macchina a Drogheda, ritirare i soldi per pagare Mary e ripartire.

«Sapevo che ti avrebbe fatto piacere. Ehi, Mary, cos'ha trovato sul pavimento?» Si gira a guardare la padrona di casa, accucciata accanto al tavolino dell'ingresso. «Qualcuno le manda lettere d'amore?»

«No.» Mi consegna il biglietto, poi si gira per andare in cucina.

«Che cos'è? Una notifica di sfratto?» chiede Sean ridendo, mentre lo leggo.

Scuoto la testa.

Helen, siamo all'ufficio postale per comprare un lecca lecca. Lee ha avuto un risveglio agitato e non volevo disturbarla da Carmel.

Mary

Elise sta dormendo, raggomitolata accanto a me sul letto matrimoniale, con il viso affondato nel pelo grigio e morbido del suo elefantino. Fuori, oltre le tende chiuse, è buio e l'unica luce nella camera è il televisore acceso nell'angolo, che sfarfalla silenzioso. Sono le undici di sera e anch'io dovrei dormire, ma non riesco a far tacere la voce nella mia testa che mi dice che ho fatto un errore a restare qui un'altra notte. Sembra che i muri si stiano richiudendo intorno a me, ma senza l'auto non possiamo andare da nessuna parte.

Le assi del pavimento sopra la mia testa scricchiolano: Mary si sta muovendo nella sua stanza, neanche lei riesce a dormire. Ho ancora impressa in mente l'immagine delle sue spalle cadenti e della luce che le si spegneva negli occhi quando mi ha dato il biglietto, e poi il viso della bambina della fotografia. Chi era? La figlia di Mary? La nipote? Per quale motivo dovrebbe aver conservato una stanza in quello stato se non ci fosse un legame del genere? L'arredamento della stanza sembrava piuttosto antiquato, e la foto era sbiadita. In più, Mary ha fatto una smorfia quando le ho detto di essere vedova, ed era sconvolta dopo aver impedito a Elise di uscire in strada. Che sia successo qualcosa di tremendo a sua figlia? Credo di non essere l'unica persona con dei segreti, in questa casa.

Vorrei parlare con Mary, vorrei chiederle scusa. Ha salvato la vita a Elise ed è stata molto gentile con me quando ho saputo di papà, e io come l'ho ricambiata? Gridandole contro perché aveva portato fuori mia figlia per comprarle un lecca lecca. Mi sto trasformando in una persona che non riconosco, di quelle che non parlano con gli sconosciuti, che sbirciano da dietro le tende, che s'insospettiscono se un uomo gentile si ferma con la sua auto per dare una mano. Una di quelle persone che sono sempre in fuga.

Negli ultimi giorni, ho fatto cose che un mese fa mi avrebbero provocato un attacco di panico in piena regola: ho guidato su strade che non conoscevo, ho preso il traghetto e ho dormito in due diversi bed and breakfast. Anche se non mi sono ancora liberata dall'ansia e dalla paura, non avrei mai pensato di poter fare tutti questi progressi nel superamento della mia agorafobia. Ho respirato l'aria di mare, ho corso sulla spiaggia tenendo per mano mia figlia, ho riso, giocato ed esplorato il mondo insieme a lei, eppure tutto questo l'ho fatto guardandomi continuamente alle spalle. Non sto vivendo, non *stiamo* vivendo. Come posso offrire a Elise un'infanzia felice se non smetto mai di cercare pericoli, se ho il terrore di far avvicinare qualcuno perché temo che possa tradirmi?

Max. È colpa sua se mi sento così. Ma quali prove ho? Anche se chiedessi a Naija di parlare con il mio avvocato e con la polizia, cosa potrei dimostrare? Che Max si è introdotto nella casa di cui è proprietario insieme a me? Che ha mentito alla nostra vicina dicendo che era esploso un tubo? Lui potrebbe giustificarsi dicendo che voleva sbarazzarsi di una vicina impicciona o farla arrabbiare. Non posso dimostrare che è stato lui a piazzare la droga in casa, a meno che non ci siano le sue impronte digitali sulla confezione, ma durante l'interrogatorio ho chiesto al sergente Merriott se avrebbero preso le impronte digitali e lui mi ha risposto di no, perché si trattava di un quantitativo troppo esiguo. Sulla richiesta di affidamento presentata al tribunale, Max ha indicato il mio arresto come uno dei motivi per cui non sarei in grado di prendermi cura di Elise e, quando io ho detto al signor Harrison che non era vero, lui ha alzato un sopracciglio e mi ha risposto: «Se ha mentito al tribunale, rischia di essere incriminato per falsa testimonianza». Devo dimostrare che lo ha fatto, ma come? Forse Naija sa più di quanto non mi abbia detto nelle email. Devo parlare con lei.

Strofino il pollice sullo schermo spento del mio cellulare. Posso azzardarmi ad accenderlo e mandarle un SMS? Devo correre il rischio.

Premo il tasto di accensione, attendo che lo schermo prenda vita e apro l'applicazione dei messaggi. Il telefono produce una serie infinita di *bipbip* per segnalare l'arrivo di nuovi SMS, ma io li ignoro tutti e scrivo alla mia vicina.

Naija, per favore chiamami appena ricevi questo messaggio. È URGENTE. Jo. X

Appoggio il telefono sul comodino. Elise è accanto a me e tira su con il naso. Mi sistemo meglio sui cuscini, ma non perché voglio rilassarmi: c'è qualcosa che mi assilla, qualcosa d'importante che devo aver visto o sentito, ma che ho ignorato. Di cosa si tratta?

53

Ce l'ho fatta, Jo, sono in Irlanda, e fra poco saremo di nuovo insieme. Quando dico «saremo», intendo io ed Elise. Non ti riporterò in Inghilterra con noi, dovrai cavartela da sola. Magari posso risolvere in fretta la faccenda con una telefonata alla Garda *e alla polizia di Avon e Somerset, per avere la sicurezza che ci sia qualcuno a tenerti compagnia sull'aereo. Ho paura che non ti piacerà il carcere, tesoro: innanzitutto non c'è modo di fuggire, e poi ci sono le altre carcerate, che certo non renderanno la vita facile a una donna che ha fatto del male a sua figlia. Mi sento ancora male quando penso ai lividi. Lorraine Hooper mi ha detto come li ha descritti la dottoressa: grandi segni sparsi su tutto il corpo di Elise. Perché hai fatto una cosa del genere alla nostra bambina, Jo? Eri frustrata a causa dell'arresto per droga? Quello è stato un avvertimento, Jo, per farti capire quanto sei vulnerabile senza di me, non un invito a prendertela con nostra figlia. Stavi programmando di portarla a Chester, ma l'arresto ti ha rovinato i piani, vero? Ti ha fatto capire quanto hai bisogno di me. Chi è la prima persona che hai chiamato? Me. A chi hai chiesto di rimanere a casa per la notte? A me. Avevi bisogno di me, Jo, e io ho solo cercato di farti capire quanto.*

Max parcheggia l'auto a noleggio e, senza quasi guardare il bel timpano della Chiesa del Sacro Cuore, oltrepassa il cancello nero di ferro ed entra nell'edificio. Si ritrova in una stanza dalla strana forma ovale, con pareti bianche, profonde finestre incassate e numerose file di panche di quercia. In fondo, dietro l'altare, un'enorme finestra a dodici vetrate offre una spettacolare vista sulla spiaggia e sul Mare d'Irlanda. Lui però non è lì per la vista, ma per il sacerdote. Sul sito web della chiesa non c'era nessun numero di telefono, quindi è venuto di persona, direttamente da Dublino. Peccato che non ci siano sacerdoti in giro: l'unica persona nella chiesa, oltre a lui, è una donna anziana, che sta sistemando alcune candele sui supporti.

Max guarda l'orologio: sono le nove e mezzo del mattino. Secondo quanto ha letto sul sito, la messa si terrà alle 10.15, quindi il sacerdote non può tardare molto. Guarda di nuovo l'anziana: forse lei sa dove può trovarlo. Proprio quando s'incammina verso di lei, una porta laterale si apre e compare un uomo vestito di nero con un collare bianco. Eccolo! Max si affretta ad andargli incontro, tendendogli una mano e stampandosi in faccia un sorriso che spera si riveli convincente. « Max Blackmore, piacere di conoscerla. »

L'uomo gli prende la mano e la stringe con decisione. « Padre O'Shea. Come posso aiutarla? »

« Vorrei consultare le vostre pubblicazioni di matrimonio, se fosse possibile. Sto cercando di risalire alle mie radici irlandesi. »

« Ah. » Il sacerdote fa un'espressione che provoca un tonfo al cuore di Max. « Spero che non sia venuto da molto lontano. »

« Da Bristol. »

« Oh, ha fatto un bel po' di strada. Max, sono spiacente di dirle che le pubblicazioni di matrimonio non ci sono più, sono andate distrutte in un incendio avvenuto un paio d'anni fa. È stato terribile, abbiamo perso molti oggetti preziosi. »

« Ma... io li ho trovati online... il sito di genealogia che ho consultato... »

« Sì, certo, perché sono stati fotografati molti anni fa ed esistono copie dei certificati all'ufficio del registro generale di Roscommon. Il sito che ha consultato non aveva copie disponibili? Pensavo che si potessero ordinare. »

« Si può fare, è vero, ma... ehm... ho molta fretta e speravo di trovare informazioni oggi stesso. » Max si passa una mano tra i capelli, sforzandosi di nascondere l'irritazione. Sa che il sacerdote sta cercando di aiutarlo, ma è come se gli stesse dicendo: *Sei fregato, figliolo.*

«Oh.» Il sacerdote si gratta il mento. «Vediamo, sono qui da dieci anni, se il matrimonio è recente forse potrei aiutarla.»

«Risale agli anni '70.»

«Capisco. Molto prima che arrivassi, purtroppo.»

«Sì.» Max annuisce bruscamente. «Grazie lo stesso.»

«Che Dio la benedica», lo saluta Padre O'Shea mentre esce dalla chiesa.

Che Dio la benedica? *Non mi serve l'aiuto di Dio, e nemmeno quello della polizia. Riuscirò a trovarti anche senza aiuto, Jo. Sono bravo con le persone, dico loro quello che vogliono sentirsi dire: l'ho fatto con te quando ti ho detto di aver denunciato l'intrusione in casa nostra, e l'ho fatto con i tuoi amici, fingendomi preoccupato per te quando non sei andata a prendere Elise al nido, anche se sapevo che stavi dormendo sul divano. Sì, Jo, ti ho vista dalla finestra. Quando ho bussato e non ti sei svegliata, ho portato Elise in hotel per provare a farti rinsavire. Poi, il giorno che sei stata arrestata per possesso di droga, ti ho detto che stavo aiutando la polizia con le indagini e tu mi hai creduto, anche quando mi sono inventato di aver riferito al sergente Merriott delle persone su cui avevo indagato per lavoro, ti ricordi? Be', non gli ho detto nemmeno una parola sul mio lavoro, gli ho raccontato che sei una malata di mente e che ti stavi curando da sola con farmaci illegali per arrivare a fine giornata; la stessa cosa che ho detto a Lorraine Hooper. E loro se la sono bevuta, perché la gente crede a quello che vuole sentirsi dire. Non avrei mai e poi mai parlato con loro di Paula.*

Oh, sì, certo che la conosco, Paula, ma non lo ammetterò con nessuno, meno che mai con te.

54

«Beebies», dice Elise, indicando la televisione. Quando siamo tornate in camera, dopo la colazione, ha insistito per togliersi tutti i vestiti e ora è seduta sul letto in mutande, a bere un bicchiere di latte, tutta contenta. Il raffreddore le è quasi passato, ormai, e i lividi sono sbiaditi, anche se non sono ancora scomparsi. Ogni volta che li vedo, mi sento male.

«Elise, ti verrà di nuovo il raffreddore.»

Protesta sonoramente quando la costringo a indossare una maglietta a maniche lunghe.

«*Sst.* Mary ti sentirà.»

La padrona di casa non mi ha perdonata per quello che è successo ieri: quando siamo entrate in sala da pranzo, ha fissato un punto poco sopra la mia testa e mi ha chiesto con voce piatta cosa volevamo da mangiare. Tutto il calore, la vulnerabilità e la gentilezza che ci aveva mostrato nelle ultime quarantott'ore sono svaniti, ed è tornata la donna fredda e impenetrabile che abbiamo conosciuto al nostro arrivo. Ho spostato indietro la sedia e mi sono alzata, desiderosa di porgerle le scuse che mi ero preparata ieri sera, ma prima che potessi aprire bocca lei mi ha fulminata: «Due colazioni irlandesi, una senza pudding. Arrivo subito». E se n'è andata in cucina.

Quando è tornata con latte e caffè non ha detto nulla, limitandosi a lanciare un'occhiata a Elise mentre la serviva. Dopo la colazione, ci ho riprovato e l'ho seguita in cucina pregandola di parlarmi. Le ho detto che ero profondamente dispiaciuta, ma mi ha guardata con freddezza, dicendo che aveva molto lavoro da fare e dandomi le spalle per aprire la lavastoviglie. Non ho avuto altra scelta che tornare nella mia stanza.

«Beebies», ripete Elise.

«Non c'è CBeebies, tesoro, però questo programma sembra carino, ci sono i numeri, ti piacerà.» Raccolgo da terra un pigiama sporco e lo infilo in un sacchetto di plastica. Visto che torniamo in Inghilterra in aereo invece che con il traghetto, dovrò lasciare molte cose in macchina, nel parcheggio dell'aeroporto. Chissà se e quando riuscirò mai a riprenderla. Dovrò trovare un modo per restituirla a Helen.

«Voglio *Justin's House*», dice mia figlia con voce triste, poi si sistema con la schiena contro i cuscini e infila l'elefantino Effie sotto il piumone, mentre in TV un bimbo avanza barcollando verso un numero uno fatto di palline di plastica. Non sarà il suo programma preferito, ma è colorato e vivace e la musica di sottofondo è adeguatamente allegra.

Un suono acuto mi fa sobbalzare: è il mio cellulare che vibra sul comodino. Sullo schermo compare il nome di Naija.

«Naija?» rispondo.

«Jo! Oh, mio Dio, eravamo così preoccupati per te. Dove sei?»

Sembra passata una vita dall'ultima volta in cui ho parlato con lei, davanti a casa, per chiederle di tenermi Elise perché dovevo inseguire Paula.

«Non posso dirtelo, e dobbiamo fare in fretta. Non so se stanno localizzando la chiamata.»

«Localizzando?» Sento l'incredulità nella sua voce. «Oh, santo cielo, Jo. Cos'è successo? State bene?»

«Sto bene, sì, e anche Elise. Ascolta, ho ricevuto le tue email, quelle su Max e il tubo scoppiato.» Prendo il blocco da disegno di mia figlia e sfoglio le pagine finché non trovo gli appunti presi ieri sera. «Sei sicura di aver visto Max che entrava in casa giovedì 10 febbraio?»

Naija rimane in silenzio per un attimo, prima di rispondere. «Sì, ne sono sicurissima. Ero appena tornata dallo zoo con i gemelli, e Jayesh si era vomitato addosso, sporcando anche il seggiolino dell'auto. Shaan aveva lanciato il suo giocattolo fuori dalla finestra mentre cercavo di pulire suo fratello, e in quel momento ho visto Max sul vialetto di casa vostra. Gli ho detto che era insolito vederlo a quell'ora del giorno, e lui mi ha risposto che era tornato perché vi era scoppiato un tubo.»

«Hai visto arrivare un idraulico?»

«Be'... non è che abbia passato tutto il pomeriggio a guardare fuori, però no, non mi sembra. Di solito i bambini corrono alla finestra quando sentono un'auto parcheggiare, per vedere se è arrivato il loro papà, ma quel giorno non l'hanno fatto.»

«Hai visto altre persone entrare o uscire di casa?»

«No.»

«E non hai sentito Max parlare con qualcuno? Non hai visto niente di strano? Nessuno in giardino o nel vicolo sul retro?»

«No, nessuno. Niente di niente.»

«La seconda volta che hai visto Max è stato lunedì 14 febbraio?»

«Sì, esatto, appena prima di partire per l'India, subito dopo pranzo. Mio padre era venuto a prendere il gatto, e lo stavo salutando sulla porta quando ho visto Max che usciva da casa vostra. Mi sono stupita, perché non avevo visto nessuna delle vostre auto in strada nei giorni precedenti e non mi ero nemmeno accorta che Max fosse in casa. Non si è fermato a salutare, quindi l'ho chiamato per chiedergli se il problema con le tubature fosse stato sistemato. Lui mi ha risposto di sì e ha proseguito.»

«Come ti è sembrato?»

«Ostile. Ma che diavolo sta succedendo, Jo? La settimana scorsa, quando siamo tornati dall'India, eri su tutti i notiziari. Aakarsh ha visto la tua foto in TV e mi ha chiamata in soggiorno a guardare, non potevo crederci.»

«È una storia lunga.» Guardo verso Elise, che è scesa dal letto e sta rovistando nella scatola di giocattoli che Mary ci ha prestato. «Ascoltami, Naija, ho bisogno che tu vada a parlare con la polizia.»

«L'ho già fatto.»

«Cosa?»

«Hanno bussato alla porta qualche giorno fa, poco dopo che ti avevo scritto un'email. Mi hanno chiesto se sapevo dove fossi, ma gli ho detto di no.»

«Devi parlarci di nuovo, e devi dirgli quello che hai appena detto a me su Max.»

«Certo, ma perché?»

«Perché è colpa sua se sono fuggita. Mi ha incastrata sia con la polizia che con i servizi sociali, per farmi apparire come una madre inadeguata.»

«Ma perché non torni indietro a denunciarlo? Ti accompagnerò io dalla polizia.»

«Non posso, non ancora.»

«Perché no? Se non hai fatto nulla di male, sono sicura che...»

«Elise, no!» grido, distratta da mia figlia, che ha perso interesse per la scatola dei giochi e sta cercando di prendere quella con i ricordi di Henry. L'avevo tolta dall'armadio, prima di colazione, e l'avevo poggiata ai piedi del letto per non dimenticarmela. Faccio uno scatto verso di lei, ma l'ha già afferrata e sta provando a sollevarla. Guardo sconvolta la scatola che s'inclina in avanti, il coperchio che si apre, e decine e decine di banconote che si rovesciano a terra.

55

Dai, Max, ce la puoi fare, puoi trovarla. Non hai fatto tutta questa strada per arrenderti proprio adesso.

Max sta scomodo nella sua macchina. Ha spostato il sedile più indietro che ha potuto, ma lo spazio per le gambe è terribilmente stretto. È ancora parcheggiato fuori dalla Chiesa del Sacro Cuore, con il suo nuovo cellulare in mano, a guardare lo schermo. Ha trovato un sito web secondo cui gli unici registri conservati a Roscommon sono certificati di nascita, morte e matrimonio precedenti al 1921, e per ottenerli è necessario compilare un modulo e inviarlo. Tanto valeva che restasse a Bristol ad aspettare quella dannata copia del certificato di matrimonio.

Ormai però è lì, in Irlanda, proprio come Jo ed Elise: l'isola è grande e loro potrebbero essere ovunque. Se lui fosse in fuga, sceglierebbe un posto a caso, un paese o una città con cui non abbia nessun legame, per potersi perdere tra la folla e il frastuono, ma Jo non è come Max, lei è debole e sentimentale, oltre che agorafobica, naturalmente. Non riesce a immaginarla nascosta in un monolocale o in una stanza d'albergo in una grande città sconosciuta come Dublino o Cork. No, Jo andrebbe in un posto dov'è già stata, in cui si sente al sicuro. Fuggirebbe verso il villaggio sulla costa orientale dov'è cresciuta, Max ne è certo.

Apre la mappa dell'Irlanda, prende una penna dalla tasca e cerchia il nome di tutti i paesi sulla costa orientale a nord di Dublino: Howth, Portmarnock, Malahide, Skerries, Balbriggan, Laytown, Bettystown, Termonfeckin, Clogherhead, Annagassan. Continua a cerchiare i nomi finché non raggiunge il confine con l'Irlanda del Nord, poi si ferma e apre il suo taccuino.

Brigid Gallagher
Liam O'Brien
Joseph Kearney

Uno di questi due uomini è il padre di Jo.

Prende il telefono dalla tasca interna della giacca, lo sblocca e inclina la testa prima a sinistra e poi a destra. Impiegherà un po' di tempo a cercare tutte le diverse combinazioni di nomi e paesi sull'Irish News Archive, ma se non vuole aspettare di ricevere un certificato di matrimonio via posta, non ha altra scelta.

Digita le parole *Brigid Gallagher, Howth* e avvia la ricerca. Sullo schermo compaiono dei messaggi: «Ricerca fra gli archivi in corso», «Si prega di attendere», «Caricamento in corso», «A causa della grande quantità di dati, potrebbe essere necessaria una breve attesa».

Una breve attesa. D'accordo, posso attendere. Ormai sono esperto di pazienza. Mi ci è voluto molto tempo per guadagnarmi la fiducia di Ian White, non era certo il tipo che avrebbe confidato i suoi segreti al primo che passa soltanto perché fa domanda per un posto di lavoro nel recupero crediti. Mi sono fatto strada con le lusinghe, ho tenuto la testa bassa, ho fatto quello che mi veniva detto senza fare domande. Ho studiato gli altri: guardavo come interagivano tra loro e con Ian, ho capito cosa lo faceva divertire e cosa lo irritava, l'ho visto fare un gran sorriso mentre uno raccontava di aver terrorizzato una famiglia con figli piccoli, e ho sorriso anch'io, anche se dentro di me avrei solo voluto sfondargli il cranio a pugni. Mi sono finto impressionato mentre mi diceva quanti negozi possiede in tutto il Paese, o quando mi spiegava che è più semplice intimidire la gente del Sud-est rispetto a quella del Nord-ovest. Ho detto che le donne erano stupide sgualdrine, ho flirtato con Paula, sempre facendo attenzio-

ne a non esagerare, perché lei aveva una storia con Ian e, se facevi incazzare lei, s'incazzava anche lui. Il primo passo avanti l'ho fatto quando Ian mi ha invitato nel suo ufficio sul retro a tirare una striscia di coca con lui.

La coca... avrei voluto stare il più possibile lontano da quella merda, ma ho abbassato la testa sulla scrivania e ho aspirato. Ian mi diceva di chi si fidava e chi invece considerava un inutile idiota, mi lasciava contare le entrate del giorno, però mi chiedeva di uscire dalla stanza quando metteva i soldi in cassaforte. Un giorno, però, non è stato molto prudente: eravamo andati al pub, e lui si era dimenticato di prendere dalla cassaforte i soldi per pagare il suo spacciatore, così mi ha chiesto di tornare in ufficio con lui. Voleva avere accanto qualcuno di grosso, nel caso in cui si fosse trovato davanti un cliente arrabbiato e desideroso di prenderlo a pugni. L'ho detto quanto era paranoico? Paranoico, sì, e cocainomane: una combinazione pericolosa. Quella sera, però, era ubriaco e non si è preso la briga di farmi uscire mentre apriva la cassaforte, così ho sbirciato la combinazione e l'ho memorizzata. Ho visto anche quanti soldi c'erano.

A quel punto, avevo raccolto abbastanza informazioni da scrivere il mio articolo e passare tutte le prove raccolte alla polizia. Dovevo solo fare in modo che non ci fosse nessuno in ufficio quando sarebbero andati ad arrestarlo. Il mio contatto mi ha fatto una soffiata: l'avrebbero arrestato alle tre di domenica mattina, per coglierlo impreparato mentre dormiva. Così a quell'ora sono andato in ufficio, con il mazzo di chiavi di scorta che avevo rubato il venerdì. Conoscevo il codice dell'allarme e la combinazione della cassaforte, e mi sono preso diecimila sterline. L'ho fatto per Elise, per i tre mesi passati a lavorare tutte le sere e nei fine settimana, per tutto il tempo così importante che non avevo potuto passare con la mia piccolina. Quei soldi erano il mio modo di farmi perdonare da lei: una volta finita la scuola, io mi ero ritrovato al verde, mentre a Elise non sarebbe successo, perché il suo papà avrebbe sempre provveduto a lei.

Quello che non sapevo era che Ian aveva installato delle telecamere nascoste nell'ufficio sul retro. Paula invece lo sapeva.

56

«Sean?» Busso alla porta di camera sua, pregando che ci sia; non l'ho visto a colazione ed è probabile che sia tornato a Dublino per passare il fine settimana con i genitori e le sorelle. «Sean?» Busso di nuovo, due volte e in modo deciso.

Sento un colpo, un «Cazzo!» pronunciato a voce alta e poi la porta si apre. «Oh, sei tu.» Sean indossa solo un paio di boxer blu scuro, mi fissa con lo sguardo annebbiato e poi allunga una mano per strofinarsi l'alluce del piede destro. «Ho sbattuto contro quel maledetto battiscopa. Per la miseria, il battiscopa c'era anche ieri sera quando sono andato a dormire, non è comparso stanotte.» Si raddrizza e sorride. «Scusa, Helen. Hai bisogno di qualcosa?»

«Mi dispiace di averti svegliato», dico. «Ma... avrei bisogno di un favore. Non te lo chiederei, se non fosse importante.»

«Non c'è problema, dovrei essere a correre in questo momento, ma non mi sono svegliato.» Rabbrividisce e incrocia un braccio sul petto nudo. «Come posso aiutarti?»

«Mi chiedevo se potessi accompagnarmi a un Internet cafè a Drogheda, perché ho bisogno di consultare la mia casella email di lavoro.»

«Puoi usare il mio portatile, se vuoi, al lavoro mi hanno dato una chiavetta per connettermi a Internet. Dammi solo un minuto per vestirmi.»

«Sarebbe fantastico. Grazie mille, Sean.»

«Figurati.»

Quando chiude la porta, torno nella mia stanza e mi metto sul letto con Elise. Guardiamo la TV per qualche minuto, ma appena compaiono i titoli di testa del programma, lei si disinteressa e scende dal letto.

«Scatola! Mami, scatola!» Barcolla fino all'armadio, poi alza le braccia ed emette un lamento acuto.

«Che cos'ha l'ometto?» chiede Sean, comparendo sulla soglia con indosso un paio di jeans e una maglietta, e con il portatile in mano.

«Piange perché non la faccio giocare con la scatola che ho messo in cima all'armadio.»

«*La?*» Il suo sguardo è confuso. «Lee è una femmina?»

«Sì, lo è sempre stata.» Gli faccio cenno di entrare. «Entra, ti spiego tutto.»

«Cristo!» Sean guarda Elise, che ha finalmente smesso di piangere e fissa rapita la TV, seduta sulla moquette. «Scusa.» Abbassa la voce. «Quindi tuo marito è una specie di mostro, Helen?»

«Jo.»

«Giusto, Jo.» Sembra davvero incredulo, e non posso certo biasimarlo, visto quello che gli ho appena rivelato. Avrei potuto mentire, inventarmi qualche stupida storia per spiegare perché ho fatto finta che Elise fosse un maschio, ma dovevo dirgli la verità. Devo iniziare a fidarmi delle persone, non posso più farcela da sola.

«Adesso mi spiego perché Elise continuava a dire di chiamarsi Lee, e poi le bambole e tutto il resto.»

«Ho cercato di farle dire che si chiama Ben, ma non ne ha voluto sapere.»

«No, certo.» Sorride. «Non so come avresti potuto convincerla.» Il suo sguardo si sposta sull'armadio e sulla scatola di Henry, sopra la quale è posato un sacchetto di plastica pieno di soldi. «Secondo te quanti soldi sono?»

«Varie migliaia.»

«Accidenti.»

«Già.»

«E come ci sono finiti lì dentro?»

«Non lo so, ma credo che possa esserci un'email che spiega tutto.»

Guarda tu stessa, Jo.

Ho intravisto un'email nella mia casella di posta che era contrassegnata come spam e aveva un allegato. Lì per lì, non le ho dato importanza, ma ora sono convinta di doverla aprire.

« Va bene, allora, ecco a te. » Sean mi passa il suo portatile e rimane in attesa, mentre io mi collego alla mia email di lavoro e scorro i messaggi in arrivo.

Guarda tu stessa, Jo.

Il nome del mittente è Fiona Spelling, il capo di Max. Faccio doppio clic per aprirla e intanto prego che sia importante.

Scorro tutto il messaggio, poi lo leggo di nuovo.

Ciao Jo,

non so se riuscirai a leggere questo messaggio, ma ho pensato che era il caso di scriverti ugualmente. C'è qualcosa che devi sapere: Max ha mentito quando ha detto di non conoscere Paula Readman. Ha mentito a te e anche a me. Paula Readman era una dipendente di Cash Creditors, il giro di strozzini su cui tuo marito stava indagando. Max ha preso qualcosa che secondo Paula appartiene a lei: ha rubato una grossa somma di denaro da una cassaforte. Siamo riusciti ad ascoltare i messaggi vocali che Paula gli ha lasciato sul telefono del lavoro, in cui minacciava di fare del male a te e a tua figlia. Max li aveva cancellati, ma il mio tecnico informatico è riuscito a recuperarli.

Ti allego un'immagine presa dalle telecamere a circuito chiuso della sede della società di recupero crediti, per dimostrarti che sto dicendo la verità. Paula ha cercato di estorcermi denaro in cambio del filmato, ma non le darò nulla. Ho passato tutto alla polizia e, in questo momento, stanno dando la caccia a Max e a Paula.

Non so perché tu abbia deciso di fuggire insieme a tua figlia, e fatico a immaginare quanto tu possa essere impaurita, ma se hai bisogno di qualcuno con cui parlare, sappi che puoi contare su di me. Hai il mio numero diretto, se ti serve.

A presto,

«Oh, mio Dio, leggi qui.» Appoggio il portatile sulle ginocchia di Sean, poi crollo in avanti con la testa tra le mani. Non ci credo: non solo Max ha cercato di farmi passare per una madre inadeguata, ma ha fatto anche questo. Mi ha mentito guardandomi negli occhi, dopo che Paula mi aveva minacciata, e ha giurato sulla vita di Elise di non conoscerla. Che razza di uomo ruba migliaia di sterline e mette consapevolmente a rischio l'incolumità della sua famiglia? Avrebbe potuto restituirle, invece ha mentito e ha continuato a mentire, e per tutto questo tempo i soldi erano nascosti nella scatola dei ricordi di Henry. Il solo pensiero di lui che infila quel denaro sporco tra i preziosi ricordi di suo figlio mi dà la nausea.

«L'hai visto questo?» Sean punta un dito verso lo schermo.

Ed eccolo lì: mio marito che prende mazzi di banconote da una cassaforte, con lo sguardo rivolto proprio verso la telecamera nascosta, e un bel sorriso stampato in faccia.

«Lo sai cosa significa, questo?» dice Sean. «Significa che sei al sicuro e che non devi continuare a scappare. Andrà tutto bene.»

57

È stato un crimine senza vittime, Jo. Quei soldi non sarebbero mai stati restituiti alle persone truffate da Ian White, perché se li sarebbe tenuti il governo. Io ne ho solo preso una piccola parte per il disturbo, l'ho fatto per Elise.

Dopo averli presi, per qualche settimana non è successo niente e ho pensato di averla fatta franca, ma poi la mia storia è stata pubblicata e Paula ha capito chi ero. A quel punto, ha iniziato a chiamarmi, a lasciarmi messaggi e messaggi sulla segreteria telefonica del lavoro, minacciando di prendersela con la mia famiglia se non le avessi restituito il denaro. Non le ho creduto: quella è una stronza arrogante, ma non è tipo da picchiare la gente e di certo non avrebbe rischiato di spezzarsi un'unghia per fare del male a qualcuno. I suoi gorilla non c'erano più, perché Ian e la sua banda erano in carcere, perciò era rimasta sola. Quando ho sentito il messaggio in cui dicevi che temevi avessero rapito Elise, ho dato di matto e finché non sono arrivato a casa ho davvero temuto che Paula avesse dato seguito alle sue minacce, ma non si era nemmeno avvicinata a nostra figlia. Tutta quella scenata che aveva fatto, salire in macchina con te e darti il guanto di Elise, era una stronzata, un debole tentativo di spaventarmi. E invece su di te ha avuto effetto, vero? Una madre sana di mente si sarebbe scagliata contro un'estranea che minacciava sua figlia, o per lo meno avrebbe chiamato la polizia. Ma tu no, Jo. Tu sei scappata e le hai fatto credere di avere il controllo della situazione. Se avessi stroncato le sue velleità sul nascere, forse Paula se ne sarebbe andata al diavolo. E invece no, ha alzato la posta, mi ha aspettato fuori dal lavoro e mi ha detto del filmato. Questo non mi preoccupava, in realtà: cosa avrebbe potuto farsene, mostrarlo alla polizia? Al mio capo? Non avrebbe comunque riavuto i suoi soldi.

Poi si è presentata nella nostra strada e tu l'hai spintonata. Quella volta ho quasi provato rispetto per te, Jo. Quasi.

Ho cercato di aiutarti, ho fatto tutto quello che potevo per sostenerti dopo la morte di Henry, anche se mi sentivo come se mi avessero tagliato il cuore a metà. Ti ho concesso i tuoi spazi, ti ho lasciata piangere, ho aspettato che il dolore si placasse e che potessimo cominciare a ricostruire le nostre vite, ma nulla di quanto ho detto o fatto ha cambiato le cose. Riesci a immaginare quanto sia frustrante guardare qualcuno che ami appassire in questo modo? Ho cercato di parlare con te, d'incoraggiarti, di convincerti a ricominciare. Ti ho implorata di farti aiutare e, quando ti sei rifiutata, ho minacciato di lasciarti se non ti fossi rivolta a un medico. Mi hai odiato per questo, ma la minaccia era un tentativo disperato, la mia ultima carta.

Sembrava che stessi migliorando dopo che hai iniziato la cura e le sessioni di terapia: eri meno ansiosa e più ottimista per il futuro. Hai anche lasciato che ti toccassi di nuovo, ma la prima volta che abbiamo fatto sesso sei rimasta incinta di Elise ed è andato tutto di nuovo a puttane. Dormivi pochissimo, non la perdevi di vista un momento e non volevi assolutamente che uscisse di casa, nemmeno con me. Hai idea di quanto mi abbia fatto sentire impotente sapere che mia moglie non mi riteneva in grado di badare a mia figlia? Mi sentivo soffocare, ma nonostante questo non me ne sono andato, ho lasciato che decidessi tu cosa poteva fare Elise e cosa no, e mi sono gettato a capofitto nel lavoro, perché quello era l'unico aspetto della mia vita che sentivo di poter ancora controllare.

Sono stato un ingenuo a pensare che saresti stata riconoscente, che avresti apprezzato i miei sacrifici, che mi avresti amato? In effetti sì, sono stato proprio un ingenuo, perché per tutto questo tempo tu pensavi in segreto di lasciarmi e di portare nostra figlia con te. DOPO TUTTO QUELLO CHE AVEVO FATTO PER TE. *Tu* SAPEVI *quanto io avevo sofferto quando mio padre mi aveva lasciato, sapevi che avevo giurato di non fare mai e poi mai la stessa cosa con i miei figli, e nonostante questo ti preparavi a portarmi via Elise. Stupida stronza egoista e crudele.*

Ero contentissimo quando mi hai detto di aver colpito Paula, perché così non potevi più denunciarla alla polizia, e loro non avrebbero mai scoperto il mio furto. E poi potevo nascondere la droga in casa con la certezza che avresti dato la colpa a lei. Non sarei stato più io il cattivo, perché avresti avuto bisogno di me per proteggere te ed Elise. È stato così, il giorno in cui ti hanno arrestata, vero? Ma il giorno dopo non ti servivo già più, perché sei scappata di nuovo dai tuoi. Mi hai usato, Jo, UN'ALTRA VOLTA. A quel punto, ho capito che non ne potevo più di offrirti altre possibilità: era arrivato il momento di far capire ai servizi sociali che non sei adatta a fare la madre. È stato sufficiente spargere tutto quello schifo per casa prima che arrivasse Lorraine Hooper. Fin troppo facile.

Finalmente ti ho trovata. Mi ci sono volute quasi due ore per cercare tutte le diverse combinazioni di nomi e paesi. La navigazione sul sito era vergognosamente lenta e il segnale continuava a cadere ogni due minuti, ma non mi sono fatto scoraggiare. Dovevo solo continuare a guidare fino a trovare un buon segnale e ricominciare la ricerca. Si chiama determinazione, Jo: io non mi arrendo finché non ottengo ciò che voglio. Dovresti saperlo, ormai.

Ho trovato anche lui, tuo padre. Liam O'Brien, indirizzo: Ard na Mara, Main Street, Clogherhead. Sposato con Brigid. Padre di Jo.

Clogherhead, ecco dove sei andata. Ho controllato su Internet: un villaggio di pescatori nella contea di Louth, con una popolazione di 3.026 abitanti. Tre pub, tre ristoranti e un take away. Anche se ti sei nascosta in una delle tante case vacanze, prima o poi dovrai uscire per comprare da mangiare.

Ti chiedi come ho fatto a trovare il tuo vecchio indirizzo, Jo? Indovina un po': tuo padre era sul giornale, e Brigid aveva ragione, era un uomo cattivo. Un uomo molto cattivo. Ora capisco perché non ti ha mai detto come mai è scomparso.

Ma io te lo dirò.

Voglio proprio godermi la tua espressione quando te lo dirò. Quando me ne sarò andato con Elise, non avrai nessuna voglia di restare a Clogherhead e credo proprio che neanche gli abitanti del luogo vorranno che tu rimanga.

58

Mary apre di soppiatto la porta del bed and breakfast, si china leggermente in avanti e guarda su e giù per la strada, rimanendo nascosta con il corpo. Helen è già a metà di Strand Street che spinge il passeggino con dentro la sua bimba. Mary era sul retro a caricare l'asciugatrice, quando ha sentito la porta d'ingresso che si chiudeva. Si è affrettata a andare in sala da pranzo per tirare le tendine e vedere chi fosse uscito, ma la strada era deserta. Per tutta la mattina, ha sentito al piano di sopra passi che andavano e venivano e porte che si aprivano e si chiudevano; all'inizio aveva pensato che fosse la bambina che giocava, ma quando si era affacciata dal fondo delle scale, fingendo di lucidare la ringhiera, aveva sentito delle voci, Sean che diceva: « L'ho trovato »; Helen che rispondeva: « Fantastico ». Poco dopo, si era chiusa una porta e in casa era tornato il silenzio. Mary aveva atteso qualche minuto, poi aveva salito le scale. L'unico rumore proveniente dalla camera di Helen era il suono di un programma per bambini in televisione. La porta della stanza di Sean invece era socchiusa, e una veloce sbirciata le aveva rivelato che lui non c'era.

Mary si era passata un dito sulle perle che aveva al collo; di solito, il loro peso le dava una sensazione di benessere, ma in quel momento le sembravano troppo strette, quasi come se la stessero strangolando. Non era contraria al fatto che i suoi ospiti stringessero amicizia: aveva visto nascere e crescere grandi legami nel corso degli anni, soprattutto tra alcuni degli ospiti fissi più anziani, per i quali la solitudine era quasi una seconda pelle, ma nell'attività convulsa del primo piano c'era qualcosa che la faceva sentire a disagio. Sean non era sceso per fare colazione, e lui non si perdeva mai un pasto.

Helen e sua figlia invece erano scese: Mary era entrata in sala da pranzo e le aveva trovate sedute al tavolo accanto alla cucina, Helen con un succo d'arancia in mano e la piccola che giocava con il cane di legno da trainare di Niamh, quello con una molla al posto della coda. Mary aveva sentito una fitta al cuore nel vederle sedute lì, con un'aria così serena, mentre lei aveva a malapena chiuso occhio. Tutto quello che aveva fatto per la piccola Lee era stato un atto di pura generosità, e cosa aveva ricevuto in cambio? Vedere Helen che entrava nell'ufficio postale come una furia e la guardava come se le avesse rapito la figlia. Per un momento, Mary si era sentita vicina a quella donna, a causa della sua vulnerabilità e del timore che le leggeva negli occhi, ma poi lei si era rivelata uguale a tutte le mamme che andavano a prendere i figli a scuola e le sorridevano in maniera forzata quando passavano davanti alla sua finestra, mentre mettevano una mano protettiva sulle spalle dei loro bambini. A Mary sembrava quasi di sentire i loro pensieri: non devo mai perdere di vista mio figlio, o quello che è successo a lei potrebbe succedere anche a me. Povera Mary, ha aperto la sua casa agli estranei perché non ha più una famiglia di cui prendersi cura, un esempio per tutti noi.

Helen ha cercato di scusarsi, e Mary ha perso il conto delle volte in cui la donna ha pronunciato la parola «scusi» durante la colazione e anche dopo. Sa che la cosa giusta da fare sarebbe stata perdonarla e dirle che era tutto a posto, ma per lei non è affatto tutto a posto. È arrabbiata, come non le capitava di essere da molto tempo: con Helen, con Sean che la evita, con il mondo intero. Lei era una buona madre, si prendeva cura di Niamh, le faceva il bagno, la vestiva, giocava con lei. Si è solo distratta per pochi secondi e le hanno portato via sua figlia per sempre. Uno... due... e lei non c'era più. Invece Helen ha ancora sua figlia, anche se le fa indossare vestiti da bambino e la chiama con un nome da maschio, nome che è passato da Ben a Lee in un attimo. Helen dice di essere vedova, ma il segno chiaro sulla pelle del suo anulare sinistro indica che si è tolta la fede da poco. Quand'è arrivata aveva i capelli tinti di rosso e molto ricci, e indossava gli occhiali. Ora non porta mai gli occhiali a colazione, ma solo quando esce di casa, e si mette il cappello per non far vedere che i capelli non sono più ricci come prima. Lo sguardo impaurito nei suoi occhi, però, è sempre lo stesso, quello non cambia mai. Di cosa ha paura?

Mary saluta la piccola Aoife Flannigan, che sfreccia lungo la strada con la sua bici senza pedali, poi entra in macchina e mette in moto. Helen nasconde qualcosa, e lei è decisa a scoprire di cosa si tratta.

59

Mary mi ha seguita fino all'ufficio postale. Mentre stavo entrando, sono quasi certa di averla vista a bordo dell'auto color argento parcheggiata sul lato opposto della strada, e poi è ripartita non appena sono uscita. Quando eravamo arrivate al bed and breakfast, avevo notato all'esterno una Ford Fiesta grigio argento, che da allora non si è mossa. Se era davvero Mary, deve aver fatto un rapido giro di Clogherhead prima di rientrare a casa, perché adesso la sento andare e venire al piano di sopra.

«Mary?» Libero Elise dal passeggino e la porto su per le scale. «Mary, è di sopra?»

La porta della mia camera è socchiusa, la valigia è ancora aperta e sul pavimento ci sono mucchi di vestiti; ho dovuto interrompere i preparativi per la partenza, quando Elise ha rovesciato la scatola dei ricordi di Henry.

«Mary?» Entro nella mia stanza. «È qui?»

«Sì.» Esce dal bagno, con il detergente in una mano e un panno nell'altra. Indossa il suo solito grembiule e le ciabatte, ma non ha più le perle al collo. Sposta lo sguardo da me a mia figlia, ma i suoi occhi rimangono inespressivi e vitrei, proprio come quando ha impedito a Elise di lanciarsi in strada.

«Pensavo... pensavo di finire di preparare la valigia», dico.

«Non c'è bisogno, posso pulire spostando le cose che ci sono in giro.»

«Ma non sarebbe meglio se...»

«Sarebbe meglio se mi lasciasse continuare. Il suo volo è stasera, giusto?»

«Sì, giusto, ma...»

Mi volta le spalle e passa il panno sulla televisione. «Prima posso ricominciare, prima finisco.»

«Mary, mi dispiace tanto per quello che è successo. Mi creda, ho passato mezza nottata a pensarci...»

Lei rientra in bagno senza proferire parola e apre i rubinetti per coprire il suono della mia voce. So che dovrei andarmene, ma non sopporto il pensiero che debba raccogliere le mie cose mentre pulisce.

«Perché non andate in spiaggia?» chiede, comparendo di nuovo sulla soglia del bagno, mentre io faccio per raccogliere da terra un paio di calzini di Elise, rimasti lì abbandonati.

«Io...» Vorrei dirle che non mi va di andare in spiaggia, che desidero solo recuperare le mie cose e la macchina e andarmene, ma non voglio disturbarla più di quanto non abbia già fatto. «Va bene», dico. «Torneremo tra un'ora.»

60

Sai una cosa, Jo? Non mi aspettavo davvero che Paula avrebbe mandato qualcuno a picchiarmi, pensavo che si sarebbe stancata o che avrebbe desistito. Mentre mi rimettevo in piedi, però, massacrato di botte e con un occhio pesto, non ho avuto paura, ero solo tremendamente arrabbiato. Chi diavolo si credeva di essere? I soldi non erano i suoi, non si era certo fatta in quattro per averli. Succhiava il cazzo a Ian e si riempiva il naso di coca, si era messa a ridere quando uno degli scagnozzi del capo le aveva raccontato di aver minacciato una mamma single che teneva in braccio un neonato. Io ho portato alla luce questa merda, ho rischiato tutto per smascherare quei maledetti bastardi e non avevo certo intenzione di lasciare che lei minacciasse me e la mia famiglia, ma non volevo nemmeno metterla in pericolo. Quando dico «famiglia», intendo Elise: tu sei una causa persa, Jo, sei diventata così imprevedibile, così subdola, talmente presa da quello che succede nella tua testa da aver perso il contatto con la realtà. Quando non perdi conoscenza a causa delle droghe, ti metti a gridare al telefono o hai uno scatto di rabbia. Non devo difendere Elise soltanto da Paula, perché tu sei così instabile da essere diventata un pericolo per lei. Al diavolo l'ordinanza del tribunale, non ho dubbi sul fatto che darebbero a me l'affidamento, ma ci vorrà troppo tempo. Ho bisogno di avere Elise con me subito.

Avvicinandomi alla casa, ho visto due macchine parcheggiate fuori, però una non la riconoscevo. Ho avuto paura, temevo che l'uomo che mi aveva picchiato mi stesse aspettando. Mi sono anche detto che forse avevi cambiato le serrature e che non sarei riuscito a entrare, ma tu non sei così furba, vero, Jo? Se lo fossi stata, ti saresti accorta che ho preso la chiave di riserva dietro la porta d'ingresso quando ho nascosto la droga, e invece non ne hai mai fatto parola.

Quando sono entrato, ero ancora ubriaco. La mia idea era di prendere Elise e portarmi via la scatola dei ricordi di Henry, dove avevo spostato i soldi il giorno in cui ero venuto a mettere sottosopra la casa. Dopo che Paula era venuta a cercarmi fuori dal lavoro, non mi sentivo sicuro a tenerli in hotel nella mia borsa da palestra. Mentre mi muovevo a zig zag nell'ingresso, però, ho colpito la scarpiera e ho fatto cadere a terra uno dei miei scarponcini. Il rumore è sembrato rimbombare in tutta la casa, e sono stato sul punto di uscire subito dalla porta sul retro, ma non è successo niente. In casa è tornato il silenzio e ho salito lentamente le scale. Non avevo svegliato Helen, che poi ho visto dormire a pancia in su nella stanza degli ospiti, ma Elise sì. Si stava arrampicando fuori dal lettino. Com'è andato il resto lo sai.

Il giorno dopo mi sono risvegliato, sobrio e dolorante, e ho capito di essermi comportato proprio da idiota la sera prima, spinto dall'orgoglio ferito, dall'alcol e dalla spavalderia. Al diavolo i soldi, li avrei restituiti a Paula, glieli avrei sbattuti su quella sua faccia compiaciuta. La cosa più importante era che Elise fosse al sicuro, ma quando sono tornato a casa per prenderla, ho scoperto che te n'eri andata e che avevi portato con te nostra figlia e la scatola piena di soldi.

Max è in piedi fuori dalla villetta, con le mani in tasca, a osservare i muri imbiancati, le finestre piccole e incassate, il tetto di paglia e la porta color rosso acceso. Ard na Mara, Main Street. Secondo i giornali, è qui che viveva Liam O'Brien insieme a Brigid e Jo, quando è stato arrestato. Jo è cresciuta qui. Max non ha mai visto una foto della casa – lei si lamentava sempre della mancanza di foto della sua infanzia in Irlanda – però gli sembra plausibile: è una casa piccola e semplice, e immagina Brigid all'interno, affaccendata a pulire la cucina e riordinare il cassetto dei coltelli, con Jo in salotto, seduta a gambe incrociate su un tappeto a guardare la TV. Suo padre sarà stato insieme a lei, stravaccato su una poltrona con un giornale sulle gambe, oppure era un padre assente, come quello di Max? Uno di quelli che non c'erano mai quando ne avevi bisogno ed erano sempre in mezzo quando non li volevi.

Infila una mano nella tasca posteriore dei pantaloni e, mentre si avvicina alla porta, prende la foto lucida di Jo ed Elise, scattata sei mesi prima durante la festa di compleanno della piccola. Non era stata una gran festa, in realtà: c'erano solo lui, Elise e Jo, perché Brigid non era potuta venire da Chester, e Jo non aveva voluto invitare nessuno dall'asilo. Quando ne avevano parlato, lei gli aveva detto che il pensiero di far entrare in casa sconosciuti la mandava nel panico.

Nella foto, Jo sorride a Elise, che fissa con occhi spalancati le due candeline sulla torta che sua madre tiene in equilibrio su una mano. Quando Max riuscirà a riaverla, sua figlia non festeggerà più in modo così silenzioso; per il suo terzo compleanno, lui inviterà a casa un sacco di gente. Anzi, ancora meglio: affitterà una sala, chiamerà un mago e un servizio di catering, e farà venire qualcuno a decorare il posto con palloncini e stelle filanti e striscioni con il nome di sua figlia. Non baderà a spese per regalarle il miglior compleanno che possa desiderare.

Chiude la mano destra a pugno e bussa alla porta rossa. Fuori è parcheggiata una macchina, e Max è quasi sicuro che in casa ci sia qualcuno, anche se non si aspetta davvero di trovare Jo. È probabile che l'edificio sia stato venduto più di una volta da quando Brigid se n'è andata all'improvviso, però gli attuali proprietari potrebbero conoscere i suoi parenti, o addirittura aver visto Jo ed Elise.

« Salve. Posso aiutarla? » La porta si è aperta e una donna con i capelli corti e scuri lo sta guardando.

« Spero di sì. » Max le mostra la fotografia. « Sto cercando questa donna e questa bambina. Per caso le ha viste? »

La donna osserva la foto, poi allunga la mano per prenderla. « Non ho con me gli occhiali. Le dispiace? »

« Si figuri. »

Aspetta, mentre la donna allunga il braccio e socchiude gli

occhi per mettere a fuoco l'immagine di sua moglie e sua figlia.

«Lei è della polizia?» gli chiede guardandolo.

«No, lavoro per Heir Hunters, forse ne avrà sentito parlare. Cerchiamo le persone nominate come eredi nel testamento di parenti lontani per consegnare loro l'eredità.»

«Oh, capisco.» La donna guarda in strada. «Ma non ci sono le telecamere?»

Max scuote la testa. «No, non si tratta di un programma TV, siamo un'azienda privata.»

«Oh.» L'eccitazione scompare dal viso della donna.

«Le ha viste?»

«No, mi spiace. Vivono qui, giusto? Conosco un sacco di gente di Clogherhead, ma loro non le riconosco.»

«Sono qui in visita, ma sono originarie del luogo. Conosce un certo Liam O'Brien o una certa Brigid O'Brien? Il cognome da nubile era Gallagher.»

La donna scuote nuovamente la testa. «Ci sono molti O'Brien e Gallagher in zona, ma questi in particolare non mi dicono nulla. Io vivo qui solo da un paio d'anni, però può provare all'ufficio postale. Clodagh vive qui da sempre: se qualcuno può aiutarla, è sicuramente lei.»

Max sorride alla donna e si rimette la foto in tasca. «La ringrazio, è stata molto gentile.»

«Nora Kennedy», gli grida la donna mentre lui si è già voltato per imboccare il vialetto. «Mi avvisi se dovessero arrivare soldi per me, mi raccomando!»

Soldi. Un'altra stronza ossessionata dai soldi, proprio come Paula. Pensavo che la minaccia principale per Elise fosse lei, e invece sei sempre stata tu, vero, Jo? L'hai imprigionata tra le mura di casa nostra, l'hai trascurata, ti sei dimenticata di lei e le hai fatto del male. Non ti perdonerò mai per quello che hai fatto alla nostra piccola, per aver coperto di lividi il suo corpicino; quando riuscirò a riaverla, farò in modo che lei ti odi quanto ti odio io.

61

Mary si raddrizza lentamente, reggendosi la schiena con una mano, e scruta con attenzione il bagno della stanza di Helen: piccolo ma talmente pulito che brilla. Ha passato un quarto d'ora a spruzzare, strofinare e pulire, e ora ha la fronte madida di sudore, le braccia indolenzite e la schiena che le fa male, però la rabbia che sta covando da tutta la mattina si è placata. Prima ha seguito Helen all'ufficio postale, senza scoprire nulla. Aveva parcheggiato lì davanti, sperando di vedere qualcosa, ma la debole luce di febbraio si rifletteva sulla vetrina e rendeva impossibile capire cosa stesse succedendo dentro. È tornata subito al bed and breakfast, nella speranza che Sean potesse far luce sulla conversazione che lei aveva in parte origliato a colazione, ma il posto in cui lui parcheggiava era vuoto, e quando Mary ha bussato alla sua porta non ha ricevuto risposta. Quindi non c'è nulla da fare, tra un paio d'ore Helen andrà a ritirare l'auto, finirà i bagagli, pagherà e se ne andrà per sempre, portandosi dietro sua figlia, quella bimbetta così simile a Niamh che solo guardandola a Mary si spezza il cuore. Per un attimo, quando ha visto la bambina seduta sul bordo del letto con indosso le mutandine, Mary si era convinta che sua figlia fosse tornata da lei, ma poi aveva sbattuto le palpebre e Niamh era scomparsa. Ha provato a spiegarselo come un gioco di luce, un riflesso del televisore sul viso di Lee o una pura e semplice illusione, ma non importa quanto cerchi di ragionarci sopra, non riesce comunque a cancellare dalla mente l'immagine del visino a forma di cuore di Niamh. Sua figlia è morta da più di trent'anni e non le era mai comparsa una sola volta, perché adesso è apparsa nella stanza di Helen? Forse voleva avvisarla di qualcosa? O magari il suo inconscio voleva dirle che un'altra bambina è in pericolo?

Mary esce dal bagno e va nella piccola camera da letto. Prima, quando Helen è entrata, aveva con sé la sua borsa a tracolla e portava la bambina in braccio, ma il resto delle sue cose è ancora nella stanza. Mary si avvicina alla valigia, aperta, poi si blocca. Non ha mai frugato tra gli effetti personali di un ospite, mai, ma qui non si tratta di curiosità. Ha accolto Helen a casa sua in buona fede, ha dato i giocattoli alla bambina, ha offerto il suo telefono per chiamare in Inghilterra e ha portato la piccola a prendere un lecca lecca quando si è svegliata triste. E cosa ha ricevuto in cambio della sua gentilezza? Insulti, diffidenza e bugie. Helen ha mentito spudoratamente dal momento in cui è entrata in casa, facendole credere che sua figlia fosse un maschio. Che razza di donna farebbe una cosa del genere? Non si mente su una cosa così importante senza avere un motivo valido, e nessuna bambina accetterebbe di buon grado d'indossare vestiti da maschio e farsi tagliare i capelli in quel modo. Helen deve averla costretta a cambiare aspetto, e Mary è disgustata al solo pensiero.

Si porta una mano al collo, toccando la pelle su cui avrebbe dovuto esserci la collana, e a un tratto le viene un pensiero orribile: e se Helen non fosse la madre della bambina? Questo spiegherebbe perché si sia data tanto da fare per mascherarne l'aspetto, spiegherebbe tutto. Se solo avesse la connessione a Internet, Mary potrebbe controllare le notizie di cronaca e sapere se ci sono state denunce di bambini rapiti o smarriti. Lei non legge molto i quotidiani e non guarda il telegiornale, perché li trova deprimenti, ma ora non ha tempo di andare a comprare il giornale, deve scoprire la verità prima che Helen torni per fare i bagagli.

Dopo aver controllato che la porta della camera sia ben chiusa alle sue spalle, si accovaccia accanto alla valigia e rovista tra i vestiti e gli articoli da bagno. Non trova nulla d'interessante, quindi si rimette in piedi e vaga con lo sguardo per la stanza. A terra sono sparsi vari giocattoli, sul letto c'è un sacchetto di plastica mezzo pieno di vestiti, e un altro sacchetto è in cima all'armadio, vicino a una scatola di legno. Prende la scatola, si siede sul letto e se l'appoggia in grembo.

HENRY

Passa un dito sul nome inciso sul coperchio, poi lo solleva con attenzione. Il cuore le batte forte, mentre prende un minuscolo cappellino fatto a maglia. Guarda ancora la porta, sicura di aver sentito un rumore provenire dal pianerottolo, si alza per chiuderla a chiave e poi torna a sedersi sul letto, prendendo di nuovo in mano il cappellino: è così piccolo che le sta nel palmo. Se lo porta istintivamente al naso e lo annusa, ma non ha nessun odore. È troppo piccolo per essere di un neonato e non va bene per una bambola. Mary estrae dalla scatola un altro oggetto fatto a maglia: è una coperta, ma molto piccola, grande forse il doppio di una mano. Ci sono anche un orsacchiotto, con il pelo marrone chiaro e un fiocco blu al collo, e l'immagine di un'ecografia. Mary non ne ha mai fatta una quando aspettava Niamh, perché negli anni '70 non ce n'era la possibilità; addirittura non ha saputo il sesso di sua figlia fino al giorno del parto. Passa un dito sull'immagine in bianco e nero: è chiaro che si tratta di un feto, riesce anche a distinguere il cordone ombelicale, attorcigliato intorno all'addome. E questo che cos'è?

Sull'ecografia c'è scritto un nome, Joanne Blackmore, e una data, risalente a quattro anni prima. Joanne Blackmore? Dev'essere il vero nome di Helen.

Rimette con attenzione tutti gli oggetti nella scatola, che risistema sull'armadio, poi prende il sacchetto di plastica, che è stato spinto piuttosto in fondo, tanto che deve alzarsi in punta di piedi per arrivare al manico. Ancora prima di afferrarlo, vede cosa contiene: è pieno zeppo di soldi. Lo tira a sé e rovista al suo interno: ci saranno migliaia di sterline.

Le cedono le gambe, e crolla sul letto. Nessuno porta con sé tutti quei soldi in contanti, a meno che non siano rubati. Oppure Joanne Blackmore è in fuga? Si alza di nuovo e rimette il sacchetto con i soldi in cima all'armadio. Il cuore le sta impazzendo nel petto. Mary si guarda attorno: che cos'altro nasconde Joanne?

Solleva i cuscini e il piumone ma non trova niente, poi sposta l'attenzione sul materasso e ci passa una mano sotto, in cerca di qualcosa di strano. Non trovando nulla, lo rovescia: i cuscini, il piumone e il sacchetto di plastica pieno di vestiti cadono a terra. Niente, sotto il materasso non c'è niente. E sotto il letto? S'inginocchia per guardare sotto, ma non c'è nulla nemmeno lì, a parte un paio di calzini e le mutandine rosa e bianche che ha visto indosso alla bambina.

Dove può guardare ancora? Dove? Rovista di nuovo nella valigia, cercando compartimenti chiusi o tasche nascoste, ma non trova niente. L'unico posto ancora da controllare è il cassetto del comodino, il primo in cui guarda solitamente quando un ospite se ne va. Capita spesso che le persone vi lascino occhiali, medicine o libri. Mettono una cosa lì dentro e poi se ne dimenticano.

Apre il cassetto, però non vede nulla di strano: due blister di farmaci, una confezione di Sudocrem, salviette umidificate e quello che sembra un sottile album fotografico. Lo prende e lo sfoglia dall'inizio: la prima foto è di Joanne, con i capelli lunghi e biondi, in un letto d'ospedale con in braccio un neonato, avvolto in una coperta bianca. Mary volta pagina e vede un'altra foto scattata in ospedale, questa volta di Joanne insieme a un uomo dai capelli chiari e il bebè nella culla in mezzo a loro. All'anulare sinistro l'uomo porta un anello, così come Joanne. Quindi è suo marito, quello che stando alle sue parole sarebbe morto. Mary continua a girare le pagine, mentre il neonato cresce di foto in foto: prima sorride, poi gattona e infine cammina. In alcune immagini c'è solo Joanne, in altre solo l'uomo, in altre ancora solo la bambina, e Mary è sempre più confusa quando arriva alla penultima pagina dell'album, in cui è evidente che si tratta della piccola Lee. Ha i capelli chiari, lunghi e ricci, ma il viso, con i grandi occhi azzurri e la bocca a cuore, è identico. Tutto questo non ha senso: se Lee è sua figlia, perché Joanne le ha tagliato i capelli e la veste da maschio? E perché tiene migliaia di sterline in un sacchetto di plastica?

Mary gira l'ultima pagina e vede la foto della bambina, in piedi accanto a un letto, insieme a una donna più anziana. Sul letto è disteso un uomo dalle guance scavate, che guarda verso l'obiettivo ma non sorride, al contrario della bambina e della donna. Sembra malato. Lo sguardo di Mary si sposta sul viso della donna, notando qualcosa di molto familiare. Il suo sorriso le provoca una sensazione di disagio alla bocca dello stomaco. Passa un dito sulla pellicola trasparente che ricopre la foto e sente uno strano spessore, così solleva il bordo di plastica e infila un dito dietro la foto. C'è qualcosa e lo estrae con attenzione: è un'altra foto, ma piegata a metà.

La apre, guarda le due persone che compaiono nell'immagine in bianco e nero, e poi la getta lontano.

La foto cade a terra, aperta: un uomo e una donna guardano Mary, entrambi sorridenti. La donna è la sua migliore amica d'infanzia, Brigid Gallagher, nel giorno del matrimonio. È in piedi fuori dalla Chiesa del Sacro Cuore e indossa un semplice abito bianco e un velo sulla testa. Al suo fianco, un uomo con un completo scuro da pochi soldi.

Liam O'Brien.

L'uomo che ha ucciso Niamh.

62

Ti ho trovata, Jo.

Eccomi qua, al bed and breakfast Seamount, il posto in cui ti sei nascosta con mia figlia. La donna dell'ufficio postale non ti ha riconosciuta subito dalla foto, ma quando ho aggiunto che potevi avere un aspetto un po' diverso, mi ha detto di aver servito una turista che somigliava un pochino alla donna della foto, solo che aveva i capelli rossi. Ho coperto i tuoi capelli con un dito e le ho chiesto di guardare di nuovo: poteva essere la donna con i capelli rossi? Sì, ha risposto annuendo, potevate essere sorelle, ma la donna che lei aveva servito era sicuramente con un bambino. Aveva lineamenti dolci, in effetti, ma era senza dubbio un maschietto. Me ne stavo andando, volevo provare a chiedere altrove, quando la proprietaria del negozio mi ha richiamato.

«Lee!» ha detto. «Il bambino si chiama Lee, ricordo benissimo di aver sentito sua madre chiamarlo così, quando ha cercato di prendere dei dolci dagli scaffali.»

Lee. Li-Li. Allora è questo che hai fatto, Jo, hai provato a far passare nostra figlia per un maschio.

La donna è stata molto collaborativa quando le ho chiesto se sapesse dove potevi alloggiare: mi ha dato l'indirizzo del bed and breakfast di Mary, dicendomi di sbrigarmi se volevo trovarti, perché la tua padrona di casa le ha detto che devi andare a Dublino per prendere un volo stasera. È stato gentile da parte sua, vero, Jo? Mi ha dato una grossa mano.

«C'è nessuno?» Max bussa alla porta ma non ottiene risposta, quindi prova con la finestra. La tenda è tirata, ma riesce comunque a distinguere sedie, tavoli e una credenza in fondo alla stanza.

Torna alla porta d'ingresso, che si apre di uno spiraglio proprio mentre sta per bussare di nuovo. Max vede soltanto il viso livido di una donna sulla sessantina, che lo scruta.

«Sì?»

Allunga una mano verso la tasca posteriore dei jeans, ma poi cambia idea. La signora del bed and breakfast lo sta guardando in modo strano, sembra tesa e impaurita. Forse Jo le ha detto qualcosa su di lui ed è per questo che si nasconde dietro la porta?

«Io... ehm...» Si schiarisce la voce. «Volevo sapere se ha una camera libera.»

«No.» Scuote la testa.

«Ma alla finestra c'è un cartello con su scritto CAMERE LIBERE.»

«Non ne ho, devo cambiare il cartello. Arrivederci.»

«Aspetti!» Preme contro la porta prima che la donna riesca a chiuderla. «La prego, devo parlarle.»

«Se non toglie la mano dalla mia porta, chiamo la polizia. Gliel'ho detto, non ho camere libere.»

«Lo so e... mi dispiace... so che la sto disturbando, ma sono disperato.» Si morde la parte interna del labbro così forte che sente il sangue in bocca e gli occhi inumidirsi.

Le sue «lacrime» ottengono l'effetto sperato: Mary smette di spingere la porta e il suo viso si addolcisce. «Perché è disperato?»

«Perché sto cercando mia moglie e mia figlia.» Senza togliere una mano dalla porta, Max estrae la fotografia dalla tasca dei jeans e la mostra alla donna. «Le ha viste?»

Si concentra su Mary mentre osserva la foto. Dopo diciannove anni di giornalismo, è in grado di decifrare il linguaggio del corpo. Non c'è dubbio: ha allargato gli occhi, anche se di poco. Le ha riconosciute.

«Mi dispiace», dice Mary. «Non le ho mai viste.»

Interessante, tutti quelli a cui ha mostrato la foto finora gli hanno chiesto ulteriori informazioni. Perché sua moglie e sua figlia sono scomparse? Da dove viene? Da quanto tempo le sta cercando? Invece Mary Byrne non gli ha chiesto nulla, anzi sembra che non veda l'ora di sbarazzarsi di lui.

« La donna dell'ufficio postale mi ha detto che alloggiano qui. »

« Si è sbagliata. » Mary guarda in maniera eloquente la mano di Max. « Ho da fare. »

« È una tossicodipendente, lo sa, signora Byrne? » L'anziana trasalisce quando Max pronuncia il suo cognome, ma lui non ha tempo per spiegarle come fa a conoscerlo. « La polizia l'ha arrestata perché teneva droga in casa nostra. E poi ha problemi mentali, è malata e non è in grado di prendersi cura di nostra figlia. Ho con me un'ordinanza del tribunale che affida a me la custodia di Elise. Vuole vederla? » Infila una mano nella tasca interna della giacca, ma Mary gli fa segno di andarsene.

« Non serve, le ho già detto che non ho mai visto la donna e la bambina della foto. Buona giornata. »

« La prego! Jo è una grande manipolatrice. » S'interrompe per valutare l'espressione della donna: le labbra si sono serrate quando ha detto il nome *Jo*, non c'è dubbio. « Si è presentata con un altro nome, vero? Ha visto di cosa è capace? È una manipolatrice e una bugiarda. Cosa le ha detto? Che è in fuga con nostra figlia per proteggerla? È lei che sta mettendo in pericolo nostra figlia. »

Aspetta che Mary dica qualcosa, riesce a leggere l'indecisione nei suoi occhi. Si è trovato in situazioni simili centinaia di volte, con gente che ha assistito a un crimine e non è sicura se parlare con lui oppure no, gente che vuole raccontare quello che ha visto, che muore dalla voglia di parlarne con qualcuno che li capisca, ma perché con un giornalista? Lo sanno tutti che i giornalisti distorcono le dichiarazioni. Perché rischiare di subire la vendetta di un criminale o della sua famiglia? Max è in grado di capire quando vacillano, quando hanno bisogno solo di una spinta per vuotare il sacco. Con Mary è arrivato a questo punto, ed è il momento di giocare a carte scoperte.

«Conosco la sua storia», dice, addolcendo la voce e sfoderando l'espressione più comprensiva e affettuosa del suo repertorio. «So quale tragedia l'ha colpita e sono terribilmente dispiaciuto per la sua perdita. Non posso nemmeno provare a immaginare quanto abbia sofferto, e scoprire che Jo alloggiava proprio da lei mi ha disgustato. Fra tutti i posti che poteva scegliere...» Scuote la testa. «È più malata di quanto pensassi. A meno che...» Si ferma per aggiungere drammaticità alla scena. «A meno che non abbia cercato di proposito lei, Mary. Questo vorrebbe dire che è pericolosa quanto suo padre. E ora c'è un'altra bambina in pericolo, mia figlia, e lei è l'unica persona che può impedire che le accada qualcosa di terribile. Può salvarle la vita.»

Nella sua mente fa una smorfia quando pronuncia l'ultima frase: è davvero dozzinale, di quelle con cui si chiuderebbe lo spot televisivo di un'associazione a difesa dei cani abbandonati o degli asini sfruttati dai padroni. Ogni singola parola è studiata con cura per toccare le corde giuste e convincere la gente a mettere mano al portafoglio.

Max abbassa il mento, congiunge le mani, deglutisce con enfasi come se stesse trattenendo le lacrime, e aspetta. Le sue parole stanno sicuramente facendo effetto, Mary starà combattendo con la propria coscienza, forse avrà anche le lacrime agli occhi. Cinque, quattro, tre, due...

La porta si chiude sbattendo.

Ma che cazzo?

«Mary!» Max batte forte contro la porta, poi si accuccia per gridare attraverso la buchetta delle lettere. «Mary Byrne! La prego! Deve aiutarmi, lo so che loro sono qui. La prego, Mary, deve fare la cosa giusta, potrebbe essere accusata di complicità nel rapimento di una minore.» Aspetta, ma Mary non compare di nuovo sulla soglia. L'unico rumore che Max sente è il suo cuore, che gli rimbomba disperato nelle orecchie. Fa scivolare un suo biglietto da visita nella buca delle lettere. «Qui c'è il mio numero, signora Byrne. Pensi a quello che le ho detto e mi chiami. Non è riuscita a salvare

Niamh, però può ancora salvare Elise. Faccia la cosa giusta, Mary, lo so che è una brava persona.»

Lo sportellino della buca sferraglia mentre Max si rimette in piedi, guardandosi intorno. Fuori dalla casa sono parcheggiate due auto: una è quella che ha preso lui a noleggio, l'altra è una Ford Fiesta color argento. Sbircia dai finestrini, cercando di capire se si tratti della macchina usata di Jo, ma non vede CD sparpagliati sul sedile del passeggero, né bottiglie di Diet Coke, e nemmeno il seggiolino, briciole di patatine, pupazzi, libri o giocattoli sul sedile posteriore. Jo deve aver noleggiato un'auto per arrivare fino a Clogherhead da Rosslare, ma chissà se lei ed Elise hanno viaggiato da sole o con qualcun altro. E se fossero già partite per Dublino?

Batte il palmo della mano sul tettuccio dell'auto. Cosa può fare ora? Sposta lo sguardo dalla Ford Fiesta alla casa, poi alla sua macchina. Può aspettare fuori dal bed and breakfast per vedere se Jo ritorna, oppure andare all'aeroporto di Dublino e aspettare che si faccia viva. Oppure...

No!

Torna di corsa verso la casa, apre la buca delle lettere e sbircia dentro: nell'ingresso è parcheggiato un passeggino color argento, proprio come quello di Elise.

Max sorride.

Quindi non sei partita, Jo. Sei ancora qui, nascosta nel bed and breakfast o da qualche altra parte in paese.

In ogni caso, ti troverò. Non me ne andrò da qui finché non ti avrò trovata.

63

Mary sbircia da dietro le tendine, tormentata dall'indecisione, e vede Max salire sulla sua Vauxhall Astra rossa. Si è presa un bello spavento quando gli ha aperto la porta, è stato come se l'album fotografico avesse preso vita: un minuto prima era come congelato nel tempo e sorrideva dalle fotografie, e un minuto dopo era sulla soglia di casa sua, a pregarla di salvare la vita di sua figlia. Cosa sta succedendo? Prima la rivelazione che la rossa Helen è in realtà una bionda di nome Joanne, poi la scoperta della fotografia di Brigid e Liam, e ora Max che la minaccia e la accusa di essere complice nel rapimento di una bambina. Quando le ha detto che Jo è la figlia di Liam, è stato come se le fondamenta di casa le sussultassero sotto i piedi e i muri le tremassero attorno. Ogni parte del suo corpo le suggeriva di sbattere la porta in faccia a quell'uomo e andare a nascondersi da qualche parte finché la devastazione non fosse finita.

Tuttavia non l'ha fatto, è rimasta in piedi sulla soglia, a difendere la sua casa dall'uomo con le lacrime agli occhi e la voce rotta dalla disperazione. Parlava così veloce che lei non riusciva a capire tutte le parole: Jo è una donna con problemi mentali, una tossicodipendente, una manipolatrice e una bugiarda, e sta mettendo in pericolo la vita di Elise. È la figlia di Liam O'Brien ed è pericolosa. È stato come se quel Max stesse esprimendo ad alta voce le paure di Mary, e lei è stata vicinissima a dirgli che Jo era in spiaggia, ma poi lui ha parlato di Niamh, insinuando che lei avrebbe dovuto salvare Elise perché non era riuscita a salvare sua figlia, e il cuore di Mary si è chiuso di colpo, insieme alla porta.

Come ha osato nominare Niamh per cercare di manipolarla? Che ne sa lui di quello che è successo? E cosa gliene importa? Lui non la considera una persona, ma solo un mezzo per raggiungere i propri scopi.

Brigid Gallagher conosceva la vera Mary. Si erano conosciute il primo giorno di scuola alle elementari, quando Mary aveva apprezzato le lunghe trecce nere di Brigid, e Brigid il cerchietto rosso tra i capelli di Mary. Quella era stata la loro prima conversazione: da lì era nata un'amicizia proseguita per tutta l'infanzia e l'adolescenza e finché erano state poco più che ventenni. Avevano condiviso preoccupazioni e paure, i resoconti dettagliati sul primo bacio, le speranze e i sogni per il futuro, e avevano parlato di anime gemelle, nomi da dare ai figli e possibili carriere. Erano andate in vacanza insieme e, quando Mary aveva incontrato Patrick a un ballo a Drogheda e aveva deciso che era lui l'uomo che voleva sposare, l'aveva detto subito a Brigid. Quello era stato il loro primo momento di difficoltà: negli esaltanti mesi iniziali della loro storia, Mary passava tanto tempo con Patrick e vedeva poco la sua migliore amica. Brigid l'accusava di trascurarla e, anche se si diceva contenta che lei avesse trovato l'amore, l'aveva avvertita del rischio di perdere la loro amicizia.

«Non ti farei mai una cosa del genere», le aveva risposto Mary. «Né per un uomo, né per qualsiasi altro motivo. Da piccole abbiamo fatto un giuramento, ricordi? Saremo amiche per sempre.»

Quella notte Mary aveva pianto così tanto da non riuscire a dormire. Amava Patrick con tutta se stessa, ma Brigid aveva ragione: era stata una pessima amica. Il giorno dopo, aveva dato appuntamento a Brigid per un tè, chiedendo a Pat se avesse qualche amico simpatico da far conoscere a Brigid, ma prima che potesse presentargliene qualcuno, l'amica aveva conosciuto Liam mentre passeggiava in spiaggia con il cane di famiglia. A Mary all'inizio non era piaciuto: lo considerava un fannullone, uno scansafatiche di cinque anni più grande che passava da una città all'altra in cerca di lavoro. Con Brigid, però, era gentile, la trattava bene e la faceva ridere.

Poi un giorno Liam era partito per un lavoro da manovale in Inghilterra, e Brigid aveva scoperto di essere incinta.

Aveva pianto così tanto che il cuore sembrava dovesse andarle in frantumi da un momento all'altro, e Mary piangeva con lei, perché diventare madre fuori dal matrimonio era la cosa peggiore che potesse succedere a una donna irlandese negli anni '70. La madre di Brigid le aveva consigliato di andare a Cork, per stare con una cugina di secondo grado e partorire lontano da sguardi indiscreti; le aveva anche detto che, se avesse voluto una vita rispettabile, avrebbe dovuto dare il neonato in adozione. Brigid era andata a Cork a partorire, ma non aveva dato sua figlia in adozione, anzi era tornata a Clogherhead poco dopo il parto con un piccolo fagotto rosa tra le braccia, dicendo ai suoi genitori che, se non avessero accettato la piccola Joanne, se ne sarebbe andata talmente lontano che non avrebbero mai più visto nessuna delle due. Il padre di Brigid si era infuriato: nessuno poteva minacciarlo, tantomeno la sua stessa figlia. La madre di Brigid, però, era riuscita a placarlo: sua figlia avrebbe camminato a testa alta per le strade di Clogherhead, perciò l'avrebbe fatto anche lei, e guai a chi si fosse azzardato a giudicarle.

Ovviamente l'avevano giudicata eccome: voci, occhiate maliziose, sopracciglia sollevate. Quando scorgevano Brigid camminare verso di loro spingendo la carrozzina, alcuni anziani del paese arrivavano addirittura a cambiare marciapiede. Mary sapeva che la sua amica ribolliva di vergogna e rabbia dentro di sé, senza tuttavia darlo mai a vedere, nemmeno una volta: anzi, alzava il mento e augurava loro una buona giornata.

Nessuno, tantomeno Mary, credeva che Liam O'Brien sarebbe tornato indietro, ma Brigid era stata risoluta, dicendosi sicura che, non appena avesse letto la lettera in cui lei lo informava della bambina, lui sarebbe tornato per sposarla. E così era successo: contro ogni previsione, Liam era rientrato a Clogherhead. Il sacerdote locale si era rifiutato di sposarli, quindi avevano dovuto recarsi in un'altra parrocchia, la Chiesa del Sacro Cuore, per celebrare le nozze. Mary non aveva partecipato al matrimonio, non ci era andato proprio nessuno. Brigid diceva di capire la scelta dei suoi genitori, ma secondo Mary la sua amica, dietro quello sguardo impassibile, si sentiva profondamente ferita.

Niamh era nata sei anni dopo Joanne. Brigid era stata la testimone di nozze di Mary e Patrick e, dopo la cerimonia, aveva sussurrato all'orecchio di Mary che quella notte avrebbe concepito un bambino. In realtà ci era voluto molto più tempo; ogni notte Mary pregava Dio di rimanere incinta, e un giorno finalmente le sue preghiere erano state esaudite.

Era stata madre per due anni bellissimi, i più felici della sua vita. E poi Liam O'Brien glieli aveva portati via per sempre.

Mary si alza, così rapidamente che tutto il sangue le fluisce alle gambe, e vede macchie nere muoversi davanti agli occhi. Si aggrappa al davanzale interno e aspetta che scompaiano, poi raggiunge di corsa la porta, la apre con forza e guarda in strada: Max è scomparso, insieme alla macchina rossa. Il vento entra in casa soffiando e, con la coda dell'occhio, Mary nota qualcosa di piccolo e bianco che svolazza sul pavimento dell'ingresso. Si china a raccoglierlo: è un bigliettino da visita.

Max Blackmore
Giornalista di cronaca nera
Bristol News

In un angolo, ci sono un numero di telefono e un indirizzo email.

Più lo guarda e più si sente confusa. Cosa deve fare?

64

Il vento mi sferza i capelli sulla faccia, come tentacoli rossi che si avvolgono intorno alle guance, al naso e alla gola. Li scosto con una mano, ma un attimo dopo tornano all'assalto. Elise immerge il retino nella pozza tra gli scogli e dice qualcosa che non capisco, perché il vento se lo porta via. Mi passo i palmi umidi sui jeans, ma sono bagnati anche quelli. Mi giro, aspettandomi di vedere alle nostre spalle grossi scogli e una larga striscia di sabbia, ma non c'è nulla di tutto questo: il mare è risalito così tanto sulla spiaggia che le onde si schiantano contro gli scogli su cui stiamo giocando. Quando siamo arrivate era calmo, quasi immobile, con il sole che luccicava sul pelo dell'acqua, ma poi si sono formate nubi grigie e il mare è diventato nero, striato dalle bianche creste di enormi onde.

Splash! Un'altra onda s'infrange sugli scogli, in maniera improvvisa e feroce. Riesco a malapena ad afferrare Elise da sotto le ascelle e prenderla tra le braccia, prima che la schiuma bianca si sollevi in aria e ci schizzi. Per poco non ci prende, andando a schiantarsi contro la roccia calcarea a meno di un metro di distanza, ma subito dopo è in arrivo un'altra onda, più alta e più scura. Dobbiamo muoverci, subito.

Guardo l'orologio mentre corro sugli scogli umidi, diretta verso l'entroterra e la salvezza. L'alta marea arriva intorno a mezzogiorno e l'ultima volta che ho guardato erano le dieci e...

Le dieci?

Come fanno a essere ancora le dieci?

Picchietto sul vetro.

La lancetta dei secondi non si muove.

Mi giro a guardare il mare nel momento in cui un'onda

colpisce le rocce con forza maggiore rispetto alla precedente, e questa volta gli schizzi ci colpiscono. Elise grida e serra la presa intorno al mio collo, ma nel farlo le cade il retino dalle mani.

« Retino! » mi grida nelle orecchie cercando di divincolarsi dalla mia presa. « Retino, mami! »

Non mi fermo a prenderlo, però smetto di correre, con il cuore che batte all'impazzata. Dove andiamo adesso? Sono arrivata in fondo alla parete di roccia, ma un alto muro di pietra separa la spiaggia dalla sicurezza di un prato. In cima al muro sono incastonate pietre appuntite e frastagliate: non riuscirò mai a scavalcarlo. L'unico modo per lasciare la spiaggia è attraversare di corsa gli scogli fino a raggiungere l'angolino di sabbia in fondo a Main Street. Una volta sulla strada, saremo al sicuro.

Mi rimetto in moto, con Elise che continua a gridare per via del retino e le sue grida riescono ad assordarmi nonostante il vento. Scelgo con attenzione il mio percorso tra le rocce. Gli schizzi d'acqua le hanno rese bagnate e viscide e, quando il piede sinistro mi scivola, Elise vacilla tra le mie braccia. Per non perdere l'equilibrio, mi giro bruscamente da un lato, ma piego male il ginocchio destro, che rischia di cedere. Faccio un altro passo, che mi causa una smorfia di dolore.

« Mami! » mi grida Elise nell'orecchio. « Ho paura! »

La stringo ancora di più a me. Il mare ora è in burrasca: enormi onde grigie vengono verso di noi, sollevandosi e schiantandosi, guadagnando velocità e altezza a mano a mano che si avvicinano. Mi sento come se fossimo a un passo dalle fauci di un gigantesco mostro scuro che vuole ingoiarci. « Va tutto bene, ci sono qui io. Siamo quasi... » Sento che qualcuno ci sta guardando e mi giro.

Mary è ferma in fondo alla spiaggia, con il cappotto di lana blu scuro allacciato fino al collo, la sciarpa dal motivo cachemire stretta intorno alla gola e il berretto grigio fatto a maglia calato sulle orecchie. Ci sta guardando, stropicciandosi le mani, protette dai guanti. È venuta fin qui per avvertirci della marea.

«Mary!» Scendo con un salto dall'ultima roccia e atterro con forza sulla sabbia.

La mia padrona di casa non allunga un braccio per aiutarmi a ritrovare l'equilibrio, anzi non si muove di un centimetro, neanche quando il vento le strappa la sciarpa dal collo e la solleva in aria. Elise la guarda roteare, danzare e finire lontano, sulla spiaggia.

«Mary?» Mi sposto Elise sull'anca. «Che succede? C'è qualche problema?»

Lei sbatte le palpebre, ma ha gli occhi vitrei e inespressivi, e sembra attraversarmi con lo sguardo.

«Mary, avanti.» Le tocco il gomito. «Dobbiamo andarcene, la marea sta salendo, dobbiamo...»

Si discosta dal mio tocco e mi afferra il polso con una mossa rapidissima.

«Mary?» Cerco di divincolarmi, ma la sua stretta è sorprendentemente forte e, visto che con l'altro braccio sto sorreggendo Elise, non ho la forza necessaria a liberarmi. «Mary, mi sta facendo male. Mi lasci, per favore.»

«Chi sei?»

«Lo sa chi sono.»

«So chi fingi di essere.» La vacuità del suo sguardo scompare mentre mi sbraita contro queste parole.

«Mary!» Provo ad allontanarmi, ma la sua presa rimane salda sul mio polso, e sento una fitta di dolore tra le spalle quando mi tira di nuovo a sé. Ha gli occhi freddi come il ghiaccio dietro le lenti velate dall'umidità.

«So tutto di te, Joanne Blackmore. So che tuo marito si chiama Max e che gli hai portato via Elise. So che hai problemi mentali e di droga...»

«Non è vero.»

«Ah, no? Nel tuo comodino ci sono farmaci a sufficienza da stendere un cavallo.»

«Li prendo per combattere l'agorafobia e l'ansia.»

«Non sapevo che gli agorafobici passassero tanto tempo in spiaggia.»

«La prego.» Il mare si avvicina sempre di più, ci sono solo

una sottile striscia di roccia non ancora sommersa dall'acqua, e un angolino di spiaggia davanti a noi. « Torniamo a casa, le prometto che le spiegherò tutto. »

« Perché sei venuta qui, Joanne? Perché proprio a casa mia? »

« Perché Sean mi ha dato un passaggio e ha detto che lei aveva camere libere. »

« Mi stai mentendo di nuovo, Joanne? Mi hanno detto che è una delle tue specialità. »

« Mary, non so cosa abbia sentito o letto sui giornali, ma si sta sbagliando. Non sono una persona cattiva, glielo giuro. Io... »

« Eri curiosa, vero? È per questo che sei venuta qui? Volevi vedere in prima persona tutto il male che ha fatto il tuo paparino? »

Ho un sussulto a sentir nominare mio padre. Di cosa sta parlando? Se prima stavo sudando, sotto il pesante cappotto invernale e con Elise stretta a me, adesso non riesco a non tremare.

« L'hai dimenticato, Joanne? La tua memoria l'ha cancellato? »

« Non so di cosa parli, Mary. » Abbasso la voce. « La prego, mi sta facendo paura. Devo portare Elise al sicuro. »

Lo sguardo di Mary non si addolcisce: la mia supplica se l'è portata via il vento, oppure lei l'ha ignorata di proposito.

« Eri in macchina, ricordi? La Ford Escort bianca di tuo padre. Eravate andati alla partita di calcio. Lui era entrato a vederla e ti aveva lasciata seduta in macchina con un libro, una bibita in lattina e delle patatine Tayto. Si era fatto qualche birra. Un bel po', in realtà. Non te lo ricordi, Joanne? Non ti ricordi come puzzava d'alcol il suo alito quando finalmente è tornato in macchina? »

« No. » Scuoto la testa, ma sto mentendo. Certo che me lo ricordo, ricordo un'infinità di volte in cui ho aspettato in macchina mentre mio padre si divertiva con i suoi amici. Ricordo che mi annoiavo a morte, che entravo nel bar a chiedergli quando potevamo andarcene, e lui mi rispondeva:

«Tra poco arrivo». E invece ci voleva sempre un'eternità e, quando finivo di leggere il mio libro, mi addormentavo sul sedile posteriore. Ricordo la sorpresa di scoprire, al mio risveglio, che non era buio e che mio padre era seduto al posto del conducente e stava mettendo in moto. Fumava sigarette che facevano un puzzo infernale, le John Player Special.

«Ti ricordi quanto andava veloce, Joanne? Spingeva forte sull'acceleratore e prendeva le curve a tutta velocità, te lo ricordi?»

Annuisco intontita, troppo terrorizzata per parlare.

«Quel giorno ti stava portando in spiaggia, perché dovevate incontrare sua madre e alcuni suoi amici, vero? Ma era tardi e quindi spingeva sull'acceleratore. Sarà andato a novanta chilometri orari su Strand Street.»

«No, Mary.» Gli occhi mi si riempiono di lacrime. «No, Mary, la prego.»

«Hai sentito un colpo mentre tuo padre guidava su Main Street, non è così? Cosa ti ha detto, che era un gatto?»

Non voglio ascoltare, non posso. Per tutta la vita mi sono sentita dire che mio padre era un uomo cattivo, però non ci ho mai creduto, non era possibile. Come poteva essere che l'uomo che mi portava sulle spalle, che mi faceva ridere con i suoi stupidi scherzi, che mi regalava un sacco di dolci quando mamma non guardava, fosse una persona cattiva? I cattivi avevano le cicatrici in faccia e i denti storti, non gli occhi azzurri e i capelli chiari e folti. Sì, a volte puzzava di alcol e sigarette, non mi portava al parco e non voleva parlare quando guardava la TV, ma non erano forse tutti così, i papà? Quando sono entrata nell'adolescenza, ho iniziato a pensare che tradisse mia madre, che magari se ne fosse andato per stare con un'altra. O peggio, che avesse avuto un figlio con un'altra donna, causando uno scandalo tale che mamma era stata costretta a lasciare Clogherhead. Ma non immaginavo questo. So cosa sta per dire Mary, c'è soltanto una cosa che può dire.

«Era la mia bambina, Joanne. Era la mia bambina quella che tuo padre ha ucciso quel giorno, non un gatto.»

Le guance mi si coprono di lacrime; metto una mano sulla testa di Elise e, mentre mi premo il suo viso caldo contro il collo, sento che il pompon del suo cappellino è bagnato. Chiudo gli occhi, ma riesco ancora a vederla, la bambina sorridente della foto, sento ancora l'odore stantio del cappottino rosso. Mio padre l'ha uccisa. Ha ucciso una bambina, poco più che una neonata. Aveva quasi l'età di Elise. Cerco di combattere il dolore che mi sta straziando il petto, ma non ci riesco, non posso sopportare l'angoscia nella voce di Mary, e dalle mie labbra esce un singhiozzo soffocato.

«Il marito della mia migliore amica ha ucciso la mia bambina, Joanne. Lui ti ha portata in spiaggia, poi è tornato a casa con la sua auto e si è stappato una birra come se niente fosse, mentre Niamh era stesa in mezzo alla strada, straziata e sanguinante.»

«Oh, mio Dio, Mary. Non lo sapevo, le giuro che non lo sapevo.»

Ha allentato la presa sul mio polso, ma non posso allontanarmi. Quella grande casa vuota, il reliquiario nella cameretta della bambina, il senso di solitudine e tristezza che segue Mary come una nuvola ovunque lei vada: è tutta colpa di mio padre. Ha investito la piccola e non si è fermato. Che razza di uomo, anzi, di mostro, può fare una cosa simile?

«Mami?» Elise mi guarda incuriosita. «Mami piange?» Mi tampona le guance con una manina guantata, poi guarda Mary. «Mary piange.» Allunga una mano verso il viso della donna, ma lei si allontana con uno scatto, come se si fosse scottata. Si tocca la gola per cercare la sua sciarpa e sembra sorpresa quando scopre che non c'è.

«Mary, le giuro che non lo sapevo. Non avrei mai alloggiato a casa sua se l'avessi saputo, non sarei mai nemmeno tornata a Clogherhead. Mi dispiace davvero tanto. Dico davvero, io...»

«Tua madre, però, lo sapeva. Vero, Joanne? Era suo marito, non poteva non sapere una cosa del genere.»

«No, non lo sapeva, non poteva saperlo. Lei odia Liam, glielo leggevo negli occhi ogni volta che cercavo di parlare di lui. Continuava a dirmi che era un uomo cattivo, e che non dovevo parlarne mai più in sua presenza.»

La luce negli occhi di Mary cambia, e l'odio si affievolisce, seppure in modo lieve. Vuole credermi.

«Mary», dico mentre la schiuma s'infrange sulle mie scarpe. «Mary, dobbiamo andarcene da qui!»

Lei non reagisce, fissa Elise con un sorriso strano e immobile, e allunga le braccia. «Dammi la bambina.»

«No.» Faccio un passo indietro, ma non posso scappare da nessuna parte. Mary mi ha intrappolata tra le rocce e la strada e, per superarla, devo aggirarla o spostarla con una spinta.

«Dammela», ripete. «Mi hai quasi fregata, Joanne, con le tue lacrime, le scuse e i discorsi su Brigid. Sei proprio furba, come dice tuo marito.»

Una fitta di paura mi attraversa. «Max? Quando ha parlato con Max?»

«Non puoi rubare una bambina.» Si sporge in avanti e afferra Elise per un braccio. «Non puoi portarla via da un genitore che la ama, non lascerò che succeda di nuovo.»

«No, Mary.» Cerco di divincolarmi, ma lei non lascia andare Elise, che inizia a gridare. «Qualsiasi cosa le abbia detto Max, ha mentito. È lui il bugiardo, ed è per colpa sua se sono fuggita. Ho dovuto farlo per proteggere mia figlia.»

«Tu sei malata», dice Mary piano. «Proprio come tuo padre. Devi per forza avere problemi mentali per fare del male a tua figlia e fingere che non sia successo nulla...»

S'interrompe, spaventata dal suono di un'auto che avanza sulla spiaggia a tutta velocità, verso di noi. La marea è così alta che l'auto ormai non ha quasi più spazio per avanzare sulla sabbia. Le gomme fendono la schiuma e la freccia sinistra sta lampeggiando: vuole girare a sinistra su Main Street e noi siamo sulla sua traiettoria. Reagisco d'istinto, afferrando Mary per un braccio e trascinandola sugli scogli per evitare che venga investita. La macchina ci passa di fianco mancandoci di pochi centimetri e poi svolta in strada.

Mary mi fissa, con gli occhi spalancati e il fiatone. La

schiuma delle onde piove su di noi, mentre Elise grida e io sento le rocce appuntite contro la schiena. Avrebbe potuto prenderci in pieno, quello stupido ragazzino ha rischiato di ammazzarci...

Lo stridore dei freni copre il ruggito del mare e l'ululato del vento, e le luci rosse sul retro dell'auto s'illuminano. L'auto non è scomparsa risalendo Main Street, si è fermata in mezzo alla strada e ci ha intrappolate sulla spiaggia.

La portiera del conducente si apre e dall'auto scende un uomo.

È Max.

65

«Ciao, Jo.» Mio marito è in piedi accanto alla macchina, con le braccia conserte. Indossa una giacca grigia trapuntata e scarpe marroni eleganti, però ha la barba incolta e le occhiaie.

Sorride. Dopo tutto quello che ha fatto a me, alla nostra famiglia e a Elise.

Sorride.

Sono paralizzata dallo shock e dalla paura. Per tutto questo tempo ho pensato di essere in fuga dalla polizia e da Paula, ma era Max che avrei dovuto temere. È lui che ha mentito, ha rubato e ha truffato, è lui che ha messo in pericolo nostra figlia e poi ha convinto il mondo che la minaccia principale per la sua incolumità fossi io.

«Andiamo, tesoro.»

Prima che io possa reagire, Mary mi strappa Elise dalle mani e corre in direzione di Max e dell'auto. Mio marito sorride ancora di più e apre le braccia, con gli occhi fissi sulla bambina.

«No! Mary, no!» La inseguo, fendendo l'aria. Ogni respiro gelato mi provoca una fitta ai polmoni, ogni passo sulla sabbia, pesante e fradicia, è lento e faticoso; mi sembra di correre sulla melassa.

Ho quasi trent'anni meno di Mary, ma lei può contare sul fattore sorpresa e raggiunge Max prima di me. Lui si protende in avanti, facendole segno di consegnargli Elise; le sue dita sfiorano il cappotto di nostra figlia. È come se stessi guardando un film horror al rallentatore, o stessi avendo un incubo in cui, per quanto io corra veloce, rimango sempre ferma nello stesso punto. Devo impedire che Max prenda mia figlia, ma non riesco a muovermi abbastanza in fretta.

Mary la solleva verso di lui, e lui cinge i fianchi di Elise con le braccia.

«No!» grido. «No!»

Questa volta la mia voce non si perde nel vento ed Elise si gira allarmata verso di me.

Ci separano tre metri.

Max allontana le mani da Elise e si gira di scatto a guardarmi.

Due metri.

Dà una spallata a Mary, allontanando lei ed Elise.

Un metro.

Si tasta nervosamente i fianchi e poi solleva le braccia, ma non fa in tempo a difendersi perché gli sono già addosso e lo colpisco al petto con entrambe le mani e con tutta la mia forza. Incespica all'indietro e sbatte contro la portiera chiusa del lato passeggero.

Prima che possa riprendersi, corro verso Mary, che è in piedi accanto al bagagliaio e sta cercando invano di consolare Elise, che piange. «La dia a me!»

Cerco di agguantare mia figlia, però Max mi afferra il cappotto, proprio tra le scapole, e mi tira a sé. Sento una stretta intorno al corpo, mentre mio marito mi allontana da Elise.

«Lasciami andare!» grido, voltandomi per dargli una gomitata nel fianco, ma lui mi schiva. Gli do un calcio e sento la punta della mia scarpa che lo colpisce sul ginocchio o sulla tibia, però Max non fa una piega, anzi mi stringe le spalle ancora di più e mi tira contro il suo petto, imprigionandomi. «No!» Getto la testa all'indietro, ma sono troppo vicina a lui e non riesco a dare potenza al colpo. Cerco di prenderlo di nuovo a calci, però lui mi aggancia i piedi con le caviglie e si appoggia contro la macchina. Adesso il mio corpo è completamente bloccato dal suo. Sono in trappola.

«Jo», mi sibila Max nell'orecchio. «Ti devi calmare. Elise ha visto tutto e sta piangendo. L'hai spaventata.»

«*Io* l'ho spaventata?» Riesco quasi a girare il collo per guardarlo in faccia. «Io sono sua madre, Max. Lei mi vuole bene, e tu... tu...»

«Io ho solo fatto quello che bisognava fare, per proteggerla. Tu non stai bene, Jo, è da molto tempo che sei malata. Stavo solo cercando di aiutarti.»

«Portandomi via mia figlia? Facendo...» Non finisco la frase. Ancora non sa che ho scoperto quello che ha fatto, secondo lui io sono ancora convinta che ci sia Paula dietro tutto questo. Non posso ancora permettermi che lo scopra, è l'ultima arma che mi rimane.

All'urlo di frustrazione di Elise, restiamo entrambi immobili.

«Va tutto bene, tesoro», dice Max. «C'è qui il papà.»

Inarco la schiena a sufficienza da girare la testa. Mary è ancora accanto al bagagliaio e sta lottando disperatamente per trattenere Elise.

Mia figlia ha il viso paonazzo, i capelli schiacciati sulla testa. «Mami!» Tende le braccia, graffiando l'aria verso di me.

«Lei ha bisogno di me, Max. Guardala. Devi lasciarmi andare, ti prego.»

«Va tutto bene, Li-Li», dice piano. «Va tutto bene. Mamma e papà si stanno solo abbracciando. Vero, mami?» Mi stringe così forte che fatico a respirare, però mi obbligo a sorridere per mia figlia.

Mary incrocia il mio sguardo.

«*Aiuto*», mimo con le labbra, ma lei si gira dall'altra parte.

«Ok», dice Max. «Basta chiacchiere. Mary, per favore, potrebbe sistemare Elise nel seggiolino sul sedile posteriore?»

«No.» Piego le ginocchia nel tentativo di liberarmi dalle braccia di Max, ma lui stringe la presa.

Mary tocca delicatamente la guancia di Elise con una mano guantata e lei allontana di scatto la testa in modo rabbioso, continuando a gridare che vuole me.

«Sul seggiolino, Mary, per favore», ripete Max.

Lei vaga con lo sguardo da Elise a Max, e poi all'auto, però non guarda verso di me.

«Mary, non lo faccia! La prego», dico.

Max ride a denti stretti. «Mary, ricorda cosa le ho detto di Jo? Che è una manipolatrice? Ogni cosa che esce dalla sua bocca è una bugia! Ha fatto del male a Elise, ed è per questo che la polizia la sta cercando.»

«Non è vero! Mary, lei lo sa che non farei del male a Elise, l'ha vista insieme a me e sa quanto mi vuole bene. Niente di quanto è successo dipende da me, proprio come quello che è successo a Niamh non è stata colpa sua. So che accusa se stessa per aver lasciato la porta aperta, ma non deve: lei non poteva sapere cosa sarebbe successo, non avrebbe mai potuto saperlo. Liam è imperdonabile, e io lo odio per questo. Lei adesso odia me, e lo capisco, però la prego, la scongiuro, Elise non ha fatto nulla di male. Lei è innocente.»

Mary non muove un muscolo.

«È una piccola bambina innocente!» grido. «Proprio come Niamh. Se la lascia andare con Max, soffrirà. È un uomo pericoloso! La prego, lei può impedire che questo succeda. La prego!»

«Va bene, Mary», dice Max. «Ora metta Elise sul seggiolino.»

Mary continua a restare ferma, avvolta nel cappotto e con i capelli appiattiti sulla testa. Solo mezzo metro ci separa dalle onde. Perché non parla? Perché non mi sta aiutando? Non può credere a quello che dice Max.

«Mary, Jo non è come lei, non è una buona madre. Guardi cos'ha fatto ai capelli di Elise, li ha tagliati in malo modo. Quale madre farebbe una cosa simile? Lei certamente no, vero? Non farebbe mai qualcosa di così tremendo. Però Jo ha ragione su una cosa», aggiunge Max.

So che vorrebbe gridare a Mary di mettere Elise in macchina, ma si trattiene. Pensava che avrebbe obbedito, non che si sarebbe paralizzata, e ora teme che faccia una stupidaggine.

«Elise è innocente», dice. «È una piccola bambina innocente che non merita una vita come questa, vestita da maschio e senza sapere dove sarà il giorno dopo. Ha bisogno della sua casa, di sicurezza, e io posso darle tutto questo, Mary. Posso prendermi cura di lei e darle tutto ciò di cui ha bisogno.»

Mentre lui continua a parlare, io piego molto lentamente il braccio destro, metto una mano in tasca e afferro il telefono. Lo estraggo dalla tasca con la massima attenzione, cercando di fare piano. Passo un dito sullo schermo e poi giù, sui tasti. 1... 2... 3...

Sposto il dito in basso. 6.

Poi di nuovo. 9.

999. In Inghilterra è il numero per le emergenze, ma non ho idea se in Irlanda sia lo stesso. Potrei provare, premere tre volte 9 e gridare che c'è un'emergenza alla spiaggia di Clogherhead, ma Max mi sentirebbe e fuggirebbe con Elise prima che arrivino. Sarebbe la fine, se la riporterebbe in Inghilterra e, se li inseguissi, verrei accusata di averla rapita. Potrei non rivederla mai più.

«Mary», dico. «Mary, deve ascoltarmi. Quello che dice Max è falso. Io non sono una cattiva madre, è stato lui a inscenare tutto affinché sembrasse così. Ha nascosto la droga in casa nostra, poi ha chiamato la polizia per denunciarmi. Mi hanno arrestata e hanno coinvolto i servizi sociali, e lui ha riempito la casa di spazzatura prima che arrivassero, per convincerli che non potevo prendermi cura di Elise. Infine... si è introdotto in casa una notte e ha nascosto dei soldi che aveva rubato dentro la scatola di mio figlio. Henry, il bambino che aspettavo prima di Elise. È morto al quinto mese di gravidanza, e in quella scatola c'erano i ricordi inestimabili di nostro figlio, però a Max non importa nulla. Ha macchiato la sua memoria infilando quei soldi sporchi sopra le uniche cose che avevo per ricordarlo...»

«L'ho fatto per Elise», sibila Max a denti stretti.

«Li hai rubati! Per questo Paula se l'è presa con me, per questo mi ha minacciata. Hai messo in pericolo la vita di entrambe, e per cosa? Per diecimila sterline che hai rubato a uno strozzino. E tu saresti un buon padre?»

«Volevo che avesse una bella vita.»

«Ce l'aveva già, una bella vita!»

«Oh, davvero? Ci credi a quello che dici, Jo? Pensi che tenerla rinchiusa in casa giorno e notte significhi farla vivere bene? Pensi che stordirti con i miorilassanti e dimenticare tua figlia al nido, a farsi la pipì addosso e a piangere significhi farla vivere bene?»

«Stavo cercando di guarire. Se solo avessi avuto un po' più di pazienza con me...»

«Cosa sarebbe successo? Ti avrei vista scappare a Chester insieme a mia figlia, ecco cosa. Mi hai minacciato di non farmela più vedere!» Mi urla in faccia, sputandomi addosso la saliva che gli esce di bocca.

Mi sembra di rivivere il litigio avuto nel soggiorno di casa. Elise sta ancora gemendo, il cuore mi batte così forte in petto che mi sento male e tremo, ma non posso fermarmi ora. Non posso cedere, non devo lasciarmi intimidire da lui. «È per questo che hai nascosto la droga in casa? Per impedire che andassi a Chester? Per darmi una lezione? Volevi riavere il controllo, non è così, Max?»

«Sì», dice all'improvviso. «Sì, dannazione, l'ho fatto. E ha funzionato, no? Chi hai chiamato? Me. A chi hai chiesto di dormire sul divano per sentirti più sicura? A me. Tu eri a pezzi, Jo. *Sei ancora* a pezzi. Sei debole, instabile e inaffidabile. Quando non c'ero, hai dovuto chiedere alla tua migliore amica di stare a casa con te.»

«Perché avevo paura dopo che *tu* ti eri introdotto in casa, rovesciando la spazzatura ovunque. Ed è stata una fortuna che abbia chiesto a Helen di stare con me, perché quella notte tu sei entrato in casa e hai fatto del male a Elise.»

«Non le ho fatto del male! L'ho solo afferrata perché stava cadendo dal lettino.»

«Aveva il corpo coperto di lividi, Max.»

Scuote la testa. «Non puoi dare la colpa a me, Jo, l'ho a malapena toccata. Sappiamo entrambi che sei stata tu a farle del male, altrimenti perché saresti scappata invece di portarla in ospedale per la visita?»

«Io chiamo la polizia.» Mary si allontana, tenendo Elise per mano, ma la macchina blocca l'accesso a Main Street, perciò dovrà sollevare la bambina sopra il bagagliaio e poi arrampicarsi lei stessa. «Saranno loro a decidere con chi deve stare la bambina», aggiunge.

«No!» Max mi spinge via con una forza tale che finisco distesa sulla sabbia.

Un'onda si schianta su di me mentre mi rialzo di scatto.

«Si fermi!» Max afferra Mary per una spalla.

Lei si gira per affrontarlo e fa da scudo a Elise con il proprio corpo. «Mi tolga le mani di dosso.»

«Signora Byrne.» Scuote la testa. «Voglio solo mia figlia, non chiedo altro.»

«Mi dispiace, non può averla. Se avesse un po' di sale in zucca, salirebbe in macchina e se ne andrebbe.»

«Non vado da nessuna parte senza Elise.» Sento il tono di avvertimento nella sua voce mentre mi avvicino alle sue spalle, camminando con passo leggero per non essere notata.

Mary sposta lo sguardo su di me, senza che Max la veda, per indicarmi di non muovermi, poi mette la mano sinistra nella tasca del cappotto ed estrae il suo telefono. Con la destra sospinge Elise di lato, ancora dietro di lei.

«Salve, è la...»

«Mi dia il telefono», dice Max.

«Vi prego, fate presto! Siamo a Clogher...»

Vedo un lampo grigio, le braccia di Max che si agitano in aria. Mary sbanda all'indietro, girandosi per mettere il telefono fuori dalla portata di Max, però nel farlo urta una piccola roccia con un tacco e cade sulla sabbia. Max si tuffa per raggiungere il telefono, ma lei cerca di tenerlo lontano con movimenti convulsi. Allora mi precipito verso di lui, ma prima di riuscire ad allontanarlo da Mary, lei grida: «Jo! Prendi Elise! Prendila e scappa!»

66

«Resisti!» grido. «Elise, resisti, non mollare la presa!»

Mia figlia strilla terrorizzata e stringe forte le gambe intorno alla mia vita, affondandomi le dita nella nuca. La tengo davanti a me, come una scimmia che trasporta la sua prole, sostenendone il peso con una mano mentre con l'altra mi aggrappo alle rocce. Meno di un metro divide il muro di pietra dall'acqua e, nella migliore delle ipotesi, mi restano pochi minuti per raggiungerne il punto più basso, scavalcarlo e ritrovarmi sul prato prima che salga la marea. In alternativa avrei potuto correre lungo la spiaggia o arrampicarmi sull'auto e fuggire in strada, ma quando ho preso in braccio Elise, Max si stava già rialzando.

Adesso lo sento ansimare dietro di me, imprecando ogni volta che scivola e cade. È veloce, molto più di me, ma sulle rocce scivolose le mie scarpe da ginnastica hanno una tenuta migliore rispetto alle sue scarpe eleganti da ufficio. E poi io sono già stata qui con Elise, so dove mettere i piedi per non perdere l'equilibrio e so quando saltare perché la fessura tra le rocce è troppo profonda.

«Mami!» Elise grida quando un'onda si schianta sugli scogli, inzuppandoci. Lo shock causato dall'acqua gelida mi toglie per un attimo il respiro, ma non smetto di correre. La schiuma è così vicina, ora, che basterebbe una grande onda per spazzarci via e trascinarci in mare.

Reggo mia figlia con il braccio destro, mentre con la mano sinistra tocco il muro che mi separa dal prato: è alto quasi due metri e la pietra è bagnata, se tentassi di scalarlo con queste scarpe scivolerei sicuramente e non riuscirei mai a sollevare Elise oltre le pietre appuntite che ci sono in cima. Più avanti, a una cinquantina di metri lungo la spiaggia, il muro è più basso, circa un metro e mezzo, e se riuscissi a raggiungerlo dovrei farcela a lanciare Elise dall'altra parte, dove l'erba attutirebbe la caduta. Non importa cosa mi succederà, voglio solo che mia figlia si salvi.

«Jo!» grida Max. «Jo, fermati!» La sua voce sovrasta l'ululato del vento e il ruggito del mare.

Lancio un'occhiata alle mie spalle per vedere quant'è lontano.

Cazzo.

Si sta avvicinando.

Si è tolto le scarpe e i calzini e sta correndo a piedi nudi, saltando da una roccia all'altra con gli occhi fissi in basso. Sente che lo sto guardando, si ferma e guarda in alto, pronto a saltare.

Ha uno sguardo così glaciale da togliermi il respiro. Non si arrenderà mai. Se anche riuscirò a scavalcare questo muro, lui m'inseguirà; se tornerò in Inghilterra, m'inseguirà. Ovunque andrò, lui spargerà menzogne su di me e cercherà di mettermi tutti contro. Se anche trovassi un posto in cui nascondermi con Elise, passerei il resto della mia vita a guardarmi alle spalle, chiedendomi quanto tempo mi resta prima che Max ci trovi.

Mi giro per ricominciare a correre, ma in quel momento un'onda si avvicina agli scogli, salendo sempre più in alto e incurvandosi sopra di noi come un arcobaleno, al rallentatore. Non c'è modo di scappare o gridare, e nemmeno di pregare o chiedere aiuto perché, di colpo come sembrava essersi fermato, il tempo accelera. Per un attimo c'è solo silenzio, ma poi l'onda si abbatte su di noi e sento mancarmi la terra sotto i piedi.

Quando sei sott'acqua, il mare non ruggisce, ma emette un ronzio, un profondo suono da basso-baritono che ti avvolge e ti martella sul corpo, sulla testa e sui timpani. Mi sento come sospesa, senza peso e, per un momento che dura meno di un battito, una strana sensazione di calma mi pervade. È finita. Ho perso. Morirò e non posso farci niente. Poi i polmoni iniziano a farmi male e sento qualcosa che si agita tra le mie braccia. Elise! Apro gli occhi e vedo... nulla... solo una specie di nebbia fitta, torbida e marrone d'acqua. La corrente trascina Elise, cercando di strapparmela via, così serro la presa, ma sento che sta scivolando. Scalcio di nuovo, affannosamente. Mi bruciano i polmoni: devo respirare, devo risalire in superficie. Ma da che parte è la superficie? Non vedo niente, sono circondata dall'acqua scura e turbinante, e l'impulso di aprire la bocca per risucchiarla nei polmoni è troppo forte. Stiamo per annegare.

Non ci riesco, non posso continuare a trattenere il respiro. Non riesco più a lottare, mi dispiace Elise. Mi dispiace tanto. Avevo promesso di tenerti al sicuro e ho fallito. Mi dispiace tanto. Devo respirare. Devo...

Bam! Veloce come quando ci ha afferrate, l'onda ci lascia di nuovo cadere, sbattendoci sulle rocce prima di ritirarsi nel mare.

Sento un dolore violento alla spalla sinistra, simile a una coltellata, però non è per il dolore che piango terrorizzata: mia figlia è afflosciata sul mio petto, gli occhi chiusi e le labbra livide.

«Elise!» La scuoto. «ELISE!»

Non si muove. Non reagisce in nessun modo.

«Elise!» La scuoto ancora. Ha la pelle grigia e terribilmente fredda. «Elise! Apri gli occhi!»

È immobile.

«Elise.» Mi muovo a fatica, ma riesco a girarla su un fianco e a darle un colpo piuttosto forte sulla schiena. Non può morire, non può. «Elise!» La colpisco di nuovo.

Tossisce. Un suono quasi impercettibile, ma lo sento.

«Elise!»

Tossisce ancora e si agita, roteando le braccia e muovendole a scatti come un pupazzo. Colpisce una roccia con la mano destra e grida di dolore, ma non ho tempo per consolarla: un'altra onda si avvicina ed è più grande e potente di quella precedente. Non avremmo possibilità di sopravvivere se si schiantasse su di noi. Devo fare una scelta: morire insieme a Elise o lasciarla a Max e pregare che non le faccia mai più del male. Non posso farle questo, non posso lasciare che soffra in questo modo, ma che alternativa ho? Se non faccio nulla adesso, la condanno a morte. Cerco a tentoni il telefono che avevo nella tasca del cappotto ma non c'è più, inghiottito dal mare. Chiudo gli occhi. Prego in silenzio che la telefonata fatta dalla spiaggia sia andata a buon fine. Riapro gli occhi e grido: «Max! Prendi Elise! Corri! Corri, Max!»

All'improvviso me lo ritrovo accanto, bagnato fradicio e scuro in volto. Allunga le braccia per prendere nostra figlia, e io uso le mie ultime energie per afferrarla dai fianchi e sollevarla verso di lui. Voglio solo che Elise sia al sicuro. È l'unica cosa che ho sempre voluto, fin dall'inizio.

Max se la stringe al petto, poi guarda il mare e i suoi occhi si riempiono di terrore. «Sta arrivando!» grida mentre si allontana, i piedi nudi che scivolano e pattinano sulle rocce. «La porto oltre il muro e torno a prenderti, te lo prometto.»

Cerco di mettermi seduta, ma il mio braccio sinistro è dolorante, quasi non riesco a muoverlo. Il dolore mi attraversa tutto il corpo, afferro la roccia con la mano destra e mi trascino a sedere. Max ha raggiunto il muro insieme a Elise, la solleva oltre le pietre acuminate in cima. Non la sento gridare quando atterra, non sento nulla se non il ruggito del mare e il cuore che mi batte forte nelle orecchie. Mi inginocchio e striscio in avanti, il braccio sinistro che mi penzola sul fianco. Devo raggiungere il muro prima che arrivi l'onda.

«Max!» grido quando lo vedo aggrapparsi alle rocce appuntite e saltare, con un piede contro il muro. «Max! Aiutami!»

Si volta verso di me.

«Max!» Allungo la mano destra. «Aiutami!»

La sua espressione sembra addolcirsi per un istante. Tornerà a prendermi, l'ha promesso. Vuole che Elise stia con lui, ma non mi lascerà certo qui a morire.

«Max!» grido di nuovo. «Ti prego! Elise ha bisogno di me.»

La dolcezza sul volto di mio marito svanisce. E, un attimo dopo, è scomparso oltre il muro.

È andato a vedere se Elise sta bene, dico a me stessa mentre mi giro per vedere quant'è lontana la prossima onda. Max può ancora tornare a salvarmi. L'onda però incombe già sulla mia testa, come una falce grigia. Chiudo gli occhi e aspetto che si abbatta su di me.

67

Max sobbalza sul sedile quando l'aereo tocca terra, fa un sorriso rassicurante a sua figlia, seduta accanto a lui, ma non prova affatto sollievo: ha paura. Sono passate quasi ventiquattr'ore da quando ha messo in salvo Elise, però non riesce a togliersi dalla mente l'immagine di Jo. Dopo aver portato la piccola oltre il muro, si era girato, pensando che sua moglie stesse correndo dietro di lui. Non si aspettava di vederla raggomitolata sugli scogli, a guardarlo disperata con la paura negli occhi. Aveva esitato: Elise, distesa sull'erba oltre il muro, gemeva per lo shock, ma era al sicuro, Jo invece no. Un'immensa onda grigia avanzava verso di lei, crescendo sempre di più a ogni battito isterico del suo cuore. Avrebbe potuto mettersi a correre, raggiungerla scivolando sulle rocce bagnate e salvarla, ma se non avesse fatto in tempo il mare avrebbe inghiottito anche lui, ed Elise avrebbe perso entrambi i genitori, restando orfana a sei mesi dal suo terzo compleanno.

Quando Jo aveva gridato aiuto, Max aveva sentito accapponarsi la pelle. Era convinta di morire, glielo leggeva negli occhi.

«Aiutami!» gridava, tendendo una mano. «Aiutami, Max!»

Era troppo tardi, però: mentre lui cercava di prendere una decisione, l'onda era cresciuta come un muro sopra di lei. Non aveva avuto neanche il tempo di prometterle che si sarebbe preso cura di Elise, ma solo di saltare.

Appena toccato terra, si era rialzato, aveva abbracciato sua figlia e si era messo a correre per raggiungere la macchina. Si aspettava di vedere Mary Byrne ancora distesa sulla sabbia dove l'aveva lasciata, invece non c'era più. Il mare sfiorava le ruote dell'auto, quindi Max era saltato a bordo, aveva messo Elise sul sedile del passeggero, le aveva allacciato la cintura ed era partito. Risalendo Main Street a gran velocità e uscendo da Clogherhead, aveva sentito le sirene della polizia ma non c'erano lampeggianti blu dietro di lui e nessun posto di blocco lungo la strada. Aveva guidato fino a Dublino senza fermarsi, poi aveva preso una stanza nel primo hotel.

Era convinto che non l'avrebbero lasciato salire sull'aereo. Mentre si avvicinava al controllo documenti dell'aeroporto di Dublino, il sudore gli bagnava la fronte e gli faceva aderire la maglietta alla schiena. Era certo che il suo passaporto, o quello sostitutivo che aveva richiesto per Elise, avrebbero fatto scattare qualche allarme e che avrebbe sentito una mano pesante posarsi sulla sua spalla. Invece non era arrivato nessuno, l'agente della dogana l'aveva guardato a lungo, poi aveva spostato lo sguardo su Elise e infine aveva fatto cenno di passare.

Così ora sta attraversando l'aeroporto di Bristol con sua figlia in braccio, e poche centinaia di metri lo separano dalla libertà. È un peccato che non possa tornare a casa con le diecimila sterline, oltre che con sua figlia. Chissà cosa succederà a quei soldi. Almeno Elise è al sicuro, però, e questa è la cosa più importante. Quanto a Paula, troverà il modo di liberarsi di lei. Magari venderà la casa e si trasferirà al Nord, potrebbe andare ad abitare a Tynemouth o a Whitley Bay e lavorare a Newcastle. A Elise piacerebbe vivere vicino al mare.

Per un attimo gli torna in mente l'immagine del viso angosciato di Jo mentre l'onda sta per abbattersi su di lei, ma riesce a non pensarci, proprio come sta ignorando la conversazione che dovrà fare con Elise per spiegarle dov'è andata la mamma.

Jo era malata, dice a se stesso mentre supera il varco con la scritta NIENTE DA DICHIARARE, e stava peggiorando. Anche se non fosse morta, è probabile che il tribunale le avrebbe negato qualsiasi contatto con Elise. Invece di portare sua figlia all'unità pediatrica dell'ospedale, Jo era fuggita e per Max questo equivale a un'ammissione di colpa. E pensare che lei gli ha addossato la colpa di tutto! È incredibile come sia riuscita a ingannare se stessa fino all'ultimo.

Ha quasi superato il varco, quando scorge due agenti doganali in uniforme, in piedi accanto a un tavolo alla sua destra. Deve fargli un cenno o ignorarli? Decide che è meglio ignorarli. Ha le braccia stanche per aver trasportato Elise lungo tutto il terminal, ma non sposta la bambina in una posizione più comoda per non attirare l'attenzione. Vuole soltanto uscire di lì, ritrovare la sua macchina e tornare a casa. Si sta già pregustando l'espressione di sua figlia quando le mostrerà tutti i bellissimi giocattoli nuovi che le ha comprato e...

« Il signor Maxwell Blackmore? » I due agenti in uniforme e una donna bionda in tailleur gli si parano davanti, bloccandogli l'uscita dalla hall.

Lui rimane immobile, sforzandosi di tenere sotto controllo il respiro. Sono venuti a dirgli che Jo è morta, tutto qua. Non c'è bisogno di farsi prendere dal panico o di scappare.

« Il signor Maxwell Blackmore? » ripete la donna.

Questa volta Max annuisce, e un poliziotto gli posa una mano sul braccio stringendo la presa.

68

«Elise!» Riprendo i sensi con un sussulto, le braccia che si agitano e fendono l'aria nel vano tentativo di afferrare il cappottino rosso di mia figlia, che sta volando via. Mi brucia il petto, mi fischiano le orecchie e, quando mi passo le mani davanti agli occhi, le vedo pallide e sfocate. Non riesco più a trattenere il fiato, l'istinto di inspirare è troppo forte.

«Respira, Jo, respira.» Una donna con i capelli scuri e un forte accento polacco mi compare accanto, provando a toccarmi una spalla, con esitazione.

Mi giro per spingerla via, ma nel farlo sento una fitta acuta a un fianco.

«Jo, sei in ospedale, ricordi? Ti sei rotta qualche costola e hai subito contusioni gravi. Se hai dolore, posso darti qualcosa.»

«Mia figlia!» Cerco di lottare per mettermi seduta, ma il dolore è insopportabile. «Dov'è mia figlia?»

«Jo. Va tutto bene.»

«No, non è vero.» Le afferro un polso e lo stringo. «Non va tutto bene. Devo sapere dov'è mia figlia, mio marito l'ha rapita! Eravamo in spiaggia a Clogherhead e...»

L'infermiera si divincola dalla mia presa. «Chiamo qualcuno che venga ad aiutarti. Non muoverti, devi restare immobile.»

Quando apre la tendina che circonda il mio letto, rilasso i muscoli, mi distendo sulla schiena e fisso il soffitto bianco. Le lacrime mi scendono lungo il viso e cadono sul collo, mentre stringo i bordi del letto. Sotto le costole rotte, sento un vuoto nel petto. Quando l'onda si è abbattuta su di me, ho pensato che sarei morta, ho chiuso gli occhi, mi sono raggomitolata su me stessa, ho fatto un respiro lungo e profondo e ho pregato che finisse presto. Da piccola, avevo paura della morte, ero terrorizzata dall'ignoto: sarei andata in paradiso a incontrare Gesù, come mi aveva insegnato mamma, o sarebbe stato piuttosto come spegnere un interruttore e poi solo oscurità perenne, come mi aveva detto qualcuno al parco giochi? Mentre aspettavo che il mare mi colpisse per farmi esalare l'ultimo respiro, non era però il mio destino a preoccuparmi, bensì quello di mia figlia. Non potevo sopportare il pensiero del suo visino contratto per un dolore che non riusciva a comprendere. Le lacrime, la confusione, la consapevolezza crescente del fatto che, per quanto potesse continuare a chiamare la mamma, lei non ci sarebbe più stata.

Così ho lottato. Mentre il mare mi sollevava e mi sbatteva sugli scogli, mi ripetevo di non cedere al panico, perché se l'avessi fatto sarei rimasta senz'aria, avrei iniziato a inghiottire acqua e sarei annegata. Ma era difficile restare calma mentre sbattevo sulla roccia con braccia, gambe e testa, e i polmoni bruciavano e ogni fibra del mio corpo mi spingeva a sciogliere la gola e respirare. Ho atteso all'infinito che la mia testa sbucasse in superficie e, quand'è successo, ho inspirato forte l'aria fredda del mare, prima di essere inghiottita di nuovo. Andavo sempre più giù, mi giravo, mi rigiravo e mi capovolgevo. Poi un altro respiro e di nuovo giù. Sembrava non finire mai, e io mi sentivo sempre più debole, con l'acqua gelida che mi penetrava sotto la pelle, fino alle ossa. Alla fine ho sentito uno strattone alla schiena. Ho pensato alla risacca e ho iniziato ad agitare braccia e gambe per oppormi, ma venivo sollevata sempre più in alto. Con gli occhi che bruciavano e il respiro che raschiava in gola, il mio corpo fradicio e pesantissimo è finito sul fondo di una scialuppa di salvataggio, scivolando come un pesce fuor d'acqua. Ho visto il volto di un uomo, che mi guardava negli occhi e mi diceva di respirare. Poi tutto è diventato nero.

«Jo?»

Colgo la preoccupazione nella voce dell'infermiera polacca e non giro la testa quando tira la tenda. So già che non è mia figlia quella che sta entrando in silenzio. Lei non è qui e non è nemmeno in Irlanda. Non c'è più.

«Jo? Sono Mary.»

Giro lentamente la testa verso di lei, mentre si siede accanto al mio letto. Fa un gemito sedendosi, ma non è tanto quello a stringermi il cuore, quanto il bernoccolo che ha sulla fronte, che spunta come un grande fungo gonfio e pesto, e il livido violaceo che ha sull'occhio destro, chiuso.

«Mary?» Mi scende un'altra lacrima sulla guancia. «Mary, mi dispiace tanto.»

«No, no.» Preme una mano sulla mia e la stringe.

Non oppongo resistenza al tocco, non ho più alcuna forza di lottare. «L'ha picchiata», dico.

«No.» Mary scuote la testa, poi fa una smorfia. «Ho battuto su una roccia quando Max ha cercato di strapparmi di mano il telefono.»

«Non dovevo scappare... dovevo accertarmi che lei stesse...»

«No.» Stringe la presa sulla mia mano. «Hai fatto la cosa giusta, Joanne, hai cercato di proteggere la tua bambina.»

«Ma ho abbandonato lei sulla spiaggia, avrebbe potuto...» Sento un groppo in gola e le parole svaniscono. Mary sarebbe potuta annegare, e lo stesso valeva per Elise. Ho messo in pericolo la vita di tutti perché non riuscivo a tollerare di essere separata da mia figlia. Non sarei mai dovuta andare via da Bristol, avrei dovuto portare Elise in ospedale e combattere contro Max in tribunale. Mi dicevo che Elise sarebbe stata al sicuro a Clogherhead, ma ero *io* quella che sperava di sfuggire al pericolo. Ho fatto ciò che ritenevo meglio per me stessa.

«Perché mi ha aiutata?» sussurro. «Pensavo che avrebbe riportato Elise da Max.»

«Stavo per farlo», dice piano. «Volevo credere a tutte le cose terribili che mi aveva detto su di te, volevo credere che la figlia di Liam O'Brien fosse malvagia come suo padre. Mi sembrava la giusta punizione per quello che era successo a Niamh: lui si era portato via mia figlia e io avrei fatto soffrire la sua. Mentre camminavo sulla spiaggia con Elise, non m'importava di cosa fosse giusto o sbagliato, né del perdono o della Chiesa. Volevo che tu soffrissi quanto me, volevo che sapessi quanto poteva essere violento il dolore di vedersi strappare via un figlio. Volevo farti soffrire per il resto della tua vita, proprio come me.» Fa una smorfia e abbassa la testa, incapace di guardarmi negli occhi. «Non ne vado fiera... Non vado fiera della donna che ero in quel momento, ma la rabbia che avevo nel cuore... il dolore che ho provato quando ho trovato la fotografia nella tua stanza... è stato così forte da consumarmi. Quando mi sei corsa dietro e hai cercato di riprenderti Elise, ero sicura di aver fatto la cosa giusta, ma poi Max ti ha presa e tu mi hai implorata, parlandomi da madre a madre, e allora ho visto la paura e la disperazione nei tuoi occhi. E poi la piccola Elise voleva te, Jo, lottava per liberarsi dalla mia stretta e tornare da te. A quel punto, tu e Max avete iniziato a litigare su chi le avesse fatto del male e io non sapevo a chi credere. Se avessi preso la decisione sbagliata, non me lo sarei mai perdonato, così ho scelto di chiamare la polizia, e Max mi ha aggredita. In quel momento, ho capito chi aveva davvero fatto del male alla bambina.»

«Oh, Mary.» La scruto in volto, in cerca di rabbia e risentimento, ma leggo solo dolore: un dolore così profondo che mi spezza il cuore. «Mi dispiace moltissimo che lei sia stata trascinata in tutto questo. Giuro che non sapevo nulla di Niamh, né di quello che aveva fatto Liam. Glielo giuro, Mary, non sarei mai tornata a Clogherhead se l'avessi saputo.»

«Lo so, Brigid me l'ha detto.»

«Ha parlato con mia madre?» Non riesco a nascondere la sorpresa.

«Sì», annuisce Mary.

«Ma io... pensavo che lei la odiasse.»

«Non l'ho mai odiata, Jo. Ho detto che, secondo alcuni, lei sapeva più di quello che diceva, ma non avrei mai potuto odiarla dopo essere stata sua amica per una vita. Brigid però non mi ha mai chiamata, né è venuta a trovarmi dopo l'arresto di Liam, e questo mi ha fatto male, mi ha fatto tanto male. L'ho considerata una codarda per essere fuggita nel cuore della notte e avermi lasciata sola quando avevo più bisogno. Non posso perdonarla per questo.»

«Ma ha parlato con lei di recente?»

«Sì, ho avuto il suo numero da tua zia Sinead.»

Sinead? Quindi mamma non mandava solo cartoline con gli auguri di Natale ai suoi parenti, si sentivano anche al telefono. Cos'altro mi ha nascosto?

«Anch'io pensavo che non fossero più in contatto», prosegue Mary, interpretando l'espressione sul mio viso. «Comunque non gliel'ho mai chiesto, io e Sinead ci limitiamo a salutarci quando ci incrociamo a messa, ma per il resto manteniamo le distanze. Ieri però, quando i medici mi hanno detto che non ti eri ancora svegliata, sono andata a casa sua e le ho chiesto se avesse il numero di Brigid. Volevo farle sapere cosa ti era successo, Jo.»

«È andata bene la telefonata?»

«Abbiamo parlato a lungo, di te e del passato. Mi ha detto di Andy.»

«Cosa le ha detto?» Non riesco a staccare gli occhi dal viso di Mary. È per questo che sembra così addolorata? Papà è morto? «La prego, Mary, me lo dica. Devo saperlo.»

Mi tocca con dolcezza una mano. «Sta male, Jo, però resiste. Brigid pensa che stia tenendo duro per dirti addio.»

«Oh, Dio.» Gli occhi mi si riempiono nuovamente di lacrime. Povero papà, povera mamma. «Mia madre le ha... detto se...» Voglio disperatamente sapere se Mary ha avuto notizie di Elise. Volevo farlo non appena è comparsa da dietro la tenda, ma sono troppo terrorizzata per farle questa domanda. Non so come reagirò se dovesse dirmi che Max ed Elise sono scomparsi.

«Max è stato arrestato all'aeroporto di Bristol», risponde Mary. «Il suo capo ha passato alla polizia alcuni file. Messaggi vocali o qualcosa di simile, ha detto Brigid.»

Ha funzionato. Oh, grazie a Dio, ha funzionato. Quando eravamo in spiaggia, accanto all'auto, non sapevo se facendo il 999 avrei chiamato la polizia, così all'ultimo momento ho deciso di premere il tasto 5. Mentre spingevo Max a confessare tutto quello che aveva fatto, pregavo che la chiamata finisse alla segreteria di Fiona, perché se fossi riuscita a fuggire avrei ottenuto la prova necessaria a dimostrare che non ero una madre inadeguata e che Max aveva inscenato tutto.

«Ed Elise?» chiedo. «Dov'è Elise?»

«È in ospedale, ma tua madre è andata a trovarla e dice che non sta male, è solo sotto osservazione.»

«Oh, santo cielo.» Le guance mi si coprono di lacrime. La sensazione di sollievo è troppo forte: è salva, Elise è salva, e mio padre è ancora vivo. Cerco di mettermi a sedere. Devo andare da loro, devo uscire dall'ospedale e prendere il primo volo per l'Inghilterra.

«No, no.» Mary mi preme dolcemente sulla spalla.

Sono così debole che scivolo subito sul cuscino.

«Devi rimetterti in sesto, Joanne. Non puoi aiutare nessuno in queste condizioni.»

«Perché lo sta facendo?» Alzo lo sguardo verso il suo viso dolce e pieno di rughe. «Perché mi sta aiutando? Perché è così gentile con me, quando ha perso la sua bambina per colpa della mia famiglia? Dovrebbe odiarmi.»

Mary mi guarda per un tempo che sembra infinito, poi infila una mano nella tasca del cardigan ed estrae un fazzoletto bianco. Me l'accosta alla guancia e mi asciuga piano le lacrime. «Come potrei odiarti?» dice dolcemente. «Eri solo una bambina quand'è successo. E anche tu, come me, hai perso tutto, quel giorno.»

69

Mary passeggia sulla spiaggia di Clogherhead, con i sandali in una mano e un cesto da picnic nell'altra. Cammina piano, per sentire la sabbia calda tra le dita dei piedi nudi, godendosi il sole sul viso e la brezza tiepida tra i capelli. Il mare, tanto selvaggio e furioso solo quattro mesi prima, adesso è calmo e immobile, una scintillante distesa grigio-blu che si estende a perdita d'occhio. Il tempo magnifico di giugno ha spinto i turisti fuori dalle villette in affitto e gli abitanti del luogo fuori dalle loro case, così la spiaggia è animata dalle risate e dalle chiacchiere della gente.

Jo ed Elise, qualche metro più avanti, camminano mano nella mano, vagando tra le graziose conchiglie e le pietre striate che catturano la loro attenzione. Elise lascia la mano della madre, affonda le dita nella sabbia, prende una conchiglia e la lancia nel secchiello blu che ha riempito di acqua di mare. La sua risata squillante arriva alle orecchie di Mary; nessuno ha fretta di posare la coperta sulla sabbia e assaggiare il pranzo che ha preparato in mattinata, tantomeno lei.

Si gira a guardare la donna con i capelli scuri che le cammina accanto. Brigid ha più rughe rispetto a trent'anni fa, i capelli sono più radi, i fianchi più larghi e il profilo del mento è più cadente, proprio come le guance di Mary, ma è sempre la stessa Bee. I suoi occhi azzurri s'illuminano sempre allo stesso modo quando s'infervora per qualcosa, le labbra si serrano come un tempo quando c'è qualcosa che non le va a genio, e la sua risata è ancora orribilmente e meravigliosamente roca.

«Come stai?» le chiede Mary. È il secondo giorno che passano insieme, e l'imbarazzo che ha contraddistinto il loro incontro, nell'ingresso del bed and breakfast, è scomparso già da un pezzo. Mary ha dormito pochissimo la notte prima che Brigid arrivasse in aereo da Manchester, passando dalla paura all'emozione. Jo le aveva detto al telefono che sua madre era impaziente di vederla, ma c'era il rischio che la realtà non fosse all'altezza delle aspettative. Se si fossero comportate freddamente l'una nei confronti dell'altra? Se dopo trent'anni avessero scoperto di essere cambiate così tanto da non riconoscersi più? Se il danno fatto si fosse rivelato troppo grande? Erano rimaste a fissarsi nell'ingresso per un minuto, poi due o forse tre, senza dire una parola, nemmeno quando Jo le aveva avvertite che avrebbe portato Elise in spiaggia per lasciarle un po' da sole. Appena sua figlia si era chiusa la porta alle spalle, Brigid aveva esclamato: «Perdonami, Mary. Ti prego». Così c'erano state lacrime, abbracci e tè, fiumi di tè, per addolcire le voci stanche dal tanto parlare.

Brigid si stringe nel suo cardigan sottile. «Stavo pensando a quanto sarebbe piaciuto a Andy questo posto.»

Mary annuisce. «Anche a Patrick.»

«Era un brav'uomo.»

«Sì. E vorrei aver conosciuto Andy: anche lui mi è sembrato un brav'uomo da come l'avete descritto tu e Jo.»

Si scambiano uno sguardo carico di significato. Sono state entrambe single, entrambe sposate e ora entrambe vedove. Nessuna delle due parla di Liam: l'hanno fatto la sera in cui si sono riviste dopo tanto tempo, quando hanno affrontato il passato e poi, senza dichiararlo esplicitamente, hanno deciso di lasciarsi tutto alle spalle.

«Sono contenta che Jo sia riuscita a vedere Andy prima che ci lasciasse», dice piano Brigid. «I medici non gli avevano dato più di una settimana, ma lui è riuscito a resisterne quasi tre.»

«Voleva dirle addio.»

«Sì, lo credo anch'io. Ed è morto in casa sua, proprio come voleva lui.»

«Mi dispiace tanto, Brigid.»

«Grazie.» Brigid annuisce e le due donne rimangono serenamente in silenzio, a guardare Jo che cerca d'insegnare a Elise come far rimbalzare un sasso sull'acqua.

«Sembrano davvero felici», dice Mary.

«Lo sono, anche se abbiamo passato due settimane orribili, senza la sicurezza che Jo avrebbe potuto riavere sua figlia.»

«Non lo sapevo.»

«No, perché a Jo non piace parlarne. Sai, quando Max è stato arrestato ed Elise è stata ricoverata in ospedale, sono intervenuti i servizi sociali, e Jo non ha potuto vedere la bambina finché all'ospedale non hanno stabilito che cosa avesse causato i lividi che aveva sul corpo.»

«Lividi?» Mary si porta d'istinto le mani al petto.

«Glieli hanno trovati su tutto il corpo quando l'hanno visitata. Jo diceva che forse Elise se li era procurati quando erano cadute sulle rocce, ma per un po' i medici hanno pensato che qualcuno le avesse fatto del male.» Brigid chiude gli occhi per un attimo, come se non riuscisse a sopportarne il ricordo. «È stato un momento orribile, soprattutto per Jo, ma alla fine gli esami del sangue hanno rivelato che Elise aveva un virus, uno di quelli che vengono a volte dopo un raffreddore o un malanno di stagione, che rendono più facile la formazione di lividi nei bambini. Non mi ricordo il nome esatto, porpora trombo-qualcosa.»

«Quindi nessuno le aveva fatto del male?»

«Pensano di no. Helen, l'amica di Jo, ha consegnato alla polizia le foto dei lividi sul corpo di Elise, scattate dopo che qualcuno si era introdotto in casa. Max ha ammesso di essere stato lui a entrare quella notte, perché voleva accertarsi che Elise fosse al sicuro dopo che lui stesso era stato aggredito, e ha detto di averla dovuta afferrare per evitare che cadesse mentre cercava di scendere dal lettino. I medici non ne sono certi, ma credono che i lividi siano stati causati dallo stesso virus. Jo dice che Elise era malata prima che lasciassero Bristol, aveva la febbre e il raffreddore.»

«Povera piccola. Ma ora sta bene, vero?»

Brigid sorride, guardando sua nipote chinarsi per raccogliere un sasso. «Sta benissimo.»

«E Max ha confessato tutto?»

«No, all'inizio no, però l'ha confessato a Jo nella chiamata registrata dalla segreteria telefonica di Fiona, e hanno trovato tracce del suo DNA sul sacchetto che conteneva la droga, quando si sono decisi a fare le analisi, perciò...» Alza le spalle. «Jo ha dovuto attendere che la polizia chiudesse l'indagine, poi si è rivolta al tribunale per riavere Elise. Ha passato un periodo stressante, ma il suo avvocato è stato molto bravo.»

«Grazie al cielo. Forse adesso potrà ricominciare a vivere la sua vita.»

«A un certo punto sì, ma prima vuole delle risposte da Max. Questo è quello che so. E vuole anche che Elise lo veda, anche se non so se sia una buona idea.» Brigid si stringe più forte nel cardigan.

Mary cerca di decifrare lo sguardo dell'amica, ma non ci riesce. Si sente colpevole perché non ha portato Jo a trovare suo padre in carcere? O è pentita di averle nascosto la verità per tutti questi anni? Quando Jo è tornata in Inghilterra, Brigid le ha detto tutto, anche che Liam O'Brien è morto, accoltellato allo stomaco durante una rissa tra detenuti, un anno dopo essere stato condannato. È morto sull'ambulanza che lo stava portando in ospedale. Il giorno dopo, la polizia era andata da Mary per informarla, ma la cosa non aveva alleviato il suo dolore, anzi le aveva provocato rabbia: mentre lei sarebbe stata tormentata per tutta la vita, le pene di quell'uomo erano già finite.

Sente un brivido. Non vuole pensare mai più a Liam O'Brien. «Elise chiede dov'è Max?» dice a Brigid.

«All'inizio sì, ora molto meno. Sta bene, è una bambina forte.»

«E Jo come sta?»

«Ah.» Brigid storce la bocca. «È ancora debole, a dire la verità. Le ci vorrà un po' per superare quello che è successo, però sta meglio di prima, è meno irritabile e ride di più.»

«Allora forse non è il caso che inviti Sean a cena stasera, che ne dici?»

«Il tuo ospite del bed and breakfast?»

«Adesso ha una casa, dall'altra parte del paese. Chiede spesso come stanno Jo ed Elise.»

Brigid sorride. «Credo che le farebbe piacere vederlo, ma forse non stasera. Da' a Jo, anzi a tutte noi, un po' di tempo per ambientarci. È strano essere tornate qui, ci sono ricordi belli, ma anche brutti.»

Mary sente una fitta al cuore mentre guarda la donna che un tempo era la sua migliore amica. Sa che è la cosa giusta da fare, passeggiare lungo la spiaggia insieme a Brigid, sua figlia e sua nipote. Per molti anni, ha sentito un vuoto nella sua vita e non credeva di poterlo mai più riempire. Stanotte, però, ha dormito profondamente e quando si è svegliata quella sensazione non c'era più: si sentiva davvero in pace.

Brigid le ha detto di sentirsi triste e soffocata a Chester da quando non c'è più Andy, e Jo non vuole più stare a Bristol, dice che devono trovare un altro posto in cui vivere. E allora cosa frena Mary dal parlare? Perché non trova il coraggio di fare una semplice domanda a Brigid?

Perché ha paura, capisce mentre Elise lascia la mano di Jo e si mette a correre sulla spiaggia verso di loro. Se Brigid le dicesse di no, per Mary il sole si spegnerebbe e il mondo tornerebbe nell'oscurità. Non ha il coraggio di affrontare di nuovo una situazione simile. Intanto Elise prende la sua mano sinistra e la destra di Brigid. Se non glielo chiede, ha ancora una speranza, ma senza speranza non avrebbe più nulla.

«Nonna?» dice Elise, alzando lo sguardo verso Brigid. «Mami dice che possiamo vivere qui. Possiamo? Possiamo, nonna?»

Mary distoglie lo sguardo e lo fissa su Jo, che cammina in acqua sorridendo, con la gonna sollevata sopra le ginocchia. Jo sente che Mary la sta guardando, e si gira verso di lei. Il suo sorriso si allarga, solleva una mano e la saluta. *Starà bene, è più forte di quanto creda e forse lo sono anch'io*, pensa Mary.

«Possiamo, nonna?» chiede di nuovo Elise. «Possiamo vivere qui?»

«Cosa ne dici, Mary?» mormora Brigid. «Pensi che dovremmo restare a vivere qui? Perché a noi piacerebbe, se tu fossi contenta di riaverci.»

Mary non risponde, ha la gola stretta e le lacrime agli occhi, non riesce a parlare.

La stanno guardando tutt'e tre: Jo, Brigid ed Elise. La guardano e sorridono, in attesa della sua risposta.

Si schiarisce la voce, si ricompone e guarda Brigid negli occhi. «Mi piacerebbe.»

Epilogo

«E così hai ottenuto il permesso di visita?» chiede Paula, seduta di fronte a me. Siamo separate da un tavolo bianco in formica. A sinistra una ragazza tra i venti e i trent'anni con una coda castana sta parlando, dietro un tavolo identico a questo, con una donna più anziana, che indossa una giacca imbottita marrone con un colletto in finta pelliccia. A destra, una donna che avrà più o meno la mia età con un caschetto nero ben curato è a colloquio con un uomo rasato che ha una T-shirt della Nike e un tatuaggio sul collo. Siamo circondate da persone sedute ai tavoli, e chiacchiere, risate e qualche singhiozzo si mescolano a creare un forte brusio che riempie la stanza. Potremmo essere in una mensa o in una sala parrocchiale, se non fosse per le guardie in camicia bianca a maniche corte e pantaloni neri che passano tra i tavoli.

«Sì, ho ottenuto il permesso di visita», dico. «Non sapevo se avresti risposto alla mia lettera.»

Paula fa un sorrisetto. Mi aspettavo di vederla struccata e in disordine, invece ha il kajal nero intorno agli occhi e del mascara incrostato sulle sopracciglia. «Ti piace scrivermi, vero, Jo? Mi trovi affascinante?»

«Sì.» Sto al gioco. «È proprio per questo che sono qui.»

Non è la prima volta che frequento la sala visite di un carcere: il mese scorso sono andata a trovare Max. Al contrario di Paula, che non è cambiata molto quanto ad aspetto fisico o estrema spavalderia, Max era quasi irriconoscibile: aveva la pelle grigia, le borse sotto gli occhi e ispidi peli bianchi sulla barba. Mentre mi avvicinavo al suo tavolo l'ho visto sprofondare nella sedia, con le braccia abbandonate sui fianchi e la punta delle dita che sfiorava il pavimento. Anche senza chiederglielo, sapevo il motivo: era perché non avevo portato

Elise con me. Non avrei mai potuto portarla per quella prima visita, avevo troppe cose da dirgli.

Max non ha aperto bocca quando mi sono seduta, e non ha risposto nemmeno quando gli ho chiesto come stava, perciò gli ho detto che io stavo bene e che mi stavo ricostruendo una vita a Clogherhead. Gli ho raccontato che mia madre ha venduto la casa di Chester e che abbiamo comprato insieme una casa nuova, ma lui non ha avuto neanche il coraggio di guardarmi in faccia. Così gli ho detto delle sofferenze che mi ha causato, di quanto mi sia sentita sola e terrorizzata quando lui ha convinto tutti che io fossi un pericolo per mia figlia. Gli ho chiesto cosa avessi fatto di tanto brutto da meritarmi che Elise mi fosse portata via, gli ho chiesto se davvero mi riteneva una cattiva madre. Max non ha risposto. Io mi sono sfogata, dicendogli tutto quello che avevo dentro, ma lui non mi ha rivolto la parola per tutto il tempo. Quand'è suonato il campanello di fine visita, mi sono alzata, l'ho salutato e gli ho detto che avrei dato un bacio a Elise da parte sua. Non ha alzato lo sguardo, non ha proferito parola, ma sbattendo le palpebre una lacrima gli è scesa dall'occhio destro e si è fatta strada sulla guancia.

«Allora», dice Paula, accavallando le gambe. Sembra bassa e tarchiata con indosso la felpa blu, i pantaloni grigi da jogging e le scarpe da ginnastica. Per un po' non potrà indossare jeans attillati e tacchi alti. «Cosa c'era di tanto importante che volevi darmi?»

«Prima ho una domanda da farti.»

«Va bene.» Si sposta una ciocca di capelli biondi dietro l'orecchio e aggrotta la fronte. Può farlo, ora che l'effetto del Botox è svanito. «Spara.»

«Perché hai scelto me, Paula? Perché te la sei presa con me invece che con Max?»

Alza le spalle con noncuranza. «Te l'ho detto, perché con te era più divertente.»

Scuoto la testa. «Non ti credo, secondo me c'è qualcos'altro che non mi stai dicendo.»

«E va bene.» Incrocia le braccia e le appoggia sul tavolo.

«Diciamo che con te era più facile. Eri più debole, più delicata. Conoscevo Max dal lavoro, ricordi? Si faceva chiamare Martin, e sapevo esattamente di cosa fosse capace.»

«Che tipo di uomo era?»

Sorride, mostrando i denti macchiati. «Cattivo.»

«Va' avanti.»

«Ricordi tutte le cose di cui ha parlato sul giornale, sul fatto che Ian e gli altri picchiavano gli anziani e minacciavano le madri single con i neonati in braccio? Secondo te, Max se n'è rimasto in disparte a guardare? Pensi che si sia limitato a filmarli? Credi davvero che Ian l'avrebbe mantenuto come esattore se fosse stato mister Bravo Ragazzo?»

«Dimmelo tu.»

Scuote la testa. «Perché pensi che io abbia mandato qualcuno a picchiarlo quando era ubriaco? Tu non hai idea di cosa è capace il tuo maritino, Jo.»

Credo proprio di averne idea, invece.

«È per questo che me la sono presa con te, tesoro. Pensavo che, se avessi iniziato a fare pressione su di te, lui avrebbe ceduto e si sarebbe deciso a restituirmi i soldi, ma non gliene fregava proprio niente di te, vero, Jo?»

Dentro di me sono turbata, ma non lo do a vedere. «No», rispondo. «Proprio niente.»

«Oh, anch'io non sarei molto preoccupata dalla cosa, Jo. Gli uomini non valgono nulla, io stavo con Ian solo per i soldi. A proposito, ma che razza di stupida sei, a bruciare i soldi?» Abbassa la voce mentre una guardia carceraria ci passa accanto. «Mi è arrivato quel pacchettino che mi hai mandato dall'Irlanda con le banconote da dieci strappate. L'ha aperto mia figlia, dopo che ero stata arrestata. Credi che fosse divertente?»

Non ci ho messo molto a trovare l'indirizzo di casa di Paula, dato che Fiona mi aveva scritto il suo nome e cognome nell'email. Io e Sean ci siamo messi a cercare tutte le Paula Readman che vivevano a Bristol e alla fine l'abbiamo trovata. Il suo profilo Facebook non era privato, così abbiamo visto chi erano i suoi amici e parenti e, controllando i pub in cui si era taggata nei suoi selfie, abbiamo scoperto in quale quartiere della città viveva. A quel punto dovevamo solo cercarla sugli elenchi elettorali e pagare qualche sterlina per avere il suo indirizzo.

«Comunque non ho creduto al tuo biglietto», dice Paula. «Non ci credo che hai bruciato il resto dei soldi, neanche tu saresti così stupida.»

«Erano soldi sporchi, non li volevo.»

«Bugiarda.» Si mette a braccia conserte. «Lo so che te li sei tenuti, Jo. Cosa ne hai fatto? Li hai usati come anticipo per comprarti una bella casetta in Irlanda? Ti sei regalata una borsa alla moda?»

«Hai ragione», dico. «Non ho bruciato i soldi, li ho restituiti alla polizia, a parte le banconote che ho strappato e ti ho spedito.»

«Sei una stupida stronza.» Scatta in avanti, con la rabbia che le ribolle negli occhi azzurri. «Sei una stupida e debole vittima. Ti meriti tutto quello che ti è capitato.»

Suona il campanello che indica la fine della visita, e io mi alzo. «Ciao, Paula», dico. «Ah, un'ultima cosa prima che me ne vada. Il motivo per cui volevo vederti oggi.» Infilo una mano nella tasca del soprabito e appoggio sul tavolo un grosso ciondolo luccicante a forma di S. Ho impiegato un po' a trovarne uno che fosse identico a quello che Sadie, la figlia ventunenne di Paula, indossa nel suo selfie di compleanno. «Dovresti fare attenzione alle cose di tua figlia.» Mi giro per andarmene. «E anche a tua figlia», aggiungo.

Ringraziamenti

Un ringraziamento enorme va alla mia meravigliosa editor Helen Huthwaite, che non è solo una persona estremamente piacevole con cui lavorare, ma anche una bravissima professionista. Le sue intuizioni, i suoi consigli e la sua attenzione al dettaglio mi hanno aiutata a far sì che, da libro con delle potenzialità, *La ragazza in fuga* diventasse un libro di cui vado davvero fiera. Helen, sei un fenomeno e non ti ringrazierò mai abbastanza. Voglio ringraziare anche tutti gli altri membri del team di Avon, in particolare Oli Malcolm, Helena Sheffield, Hannah Welsh, Victoria Gilder e tutti quelli che lavorano nei dipartimenti vendite, grafico e digitale. Pur essendo una piccola casa editrice, l'impegno che mettete nel vostro lavoro vi rende una vera forza della natura. Mi considero molto fortunata a lavorare con voi.

Il mio affetto e la mia gratitudine vanno anche a Madeleine Milburn, Thérèse Cohen e Hayley Steed. L'agenzia Madeleine Milburn è davvero straordinaria, ed è tutto merito del grande lavoro, dell'impegno e dell'energia profusa da queste tre donne. Vi ringrazio per avermi sostenuta, incoraggiata e motivata in ogni fase del lavoro. Maddy, sei la migliore agente che potessi desiderare.

La ragazza in fuga è in assoluto il libro per il quale ho dovuto fare più ricerche. Ho passato tre mesi a raccogliere tutte le informazioni di cui avevo bisogno prima di scrivere una sola parola, e il merito va tutto a queste fantastiche persone: Joe Rotherham, che mi ha portata in giro per l'Irlanda ad analizzare le varie location e provare i bed and breakfast irlandesi (mi dispiace di non averti portato in qualche hotel di lusso con tanto di spa!); l'ex ispettore capo Stuart Gibbon, per avermi dato chiarimenti sulle procedure della polizia (www.gibconsultancy.co.uk); Clare Hewitson, per avermi aiutata a proposito dei servizi sociali e della tutela dei minori; la dottoressa Charlotte McCreadie, per aver risposto alle mie domande sulle lesioni ai bambini, la loro protezione e le malattie che possono causare la formazione di lividi; la mia amica d'infanzia Emma Shotton, per avermi messa in contatto con il suo collega John Randle, che ha sopportato una lunga conversazione telefonica sul diritto di famiglia mentre era in vacanza! E poi: Mark Murray, per avermi parlato di sistemi telefonici, informatica e server; Claire Allen, per aver risposto alle mie domande sul giornalismo e sui quotidiani; Niamh O'Connor, per avermi spiegato alcune cose sulla *Garda* e sulle procedure della polizia in Irlanda; Celeste Ní Raois, per avermi illuminato sulla cultura irlandese; Margaret Bonass Madden, per avermi parlato dell'Irlanda negli anni '70 e '80, fornendomi uno spaccato di vita familiare, e anche per aver letto una prima bozza di questo libro per verificare che non avessi preso terribili cantonate.

Vorrei ringraziare anche la mia splendida famiglia. Reg e Jenny Taylor, siete i genitori migliori che si possano desiderare: grazie per tutto quello che fate per me, e per l'amore e il supporto che mi date. Bec e Dave Taylor, siete l'unico fratello e l'unica sorella che ho, quindi non posso lamentarmi. Scherzi a parte, grazie per aver intasato le vostre pagine Facebook per promuovere il mio libro e per avermi fatto divertire su WhatsApp. Sophie e Rose, siete le nipoti più dolci che una zia possa desiderare: vi voglio bene. Voglio esprimere il mio affetto anche per nonna, Steve, Guin, Ana, James, Angela e Nick. Grazie a tutti i miei amici, soprattutto a Rowan, Julie, Tamsyn, Miranda e Kate, per avermi sostenuta e aiutata in ogni fase (sia della vita sia di questo libro), e grazie a tutti gli autori con cui di solito chatto su Facebook quando in realtà dovrei scrivere (gli scrittori di polizieschi sono il motivo principale per cui non scrivo più di due libri all'anno).

Infine, la mia piccola famiglia. Grazie Chris per tutto ciò che fai. Non potrei vivere senza il tuo amore, il tuo sostegno e il pollo che cucini quando sono troppo occupata per farlo io! E poi Seth, mio figlio. Il mio amore, tutta la mia vita. Questo libro è dedicato a te.

Un grande ringraziamento va alla comunità dei blogger, che mi ha dato un enorme sostegno. Apprezzo davvero il tempo che avete dedicato alla lettura e alla recensione dei miei libri, e a condividere con il mondo il vostro amore per essi. Infine, grazie ai miei lettori, per aver comprato i miei libri e avermi fatto sapere quanto li apprezzano. Conservo con piacere le email e i messaggi che mi mandate: mi tirano su quando sono triste e mi fanno capire che, per quanto a volte possa sembrare difficile scrivere un libro, non vorrei fare nessun altro lavoro al mondo. Se *La ragazza in fuga* vi è piaciuto, vi invito a contattarmi. Potete iscrivervi al C.L. Taylor Book Club, totalmente gratuito, per ricevere un esclusivo racconto, accedere a tutte le notizie relative al libro, scoprire le mie nuove copertine, ottenere regali e leggere le recensioni di libri che secondo me diventeranno i prossimi fenomeni: l'indirizzo è http://www.callytaylor.co.uk/cltaylorbookclub.html.

Potete anche contattarmi sui social network:

www.facebook.com/CallyTaylorAuthor
www.twitter.com/CallyTaylor
www.instagram.com/CLTaylorAuthor
www.cltaylorauthor.com

P.S. Per l'ex asilo nido di mio figlio: nel libro ho descritto la stessa struttura del vostro edificio, ma nessuno dei personaggi è ispirato al personale del Courthouse. Siete tutti gentilissimi, e nessuno mi ha mai rimproverata per essere arrivata in ritardo o per aver dimenticato di portare una foto di famiglia!

Fotocomposizione:
Nuovo Gruppo Grafico - Milano

Finito di stampare
nel mese di luglio 2017
per conto della Longanesi & C.
dalla Elcograf S.p.A.
Stabilimento di Cles (TN)
Printed in Italy